셰익스피어를 읽자

셰익스피어를 읽자

지은이 한기정 | 발행인 유재건 | 편집인 임유진 | 펴낸곳 엑스북스

등록번호 105-91-96264호 | 주소 서울시 마포구 와우산로 180 (4층 402호)

대표전화 02-334-1412 | 팩스 02-334-1413

초판 1쇄 발행 2018년 10월 30일

초판 2쇄 발행 2018년 11월 30일

엑스북스(xbooks)는 (주)그린비출판사의 책읽기·글쓰기 전문 임프린트입니다. 이 도서의 국립중앙도서관 출판예정도서목록(CIP)은 서지정보유통지원시스템 홈페이지(http://seoji. nl.go.kr)와 국가자료공동목록시스템(http://www.nl.go.kr/kolisnet)에서 이용하실 수 있습니다. (CIP제어번호: CIP2018032906)

ISBN 979-11-86846-39-1 03800

셰익스피어를 읽자

한기정 지음

xbooks

목차

일러두기

1 외래어 표기는 원칙적으로 국립국어원의 〈외래어 표기법〉을 따랐고, 이탈리아 등 기타 유럽의 경우에는 알파벳 그대로 혹은 국내에 잘 알려진 발음을 따랐습니다.
2 본문의 셰익스피어 작품은 William Shakespeare, *The Oxford Shakespeare*, Oxford World Classics 판본을 번역한 것입니다. 이와 더불어 William Shakespeare, *The Arden Shakespeare Series*, Bloomsbury 판본을 참고했습니다.
3 셰익스피어의 작품과 정보에 대해서 참고한 사이트는 다음과 같습니다: PlayShakespeare.com ; Shakespeare.mit.edu

시작하며

셰익스피어를 읽어 본 적 있나요? 아무한테나 뜬금없이 던지기에는 어려운 질문이지만, 셰익스피어에 관한 강의를 몇 번 하면서 참석자들에게 그 질문을 하게 되었다. 시공을 초월한 위대한 작가임에도 불구하고 셰익스피어는 우리에게 생각보다는 덜 읽히는 작가인 듯하다. 셰익스피어의 '4대 비극'이나 『로미오와 줄리엣』 같은 유명한 희곡들의 내용은 대개 알고 있지만 그의 작품을 온전하게 읽어 본 사람은 의외로 많지 않다.

컨설팅 회사를 운영하는 후배와 인문학을 주제로 대화를 나누던 중 셰익스피어가 화제로 등장했고, 우리끼리만 얘기할 게 아니라 강의 한 번 해보면 어떠냐는 제안이 나왔다. 셰익스피어의 전문가도 아니면서 경영자 대상의 강의에 나서게 된 건 이렇게 우연이었다. 강의를 되풀이하면서 모든 작품들을 다시 보게 되고 관련 서적을 살펴보다 보니 자료들을 체계적으로 정리할 수 있었고 셰익스피어를 이해하는 관점을 재정립하는 기회가 되었다. 그러던 어느 날, 다른 후배와 그간 있었던 일에 대해 얘기를 나누다가 셰익스피어 강의가 화제에 올랐다. 이 친구는 재미있겠다고 하며 새로운 제안을 하는 것이다.
"책을 한 번 써보면 어때요?"

　그간 읽어 온 셰익스피어의 작품들을 내 나름의 관점으로
정리하고 싶다는 생각이 없지는 않았지만, 생각을 글로 옮긴
다는 것이 쉬운 일이 아님을 알기에, 실행에 옮기기까지는 추
가의 시간과 고민과 용기가 필요했다. 그러나 책을 쓰기로 결
심을 한 결정적인 동기는 셰익스피어 작품들을 혼자만 읽고
담아 두기에는 너무 아깝다는 생각 때문이었다. 셰익스피어가
바라본 다양한 인간 군상을 통해 우리 자신과 주변 사람들의
모습을 발견하며 인간관계의 미묘함과 어려움을 깊이 이해하
게 되었다. 인간의 내면을 들여다본다는 것은 매우 재미있는
일이 아닐 수 없다. 대충 훑어봐서는 진짜 맛을 느끼기 어렵지
만, 보면 볼수록 재미가 있는 것이 셰익스피어의 작품이다.

　셰익스피어의 작품 속 인물들은 수백 년 전 사람들이지만
어찌 보면 매우 현대적이다. 인간은 기본적으로 복잡한 존재
이고, 선과 악은 동전의 양면처럼 늘 공존하며, 배신하고 배신
당하는 존재에, 복수심과 질투심에 불타고, 끊임없이 사랑을
갈망한다. 또한 언제나 판단에 오류가 있고, 현명하기보다는
대개 어리석으며, 행복할 때보다는 불행할 때가 더 많고, 성공
하는 경우보다 실패하는 경우가 더 많은 존재로 그려진다. 절

대적인 선도 절대적인 악도 없으며, 보는 관점에 따라 정의의 의미도 달라질 수 있다는 것을 큰 소리 내지 않으면서 강렬하게 설파한다. 특히 인상적인 것은 악인도, 처절하게 복수를 실행하는 주체도, 복수에 희생되는 인물도, 모두 최소한의 품위를 잃지 않는다는 것이다.

셰익스피어를 왜 많이 읽지 않을까? 학창시절 읽은 축약본이나 영화 또는 드라마를 통해 내용을 접한 작품들이 많은 탓도 있고, 너무 유명하다 보니 오히려 진부한 느낌이 드는 탓도 있다. 구시대의 언어는 재미없다는 선입견이나, 최고의 작가에 대한 도전과 비평이 끊임없이 제기되면서 작가로서의 가치가 공격을 받는 등, 다양한 이유가 있을 것이다.

비단 셰익스피어뿐만 아니라 고전은 문장의 호흡이 길어서 현대인들, 특히 젊은이들은 읽기 힘들어하는 경향이 있다. 언어의 문제인데, 사실 우리가 사용하는 말에 비해 화려한 수사와 비유가 넘쳐 쉽게 눈과 귀에 들어오지 않는다. 현재 우리의 사회와 400년 전 영국이라는 사회 상황의 차이 또한 적지 않을 것이다. 이러한 시간적 간격과 문화의 차이에도 불구하고 셰익스피어의 작품에는 놀라운 점이 너무나 많다. 인간의 심리나 내면에 대한 표현은 매우 현대적이며, 복잡한 수사나 비유는 인간의 감성을 배우는 데 더할 나위 없이 좋은 교재이다.

우리말로 번역되면서 원문이 가진 운율이나 말의 느낌이 달라지는 것도 셰익스피어 작품과 친해지기 어려운 점이다. 『햄릿』이나 『리어왕』을 읽다 보면 한 번에 쭉 읽는다는 게 만만치 않다는 걸 느끼게 된다. 끝까지 읽으려면 꽤 많은 인내심이 필요하다는 말이다. 잘 된 번역본을 선택하는 것도 중요하고, 시작하기 전에 꼭 완독하겠다는 의지도 필요하다. 하지만 다 읽고 나면 뭔가 특별한 느낌을 받는 것은 확실하다. 왜 셰익스피어가 영문학 역사에서 400여 년 이상 최고의 작가로 꼽히는지를 단번에 이해하기는 어렵지만, 마음속에 깊은 여운이 남고 임팩트가 있는 작품들이라는 것은 두말 할 필요가 없다.

요즘 고전은 인기가 없고 실용적인 자기계발서들이 많이 팔린다는데, 정말로 고전이 실용 가치가 없는 것일까? 인공지능 시대에 역설적으로 들릴지 모르겠지만, 지식의 가치는 점점 더 줄어들 것이라고 생각한다. 전통적 의미에서의 지식은 이미 빅데이터 형태로 축적되어 있어서 클릭 몇 번이면 대부분의 정보에 누구라도 접근이 가능하다. 인공지능기술의 발달로 앞으로는 많은 지식분야에서 컴퓨터가 인간을 대체할 것이다.

정답이 하나 있는 전통적 시험 문제에 익숙한 학생이 실제 사회에 나와서 문제 해결 능력이 떨어지는 것은 어쩌면 당연한 일이다. 고전은 달콤한 디저트나 자극적인 양념이 가미된 한두 번 맛있는 음식이 아니라, 재료 본연의 깊은 맛을 지녀서 아무리 먹어도 질리지 않고 좋은 재료를 써서 건강에도 좋은 음식이라고 할 수 있다. 좋은 음식이 그렇듯이 고전은 우리에게 추억을 준다. 문제 해결 능력은 끈질기고 강인한 사고력을 필요로 한다는 점에서 고전 읽기와 통하는 바가 있다. 고전이란 대체로 읽기가 쉽지 않지만 어렵게 읽어내면 노력한 이상을 우리에게 보상해 준다. 인간에 대한 공감 능력이 더욱 중요한 이 시대에, 우리가 그것을 배우기에는 고전 중에도 셰익스피어 작품만 한 것이 없다.

작품을 통해 수많은 인간상을 창조해 낸 셰익스피어의 통찰력은 인간 본성에 대한 이해에서 비롯되었다고 볼 수 있다. 개인주의가 만연한 현대를 살아가는 우리에게는 인간과 인간관계에 대한 통찰력을 배울 기회가 더욱 줄어드는 것 아닌가 우려된다. 셰익스피어는 작품들을 통해 인간에 대해 많은 것을 알려주는데, 얼핏 봐서는 알아채기가 쉽지 않다. 우리 모두에게 인간에 대해 이해하는 것보다 더 중요한 공부는 없다. 그것이 지혜의 원천이기 때문이다.

나는 전문가가 아닌 애호가의 입장에서, 독자들을 위해 셰익스피어를 쉽게 이해하는 다리를 놓아주고 싶었다. 그래서 이 책을 쓰면서 몇 가지 원칙을 세웠다. 첫째, 작품의 문학적 가치나 학술적 해석보다는 셰익스피어가 본 사람과 세상을 함께 생각해 보는 것에 집중한다. 둘째, 셰익스피어가 관찰한 인간 본성을 중심으로 이야기를 펼쳐 나간다. 왜냐하면 이것이 그의 작품을 이해하는 가장 적합한 방법이고 그의 통찰력을 배우는 좋은 방식이라고 생각하기 때문이다. 셋째, 셰익스피어의 대사를 가능한 한 많이 원전대로 인용하여 독자들이 그 맛을 느끼도록 한다. 변형하거나 임의로 생략을 하면 의미가 왜곡될 우려가 있기 때문이다. 대사 중 운문은 가능한 한 원문의 행을 지켰으며, 원문의 번역은 옥스퍼드 판을 기본으로 현재 우리가 사용하는 언어에 가까운 문장으로 하여 쉽게 읽히는 것을 목표로 했다.

본문의 각 장은 작품이 아니라 인간의 본성을 중심으로 구분되어 있다. 셰익스피어의 작품들을 한꺼번에 체에 담고 주제별로 걸러 보았다. 셰익스피어를 읽는 방법은 여러 가지가 있겠지만, 인간 본성이라는 주제별로 읽고 이해하는 것도 의미가 있을 것이다. 이 책의 또 다른 목적은 셰익스피어의 작품을 이미 읽은 독자는 새롭게 다시 읽어 보고 싶게 하고 아직 안읽은 독자는 드디어 읽어 볼 생각이 들게 하는 것이다. 그럴 기회가 없는 독자들에게도 이 책이 셰익스피어가 그린 인간과 세상을 어느 정도 이해할 수 있는 단서가 되기를 희망한다.

WILLIAM SHAKE-SPEARE

1장

역설과 아이러니의 맛

"우리의 인생은 선과 악의 실을 엮어서 짠 그물이다."

『끝이 좋으면 다 좋아』의 대사가 말하듯이, 악한 사람과 선한 사람이 따로 있는 것이 아니고 한 사람에게도 선과 악은 공존한다. 셰익스피어의 인간 본성에 대한 통찰력은 어디에서 왔을까? 그것은 사람과 세상을 향한 세밀한 관찰과 한쪽 면만 보지 않는 독특한 시각, 그리고 따뜻한 공감능력에서 나왔다고 본다. 인간과 세상은 단순하지 않다. 인간에게는 행복이 있으면 불행도 있다. 겉으로 보이는 모습이 전부가 아니다. 속마음은 보이지 않는다. 늘 웃는 얼굴의 사람에게도 의외의 슬픔이 숨겨져 있다. 셰익스피어의 방식은 있는 그대로의 인간을 그리는 것이다. 악당이라도 비웃거나 경멸하지 않는다. 동정적이고 관조적이다. 반면에 왕을 묘사할 때도 고귀하게만 그리지 않는다. 오히려 고귀한 행동 뒤에 숨겨져 잘 보이지 않는 부정적인 면을 보여 준다. 인물이 누구든지 간에 편견 없이 관찰자의 눈으로 한발 물러서서 바라보는 것이다. 그의 작품에 가끔 등장하는 광대의 눈이 바로 작가 셰익스피어의 눈에 가장 가깝다고 할 수 있다. 광대가 헛소리처럼 함부로 하는 얘기 속에 왕이나 귀족들이 인식하지 못하는 진실이 들어 있는 경우가 많다.

셰익스피어는 거의 모든 작품에서 역설과 아이러니를 다양한 방식으로 표현한다. 얼핏 봤을 때 갖게 되는 느낌 이면에 정반대의 의미가 숨어 있는 경우가 많다. 역설을 뜻하는 Paradox라는 단어는 반대라는 의미의 파라para와 의견이라는 뜻의 독사doxa가 결합되어 만들어진 것이다. 진술 자체에 모순이 있는 것처럼 보이지만 진리를 내포한다. 아이러니irony라는 단어도 변장 혹은 위장이라는 뜻을 가지고 있다. 표면에 보이는 것과 뒤에 숨어 있는 것을 함께 봐야 진실을 이해할 수 있다.

셰익스피어는 귀족 중심의 사회에 살았고 그들을 주인공으로 작품을 썼다. 평론가들은 그의 작품에 나오는 하층민은 그저 부속처럼 등장한다고 말한다. 하지만 셰익스피어가 본 바로는 귀족사회의 화려함에는 그들의 속물근성이 감추어져 있다. 귀족을 동경하고 상류층 흉내를 내며 살아가는 사람들도 있고, 배우지는 못했어도 귀족을 능가하는 지혜를 갖춘 하층민도 있다. 계급 구분만 뺀다면 오늘날과 별 차이가 없다. 속물을 뜻하는 영어 단어 snob는 라틴어 '씨네 노빌리타테sine nobilitate'의 앞 글자를 따서 만들어진 것인데, 직역하면 작위가 없다는 뜻이다. 케임브리지나 옥스퍼드 대학의 입학 사정 시 귀족이 아닌 일반인 이름 앞에 작위가 없음을 표시하는 관행에서 비롯되었다. 속물이란 지위나 신분처럼 겉으로 나타나는 모습을 추종하는 인물이다. 셰익스피어의 일관된 자세는 품격 없이 속물근성만 가지고 있는 인간들을 풍자하는 것이다.

우리에게 가장 친숙한 작품 중 하나인 『베니스의 상인』을 들여다보자. 원전을 읽고 나서 그 전에 갖고 있던 이미지와 가장 다른 것이 이 작품이었다. 역설과 아이러니가 가장 명확하게 드러나는 작품이기도 하다. 악랄한 유대인 샤일록과 선한 베니스 상인 안토니오 사이에 채무와 변제를 둘러싸고 벌어지는 법정 드라마로, 포샤라는 영리한 여인이 기지를 발휘하여 계약서에 명시된 대로 정확히 1파운드의 살을 도려내되 피는 한 방울도 흘려서는 안 된다는 판결을 내림으로써, 샤일록이 비참하게 무너지고 안토니오가 통쾌하게 역전승한다는 이야기는 모두가 아는 내용이다.

그런데 이 이야기는 어린이 동화 버전처럼 단순하지가 않다. 셰익스피어의 희곡은 희극과 비극으로 나뉘는데, 셰익스피어 자신이 분류한 것은 아니지만, 『베니스의 상인』은 대체로 희극 쪽으로 분류된다. 단순하게 악덕 고리대금업자를 희화화하고 골탕 먹인다는 설정으로 보면 충분히 그럴 수 있지만 여기에는 약간 미묘한 점이 있다. 샤일록의 입장에서 보면 당시 국제상업도시인 베니스에서 이방인으로 살아온 세월 동안 뿌리 깊은 인종차별로 인해 갖은 멸시를 당했는데, 자신의 복수가 완성되기는커녕 가진 모든 것을 빼앗기며 종교적 모욕까지 감수해야 하는 판결을 받은 것은 그 자체로 엄청난 비극이 아닐 수 없다.

셰익스피어 작품을 희극과 비극으로 구분할 때, 비극은 고결한 주인공이 처절한 고통 끝에 죽음으로 결말을 맞이하는 경우가 해당된다. 물론 이 정의도 셰익스피어 자신이 만든 것은 아니고 후대의 셰익스피어 학자들이 정한 것이다. 시인 바이런은 셰익스피어의 모든 희극은 결혼으로 끝나고 모든 비극은 죽음으로 끝난다고도 했다. 이런 기준들에 따르면 이 극에서 가장 비극적인 인물 샤일록은 고결한 사람도 아니고, 극중 아무도 죽지 않으니 『베니스의 상인』을 비극이랄 수는 없겠다. 샤일록의 속마음은 다음과 같은 독백에 쉽게 드러난다. 샤일록의 복수심은 그 뿌리가 매우 깊다는 생각이 들지 않는가? 심정적으로는 그의 말에 동의하지 않을 수 없다.

"유대인은 눈이 없나, 손이 없나?

오장육부와 사지오체, 감각, 감정, 정열도 없단 말인가?

우리도 예수쟁이처럼 같은 음식을 먹고, 같은 흉기에 다치고,

같은 병에 걸리고, 같은 치료에 낫고,

겨울에는 춥고, 여름에는 더운데, 뭐가 다르단 말인가?

바늘에 찔려도 피가 안 나나? 간지럼 태워도 웃지 않는가?

독을 먹어도 죽지 않는가?

우리들은 모욕을 당하고도 복수를 해서는 안 된다는 말인가?

유대인이 예수쟁이를 모욕한다면 그들의 관용은 어떤 것인가?

역시 복수다. 당신들이 가르쳐준 악행을 실행하는 거다.

아니지, 배운 것 이상으로 해치워야지."

셰익스피어의 모든 작품에는 희극과 비극의 요소가 공존한다. 인간사와 같다. 선이나 악은 절대적인 개념이 아니며, 어떤 상황에서 어떻게 보느냐에 따라 선일 수도 악일 수도 있다. 반유대 정서로 보면 샤일록은 무조건 악의 화신이지만, 유대인의 관점에서 보면 자신들의 사업을 방해하고 이자 거래를 인정하지 않는 베니스의 상인과 기독교인들이 위선자들이다. 주요 등장인물을 조금 더 살펴보기로 하자. 주인공 안토니오는 선량하기만 한 사람은 아니다. 샤일록이 아무리 보기 싫더라

도 거래의 상대인 그를 대하는 태도가 비즈니스맨의 것과는
거리가 있다. 다음의 대사를 보자.

"어때, 샤일록, 변통해 주겠는가?"
"시뇨르 안토니오, 당신은 말이요, 지금까지 툭하면
거래소에서 내 욕을 했지.
내 돈이 어쩌고저쩌고, 이자가 이러니저러니,
그래도 여태껏 난 어깨를 움츠리고 참아왔소.
참을성은 우리 유대인의 장기니까.
당신은 나를 이교도라느니 개라느니 하면서
침을 뱉고 발길질을 하더니, 돈을 빌려 달라고….'
"앞으로도 당신을 개라고 부를 거고
계속 침을 뱉고 발길질을 할 거요.
돈을 빌려 주더라도 친구에게 빌려 준다고는 생각하지 마시오.'

당시 베니스 법은 고리대금업을 제한했고, 기독교는 교리로
대금업을 금지했기 때문에 기독교인들은 대금업에 아예 종사
할 수 없었다. 그러나 유대 율법은 대금업을 금지하지 않았기
때문에 어쩔 수 없이 대부업자들은 모두 유대인이었다. 게다
가 기독교인들은 그들끼리의 돈 거래에서는 공식적으로 이자
를 내지 않았기에, 이것이 유대인과의 사이에 갈등 요소가 되
었다. 기독교인들은 유대인이 돈 거래로 부당이익을 챙긴다며

조소와 비난을 보냈고, 유대인들은 기독교인들 때문에 이자율이 내려간다고 분개했다. 또한 당시 베니스는 국제도시였음에도 유대인은 게토라는 제한적인 지역에서만 거주할 수 있었고 그 지역을 벗어나는 경우 유대인을 표시하는 빨간 모자를 써야 했다. 그러니 유대인의 입장에서 보면 자신들을 핍박하는 기독교인들에 대한 울분은 우리의 상상 이상이었을 것이다. 샤일록의 대사는 그의 심정을 단적으로 말해 준다.

"미우면 죽이고 싶지. 인간이란 그런 것 아닌가?"

사업가란 예나 지금이나 법의 테두리 안에서 할 수 있는 모든 융통성을 발휘하는 사람이다. 어쩌면 법 테두리를 벗어나더라도 걸리지만 않으면 된다고 생각하는 사람일지도 모르겠다. 당시 베니스 법에는 화물을 운반할 때 자국의 상선만 이용해야 한다는 규정이 있었는데, 아마도 안토니오는 외국의 상선으로 화물을 거래했던 것 같다. 이런 상황을 셰익스피어가 상세히 묘사하고 있지는 않지만 등장인물들의 지나가는 대화에 살짝씩 복선이 깔려 있는 것을 느낄 수 있다. 극의 초반에 안토니오는 자신의 화물을 실은 배가 좌초되었을지도 모른다는 소식에 노심초사하는 모습인데, 만약 좌초되었다면 화물 운송법을 어긴 사실이 드러날까 봐 걱정이다. 이런 걱정과 우울증의 원인이 안토니오의 동성애적 짝사랑에 있다고 하는 의견도 있다. 안토니오는 바싸니오를 사랑했는데 그가 포샤를 추종하게 되자 좌절감을 느꼈다는 얘기다. 이런 주장을 하는 전문가들은 매우 세세한 근거를 제시하는데 여기에서는 생략하기로 한다. 안토니오의 우울증에 대한 원인이 무엇일까에 대해서도 다양한 의견이 있으며 많은 비평가들이 셰익스피어 작품에 나오는 단어 하나하나를 해부하면서 분석한다는 사실이 재미있다.

이런 심란한 안토니오의 심정을 아랑곳하지 않고 포샤에게 청혼하려고 거액의 돈을 빌려 달라는 친구가 바싸니오다. 바싸니오는 돈이 한 푼도 없으면서 부자인 미모 여인의 환심을 사려고 자기 처지에 말도 안 되는 큰 돈을 친구 안토니오에게 요청한다. 안토니오는 모든 자금을 사업에 투입한 상태라 현금이 없었기 때문에, 그 유명한 심장에 가까운 가슴살 1파운드를 담보로 샤일록에게 3,000두카토(Ducato, 당시 베니스의 금화)의 사채를 얻는다. 여자의 호감을 사기 위해 돈이 필요한 친구를 도와주기 위해서 말이다. 요즘으로 말하면 백수건달이 재벌집 딸에게 청혼하기 위해서 모든 현금을 연구개발에 쏟아 넣은 벤처 사업가인 친구의 목숨을 담보로 수억 원을 빌리는 격이다. 이런 속물 친구에게 무리한 조건으로 사채를 얻어주는 안토니오는 정말 좋은 친구다. 극중 안토니오의 태도를 보면, 친구 바싸니오에 대한 그의 우정은 존경스러울 정도다. 3,000두카토란 얼마나 되는 돈일까? 시오노 나나미의 저서 『나의 친구 마키아벨리』를 보면 기록이 단편적이라 정확성을 보장할 수는 없다는 전제하에 당시 화폐가치를 언급한 곳이 몇 군데 있는데 그걸 참고하기로 하자. 우선 피렌체 공화국의 외교를 담당하는 서기관 신분이던 마키아벨리의 연봉이 100두카토 내외였으며 중류 가정의 일 년 수입이 그 정도였다고 한다. 또 미켈란젤로가 피에타상의 제작비로 '150두카토라는 거액'을 요구했다는 기록이 있는 것으로 보아 3,000두카토는 상당히 큰돈이었음에 틀림없다.

바싸니오가 안토니오의 정말 좋은 친구인지는 극중 내용만으로는 알 수 없지만 상식적으로 이 친구는 허영으로 가득찬 껍데기가 아닐 수 없다. 셰익스피어는 이 인물에 대해 독자들이 부정적인 판단을 할 만한 구체적 단서를 드러내고 있지는 않지만 처음부터 위선과 허영의 상징적인 인물로 설정했던 것 같다. 포샤는 어떤가? 아름답고 똑똑하고 재치까지 겸비한 젊은 부자 여인, 이것이 지금까지 우리가 가지고 있는 정보일 것이다. 포샤는 남장을 하고 '발사자'라는 이름의 법학박사로 법정에 등장한다. 포샤는 법관도 아니고, 재판권을 위임받은 법학 교수도 아니므로 당연히 판결을 할 수 있는 권한이 없다. 하지만 재판관을 사칭한 죄는 아무도 묻지 않는다. 포샤가 판결에서 샤일록에게 기독교로 개종할 것을 강제하는 장면은 해도 너무 한다는 생각이 든다. 착한 여자라는 그녀의 이미지를 납득할 수 없지만, 자비심에 대한 다음 대사는 감동적이다.

"자비는 강요되는 것이 아니라
하늘에서 이 대지에 내리는
단비와 같은 것입니다. 이중으로 축복받는 것이니
주는 자와 받는 자를 다 같이 축복하는 것입니다.
최고의 권력을 가진 자에게도 가장 위대한 것입니다.
왕좌에 앉은 군주에게 왕관보다도 더 어울리는 것입니다.
그가 손에 든 왕홀은 권력을 상징하고
권력과 존엄의 표시로 두려움을 나타내나
자비심은 그것을 능가합니다.
그것은 왕의 가슴 깊이 군림하여
하느님 자신을 나타내는 덕성이기도 합니다.
자비심으로 정의가 완화될 때
현세의 권력은 하느님의 권세에 가장 가까이 갑니다.
그러니 유대인이여,
그대가 호소하는 것은 정의지만, 잘 생각하길 바랍니다.
정의만을 내세우면 구원을 받는 자가
아무도 없지 않겠습니까? 우리는 자비를 구하여 기도드리고
기도가 우리에게 자비를 행하도록 가르쳐 줍니다.
이런 말을 하는 것도

그대가 호소하는 정의를 완화하려는 것입니다.
그것을 그대가 고집한다면, 엄격한 베니스 법정은
저 상인에게 불리한 선고를 내리지 않으면 안 됩니다."

여기서 정의를 언급하는 것은 앞으로 벌어질 반전에 대한 복선이다. 포샤가 샤일록에게 자비를 구하는 사이에, 방청석에 앉아 있던 바싸니오가 원금의 두 배, 아니면 열 배까지도 배상하겠다고 한다. 자기 돈도 아닌데 그가 이런 제안을 한다는 것도 셰익스피어의 독특한 방식이다. 증서 금액의 세 배는 어떠냐고 묻는 포샤의 말에 샤일록은 단호하게 거절한다.

"맹세, 맹세는 어쩌고요? 난 하늘에 맹세했습니다.
내 영혼에 위증의 죄를 씌우려는 건가요?
아니요, 베니스를 다 주어도 안 됩니다."

베니스를 다 주어도 안 된다는 샤일록의 복수심은 처절하기까지 하다. 이 시점까지는 샤일록의 뜻대로 진행되고 있었으니 우리 모두가 알고 있는 그 유명한 반전이 참으로 극적이다.

"저 상인의 살 1파운드는 그대의 것이다. 법이 그것을 인정하고,
본 법정은 그것을 허가한다."

이런 최초 판결에 샤일록이 기뻐 어쩔 줄 모르며 안토니오의 가슴에 칼을 대려는 순간, 포샤가 아직 판결이 남았다며 그를 제지한다.

"이 증서에는 피를 한 방울이라도 준다는 말이 없다.
여기에는 단지 '살 1파운드'라고 명시되어 있으니
증서대로 살만 1파운드 베어내야 한다.
그 과정에 기독교도의 피를 한 방울이라도 흘린다면
그대의 토지와 재산은 베니스 법률에 의해
국가가 몰수할 것이다."

살을 베어내는데 어떻게 피가 안 나겠는가? 이것은 법적 논리로 타당하지 않음이 분명하다. 상식이 법에 우선하기 때문이다. 샤일록의 억지보다 더 엉터리 논리로 안토니오를 승리하게 만드는 것이 셰익스피어의 절묘한 수법이다. 만약 『베니스의 상인』이 비극으로 쓰여졌다면 제목은 '샤일록의 비극'이 되지 않았을까. 판결 후 샤일록의 심리상태를 좀 더 부각시키고 갈등을 폭발시켜서 샤일록을 포함한 모두를 죽음으로 몰고 가는 결론으로 썼다면 작품으로서는 더 높은 평가를 받았을 것이다. 샤일록이 최악의 판결을 받고서도 "그게 법인가요?" 하며 그저 굴복하는 모습은 상당히 맥빠지는 결말이다. 어쩌면 이러한 결말이 설득력을 얻지 못한 것이 『베니스의 상인』이 작품성 면에서 뛰어나다는 평가를 받지 못하는 가장 큰 이유가 아닐까? 다만 샤일록이 법정을 떠나면서 하는 다음의 대사는 관객이나 독자에게 깊은 동정심을 느끼지 않을 수 없도록 하는 셰익스피어의 속 깊은 배려 같은 느낌이 든다. 샤일록을 그렇게까지 비참한 상태로 만들어 버린 것에 대해 작가는 연민의 감정을 가지고 있었다.

"제발 여기를 떠나게 해주십시오, 몸이 불편합니다.
나중에 문서를 보내 주시면 그때 서명하겠습니다."

당시의 영국이나 베니스에는 반유대 정서가 상당히 강했던 사실을 잊어서는 안 된다. 샤일록이라는 유대인의 장엄한 죽음으로 극을 끝내기 위해서는 인종차별과 종교의 문제를 심층적으로 다룰 수밖에 없고 이는 당시 사회 상황에서 너무나 예민한 부분을 건드리는 것이므로 셰익스피어는 그러한 위험부담을 가지려 하지 않았다고 본다. 처음 보이는 것은 기독교 사회의 압도적인 승리이지만, 가려진 다른 면을 살짝 들여다보면 약간 억지스럽고 무리한 결론에는 기독교 사회의 위선에 대한 고발이 숨어 있다. 이 재판 과정은 겉모습과 실제의 극적인 대비이며, 정의와 법정에 대한 독창적인 풍자라고 할 수 있다. 현대적으로 해석하면 법의 적용에 권력을 오용 혹은 남용한 결과를 비웃은 것이다. 재판에서 승리한 후 벨몬트로 돌아온 포샤가 승리감 대신 이런 표현을 하는 것도 아이러니다.

"오늘 밤은 마치 병든 낮과 같아.
좀 더 창백해 보이고,
태양이 숨어 버린 낮인 것 같아."

이것은 또 어떤가? 사랑에 관한 멋진 대사를 말할 수 없을 것 같은 캐릭터지만 포샤는 다음과 같은 감동적인 사랑의 고백을 한다.

"나 자신을 위해서라면
더 이상 좋아지리라는 야심은 품지 않겠어요.
그러나 당신을 위해서는
스무 배를 세 곱 한 만큼 더 좋은 여자가 되고 싶고,
천 배나 예쁘고, 만 배나 부자가 되고 싶어요."

사랑하는 상대를 위해 더 좋은 사람이 되고 싶다는 말보다 더 사랑스러운 말이 있을까. 사랑하는 사람이 가질 수 있는 가장 멋진 생각이다. 하지만 곱하기의 숫자가 점점 더 커져서 부자가 되는 것이 가장 큰 비중을 차지하는 것은 셰익스피어 특유의 속물 비꼬기가 아닐까 싶다. 곱하기가 역순으로 된다면 완벽할 것 같다.

줄리엣, 데스데모나, 허미아, 제시카의 공통점은 무엇일까? 사랑 때문에 아버지를 배신한 딸들이다. 줄리엣과 데스데모나에 대해서는 더 이상 말할 필요가 없고, 허미아는 『한여름밤의 꿈』의 이지어스의 딸이고, 제시카는 샤일록의 딸이다. 딸들의 배신은 주로 사랑 때문에 발생한다. 아버지가 바라지 않는 남자를 사랑하기 때문이다. 젊을 때 사랑은 부정父情보다 강하기 때문에 사랑에 빠진 딸은 아버지를 떠날 수밖에 없다. 아버지를 사랑하지 않아서가 아니기 때문에 어찌 보면 배신이 아닌데 아버지의 입장에서는 가장 큰 배신감을 느낀다.

제시카의 경우는 약간 미묘한 점이 있다. 그녀는 아버지 샤일록이 기독교인에 대한 복수를 기획하고 고민하고 있는 사이에 기독교인 애인과 함께 아버지를 버리고 아버지의 보석과 돈을 훔쳐 달아난다. 그의 애인 로렌조는 하필 바싸니오의 친구다. 로렌조의 또 다른 친구인 솔라니오의 대사를 보면 제시카가 무슨 일을 저질렀는지 알 수 있다.

"지금까지 난 그런 감정 폭발을 본 일이 없어.
그 유대 놈이 정신이 나가서, 괴상한 분노로
거리에서 소리를 지르더라구.
'오, 내 딸, 오, 내 돈, 오, 내 딸
기독교인과 도망을 치다니. 오, 내 돈이 기독교인에게,

정의는, 법은, 내 돈, 내 딸,

꼭 잠근 가방을, 꼭 잠가 둔 두 개의 돈 가방을,

하나도 아니고 두 개 가방을 전부 딸년이 훔쳐 가다니.

그리고 그 귀중한 보석도, 두 개의 보석,

값지고 귀한 두 개의 보석도 딸년이 훔쳐 갔구나.

정의를 찾아야지. 딸을 찾아다오.…'"

샤일록이 친구인 튜발로부터 딸 소식을 듣고 통탄해하는 다음 장면을 보면 그가 정말 인간적으로 안됐다는 생각이 들지 않을 수 없다. 제시카는 정말 고약한 딸이다.

"그중 한 사람이 내게 반지를 보여 주면서 원숭이 한 마리 값으로 자네 딸한테서 받은 거라고 했어."
"고얀 년, 튜발, 자네가 날 고문하는군. 그건 내 터키석 반지야. 내가 총각 시절 아내 레아에게서 받은 선물인데. 원숭이 숲을 다 준대도 바꿀 수 없는 거라고."

단순한 반지가 아니라 죽은 아내의 추억이 담긴 반지다. 말하자면 돈으로 환산할 수 없는 물건인데, 엄마 없이 소중하게 키운 딸이 그의 아내에 대한 추억까지 빼앗아가 버리다니 독자 입장에서도 마음이 아프다. 제시카가 훔쳐간 재물은 정확한 액수는 안 나오지만 베니스의 상인 안토니오에게 빌려준

3,000두카토보다도 많은 양으로 추정할 수 있다. 보석 하나가 2,000두카토라고 샤일록이 말하는 장면이 있다. 제시카는 샤일록이 가지고 있던 전 재산을 사랑의 도피를 위해 들치기한 것이다. 이것은 분명히 사랑을 위해서 연인을 택해 아버지를 떠난 차원을 넘어섰다. 제시카는 유대인을 조롱하는 기독교인들의 농담에 기꺼이 동참하며, 나중에는 자기 아버지를 파멸시키고 돌아오는 바싸니오와 포샤 일행을 벨몬트의 포샤 집에서 맞이하고 승리의 축제를 준비한다. 기독교인들에게는 큰 승리인지 모르지만 이것은 얼마나 기가 막힌 아이러니인가. 샤일록은 딸의 배신까지 더하면 정말 독자가 상상하는 이상의 비극의 주인공이다.

셰익스피어의 거의 모든 작품에 나타나는 이런 수법은 소위 '외양과 실제'appearance and reality의 문제다. 보이는 것이 전부가 아니다. 그는 어느 작품에서나 사건이든 인간이든 겉모습이 아니라 실제 모습을 보고 이해해야 한다는 것을 강조한다. 셰익스피어의 작품은 청소년이나 젊은 사람들이 읽기에 적합하지 않다는 의견도 있는데, 그 이유는 아마도 작가가 모호하게 제시하는 역설과 아이러니를 잘못 이해하게 되면 부정적인 면만을 받아들일 수 있다는 우려에서일 것이다. 그러나 인간과 세상의 겉과 속을 함께 볼 수 있다면, 오히려 좋은 교육이 될 수도 있다. 셰익스피어를 바르게 이해하기 위해서는 약간의 가이드가 있으면 좋겠지만, 고전이란 읽을 때마다 새로운 의미를 주는 것이니 나이가 중요한 건 아니라는 생각이 든다.

바쁘게 살아가다 보면 불가피하게 외양을 보고 판단하는 일이 많다. 실제를 살펴보는 것이 더 어렵기 때문일까. 시간이나 마음의 여유도 없을 것이다. 과정보다는 결과를, 감정보다는 이성을, 소수의견보다는 다수의견을, 인성보다는 성적을, 마음보다는 외모를 존중하는 사회이기 때문이다. 셰익스피어를 읽으며 역설과 아이러니를 느낄 수 있다면 사고의 유연성에 대해서 다시 한 번 생각하는 계기가 되리라 믿는다. 셰익스피어의 모호성이라는 것은 어느 한 편을 일방적으로 지지하지 않고 그냥 있는 그대로 관찰하는 측면이 있다. 명백하게 악인인 인물마저도 나쁜 놈이라고 직접적으로 말하기보다는 그의 언행을 보이는 대로 그린다. 판단은 보는 사람의 몫이다. 셰익스피어의 작품은 도덕적 교훈이 결여되어 있다는 비난도 있지만 랄프 왈도 에머슨 같은 작가는 "셰익스피어가 해결하지 않은 도덕적 문제가 있는가?"라고 반문한다. 문학이나 예술이 윤리 교과서는 아니므로 에머슨의 말이 더 와닿는다.

셰익스피어의 위대성은 어디에서 오는 것일까? 세계 문학사상 가장 오랫동안 가장 많은 비평을 받은 작가이며, 가장 많이 인용된 작가라는 것에는 이견이 없는 듯하다. 심지어 셰익스피어는 실존 인물이 아니며 가짜라고 주장하는 저서만 5,000종이 넘는다고 하니 그에 대한 관심은 타의 추종을 불허한다. 역사상 가장 유명한 작가 중 하나인 그가 실존 인물이 아니라는 주장이 오늘날까지 계속되는 것도 아이러니 아닌가. 프란시스 베이컨이 진짜 셰익스피어였다는 주장이 꽤 있는데, 그중에도 다음 이야기는 정말 재미있다.

『베이컨이 셰익스피어다』*Bacon is Shakespeare, 1910*라는 책을 쓴 에드윈 더닝 로렌스*Edwin Durning-Lawrence*는 셰익스피어의 모든 작품을 분석하여 암호로 추측되는 모든 단어를 연구했다고 한다. 그가 주장하는 결론 중 하나는 베이컨이라는 천재가 암호 분야에서도 귀재였는데, 작품 중 하나인『사랑의 헛수고』에 다음과 같은 힌트를 숨겨 놓았다는 것이다. 이 작품에 나타나는 'honorificabilitudinitatibus'*라는 라틴어 단어를 풀어쓰면 'Hi ludi F Baconis nati tuitiorbi'가 된다고 한다. 이 문장의 뜻이 '프란시스 베이컨의 자식인 이 희곡들을 세상을 위해서 보존한다'라니 기막힌 발견 아닌가?

셰익스피어의 진위 문제가 이렇게 다양하게 제기된 이유가 뭘까? 실제 저자 후보가 50명이 넘는다고 하는데, 베이컨과 옥

---

* '명예를 지킬 수 있는 상황'이라는 뜻.

스퍼드 백작이 가장 지지자가 많은 후보인 것으로 보인다. 그 시작은 윌모트James Wilmot라는 사람이 다음과 같은 주장을 하면서부터라고 하는데, 이후 진위 문제에 대한 연구가 활발해졌다는 것이다.

"셰익스피어의 작품에서는 저자가 어린 시절부터 정상적인 학교 교육을 받았고 여행을 많이 다녔으며 위대한 학자들과 교류했다는 인상이 진하게 풍기지만, 막상 세상에 알려진 그의 인생은 이런 특성에 부합하는 부분이 단 하나도 없다."

요즘과 달리 정보가 매우 제한적이었던 시대에 이탈리아 등 해외를 배경으로 한 많은 작품들에서 지리 정보나 문화적 배경이 매우 정확하게 묘사된 것만 봐도 위의 지적은 꽤 타당해 보인다. 이러한 가설 위에 셰익스피어의 진위 문제에 대해 활발한 연구가 시작된다. 하지만 셰익스피어 생전에 혹은 사후에도 200년간 전혀 제기되지 않던 문제가 대단한 화제가 되어 버린 것 자체가 그다지 신빙성이 있을 것 같지는 않다. 왜 그런 현상이 생겼는지에 관한 가장 유력한 이론은 셰익스피어의 유명세가 너무 높아져서 거의 신성시되었기 때문이라는 것이다. 데이비드 개릭David Garrick이라는 셰익스피어 숭배자가 1769년 스트랫포드 어펀 에이번 Stratford upon Avon에서 셰익스피어 기념일 행사를 시작한 것을 계기로 그의 신격화가 대중적으로 진행되었다고 한다. 필멸의 인간이 신격화되면 도전자가 많이 생기게 마련이다. 하지만 셰익스피어의 실체에 대한 의심이나 논란은 가설에 불과하다는 것이 정설인 듯하다.

셰익스피어의 진위에 대한 논란에 비해 작품의 가치에 대한 시비는 별로 없지만 부정적인 비평은 꽤 있다. 톨스토이는 "셰익스피어의 모든 인물들은 부자연스러운 언어로 말하며 가식이 많다."라고 비평한 바 있으며, 조지 버나드 쇼는 독설가답게 "셰익스피어는 남들을 따라갈 때만 훌륭한 작가다."라고 독창성 부족을 꼬집었다. 반대로 올더스 헉슬리는 "인류를 대표하는 최고의 작가는 셰익스피어다."라고 찬사를 보냈다. 괴테는 "셰익스피어의 인간만큼 자연스러운 것은 존재하지 않는다." "그는 인간 생활의 모티브는 하나도 남김없이 표현해냈다."라고 하며 톨스토이와는 정반대되는 논평을 했다. 대체로 부정적인 평가는 리얼리티를 중시한 고전주의적 관점에서 본 비평이 많다.

많은 작가와 비평가의 공통적인 찬사는 셰익스피어가 인간의 본성을 가장 잘 통찰한 작가라는 것이다. 독자 입장에서도 작품 내의 인물들이 지금 우리 주변의 인물들과 별 차이가 없다는 것을 금방 느낄 수 있다. 프로이트가 충분한 임상자료가 축적되기 전에는 셰익스피어의 인물들을 참고했다고 하듯이,

그의 인물들은 다양하고 복합적인 성격으로 우리들의 모습을 거울처럼 비추어 준다. 프로이트는 서양문학사의 3대 걸작으로 소포클레스의 『안티고네』, 셰익스피어의 『햄릿』, 그리고 도스토옙스키의 『카라마조프가의 형제들』을 들었다. 셰익스피어의 작품에 나오는 인물의 생동감은 우리들의 상상력을 자극시키고 상처 입은 사람에게 위안을 준다.

여러 가지 정황을 보건대, 셰익스피어는 자기의 작품이 활자화되는 것에 대해 별로 관심이 없었던 듯하다. 명성이나 명예에도 그다지 집착하지 않았던 것 같다. 셰익스피어의 마음은 마치 『폭풍우』에서 프로스페로가 마법책을 깊은 바닷속에 수장시키는 마음과 비슷했을까. 그의 최초 작품전집은 36개 작품을 담은 이절판으로 셰익스피어 사후 7년에 친구인 존 헤밍스John Heminges와 헨리 콘델Henry Condell에 의해 발간되었다. 1623년의 일이다. 10여 편의 작품만이 작가 생전에 인쇄된 형태로 존재했던 것으로 보인다. 『햄릿』의 경우를 보면 초판본은 2,115행으로 짧았는데 그보다 1년쯤 후에 나온 신판은 3,660행으로 분량이 두 배 가까이 늘었다. 신판에는 '새롭게 찍어낸 정본'이라는 소개글이 있다고 한다. 공연시간으로 보면 초판본이 두 시간 정도 분량이었다고 하니, 신판은 셰익스피어가 공연용이 아니라 독서용으로 계획했다는 분석도 있다. 이것이 사실이라면 전체 작품은 아니더라도 셰익스피어가 일부 작품에 대해서는 출판까지 염두에 두고 있었다는 말이 된다.

이절판folio이라는 것은 당시 인쇄용지를 반으로 나눈 크기의 책을 뜻한다. 한 가지 주목할 점은 이절판이란 표지를 송아지 가죽으로 만들고 호화 장정을 했기에 엄청 비쌌다는 것이다. 그래서 주로 성경이나 지리, 역사 등의 제한된 출판물에 사용되었다. 당시 사절판quarto만 해도 웬만한 작가는 엄두도 내지 못했다고 하니, 첫 번째 전집을 이절판으로 만들었다는 건 대단한 일이라고 할 수 있다. 셰익스피어의 두 친구가 책 판매에 자신이 있었다는 뜻일까? 셰익스피어가 생전에 이미 최고 인기작가였으니 판매가 어렵지는 않았을 것이다. 하여간 셰익스피어의 작품이 지금의 모양으로 남아 있는 것은 이 두 친구의 공헌이다. 당시 연극대본의 형태로 흩어져 있던 자료를 모아 오류를 고치고 원작을 되살리는 데 동료이자 친구였던 그들만큼 잘할 수 있는 사람도 없었다. 그들이 그런 작업을 하지 않았다면 셰익스피어 작품의 반 정도는 오늘날 존재하지 않았을 거라고 하니 정말 의미 있는 일이 아닐 수 없다.

그의 작품이 영어라는 언어가 오늘날의 형태로 발전하게 된 중요한 계기가 되었다는 점 또한 주목할 부분이다. 셰익스피어의 위대함은 이러한 어문학적 가치 외에도 인간성과 인간 관계에 대한 고찰의 깊이와 어느 한 쪽에 치우치지 않는 보편성과 시대적 관통 정신에서 찾을 수 있다. 벤 존슨이 했다는 말 그대로다. "셰익스피어는 한 시대가 아니라 모든 시대를 위한 작가이다." 서구 세계의 4대 작가, 3대 희곡 등을 꼽을 때 셰익스피어가 늘 포함되는 것은 바로 벤 존슨의 말에 많은 사람이 동의한다는 뜻이다.

셰익스피어의 연극관은 바로 그의 인생관이다. 사람이 세상의 중심이고 세상은 무대, 모든 사람이 주인공이라는 것이다. 다음은 햄릿의 대사인데 연극의 목적을 말하고 있다.

"매사에 있어 지나친 것은 연극의 본성에 어긋나는 것,
예나 지금이나 연극의 목적은 자연에다 거울을 비추는 일이다.
말하자면 미덕에는 미덕의 모양을,
어리석음에는 어리석음의 이미지를 있는 그대로 보여서
시대와 풍조의 참된 모습을 고스란히 드러나게 하는 데 있다."

셰익스피어에게 있어서 연극은 인생을 보는 방식이기도 하다. 거울에 비추어 본다는 말이 중요한데, 눈은 자기 자신을 볼 수 없고 다른 무엇인가에 비춰져야 비로소 볼 수 있다. 거울을 통해 본다는 것은 어떤 각도로 비추는가에 따라 거울 속에 들어오는 광경이 달라진다는 것을 의미한다. 비추는 사람의 주관이 작용하기 때문이다. 또 하나 중요한 것은 있는 그대로의

참된 모습을 봐야 한다는 것이다. 스탈린은 셰익스피어를 매우 싫어해서 그의 연극 상연조차 금지했다고 한다. 공산당의 폭정 시대에 '있는 그대로를 거울로 비치는' 일을 그가 좋아할 수는 없었을 것이라고 짐작되지만, 그전에 스탈린은 셰익스피어의 작품을 꽤나 진지하게 읽었다는 얘기다.

셰익스피어의 희곡은 총 37편이라고 하는데 ─38편이나 39편이라고 하는 학설도 있다─ 여기에 등장하는 인물은 총 1,222명이라고 한다. 행인이나 특정 장면에만 등장하는 시민도 있고 대사조차 없는 인물도 많기 때문에 성격이 드러나는 주요 등장인물은 한 편당 10명 내외이므로 아마도 365명 정도일 것이다. 1년은 365일이고 주역의 64괘에서 출발하는 점의 가짓수(효사)도 384개인 것을 보면, 인간의 성격이나 인간사에 발생하는 일이라는 것은 대략 이 정도 숫자의 범위 안에서 분류될 수 있는 것이 아닐까 생각해 본다. 셰익스피어는 많은 작품을 쓰면서도 등장인물의 성격이 겹치지 않도록 신경을 썼던 것 같다. 같은 인물이 여러 작품에 등장하는 경우는 있어도 다른 인물이 비슷한 성격을 지닌 경우는 없다. 역시 인간의 개성을 존중한다는 철학이 바탕에 깔려 있음이 분명하다. 그의 작품에서 시대를 뛰어넘는 보편성이 빛나는 것은 이러한 개성 존중 사상이 탁월하게 겸비되었기 때문이다.

인간은 상당히 모순적인 존재다. 나와 비슷한 사람을 좋아하기도 하지만 나와 비슷한 면을 가지고 있다는 이유로 싫어하기도 한다. 자기는 관대하지 못하면서 다른 사람은 관대하기를 바란다. 다른 사람의 어떤 행위로 배신당했다고 생각하면서 자신의 유사한 행동은 배신이라고 생각하지 않는다. 우리는 나와 타인의 관점이 다를 수 있다는 것을 알지만 그것을 쉽게 인정하지는 않는다. 셰익스피어는 인물들에 대해 이야기할 때, 모든 사건과 관계에 있어서 한쪽 면만이 아니라 반대쪽 면도 보여 주는 방식을 택한다. 많은 경우, 잘 드러나지 않는 반대쪽 면이 더 중요한 의미를 가진다. 그래서 셰익스피어의 역설과 반어법을 이해하면 그의 작품이 더욱 재미있다. 사실 선과 악의 실로 짜여진 인간 자체가 역설과 아이러니다.

2장

간신과 충신의 차이

간신형의 인간과 충신형의 인간이 있다면 누가 더 출세하고 성공할 가능성이 높을까? 충성을 인정받는 사람이 출세할 가능성이 높은 것은 당연하겠지만, 문제는 아부와 충성은 종이 한 장 차이도 날까 말까 하다는 사실이다. 셰익스피어도 극중 인물의 대사를 통해 "사람은 아부로 속일 수 있다."고 한 바 있다. 우리의 현실에서도 대부분의 보스는 쓴 소리는 싫어하고 듣기 좋은 말을 즐기는 경향이 있다. 모든 인간의 공통 속성이니 말할 필요도 없는 것인가? 그러나 리더라면 이 말을 명심하자. "그대가 마시는 것은 달콤한 존경심이 아니고 독이 든 아첨." 신하 입장에서는 다음도 기억할 만하다. "신하가 군주보다 더 큰 인기를 얻게 되면 목숨을 조심해야 한다."

심복형 간신

『햄릿』의 등장인물 중에 폴로니어스라는 인물이 있다. 햄릿의 복수의 대상인 왕 클로디어스의 신하이다. 그는 사실 간신에 가까운 인물인데, 어찌 보면 오늘날 우리의 모습과 닮았다. 그는 클로디어스 왕의 가려운 데를 긁어주는 심복으로, 왕에게 성가시고 불편한 존재인 햄릿을 염탐할 뿐만 아니라 자신의 딸인 오필리아까지 동원해 햄릿에 대한 정보를 캐고 왕의 술수를 실행하는 역할이다. 오로지 왕이 원하는 바를 실행하고 왕의 기분을 맞춰주는 것이 그의 일이다. 자기 자신의 안위를 위한 것이지만 나라까지 팔아먹는 것은 아니니 아주 나쁜 간신은 아닌 셈이다. 특히 가정에서는 좋은 아버지가 되려고 노력하는 가장이다. 외국으로 나가는 그의 아들 레어티스에게 당부하는 다음 말을 들어보자.

"내 이제 몇 마디 당부를 할 테니 단단히 명심해라.
속에 마음먹은 것은 입 밖에 내서 말하지 말고
덜 된 사상을 함부로 행동으로 옮기지 마라.
친구와 가까운 것은 좋지만 번잡한 것은 못쓴다.
일단 좋은 친구라는 것을 알게 되거든,
네 가슴 앞으로 바싹 잡아당겨서 무쇠 테로 졸라매라.
그러나 털도 안 난 햇병아리 같은 친구들을

만나는 대로 다 반겨 악수하고 할 일은 아니다.

그러다가는 네 손가죽이 두꺼워져 사람을 분간하지 못할 거다.

남과 싸우지 마라. 하지만 일단 싸우는 이상은

그놈이 다시는 대들지 않도록 단단히 해야 한다.

누구의 말에나 귀기울여 들어주되, 무조건 동의하지는 마라.

누구의 의견이나 들어주되, 시비 판단을 삼가라.

네 주머니 사정이 허락하는 한도에서 옷은 비싼 것을 선택하되,

허세로 보이지 않게 해라. 값지되 화려해서는 안 된다.

의복은 인품을 말해 준다.…

돈을 빌리지도 말고 빌려주지도 마라.

빚을 주면 돈과 사람 모두를 잃게 된다.…

무엇보다도 너 자신에게 진실해라. 그러면,

밤이 지나면 낮이 되는 것과 마찬가지로,

누구에게도 진실한 인간이 될 수 있다.

그럼 잘 가거라.˝

어디서 많이 들어본 말이 아닌가. 좋은 말로 가득하다. 아들에게 신사의 품격을 당부하는 매뉴얼로 유명한 체스터필드 백작Earl of Chesterfield의 『아들에게 쓴 편지』*Letters to His Son*가 폴로니어스의 이 당부를 바탕으로 쓴 것은 아닌지 모르겠다. 막상 폴로니어스는 아들 레어티스가 프랑스에 가서 공부는 안 하고 엉뚱한 짓을 하는 건 아닌지 알아보기 위해 하인을 염탐꾼으

로 보낸다. 더욱 재미있는 것은 아들의 행적을 조사하고 염탐하는 방법까지 세세하게 지시한다. 앞에서는 아들에게 품위 있는 신사의 행동지침을 진심으로 훈계하면서 뒤에서는 간신의 수법을 사용하는 이율배반이 재미있다. 밖에서는 사기꾼이라도 가정에서는 훌륭한 아버지 역할을 하고 싶은 것이 모든 아버지의 바람 아니겠는가? 오필리아가 햄릿의 사랑 고백을 들었다고 하자, 아버지 폴로니어스는 이렇게 얘기한다. 아버지가 딸에게 하는 말은 어쩔 수 없는지 간결이 재치의 본질이라고 강조하는 사람의 말치고는 상당히 장황하다.

> "그게 다 너 같은 바보 새를 잡는 덫이란다.
> 피가 끓을 때는 영혼이 방탕해서
> 혀 마음대로 맹세를 지껄이게 하는 거야.
> 애야, 그런 불꽃은 열보다도 환한 빛을 내고
> 사랑의 맹세는 하는 순간에도
> 금방 꺼져 버려.
> 그런 것을 불로 착각해서는 안 된다. 앞으로는
> 처녀의 몸으로 처신을 조심해야 한다.
> 왕자가 청한다고 명령처럼 듣지 말고
> 좀 비싸게 굴란 말이야. 햄릿 왕자로 말하면
> 아직 젊으니까 너보다는 훨씬 더 자유롭게
> 이 세상을 걸어 다닐 수 있다는 것을

감안해야 한다. 간단히 말해서,

그의 맹세를 믿지 말란 말이다.

그런 말들은 자기 본색을 드러내지 않는 뚜쟁이와 같아서,

수치스러운 욕망으로 유혹하지만,

겉으로는 신성한 척, 점잖은 척 수작을 부리기 때문에

속기 쉽다는 말이다. 마지막으로 일러둔다.

결론을 말하면 이 시간 이후 햄릿 왕자와 얘기를 하거나

수작을 부리는 건 안 된다. 이건 내 명령이니 명심해라."

　내용이야 딸에 대한 진심어린 걱정이지만, 소위 꼰대의 발언이다. 그런데 폴로니어스는 왜 딸에 대한 왕자의 구애를 이렇게 반대하는 걸까? 극중에서 이유를 구체적으로 설명하고 있지는 않지만, 그는 왕 클로디어스가 햄릿을 눈엣가시 같은 존재로 인식하고 있다는 사실을 알고 있다. 어쩌면 왕이 햄릿을 제거할 계획을 폴로니어스에게 말해 줬을 가능성이 높다. 그뿐 아니라 그는 왕이 햄릿의 부왕에게 저지른 일도 알고 있을 것이다. 간신 폴로니어스의 행동 양식은 클로디어스 왕에 대한 무조건적 충성에 초점이 맞춰져 있다. 폴로니어스는 클로디어스 왕의 대사로 보면 입안에 혀 같은 신하이다. "그대는 언제나 기쁜 소식을 전해 주는 사람이오." 이 대사야말로 간신을 규정하는 말이다. 나쁜 소식은 절대로 직접 전하지 않는다. 늘 왕이 원하는 바를 얘기한다. 군주가 어리석으면 신하는 어

두워지고 주인이 아첨을 좋아하면 부하는 간신이 되는 법이다. 역사를 보면 권좌에 오른 왕도 초기에는 강직한 신하들을 등용하여 혁신을 주도하려 노력하지만, 시간이 흐르다 보면 자기 뜻에 영합하는 간사한 무리들을 중용하게 되는 경우가 많다. 어느 날 폴로니어스는 왕과 왕비가 함께 있는 자리에서 다음과 같은 대사를 읊는다.

> "무릇 간결이 재치의 본질이며,*
> 산만은 그 수족과 외면치레에 불과하니,
> 폐하께 간단히 아룁니다. 왕자께서는 정신병입니다.
> ……
> 제가 무슨 술수를 쓰는 것은 아닙니다.
> 왕자가 미쳤다는 건 사실입니다.
> 사실이라 유감이고,
> 유감스럽게도 사실입니다.
> 그만두지요. 술수를 부리는 게 아니니까요."

그는 햄릿이 미친 것으로 몰고 간다. 술수를 쓰지 않는다고 말하는 사람은 반드시 술수를 쓰는 법이다. 그는 오필리아와 햄릿이 만나는 장면을 연출하고 왕과 왕비에게 보여 햄릿이

---

* Brevity is the soul of wit. 영국 속담이 됨.

미친 것을 증명하려 한다. 그가 햄릿을 만나는 장면이다.

"안녕하신가?"

"전하, 저를 아시겠습니까?"

"알고 말구, 생선장수* 아닌가?"

"아닙니다, 전하."

"생선장수가 아니라면, 생선장수만큼 정직한 인간이 돼 보게."

"전하, 정직한 인간이라니요?"

"아무렴, 지금 세상 같아서는 정직한 인간이란 만 명 중에 하나가 된다는 뜻이지."

"그건 틀림없는 사실입니다, 전하."

햄릿도 폴로니어스의 인간됨을 잘 알고 있다. 그가 클로디어스 왕의 지시를 받아 뭔가 음모를 꾸미고 있다는 것도 눈치채고 있다. 폴로니어스는 몇 가지 잔술수 끝에 왕비 방의 커튼 뒤에 숨어서 염탐을 하려고 한다. 폴로니어스가 왕비에게 말한다.

"왕자가 곧 올 겁니다. 단단히 주의를 주셔야 합니다.
장난이 지나쳐서 더 이상 참을 수 없다고요.

---

* fishmonger, 생선장수 외에 포주라는 뜻도 있음.

마마께서 폐하의 분노를 간신히 막았다고 말씀하세요.
더 이상 말하지 않겠습니다."

더 이상 말하지 않겠다는 말 그대로 이것은 폴로니어스의
마지막 대사가 된다. 커튼 뒤에 숨어 있다가 햄릿의 칼에 찔려
죽기 때문이다. 비극의 시작이다. 아버지가 죽은 것을 안 오필
리아가 미치는 것은 또 다른 사건이다. 그녀가 정신이 나간 상
태에서 물가를 헤매다가 물에 빠져 죽고, 비극은 계속된다.

간신의 정의는 무엇인가? 개인적인 이익을 위해서 군주에
게 아부하며 다수의 행복은 아랑곳하지 않는, 나아가서는 나
라 전체의 이익까지도 해칠 수 있는 관리이다. 군주와 충신 사
이를 이간질하여 충신을 배척하는 일이 필수다. 이 과정에서
자기 뜻을 이루기 위해 파벌을 만드는 것은 선택 사항이다. 간
신에게 정의란 군주의 원하는 바다. 군주가 원하는 것을 무엇
이든 말하기 전에 행하면 만점 간신이다. 다수의 정의는 상관
없다. 자기 자신의 안위를 위해서 수단 방법을 가리지 않고 타
인을 음해하고 해코지하는 것이 특기다. 오늘날에도 우리에게
는 '이익'이라는 것이 행동지침이 되는 경우가 많다.

"저 억지웃음을 짓는 신사, 이익이라는 이름의 간사한 놈…
변심하게 하는 놈, 교활한 악마,

입에서 나오는 대로 아무렇게나 지껄이는 뚜쟁이…
하지만 나는 왜 이익이라는 놈을 매도하는 거지?
아직 놈이 나에게 접근해 온 적이 없기 때문이지."

『존 왕』의 인물 하나는 이렇게 신랄하게 '이익'이라는 놈을
매도한 후 현실로 돌아온다. 절묘하지 않은가? 인간의 본성을
이렇게까지 들여다보다니.

반대로 충신이란 개인보다는 국익을 위해서 행동하는 신하
이다. 상대가 왕일지라도 나라를 위해서라면 쓴소리라도 직언
할 수 있는 신하이다. 그것이 궁극적으로 왕에게 충성하는 길
이라고 믿기 때문이다. 간신은 권력을 이용하여 백성을 핍박
하여 사리를 취하고, 충신은 백성이 나라의 근본임을 알고 백
성을 존중한다. 충신은 강단이 있고 간신은 배짱이 좋다. 간신
은 도박을 거는 편이고 충신은 도박을 피하는 편이다. 충신은
군자며 대인이고 간신은 소인이다. 그런데 간신은 언행이 교
묘하고 세상 돌아가는 일에 밝으며 임기응변에 강해서 술수를
잘 들키지 않는다. 게다가 그들은 권력의 힘을 극대화해서 사
용하기 때문에 옳지 않은 짓을 하는 소인임이 잘 보이지 않는
다. 겉에 보이는 것 appearance만으로는 실제 reality를 알 수 없다는
것이 문제다. 셰익스피어의 작품에 이런 대사가 있다.

"냇물이 깊으면 물은 잔잔히 흐릅니다.

저 충직해 보이는 외관에 역심이 도사리고 있습니다."

문제는 칭찬은 면전에서 하지만 흠집내기는 뒤에서 하기 때문에 상당한 시간이 지나기 전에는 알 수 없다는 것이다. 그러나 '잘 보면 알 수 있다'는 셰익스피어의 가르침대로, 잘 관찰하면 기미를 알 수 있는 것은 사실이다. 비열함과 부정은 드러나게 마련이기 때문이다.

악당형 간신

나쁜 군주 밑에 나쁜 신하가 있게 마련이다. 역사적으로 볼 때, 간신은 왕권에 문제가 있는 경우 더 득세할 가능성이 많다. 국가적 혼란기에 있거나 왕이 폭정을 하는 경우 그러하다. 『리차드 3세』에 나오는 심복 버킹검 공작을 보자. 왕위 서열 4위인 리차드는 왕위를 차지하기 위해 서열에서 앞선 형과 조카 둘을 살해한다. 그런 온갖 악행을 대행하고 기획하는 인물이 바로 버킹검이다. 리차드의 마음을 읽은 버킹검은 필요할 때마다 살인을 기획한다.

"왕비의 측근들이 세자를 맞이하러 가게 해서는 안 됩니다.

이번 기회에 그들을 제거해야만 폐하의 대망과

이 나라의 국운이 다시 일어설 수 있습니다."

"나의 분신, 버킹검.

이 몸은 어린아이처럼 그저 경의 지시대로 따르겠어."

사극을 보면 꼭 이런 장면이 있다. 협조자가 없이는 악행도 한계가 있다. 형을 먼저 죽인 후 섭정을 하고 있는 리차드를 왕위에 올리기 위해 버킹검 공작은 각본을 짜고 연출을 한다. 그가 다른 신하들과 얘기하는 장면이다.

"대관식 준비는 이상 없겠지요?"

"남은 것은 날짜를 정하는 일뿐입니다."

"누구 리차드 공의 의향을 아는 분은 없습니까?"

"그분의 마음이야 공작께서 잘 아실 거 아닙니까?"

"그분 얼굴이야 잘 알고 있죠. 하지만 내가 여러분 속마음을 알 수 없듯이, 그분의 심중까지 안다고 감히 말할 수 있겠습니까? 오히려 헤이스팅스 경이 리차드 공과는 가장 가깝게 지내시지 않나요?"

헤이스팅스 경을 포섭하려는 시도인데, 버킹검의 말이 교묘하다. 사실 헤이스팅스는 이미 협조하지 않겠다는 뜻을 다른 사람에게 밝혔고 리차드는 그 사실을 알고 있다. 리차드는 버킹검을 옆으로 불러내 그 사실을 알리고, 버킹검은 헤이스팅스를 반역죄로 몰아가는 연출을 한다. 리차드의 대사다. "연극 배우 노릇을 하라고?" 결국 버킹검의 각본대로 리차드는 왕위에 오른다. 즉위하는 장면을 보자.

"일동 물러나시오. 버킹검!"

"예, 전하."

"손을 이리 주시오. (나팔 소리가 높이 울리는 가운데 왕좌에 오르며) 경의 충언과 도움으로 리차드가 왕위에 앉게 되었소."

리차드도 버킹검도 확실히 성공한 것처럼 보인다. 하지만 간신의 최후는 누구보다도 비참하다. 리차드는 버킹검 공작의 기획과 연출로 왕관은 쓰게 되었지만 왕세자가 아직 살아 있기 때문에 불안하다. 버킹검에게 아이들이 아직 살아 있는가 묻는다. 버킹검은 양심상 아이들까지 죽이고 싶지는 않았던 모양이다. 무슨 말씀이냐고 반문하니 리차드는 대답한다.

"난 왕이 되고 싶어."

"이미 왕이십니다, 폐하."

"하지만 정통의 세자가 살아 있지 않은가?"

"그건 그렇습니다."

"그건 그렇다고?

그렇게도 영민했던 공작의 머리가 이제 어떻게 된 건가?

알기 쉽게 말할까? 그 아이들을 살려두고 싶지 않다고.

어때? 대답해 보게. 짧게."

"뜻대로 하십시오."

"이런, 얼음덩이보다 더 차갑군.

이 리차드에 대한 공작의 사랑이 이제 식었나 보지?

죽여도 좋겠나. 대답해 어서."

"잠시 시간을 주십시오.

생각해 보고 확실한 대답을 드리겠습니다."

현명한 충신이 되는 것과 현명한 군주가 되는 것, 어떤 것이 더 어려울까? 현명한 군주조차도 쓴소리를 늘 환영하는 것은 아니기 때문에 일반적으로 충신이 되기가 더 어렵다. 충신의 약점은 간신이 가지고 있는 특성을 가지지 못한 것이다. 비위를 맞추고 아부하는 것, 편 가르기, 약점 잡기, 음모, 이간질 등은 군자가 멀리하는 행동 방식이기 때문에, 충신은 마구잡이 싸움에서 전투력이 약할 수밖에 없다. 게다가 충신은 한 번 권력에서 물러나면 군주가 다시 불러주지 않는 한 다시 복귀하는 경우는 없다. 권력의 욕심이 없기도 하지만 순리가 그러하다는 기미를 알고 겸허하게 개인으로 돌아가기 때문이다. 물론 극단적인 경우 간신이든 충신이든 목숨까지 뺏기는 경우도 많다. 충신은 간신의 음모에 의해서, 간신은 군주나 민중에 손에 의해서 말이다.

리차드는 셰익스피어 작품의 등장인물 중에 가장 지독한 악당으로 손꼽힌다. 버킹검 공작은 대답을 가져왔다고 하며 왕을 다시 찾아오지만, 리차드는 딴청이다. 딴청을 부리는 리차드에게 버킹검은 눈치 없게도 "폐하, 전에 약속하셨던 영지와 재산은…" 하고 약속을 지켜 달라고 한다. 리차드는 계속 딴청이다.

"응? 지금 몇 시를 쳤나?"
"죄송하지만 폐하께선 저와의 약속을 지켜 주십시오."
"그래, 그래. 지금 몇 시를 쳤냐니까?"
"열 시를 쳤습니다."
"그래, 그럼 치도록 내버려 둬."
"치도록 내버려 두라니요?"
"그렇지 않은가. 왕이 명상에 잠겨 있는데
공작은 마치 시계에 올라앉은 인형처럼
왜 그렇게 똑딱거리고 있냐 말이야.
오늘은 주고 싶은 마음이 아니야."

버킹검은 운명이 다했는지 그 빠르던 눈치도 수명을 다한 것 같다. 다른 신하가 왕의 눈치를 보고 이렇게 말한다. "폐하께서 화가 나셨어. 저거 봐, 입술을 깨물고 계셔." 버킹검이 왕의 면전에서 퇴장한 후 독백을 한다.

"그래 이게 보답인가?

내 깊은 충성을 이따위 모욕으로 갚는다는 말인가?

이러려고 왕을 만들어 주었나?"

버킹검의 속내는 여전히 자기 자신의 영달뿐이다. 간신의 전형이다. 그가 생각하는 충성은 당연히 우리가 아는 충성과는 발음만 같을 뿐 의미가 다르다. 왕인 리차드의 관점에서도 이런 인간은 자기 이익을 위해서는 언제고 배신할 수 있는 인물로 보이지 않을까? 간신으로 살아가는 이유는 다음 대사로도 확인할 수 있다. 리차드의 자객이 런던탑에 유폐된 형 클래런스를 살해하는 과정에서 하는 말인데, 인간의 행동지침 중 첫 번째가 이득이 아니었으면 좋겠다.

"우리는 그분의 양심이 아니라 명령을 따를 뿐입니다.

그분이 주는 보상을 따를 뿐이라고요."

드디어 버킹검 공작은 도주해서 리차드의 반대편인 리치몬드 진영으로 합류한다. 그가 웨일스로 가서 반군을 모집한다는 말을 들은 리차드는 비웃는다. "버킹검의 급조된 군대 따위는 문제가 아니다." 우습게도 버킹검의 군대는 전투에 붙어보기도 전에 웨일스 지역의 폭우와 홍수로 궤멸되고 버킹검은 체포되고 만다. 그는 리차드에게 접견을 요청하지만 거절당한다. 장교의 말을 듣고 독백처럼 하는 그의 마지막 발언이다.

"헤이스팅스, 에드워드 왕과 왕자들, 그레이와 리버스,
성군이셨던 헨리 왕과 왕세자 에드워드,
저 잔혹한 도살자의 손에 죽어간 억울한 영혼들이여,
그대들이 하늘 위에서 먹구름을 뚫고 내려보고 있다면
형장에 선 버킹검의 종말을 비웃어도 좋으리.
친구가 사냥개로 변하는 날이
곧 오리라 했던 마가렛의 저주여,
그 저주 이제 내 목에 떨어지는구나.
이보게 장교들, 이제 나를 형틀에 묶게.
내 과오와 죗값을 달게 받겠네."

반군 편에 선 그가 체포된 후에도 끝까지 왕의 접견을 요구
한 걸 보니 간신은 간신이다. 접견을 거부당하고 나서야 마지
막 양심의 고백을 한다. 사람이 죽을 때가 되면 양심이라는 것
이 살아나는 모양이다. 리차드도 리치몬드 군대와의 전투를
앞두고 악몽에 시달린다. 자기 손에 죽은 사람들의 망령이 나
타나 각각 저주의 말을 퍼붓는 것이다. 악몽에서 깨어난 리차
드의 독백이다. "내 양심에는 아무래도 천 개의 혀가 있는 모양
이군." 양심의 가책으로 식은땀을 흘리면서도 리차드는 전투
에 나가는 병사들에게 "양심 따위는 겁쟁이들이 쓰는 말에 지

나지 않는다."며 독려한다. 이제 전투에 들어간 리차드의 군대가 곤경에 처할 차례다. 결국 리차드는 리치몬드의 칼에 죽는다. 역사적인 폭군도 죽음 앞에서는 왕국과 말 한 마리를 바꾸자고 할 만큼 보잘것없는 존재다. 격전 중에 말에서 떨어진 리차드의 외침이다.

"말을 다오, 말을!
내 왕국을 줄 테니, 말을."

무소불위의 간신

역사에는 왕에 못지않은 권력을 가진 신하도 존재했다. 충신은 군주나 나라를 우선으로 생각하기 때문에 무소불위의 권력을 행사하는 경우는 없다. 간신은 국가보다는 개인의 영화가 우선이기에 권력을 잡으면 수단과 방법을 가리지 않는다. 셰익스피어의 인물 중 권력이 막강했던 간신으로는 『헨리 8세』의 울지 추기경을 들 수 있다. 『헨리 8세』는 셰익스피어의 거의 마지막 작품쯤에 해당한다. 『두 귀족 친척』과 함께 존 플레처John Fletcher와의 공동 작품이라는 설이 정설인 듯하다. 저명한 셰익스피어 학자인 체임버스E.K. Chambers의 분류에 『두 귀족 친척』은 빠져 있고 『헨리 8세』는 들어 있는 것으로 보아 『헨리 8세』는 전에는 셰익스피어의 단독 작품으로 인정되었던 것으로 보인다.

울지 추기경은 왕의 옥새를 마음대로 사용하며 정적 버킹검 공작을 모함하여 런던타워로 유배한다. 런던타워로 간다는 것은 대개 죽음을 의미한다. 헨리 8세는 역모를 미리 방지해 주어 고맙다고 울지 추기경을 치하한다. 캐더린 왕비는 어전에서 과도한 과세로 추기경과 폐하가 동시에 원성의 대상이 되고 폭동의 조짐이 있으니 국왕으로서 명예를 보호해 주십사 청원을 한다. 울지 추기경이 주도하여 재산의 1/6을 강제 징수하는 법을 포고했던 것이다. 헨리 8세가 처음 듣는 소리인 듯 어떻게 된 것인지 묻는다. 울지는 자신은 모른다는 듯이 대답한다.

"조세라니? 어디에? 무엇에다 과세했다는 말인가? 추기경, 경도 과인과 같이 비난을 받고 있다는데, 과세에 대해 알고 있는가?"
"황공하오나 신은 국정에 관해서는 앞에서 일을 보고 있습니다만 극히 일부만 알고 있을 뿐이며, 다른 사람들과 보조를 맞춰 일하고 있습니다."

왕비가 자세한 내용을 설명하자 울지가 해명한다. 왕비는 사실을 얘기할 뿐이지만 울지 추기경을 적으로 만들었다.

"신으로서는 이 일에 학식이 풍부한 심의위원 여러분의 찬성을 얻기 위해 한 표를 던졌을 뿐입니다. 무지몽매한 자들이 신의 자격이나 인격도 알지 못하면서, 신이 한 일을 헐뜯는다면 그것은 관직의 숙명이라고 생각하며 미덕이 견뎌야 할 가시덤불이라 사료됩니다. 악의에 찬 비난을 두려워해서 꼭 실행해야 할 일을 포기할 수는 없습니다…."

왕은 이런 선례는 없었다며 울지 추기경에게 명한다.

"나무 한 그루에서 가지를 자르고 껍질을 벗기고 기둥을 베고 나면 뿌리는 남더라도 필시 말라 죽을 거요. 이 법이 문제가 되어 있는 모든 지역에 친서를 보내 과세에 저항한 백성들을 사면하도록 하라. 경이 책임지고 처리해 주시오."

울지 추기경은 즉시 비서에게 명을 전달한다. 후속 조치가 신속하다.

"(비서에게) 폐하의 관대한 사면에 대하여 문서를 작성하여 각 주에 보내도록 하라. 불평하는 자들은 나를 원망하는 모양인데 이것이 취소되고 사면된 것은 내가 주선한 것이라고 소문을 퍼뜨리게. 다음 일은 곧 지시할 테니."

울지는 간신의 특성을 다 가지고 있다. 교묘하게 합리화하는 말, 나쁜 일에 대해서는 책임 회피, 좋은 일로는 자기에게 공을 돌리는 것은 기본이다. 정적을 처리하는 방식 역시 간신의 수법 그대로다. 없는 죄를 뒤집어씌우고 가짜 증인을 매수해서 재판에 회부한다. 이 간신이 주군의 신뢰를 받는 동안은 피고인은 있지도 않은 죄를 무죄로 증명할 수가 없는 것이다. 재판을 방청하는 시민들조차 울지 추기경의 음모라고 생각하지만 버킹검 공은 죽음을 피하지 못한다.

실제 역사에 의하면 울지 추기경이 거의 전권을 행사한 것은 헨리 8세의 책임이 크다. 그는 워낙 노는 걸 좋아해서 국사를 추기경에게 거의 맡겨두다시피 했다. 실제 울지는 정치적 능력이 상당히 있고 어느 정도 왕의 공백을 잘 메웠던 것으로 보인다.『헨리 8세』는 울지 추기경의 부정적 측면이 주로 조명된 작품이다.

추기경은 선량한 왕비를 왕과 이혼시키고 폐위시키려는 공작을 벌인다. 그는 왕이 프랑스 왕의 누이와 재혼하기를 바라고 있다. 이 정도면 무소불위 아닌가. 우리의 조선시대 언제쯤과 비슷하다. 왕비를 폐위시키고 정치적 목적으로 간신들이 왕비를 간택하는 일들 말이다. 그런데 추기경이 왕의 신뢰를 한 번에 잃을 사건이 발생한다. 추기경이 로마 교황청에 보내는 밀서가 배달사고로 왕에게 들어간 것이다. 왕이 왕비의 시녀인 앤 볼린에 빠져 있어서 갈등하고 있으니 왕의 이혼허가를 보류해 달라는 내용이다. 그 사이 왕은 앤 볼린과 이미 혼인하기로 마음을 정한 상황이다. 한 신하가 왕비의 대관식을 준비하라는 명을 받았다고 한다. 또 하나 사건은 왕에게 추기경으로부터 전달된 서류 중에 울지의 재산목록이 들어 있었다. 왕은 추기경이 엄청난 재산을 빼돌린 것을 알고 분노한다. 신하가 아무리 권력이 있다 해도 그것은 왕으로부터 위임받은 것이니, 왕의 눈 밖에 나면 그 권력은 무로 돌아가기 마련이다. 『헨리 8세』는 당시 연극으로 매우 인기가 있었다고 한다. 앤 볼린의 화려한 대관식과 의상 등 볼거리가 많은 것도 관객들의 관심을 끌었다. 결국 품위 있는 캐더린 왕비는 앤 볼린에게 밀리고 울지 등에 의해 폐위되어 병이 들고 죽어간다.

이 작품이 셰익스피어의 단독 작품이 아니라는 것은 전문가가 아니어도 알 수 있을 것 같다. 울지 추기경이나 캐더린 왕비를 중심으로 중반까지 탄탄하게 끌고 가던 개성적인 인물이나 인간 본성에 대한 묘사가 후반에는 일관성이 떨어지고 결론에 이르는 과정도 왠지 맥이 빠지는 느낌이다. 헨리 8세는 영국국교를 성립시켰고 총 여섯 번이나 결혼을 한, 그야말로 스토리가 많은 왕인데, 종교와 정치뿐만 아니라 복잡한 혼인 문제에 대한 묘사나 결론이 셰익스피어 작품치고는 상당히 빈약하다.

궁극의 충신

주역에서 말하는 군자란 어떤 사람인가? 기본적으로 충신이 될 자질을 가진 사람이다. 자기 자신의 이익보다는 전체의 이익을 보호하는 사람이다. 경박하지 않고 권위를 앞세우지 않으며, 품위가 있는 사람이다. 세상을 알 만큼 경험이 있는 사람이다. 순리를 알고 순리를 따르기에 군자가 나서면 대부분의 일이 좋은 방향으로 풀린다.

군주는 문자 그대로 군자의 주인이니 일단 왕의 지위는 그 자체로 군자임을 인정하는 셈이다. 군주가 우선적으로 해야 할 일은 군자의 자질을 가진 신하들을 중용하는 것이다. 그러니까 이름이 군주다. 군주로서 명심해야 할 것이 있다. 군주가 시원치 않으면 충신마저 배신의 마음을 품을 수 있다. 충신은 자신의 이익이 아니라 나라의 이익을 생각하기 때문이다. 충신은 기본적으로 동양의 전통적 군자의 속성을 가지고 있다. 『리어왕』의 충신 켄트는 정말 대단한 사람이다. 비현실적일 정도의 충신이다. 절대 권력의 어리석음을 보여 주는 리어왕에게 추방당하지만 끝까지 충성을 다한다.

은퇴하기로 작정한 리어왕은 영토를 셋으로 분할해서 세 딸에게 하나씩 나누어 주려고 한다. 각자 효심을 표현하게 하고 리어왕의 마음에 드는 순서로 좋은 땅을 주는 것이 영토분할 게임의 규칙이다. 첫째 딸 고너릴과 둘째 리건은 입에 발린 효심을 얘기하지만, 막내 코델리아는 두 언니의 위선적 답을 듣고는 자기 차례가 오자 "할 말이 없네요.Nothing."이라고 답한다. 두 언니의 가식에 화가 나서 의도적으로 거부하는 답을 했을 수도 있다. 가장 사랑하는 막내딸의 실망스러운 답에 분노한 리어왕은 다음과 같이 답한다.

"아무 말이 없으면 줄 것도 없다."Nothing will come of nothing.

'Nothing'이란 단어는 『리어왕』이라는 극에서 가장 철학적이며 가장 중요한 단어이다. 막내딸은 원래 성격이 과묵했는지 극중 대사의 분량이 인물의 비중에 비해 엄청 적다. 셰익스피어 주요 인물들 중 대사가 가장 적은 것 같다. 거꾸로 보면 대사 대비 비중이 가장 높다고도 볼 수 있겠다. 코델리아의 구혼자들 중 그녀의 참모습을 본 프랑스 왕이 그녀를 인정하고 왕비로 맞이한다.

진실을 보지 못하는 리어왕은 어리석다. 막내딸에게 화가 난 그는 부모 자식 간의 인연을 끊겠다고 선언한다. 왕의 말은 곧 법이다. 그는 코델리아 몫까지 고너릴과 리건에게 나누어 주고 두 딸의 집에 한 달씩 번갈아 거하며 부양을 받겠다고 선언한다. 올버니와 콘월은 각각 고너릴과 리건의 남편이다. 리어는 왕권과 재산권 등 모든 권리까지 두 딸에게 공동 이양한다. 이를 말리려는 켄트 공과 왕 사이에 오가는 대사다.

"활은 당겨졌다. 화살에 맞지 않도록 하라."
"차라리 쏘십시오. 그 화살에 제 심장이 뚫려도 좋으니,
리어왕이 제정신이 아니실 때는, 켄트가 무례할 수밖에요.
노인이시여, 무엇을 하시려는 겁니까?
권력이 아부에 고개 숙일 때
충신이 입을 열기를 두려워할 것이라고 생각하십니까?
왕께서 어리석음으로 전락할 때는
정직한 진언을 하는 것이 신하의 진정한 영예일 것입니다.
결정을 번복해 주십시오.
깊이 숙고하시어, 이 끔찍하고 성급한 처사를 거두어 주십시오.
제 판단에 목을 걸고 맹세하건대
막내 공주님이 폐하를 덜 사랑하는 것이 아닙니다.
소리가 낮고 조용하다고 해서
결코 마음이 비거나 공허한 것이 아닙니다."
"살고 싶으면 그만 닥쳐라, 켄트."

간신의 말과 대조되는 충신의 발언이 바로 이것이다. 하지만 왕의 기분을 거스르면 충신도 추방될 수 있다는 것을 리어

는 보여 준다. 결국 켄트 공은 추방당한다. 리어왕의 광대도 충신과 간신의 차이를 명쾌하게 정의한다.

"이익을 섬기고 쫓는 자들은
단지 계급 때문에 주인을 따르다가
비가 내리기 시작하면 보따리를 싸고
당신을 폭풍 속에 버려두고 떠나버리지요.
그러나 나는 안 떠나요. 바보는 남을 거여요.
똑똑한 사람은 달아나라고 해요.
달아나는 악당이야말로 바보가 되는 것이지요."

기가 막힌 것은 추방당한 켄트 공이 변장을 하고 이제는 왕이 아닌 인간 리어 곁으로 돌아온다는 것이다. 왕이 아닌 리어와 신하가 아닌 켄트가 재회하는 장면을 보자.

"그래 넌 어떤 봉사를 할 수 있느냐?"
"저는 존중할 만한 비밀을 지킬 수 있고, 말을 탈 수 있고 달릴 줄도 아는데, 교묘하게 만들어낸 복잡한 이야기는 전하다가 엉망으로 만듭니다. 평범한 메시지는 솔직하게 전할 수 있고, 보통 인간이 할 수 있는 것은 모두 할 수 있습니다. 저의 가장 큰 장점은 근면입니다."
"넌 몇 살이냐?"

"여자와 자기 위해 사랑에 빠질 정도로 젊지도 않고, 여자라면 무조건 빠질 정도로 늙지도 않습니다. 제 등에 마흔여덟의 나이를 지고 있습니다."

"나를 따라와라. 나에게 봉사해도 좋다. 내가 저녁을 먹고 나서도 네가 싫지 않다면 너와 헤어지지 않겠다."

이렇게 해서 변장한 켄트는 다시 리어의 시종이 된다. 그러는 사이에 고너릴은 리어의 시종들을 절반으로 줄이고 아버지를 배척하기 시작한다. 분노한 리어는 리건의 집으로 가기로 하고 켄트를 미리 전령으로 보낸다. 먼저 리건의 집에 도착한 켄트는 고너릴의 시종 오스왈드와 말다툼을 하게 되고, 리건의 남편 콘월에 의해 발에 족쇄가 채워진다. 리어는 고너릴의 집에서 나와 리건의 집으로 온 상황이다. 리건은 아버지를 맞이할 준비가 안 되었다며 언니네 집에 가서 한 달을 채우고 오시라고 한다. 그때는 시종을 다시 절반으로 줄여 25명만 데리고 오라고 하면서 그 이상은 인정하지 않겠다고 한다. 리어는 이제 권력을 이양한 후라 아무것도 할 수 없다. 리건은 한 집에 시종 25명마저 왜 필요하냐고 따진다. 이때 리어의 답이 의미심장하다. 인간의 소유욕에 대한 철학적 단상이랄까.

"오, 필요를 따지지 마라. 가장 비천한 거지도
소유 가운데는 잉여가 있는 법이다.

인간이 육체가 필요로 하는 것 이상을 허락하지 않는다면
인간의 몸은 짐승만큼이나 값싼 것이 되는 거다. 너는 숙녀지.
옷의 목적이 단지 따뜻하게 하는 거라면, 너는 지금과 같은
화려한 옷을 입을 필요가 없지. 보온에는 도움이 안 되니까.
그러나, 진정한 필요에 대해서 말하자면, 그대 하늘이시여,
저에게 인내를, 제가 필요로 하는 인내를 주소서."

　딸들의 홀대에 격분한 리어는 목적지도 없이 폭풍 속으로
나간다. 리건과 콘월은 성문을 잠글 것을 명하지만 또 다른 신
하 글로스터는 몰래 리어를 도버로 보내 보살피려고 한다. 나
중에 콘월이 이 사실을 알고 글로스터의 두 눈을 뽑고, 지위를
박탈한다. 폭풍우 속에서 광대와 함께 비를 맞으며 리어는 외
친다.

"너 폭풍아, 네가 애비를 몰라본다고, 잔인하다고
　너를 기소하지 않겠다.
난 너에게 왕국을 준 적도 없고, 자식이라고 부른 적도 없으니까
넌 나에게 복종할 의무가 없지. 그러니 무섭게 쏟아져라.
난 여기 너의 종으로서 한낱 가련하고 나약하고,
　멸시받는 노인으로 서 있다.
그러나 나는 너를 두 사악한 딸들과 합세하여
　하늘에서 육성된 군대를 동원하여

이리도 늙고 백발이 성성한 이 머리를 치는
야비한 사자들이라고 부르겠다. 오, 오, 더럽다."

켄트가 이들을 만난다.

"거기 누구요?"
"왕과 광대입니다. 똑똑한 사람과 바보올시다."
"아이쿠, 주인님 여기 계셨습니까? 밤을 좋아하는 것들조차
이처럼 험한 밤은 좋아할 수가 없습니다.
......
주인님, 근처에 움막이 하나 있습니다.
폭풍을 피하실 친절한 피난처로 쓰시지요."

켄트는 역시 충신이다. 움막일지언정 밤의 폭풍 속에서 주
인님이 피할 장소를 마련하다니. 아무리 환경이 열악해도 주
인을 모시는 게 우선이다. 리어의 정신세계도 변하기 시작한
다. 그는 미쳐 가면서 평소 보지 못하던 진리를 보기 시작한다.

"내 머리가 돌기 시작하는구나.
이리 와라, 아가. 어떠냐, 춥지?
나도 춥구나. 여보게 친구, 깔고 누울 짚이 어디 있지?
필요는 비천한 것들도 귀중한 것으로 만들 수 있는

기이한 기술을 가지고 있구나. 가자, 너의 움막으로.

불쌍한 광대 녀석, 내 마음 한 구석에

네가 안됐다는 생각이 드는구나."

리어가 지푸라기의 소중함을 깨닫고, 광대가 안됐다는 생각을 하는 것이다. 켄트가 "주인님 이리 드시지요." 하며 자리를 권하니까, 리어가 말한다.

"제발 네가 먼저 들어가. 너나 쉴 궁리를 해라.

폭풍은 나에게 사물에 대해 곰곰이 생각할 여유를 주지 않으나

더 이상 나를 해치지도 않는구나. 나도 곧 들어가마.

(광대에게) 애야 너도 들어가렴. 난 먼저 기도를 드리겠다.

가련한 벌거벗은 인간들아, 너희가 어디 있든지,

이 무자비한 폭풍우의 맹렬한 공격을 견뎌내고 있는 너희들은

머리와 굶주린 몸을 구멍난 누더기로 어떻게 지탱하고 있느냐?

오, 나는 이런 것에 대해서 너무나 생각이 없었구나."

아무 생각 없이 사는 우리들도 깨달을 일이다. 생각 없이 살고 있다는 것을. 또 다른 충신 글로스터는 두 눈을 가지고 보지 못하는 자의 전형이다. 그는 서자인 에드먼드의 이간질에 속아 적자 에드가를 내친다. 착한 사람이 나쁜 자에게 당하는 경우가 많은 것은 실제 세상에서도 마찬가지다. 글로스터는 리

어에 대한 두 딸과 둘째 사위의 무자비한 취급이 마음에 안 들어 청원을 하다가 자기 집까지 빼앗긴다. 에드먼드는 콘월과 리건 패에 아부를 해 신임을 받고, 에드가는 미친 거지 톰으로 분장하고 황야를 헤매다가 리어 일행을 만난다. 리어가 에드가를 보고 하는 말이다.

"너는 본연의 모습 그 자체로구나.
문명이 제공하는 편의에서 배제된 인간이란
너처럼 불쌍하고 헐벗고 다리 둘 달린 짐승일 뿐.
벗자, 벗어, 빌린 것들을.
와서 단추를 끌러다오."

자기도 입은 옷을 벗어 버린다. 다시 무^{nothing}를 깨닫는 순간이다. 이때는 리어가 거의 정신이 나간 상태다. 글로스터는 콘월 일당이 리어를 죽이려는 음모를 가지고 있다며, 켄트에게 리어를 도버로 모시고 가라고 부탁한다. 켄트는 글로스터의 안내에 따라 광대와 함께 탈진한 리어를 들것에 실어 프랑스 군 진영의 코델리아에게 간다. 하지만 글로스터는 반역죄로 잡혀 콘월에게 두 눈을 뽑히고 직위를 박탈당한다. 눈이 먼 글로스터는 황야로 나간다. 그 전에 하인이었던 노인이 보고 도와주려 한다. "주인님은 앞을 보지 못하십니다."라고 하는 노인에게 하는 글로스터의 대사다.

"나는 갈 곳이 없으니 눈이 필요 없소.

볼 수 있을 때도 나는 비틀거렸다오.

우리의 물질적 수단들이 우리의 안전을 보장한다고 여겨왔지만

우리의 단순한 결함이 유익한 것일 때가 있어요.

오, 사랑하는 에드가야,

너는 기만당한 아버지의 밥이었구나.

내가 살아서 너를 만져보는 날을 보게 된다면

난 다시 눈을 얻었다고 말할 수 있으련만."

글로스터는 눈을 잃고 나서 진실을 보기 시작한다. 이때 그는 에드가를 만난다. 에드가가 말한다. 불행하다고 생각하는 사람들에게 용기를 주는 말이다.

"신이시여, '나는 최악의 상태입니다'라고 말할 수 있는 자가 있겠습니까? 그런데 나는 더 나빠질 수 있어. '이것이 최악이다'라고 말할 수 있는 한 최악의 상태는 아니지."

글로스터는 에드가의 팔을 붙잡고 리어 일행이 있을 도버로 향한다. 글로스터는 가진 돈을 전부 에드가에게 주고 절벽 위에서 뛰어내려 자살하려고 하나, 이를 눈치챈 에드가는 슬기롭게 그를 구한다. 글로스터와 에드가는 드디어 리어를 만난다. 눈이 먼 글로스터는 목소리를 듣고 리어임을 알아본다. 리

어의 말 그대로다. 그는 눈으로 보는 것만 보는 것이 아니라 귀로도 볼 수 있다고 한다. 리어는 또 자기의 인생관을 이렇게 말한다.

"사람들이 태어날 때 우는 건,
이 바보들의 세상에 끌려 나온 것이 슬퍼서야."

매우 비관적인 대사지만 독자 입장에서 그다지 슬프지만은 않다. 진실의 패러독스라고 해야 할까. 정곡을 찌르는 아픈 말이지만 일종의 카타르시스를 느끼게 한다.

고너릴과 리건은 불륜의 대상으로 에드먼드를 차지하려고 서로 싸우다가 죽이고 죽는다. 고너릴이 독약으로 리건을 살해하고 자신은 자결한다. 코델리아는 프랑스군이 전투에 진후 감옥에 포로로 잡혀 있다가 에드먼드의 명령에 의해 목이 졸려 죽는다. 코델리아의 죽음을 본 리어도 탈진해서 깨달음 속에 인생을 마감한다. 그는 죽기 직전에야 지금의 켄트가 그때의 켄트라는 것을 안다. 처절한 비극적 종말이다. 주인공과 악인들이 모두 죽는다. 하지만 셰익스피어의 극에서 주인공의 죽음은 단순한 죽음이 아니다. 그것은 엄숙하기까지 하다.

『리어왕』의 스토리는 단순하지만 인간의 진실을 보지 못하는 어리석음에 대해 깊은 성찰을 하게 한다. 리어는 그래도 죽기 전에 코델리아와의 사이에 사랑을 복원하고, 용서를 빌었고, 깨달음을 얻었고, 켄트 같은 충신과 동행했으니 행복한 마음으로 죽지 않았을까? 켄트는 이 영토를 에드가와 함께 통치해 달라는 큰사위 올버니의 요청에도 불구하고, 모든 것이 우울하고 어둡고 죽은 듯한 이 세상을 벗어나 존경하는 주군의 마지막 길을 동행하겠다고 한다.

『리어왕』은 셰익스피어의 작품 중에서도 철학적 깊이가 매우 뛰어난 작품이다. 리어가 지혜를 획득하는 것은 미치고 난 후이며, 글로스터는 눈이 멀고 나서야 세상을 바르게 보는 법을 깨닫는다. 모든 것을 잃고 난 후에 귀중한 것을 아는 게 인간이다.

실무형 충신

『자에는 자로』에 나오는 에스칼루스라는 인물이 있다. 『햄릿』의 폴로니어스가 우리의 모습에 가까운 간신이라고 보면, 에스칼루스는 우리의 모습에 가까운 충신이다. 주인공이 아니라는 것도 우리 대부분의 모습과 닮았다. 극중 존재감은 그다지 강하지 않지만 중요한 존재. 극의 첫 대사가 비엔나의 공작 빈센시오가 그를 부르는 "에스칼루스!"이다.

무대는 비엔나 공국이다. 빈센시오는 안젤로를 대리자로 임명하고 자취를 감춘다. 클라우디오와의 관계로 줄리에타가 혼전 임신하여 사회 풍속을 문란하게 한 죄로 기소되는 것이 극의 발단이다. 공작의 지위를 위임받은 안젤로는 클라우디오에게 사형을 선고하겠다고 말한다. 사실은 빈센시오 공작이 안젤로의 엄격한 성격을 알고 시험한 것이었다. 그러한 시험을 통해 오랫동안 방임되어 온 비엔나의 법률을 활성화시키고 엄격한 법률과 정치에 대한 시민의 비난에서 피하고자 하는 공작의 의도가 숨어 있던 것이다. 그는 신부로 변장하고 시정을 살펴본다. 엄격한 법의 집행자 안젤로는 사실 셰익스피어의 인물들 중 악당 순위로 따지면 상위권에 속하는 아주 나쁜 사람이다. 혼전 임신이 알려진 클라우디오와 줄리에타, 사창가 뚜쟁이들인 폼피, 오버던, 루치오 등이 풍속문란죄로 법정에 선다. 클라우디오의 여동생 이사벨라가 안젤로를 찾아가 클라우디오의 목숨을 애원하는 것이 계기가 되어 권력과 욕망이 권위와 복잡하게 얽히게 된다. 안젤로가 예비수녀인 이사벨라에게 욕망을 품고 클라우디오의 목숨을 그녀의 정조와 바꾸자고 한다.

에스칼루스는 빛나지는 않지만 정의와 자비 사이에 균형을 잡아주는 역할이다. 공작이 에스칼루스를 호칭할 때 'Old Escalus'라고 부르는 것으로 보아 경험이 많은 고참 관리이다.

그는 높은 자리에 있는 자도 부패할 수 있다는 사실을 알고 있다. 그는 법정에서 죄인의 진술도 끝까지 들어주는 인내심을 발휘하며, 현혹되지도 않는다. 폼피를 심문하는 장면을 보자. 그는 사실 처음에는 그를 용서하고 훈방했었다.

"폼피, 그대는 어째서 살고 싶은가? 뚜쟁이이기 때문인가? 당신의 직업을 어떻게 생각하나? 법적으로 정당하다고 보나?"
"예, 법률이 허락해 주면 말입니다."
"법률은 허락하지 않는다. 비엔나에서 허가될 리가 없다."
"그러면 나리께서는 비엔나의 모든 젊은이들을 거세해 버리겠다는 말입니까?"
"그러지는 않는다, 폼피."
"그렇다면 그 짓은 여전히 성행할 겁니다. 그러나 창녀와 깡패들을 엄하게 단속한다면 뚜쟁이들을 걱정할 필요는 없습니다."
"마침 그럴듯한 대책이 준비되어 있다. 그것은 바로 참수형과 교수형이다."

법을 집행하는 에스칼루스는 거만하지 않으면서 노련하고 단호하다. 그는 동시에 자비심도 가지고 있다. 클라우디오를 사형에 처하겠다는 안젤로에게 에스칼루스가 말한다.

"그렇긴 합니다만, 단칼에 죽이는 것보다는 예리한 칼로 살짝 베어 위협만 해두는 것이 낫지 않을까요. 여하튼 그를 살려주고 싶은 이유는 그 부친이 훌륭한 분이었기 때문입니다. 공작대행께서도 감정이 동하게 되면, 때와 장소가 부합되거나 욕정이 불길처럼 치솟아 그것을 억제하지 못했을 때는, 지금 그 사람에게 선고한 똑같은 죄목으로 법률에 저촉되지 않으리라고 누구도 장담할 수 없다는 것입니다."

"에스칼루스 경, 유혹을 당하는 것과 죄를 범하는 것은 엄연히 다릅니다. 죄수에게 사형 선고를 내리는 배심원 열두 명 중에는 심판을 받는 죄수보다도 더 무거운 죄를 범한 죄인이 한두 명 있을지도 모르지요. 하지만 재판은 공공연히 드러난 일을 가지고 심판하는 것입니다. 도둑이 도둑한테 선고를 내린다고 해도 법률이 알 바 아니지요. 우리가 보석을 줍는 건 보석이 눈에 띄었기 때문입니다. 만약 눈에 띄지 않았다면 그냥 밟고 지나갔을 것이며, 보석 생각은 하지도 않았을 겁니다. 그와 같은 과오를 나도 범할 수 있다는 생각에서 그자의 죄를 경감해 줄 수는 없는 일입니다. 내가 만일에 그런 죄를 범한다면 그땐 나의 이 판결을 적용해 가차 없이 나를 처형해 주시오. 특혜란 있을 수 없습니다. 어쨌든 그자는 사형입니다."

에스칼루스는 자비를 베풀자고 제안해 보지만 안젤로의 뜻이 완강한 걸 보고는 그의 뜻대로 하라고 물러선다. 클라우디오를 구하지 못해 안타까워하며 그 사람과 우리 모두를 용서해 달라고 기도하는 따뜻함도 지니고 있다. 그는 강하게 주장하지는 않지만 균형 감각이 있는 사람이다. 궁극적으로 비엔나의 법을 수호하고 발전시키며 비엔나의 시민을 보호하는 것은 에스칼루스의 의무이다. 에스칼루스란 '잣대'라는 뜻이니, 셰익스피어는 내심 이 극의 제목에 걸맞은 진정한 주인공으로 에스칼루스를 정한 것 같다.

전 과정을 연출한 빈센시오 공작은 진상을 알고 이사벨라와 마리아나의 탄원을 내세워 안젤로의 위선을 밝혀낸다. 그 과정에서 에스칼루스는 조용히 비엔나를 위해 자기 할 일을 해 나간다. 그는 비엔나의 법체계를 발전시키기 위한 실질적인 조치들을 취한다. 에스칼루스는 누구를 비난하지도 않는다. 이사벨라를 탐한 안젤로의 진실을 알고 난 후에도 그를 경멸하거나 비난하는 대신, 놀라움과 슬픔을 진실성 있게 표현한다.

"안젤로 경, 유감입니다.
당신같이 지성을 가진 현명한 분이
그런 욕정에 빠진 것도,
판단이 그렇게까지 흐려진 것도 말입니다."

에스칼루스는 사실 셰익스피어의 인물 중에서 재미있거나 대중적으로 매력을 끄는 인물은 아니다. 하지만 그는 오늘날 우리의 지도자들이 배워야 할 인물이다. 권위나 권력을 자랑하지 않고 조용히 자기 일을 완수하는 지도자, 따뜻한 마음을 가진 사람, 균형감각을 가진 관리, 용서의 마음을 가진 법관, 나라와 시민을 위해서 행동하는 남자, 이런 사람을 보고 배워야 하는 거 아닌가. 켄트 같은 충신은 배워서 되는 것이 아니지만, 에스칼루스의 방식은 배울 수 있을 것 같다.

3장

불안의 극복

현대인에게 가장 큰 적은 스트레스라는 말이 있다. 스트레스의 여러 원인들 중 가장 큰 것은 아마 불안감일 것이다. 불안이란 그 원인을 명확하게 규정하기 어려운 무엇인가에 의해 일어나는 경우가 많다. 원인이 불명확하니 뭔가 모르게 더 불안하다. 따라서 불안은 현실보다 과장되어 나타난다. 그리스의 철학자 에픽테투스Epictetus는 불안에 대해서 이렇게 말했다.

"인간을 불안하게 하는 것은 사물 자체가 아니라 그 사물을 바라보는 방식이다."

공포라는 것은 그 대상이 비교적 명확하기 때문에 그 원인을 제거하면 따라서 없어질 수 있다. 그러나 불안은 정체가 불확실하고, 그래서 떨쳐 버리기가 더 어렵다. 『맥베스』는 불안이 공포보다 더 무서운 것이고, 현실에서의 공포보다 상상 속의 공포가 더 무서운 것이라고 말한다. 『맥베스』는 셰익스피어의 4대 비극 중에서 가장 짧고 플롯도 단순해서 영미권에서 학교 교재로 가장 많이 사용되는 셰익스피어 작품이라고 한다. 철학적 깊이나 작품성에 있어서는 다른 세 개의 비극에 못지 않으니 교재로서는 이상적이라고 하겠다. 4대 비극 중 가장 나중에 발표한 작품이기도 하다.

셰익스피어의 4대 비극이 어떤 작품들인지까지는 잘 몰라도 4대 비극이 있다는 것은 대부분 알 것이다. 그만큼 유명하기 때문인데, 그 이유가 뭘까? 그것은 두말할 필요 없이 작품성이 뛰어나기 때문이다. 문학사에서 가장 뛰어난 작품 4종 세트이다. 철학적 깊이나 인간 심리의 관찰, 시적 언어, 비장미, 상징과 비유, 통찰력 등을 종합적으로 볼 때, 이들에 견줄 만한 작품은 많지 않다.

셰익스피어가 4대 비극을 쓴 시기는 영국 사극과 초기 희극 집필기가 지나고 중기 희극을 쓸 때쯤인데, 작가로서 가장 활발하게 창작을 하던 무렵이다. 중기 희극에는 초기 희극과는 달리 비극적인 요소가 스토리의 진행 과정에서 무게감 있게 나타난다. 특히 『끝이 좋으면 다 좋아』나 『자에는 자로』에서는 희극치고는 매우 심각한 문제들이 제기되고 있다. 초기 희극의 웃음과 중기 희극의 문제의식을 거쳐 인간의 본연적 내부 문제를 본격적으로 다룬 것이 4대 비극이다. 4대 비극 이후에는 이와 같은 성격의 작품을 더 이상 쓰지 않은 것으로 보아, 작가 스스로 네 개 작품으로 비극 분야는 완성했다고 생각했던 것 같다.

『맥베스』는 4대 비극 중에서 당시 정치권력과 가장 밀접한 내용을 다루고 있다. 당시 국왕은 제임스 1세였는데 그의 폭정으로 종교적·정치적 갈등이 심각하던 시대였다. 가톨릭 권력에 대한 반작용과 헨리 8세의 이혼을 정당화하기 위해 영국 국교가 성립되었으나, 헨리 8세의 딸 메리 여왕은 오히려 국교를 폐쇄하고 가톨릭으로 회귀한다. 이때 국교의 수많은 성직자가 화형에 처해지고 핍박을 받았다. 그 뒤 영국 국교의 신봉자 제임스 1세 치하에서는 가톨릭에 대한 억압이 극심해서 왕권과 법의 이름으로 처형된 가톨릭 신자의 숫자는 그 전에 영국 국교에서 당했던 수준을 크게 상회한다. 복수는 복수를 낳는다.

1605년에 급진적 가톨릭 모임을 주도하는 귀족들에 의해 '폭약음모사건'이 발생한다. 왕과 의회의원 전원을 폭사시키는 것이 목적이었다. 국가적 폭력에 대한 가톨릭 교도의 항거다. 이것이 성공했다면 엄청난 참사가 일어날 뻔했다. 이 사건은 제임스 1세의 폭정을 더욱 강화시키는 계기가 된다. 이러한 억압적인 정치 상황에서 셰익스피어가 검열에 살아남으면서 이 위대한 비극을 탄생시켰다는 것은 거의 기적이다. '폭약 음모사건'은 엄청난 폭약을 의사당 지하에 설치해서 국왕과 의원이 모이는 날인 의회 개원일에 폭파시키려는 계획이었다. 그러나 정보가 미리 새어나가는 바람에 폭약 36통의 폭발 신호를 기다리며 잠복해 있던 가이 포크스Guy Fawkes라는 사람이 체포되고 만다. 당시 의회 개원일이 원래 예정일에서 늦춰진 것도 발각의 이유가 되었다. 가담자 중 하나가 자기 지인 몇 명을 살리기 위해 정보를 준 것이다. 결국 가이 포크스는 모진 고문으로 사실을 실토하고, 주모자들은 모두 처형된다. 영국에서는 '가이 포크스의 날'을 지정하여 지금도 이날을 기념한다. 테러 미수 사건이 자유와 저항과 혁명의 상징처럼 남아 있는 것도 셰익스피어 작품 못지않은 아이러니다.

셰익스피어는 정치적 위험을 피하기 위해 몇 가지 방법을 채택했다. 우선 제임스 왕의 심기를 건드리지 않도록 역사적 사실과는 다르게 등장인물의 성격이나 행위를 살짝 바꿨다. 더 중요한 것은 작품의 주제를 절대왕정의 이념을 지지하는 쪽으로 해석되게 한 것이다. 이러한 정치적 배경이 셰익스피어로 하여금 압축과 비유를 적절히 활용해서, 더욱 심오하고 위대한 작품을 만들게 했을 수도 있다. 첫 장면에 나오는 주문 같은 마녀들의 대사는 모호하면서 절묘하다. 『맥베스』에서는 문장의 압축미가 일품이다. 독자 입장에서는 셰익스피어가 비유로 숨겨둔 단서들을 찾아내는 것이 숙제인 동시에 재미다. 링컨 대통령도 셰익스피어의 애독자였다고 하는데 주위 사람들에게 셰익스피어의 대사를 낭송해 주기를 즐길 정도로 그의 작품에 정통했었다고 한다. 그는 『맥베스』를 좋아했던 것 같다. 암살당하기 전에도 『맥베스』를 읽었다는 기록이 있다.

불안의 심리학

『맥베스』는 시작부터 분위기가 음산하고 무섭다. '공포'와 관련된 단어가 가장 많이 사용된 셰익스피어의 작품으로 알려져 있다. 맥베스는 극의 시작 부분에서는 용맹한 장군이며 왕의 총애를 받는 신하다. 왕을 시해하고 자기가 왕이 되면서부터 폭군이 된다. 그는 전쟁터에서 목숨을 걸고 싸워온 장군이기 때문에 대상이 명확한 공포는 이겨낼 수 있다. 그러나 아무리 용감한 장군이라도 불확정의 불안에는 어쩔 수 없다. 모두 그런 경험이 있을 것이다. 왠지 모르게 불안한데 그 원인이 명확하지 않을 때 더 불안해지는. 대낮에 일어나는 일보다 한밤중에 일어나는 일이 더 무서운 것도 같은 이유가 아닐까? 말하자면 불확실성이 맥베스가 가진 불안의 핵심이다.

어떤 대상에 대해 낯선 감정을 느끼게 되면 불안하다. 친숙한 사람인데 오늘은 낯설게 느껴진다. 그러면 무슨 일이 있나 불안해진다. 남편이, 아내가, 여자 친구가 혹은 남자 친구가 낯설게 느껴지면 아마 불안할 것이다. 나 혼자 사는 세상이라면 불안이라는 감정은 훨씬 적지 않을까? 불안감의 대상이 대부분 사람이기 때문이다. 사실 불안은 기쁨이나 슬픔, 사랑이나 분노처럼 지극히 정상적인 감정이다. 문제는 정상적인 불안이 마음먹기에 따라 병적인 불안으로 발전할 수 있다는 것이다. 『맥베스』는 인간의 불안이 극단적인 상황까지 가는 과정을 보여 준다. 극의 시작은 마녀 셋이 맥베스가 전쟁에서 돌아올 때 황야에서 같이 만나기로 약속하는 장면이다. 마녀 셋이 이렇게 합창처럼 말한다.

"아름다운 것은 추한 것이고, 추한 것은 아름다운 것."

맥베스는 스코틀랜드에서 일어난 덩칸 왕에 대한 역모를 무찌르고 뱅코우와 함께 귀환하는 길에 마녀들을 만나게 된다. 맥베스의 첫 대사는 이렇다. 마녀들의 첫 장면에서와 유사한 말이다.

"이렇게 불쾌하고 아름다운 날은 처음 본다."

마녀들은 이상한 예언을 한다. 맥베스를 코더^{Cawder} 영주라고 부르며 장차 왕이 되실 분이라고 말한다. 뱅코우에게는 장차 왕을 낳으실 분이라고 칭송한다. 그런데 마침 왕의 신하가마중 나와서 맥베스에게 코더의 영주로 봉해졌다고 알려 준다. 맥베스가 코더의 영주는 살아 있는데 무슨 말이냐고 묻자, 그가 반역죄로 자격을 박탈당했다고 하는 것이다. 마녀의 첫번째 예언이 들어맞자 맥베스는 불안해지기 시작한다.

"이 초자연적인 간청은
나쁜 것도 좋은 것도 아니다. 만일 나쁜 것이라면
왜 내게 진실로 드러나는 성공의 징조를
알려 주었을까? 난 코더의 영주다.
좋은 것이라면 난 왜 자연에서 벗어나
머리칼이 곤두서고, 차분했던 심장이 갈비뼈를
두드리는 상상의 이미지에 굴복하는가?
현재의 공포는 상상의 공포에 비하면 무섭다고 할 수 없다.
내 생각 속의 살인은 단지 상상뿐이거늘
내 한 마음을 흔들어
기능을 상상 속에 마비시키니
실체가 없는 것밖에는 존재하지 않는구나."

마지막 줄의 원문은 "Nothing is but what is not."인데 존

재하지도 않는 환영뿐이라는 뜻이다. 마음속의 상상은 실제가 아니라고 한 것은 규정하기 어려운 불안을 나타내기 위한 의도적 모호함의 표현이라고 하겠다. 마녀들의 예언 자체가 모호하기 때문에 그는 더욱 불안하다. 이후 맥베스의 심리적 변화 과정은 일종의 서스펜스 드라마처럼 긴장감을 느끼게 한다. 상상의 공포가 더 무섭다는 것이 정말 와 닿지 않는가. 맥베스는 이렇게도 생각하며 불안을 떨쳐 버리려고 한다.

> "내가 만약에 왕이 될 운명이라면, 애쓰지 않아도
> 행운이 나에게 왕관을 씌울 것이다."

맥베스는 왕의 혈족이며 엄청난 전공을 세웠고 덩칸 왕을 죽이지 않더라도 왕으로 선택될 가능성이 있다. 하지만 그는 불안에서 벗어나지 못하고 이렇게 생각한다.

> "어차피 닥칠 일이면 닥쳐라.
> 시간은 아무리 험한 날도 흘러서 끝에 이르는 법이니까."

우리가 어려움에 처했을 때 써먹는 방법이다. 이렇게 말하면 약간의 용기가 살아나는 법이다. 전임 코더의 영주를 처형한 후 덩칸 왕이 이렇게 말하는데, 참 아이러니하다.

"사람의 얼굴만 보고 그 사람의 속마음을 알아낼 방법은 없다.
그는 과인이 절대적으로 신임한 신하였다."

새로운 코더의 영주 맥베스는 마녀들의 예언대로 덩칸 왕을
죽이는 역모를 생각하고 있기 때문이다. 죽이려는 대상인 덩
칸 왕이 두려운 것이 아니라 왕이 되려는 야심으로 가득해진
낯선 자신의 모습을 보고 불편해지고 불안해지는 것이다. 그
감정은 분명히 공포와는 다르다. 맥베스는 덩칸 왕에 대해서
존경을 표하며 그의 살해에 대해 주저한다.

"덩칸 왕은 권력의 행사에 있어서 자비롭고
왕권에는 하나의 오점도 남기지 않았기에
그를 살해한다면, 그의 덕망은
나팔의 혀를 가진 천사처럼,
천벌을 호소할 것이다."

실제 역사를 기술한 『홀린셰드 연대기』에 의하면, 덩칸 왕
이 미성년인 왕자의 왕위 계승을 발표하자 이에 반감을 품은
맥베스 세력과 권력 다툼을 하게 된다. 당시 미성년자의 왕위
계승은 실정법 위반이라는 견해가 지배적이다. 왕권 찬탈과는
다른 차원의 권력싸움에서 이긴 것은 맥베스였고 그는 이후 10
년간 스코틀랜드를 잘 다스렸다고 한다. 덩칸을 살해한 것은

그 후의 일이다. 또 한 가지 주목해야 할 사실은 뱅코우에 관한 것이다. 뱅코우는 『홀린셰드 연대기』에 의하면 맥베스의 공범이다. 『맥베스』에서는 왕의 시해에 동참하지 않는다. 마녀들의 예언대로 뱅코우의 후손들은 8명의 스코틀랜드 왕을 탄생시킨다. 맥베스가 마녀들을 만나러 갔을 때 환영으로 왕관을 쓴 8명의 왕을 보여 주는 장면이 바로 그것이다.

스코틀랜드의 제임스 6세가 영국과 스코틀랜드를 통합한 후 스튜어트 왕조의 첫 번째 왕 제임스 1세로 칭해지고 스코틀랜드와 영국을 같이 통치하게 된다. 제임스 1세는 셰익스피어의 후반기에 재위했던 왕이다. 셰익스피어는 작품에서 왕의 비위를 맞추기 위해 아첨을 한 적이 없는 것으로 알려져 있는데, 이런 역사의 각색은 어느 정도는 전제군주의 심사를 고려했음이 확실하다. 제임스 1세 치하에서 궁전에서도 상연되었고 정치적인 이유로 삭제된 부분이 많아 『맥베스』의 길이가 짧아졌다는 얘기가 있는데, 정설로 보인다. 폭약음모사건 이후 어수선한 민심을 가라앉히려는 의도로 이 연극이 활용된 측면도 있다. 왕을 시해한 인물에 대한 인과응보, 정의와 질서회복을 주제로 하고 있으니 정치적 선전으로는 최적이다. 그러한 배경이 되는 역사적 사실을 자세하게 알지 못하고 작품을 읽는다면 정치적 의미를 전혀 찾을 수 없다. 역사적 배경을 알고 있다고 해도 작품을 읽는 흥미를 반감시키지 않는다는 점에서 다시 한 번 셰익스피어가 대단한 작가임을 느낄 수 있다.

덩칸 왕은 자신의 장자 말콤을 컴벌랜드 왕세자로 봉하고 맥베스에게 치하를 하며 맥베스의 성으로 행차를 하겠다고 한다. 맥베스는 이제 왕세자에 걸려 넘어지거나 그를 뛰어넘는 수밖에 없다고 생각한다. 맥베스 부인은 맥베스가 보낸 편지를 받았기에 왕이 될 거라는 마녀의 예언을 이미 알고 있다. 그녀는 자기 남편에게는 야심을 채워 줄 무자비함이 없다고 생각한다. 맥베스가 자기 성에 와서 부인과 나누는 대화다.

"오, 내가 가장 사랑하는 부인,

오늘 밤 덩칸 왕이 오실 거요."

"그러면 언제 가시나요?"

"내일이요, 왕이 계획한 대로라면."

"아 결코 태양은 그 내일을 보지 못할 거예요.

나의 영주님, 당신의 얼굴은 책과 같아서 사람들에게

표정을 읽혀요. 세상 사람들을 속이려면

그들과 같아야 해요. 영주님의 눈에, 손에, 혀에

환대를 드러내야 합니다. 소박한 꽃처럼 보이되

그 안에선 뱀이 되어야 합니다.

손님을 맞이할 준비를 해야겠어요.

오늘 밤의 거사는 저에게 맡겨 주세요.

이 일은 다가올 우리들의 긴 세월에

절대적인 군주의 통치권을 줄 것입니다.”

맥베스 부인은 맥베스보다도 더 직접적으로 왕을 죽이고 왕위를 차지하는 것에 대해 언급한다. 맥베스가 그 일에 대해서는 조금 더 의논하자고 얘기하는데도 맥베스 부인은 다음과 같이 주도권을 잡으려고 한다. 맥베스 부인의 성격은 독특하다. 장군 맥베스보다도 더욱 과감하며 냉혹한 측면이 있다.

“그저 평온한 표정을 지으세요.
안색의 변화는 사람들의 의심을 사는 법.
나머지 모든 일은 저에게 맡기세요.”

이제 덩칸 왕이 인버네스에 있는 맥베스의 성에 도착한다. 맥베스는 왕의 시해를 놓고 마음의 갈등을 시작한다.

“한 번 결행되고 그것으로 완전한 종결이라면, 그렇다면
서둘러 해치우는 게 나을 것이다. 만약 암살의 투망 안에
모든 결과가 걸려들고 그의 죽음과 함께
성공을 잡을 수만 있다면, 그래서 여기, 오직 이곳,
이승의 얕은 여울, 이승의 언덕 위에서 단 일격으로
만사가 종결된다면 내세를 걸고 실행할 것이다.
그러나 이런 일들은 이승에서 심판을 받는 법,

유혈을 배운 자는 그것을 가르친 자에게
되돌려 괴롭히기 마련. 공평무사한 정의의 여신은
독배를 마련한 자의 입에 독을 부어 넣는 법이다.…"

정의의 여신과 인과응보를 생각하고 그는 양심 때문에 잠시 역모를 포기하고 불안감에서 해방되려고 한다. 그는 부인에게 이렇게 말한다.

"이 일을 더 이상 진행하지 맙시다.
전하께서는 최근 나에게 명예를 주셨소. 그리고
백성들 사이에 나에 대한 칭송이 자자하오.
내가 입은 그 칭송이 이제 막 빛을 내고 있으니
그리 빨리 벗어버릴 일이 아니오."

그러나 그 순간 부인이 '사내다움'을 내세워 역모로 돌아오게 한다. 왕의 시해를 주저하고 실패를 두려워하는 맥베스가 사내답지 못하다며 비겁한 남편을 사랑할 수는 없다고 주장한다. 레이디 맥베스가 셰익스피어의 여성 인물 중 최고의 악녀라고 평가받는 이유는 이런 부분 때문인 것 같다. 두려움에 맞서는 일은 누구 못지않다고 자신했던 맥베스는 사내다움을 증명하기 위해서라도 이제 왕의 시해를 결행해야 한다. 맥베스는 용맹으로 유명한 장군이지만 계속 망설인다. 만일 실패한다면, 하고 물어보자 부인이 단호하게 말한다.

"실패하다니요.
용기라는 나사못을 안 돌아갈 때까지 꽉 조이세요.
그러면 실패하지 않아요. 덩칸 왕이 잠들면
침실을 지키는 두 명의 시종을 포도주를 먹여
잠들게 하고…
아무 방비 없는 덩칸 왕에게 무슨 짓을
못하겠어요? 술 취한 시종들에게 덮어씌우지 못할 죄가
어디 있으며…"

맥베스는 그제야 부인에게 결심이 섰다고 말한다. 그러나
시해를 결행하기 직전, 단검의 환영이 나타나 그를 괴롭힌다.

"(칼의 환영이) 아직도 보이는구나, 지금 내가 빼든
이것만큼 뚜렷한 형태로.
너는 내가 가려던 방향으로 날 인도하는구나.
나는 너와 똑같은 무기를 사용할 생각이었다. (일어난다)
내 눈이 다른 감각의 조롱을 받고 있든지, 아니면
다른 감각은 마비되고 눈만 온전한 건가. 아직도 보인다.
그리고 칼날과 손잡이에서 핏방울이 떨어지는구나.
조금 전엔 이러지 않았다. 이런 것이 존재할 리가 없다.

……

내가 가면 일은 끝난다. 종소리가 나를 부른다.

덩칸 왕이여, 이 소리를 듣지 마시라. 이 종소리는

그대를 천국 혹은 지옥으로 소환하는 조종이기 때문이다."

맥베스는 결국 왕을 죽이고 피투성이 두 손에 단검 두 개를 들고 넋이 나간 채 부인 앞에 나타난다.

"쉿.

두 번째 방에는 누가 자고 있소?"

"도널베인."

"이 무슨 끔찍한 꼴인가?" (손을 뻗는다)

"끔찍한 꼴이라니? 그런 어리석은 말을 하시다니요."

"한쪽은 잠결에 껄껄대며 웃었고, 다른 쪽은 '살인이야'

하고 소리를 질렀소… 그러고는 기도문을 외더니

몸을 추스르고 다시 잠이 들었소."

살인의 현장 옆방에서 자고 있던 도널베인과 말콤 왕자 형제를 묘사하는 장면이다. 맥베스는 그들이 기도를 할 때 '아멘'을 못했다고 후회한다.

"내가 왜 '아멘'이라고 말하지 못했을까?

나야말로 신의 가호가 필요한 인간인데
'아멘'이 목에 걸려 나오지 않았소."

아멘을 말하지 못한 것은 맥베스가 결행한 일이 종결되지
않았음을 상징한다. 맥베스가 계속 말한다.

"누군가가 외치는 소리를 들은 것 같아.
'이제 잠은 없다. 맥베스가 잠을 죽였다'라고."
"무슨 말이어요?"
"그 소리는 지금도 '이제 잠들 수 없다'고 온집안에 외치고 있소.
'글래미스가 잠을 살해했으니 코더는 다시는 잠이 들 수 없다.
맥베스는 영원히 잠을 이룰 수 없다'고"
"그렇게 외친 자가 누구였나요? 이럴 수가, 영주님,
그렇게 어리석은 생각을 하시면 고귀한 기력을
전부 잃게 돼요. 가서 물로 당신 손에 묻은 더러운 증거를
씻어 버리세요. 그곳에 있던 단검은 왜 가져오셨어요?
그건 거기 있어야 해요. 자, 가져가서 잠자는 시종들에게
피를 묻혀 놓으세요."

맥베스에 비해 부인은 아직 침착함을 잃지 않았다. 남편에
게 증거 인멸과 조작을 지시하다가 직접 계단 위로 올라간다.
맥베스는 이제 거의 제정신이 아니다. 미치기 시작한다.

"어디서 저렇게 문을 두드리지?

내가 왜 이럴까, 소리란 소리는 죄다 날 놀라게 하니.

이 무슨 손이란 말인가. 아, 내 눈을 뽑아버릴 생각인가?

넵튠이 지배하는 바다의 물을 다 쓴다고

이 손에서 피를 씻어낼 수 있을까? 이 손이 오히려

눈에 들어오는 바다를 온통 벌겋게 물들이고

푸른색을 진홍색으로 바꿀 것이다."

이보다 더 심리상태를 잘 보여 줄 수는 없다. 불안감에 양심의 가책이 촉매 작용을 일으켜서 그의 심리 상태가 공포로 분열되기 시작한다. 그러는 사이에 부인이 다시 등장해서 방으로 들어가 실내복으로 갈아입자고 한다. 그렇게 넋이 나간 채생각에 골몰하지 말라고 한다. 그러나 맥베스는 심각하다. 자신의 행위를 후회하고 있는 것 같다. 공포의 원인은 살인에 명분이 없기 때문이다. 마녀의 예언만으로는 명분이 될 수 없다.

"저지른 일을 생각하느니, 자신을 잊는 게 낫겠소.

할 수만 있다면 문 두드리는 소리로 덩칸 왕을 깨워라."

그 사이에 장면이 바뀌는데, 국왕 침소의 문지기가 문 두드리는 소리에 일어나서 지옥의 문지기처럼 이렇게 말한다.

"거기 누구요? 옳거니, 저울 양쪽에 상반된 맹세를 하고 애매한 말로 사람을 속이는 거짓말쟁이로구나.* 하느님의 이름을 팔아 대역죄는 저질렀지만 헷갈리는 말로 하늘을 속여 천국에 갈 수는 없지.…"

제수이트 신부인 헨리 가닛 Henry Garnet 은 고해성사를 주재하다가 폭약음모사건을 알게 되었다. 그는 범죄 사실을 신고하지 않았기 때문에 기소되었다. 그는 고해성사의 내용을 발설하지 않을 성직자의 의무 때문에 자신은 위법이 아니라는 논리로 스스로를 변호한다. 당시 '애매모호한 침묵'의 원칙은 그가 심문을 받는 동안 일반 시민 사이에 크게 회자되었다.

아침이 와서 신하들이 왕에게 문안을 왔다가 살해 현장을 목격한다. 일단은 왕의 침소를 지키던 자들의 소행으로 간주된다. 맥베스는 격분해서 그들을 베어버린 것이 후회가 된다고 말한다. 말콤과 도널베인은 생명의 위협을 느끼고 각각 영국과 아일랜드로 도주한다. 맥베스는 왕위에 오른다. 이제 뱅코우가 문제다. 그는 왕실 만찬이 예정되어 있는데 그 전에 어딘가를 다녀오겠다고 맥베스에게 말한다. 만찬 시간에 맞추어 돌아오겠다고 한다. 맥베스는 뱅코우에게 원한이 있는 병사

---

* equivocator, 애매하게 이중의 의미를 가진 말을 하는 사람.

둘을 자객으로 골라서 뱅코우와 그의 아들 살해를 명한다.

마녀가 극의 초반에서 뱅코우를 묘사한 설명을 보면 절묘한 이중 의미가 되는 것을 알 수 있다. 이것이 정확히 무슨 뜻인지는 나중에 알게 된다. 작품을 다 읽을 때쯤에야 정확한 의미가 다가온다.

"맥베스보다는 못하지만 더 위대한 분."
"그보다 운이 더 좋지는 않지만, 더 큰 행운을 타고난 분."

맥베스 부인이 이제 남편과 유사한 정신 상태가 되어 간다. 뱅코우가 떠난 후 그녀의 독백이다.

"모든 것을 쏟아 넣었으나 얻은 것이 없구나.
욕망은 이루어졌으나 만족이 없으니,
살육의 대가로 의혹에 찬 기쁨밖에 누릴 수 없다면,
우리가 죽인 피살자가 되는 것이 더 안전하겠다."

이제 맥베스 부인까지 불안과 공포에 빠지기 시작한다. 욕망과 만족은 어떤 관계일까? 죽음이 더 안전하다고 생각한다면 흔들리지 않던 그녀도 맥베스와 같은 상태가 되었다고 보아야 한다. 그래도 남편에게는 꿋꿋하게 우울을 떨쳐 버리라고 말한다. 하지만 맥베스는 더욱 고통스럽다. 맥베스 부부는 그들이 저지른 일에 사로잡혀 앞으로의 일이 모두 불안이고 공포. 덩컨이 죽은 후 그들에게는 이제 현재가 없다. 과거에 사로잡혀 오지도 않은 앞날을 걱정하느라 현재에 집중하지 못하는 것은 현대인도 흔히 경험하는 문제가 아닌가.

"고칠 수 없는 일은 생각하지 말아야 합니다.
한번 벌어진 일은 그걸로 끝입니다."
"우리는 뱀을 칼로 베었을 뿐 그놈을 죽이지는 못했소.
상처가 아물면 다시 온전해질 터. 그때 우리의 어설픈 악행은
상처 나기 전 그 뱀의 독니에 물릴 위기에 처하게 되오.
두려움에 떨며 음식을 먹고, 밤마다 날 흔들어 깨우는
악몽에 짓눌려 잠을 자느니, 우주의 모든 틀이 산산이 부서지고
하늘과 땅이 무너져 내리는 것이 낫겠소.…"

맥베스는 뱅코우와 그의 아들 플리언스를 처치하기 전에는 여전히 불안하다. 자객을 하나 더 약속된 장소로 보낸다. 그들은 뱅코우와 플리언스를 공격한다. 뱅코우가 희생된다. 자객 하나가 횃불을 칼로 쳐 꺼버리는 바람에 플리언스는 아버지가 도망치라는 소리를 듣고 달아나 버린다. 자객 하나가 "우리의 일 중 더 소중한 반을 놓쳐 버렸다."고 말한다. 맥베스의 궁중 연회가 진행되고 있는데 자객이 들어와서 상황을 고한다. 뱅

코우는 해치웠으나 플리언스를 놓쳤다고 하자, 맥베스는 이렇게 말한다.

"그렇다면 내 발작이 재발하겠구나. 그놈도 처치했다면,
나는 완벽했을 텐데….
그러나 이제 오두막 골방에서 끈질긴 의심과 공포에
사로잡히게 되었구나. 뱅코우는 안전한가?"

뱅코우의 처치가 확실한가를 묻는데 그가 '안전'하냐고 묻고 있다. 일관된 죽음과 불안의 아이러니다. 자객도 이렇게 대답한다. "예, 폐하, 구덩이 속에 안전하게 누워 있습니다." 연회는 진행되고 맥베스가 뱅코우 장군이 이 자리에 있었으면 좋았을걸 하고 언급하는 순간 뱅코우의 유령이 맥베스의 자리에 앉는다. 맥베스는 정신이 나가 이렇게 외친다. "내가 한 일이 아니다. 피투성이 머리채를 나에게 흔들지 마라." 자객을 시켜서 했으니까 자기 손으로 한 짓은 아니라는 뜻인가, 불안과 초조의 마음이 이 짧은 대사에도 나타난다. 정치인이나 기업인들이 청문회나 법정에서 증언을 할 때 이런 심정일 것이다. 남을 시켜서 한 일은 다 아는 바 없다 혹은 기억이 나지 않는다고 하지 않는가. 맥베스 부인은 일시적인 발작이니 괜찮을 거라고 하면서 연회를 계속하도록 한다. 그러면서 자기 남편에게 남자답지 못하다고 꾸짖는다. 유령이 사라지자 맥베스는 분명

히 유령을 봤다며 하는 말이 다음의 방백이다. 작가는 이 시점에서 부부 사이의 대화를 전부 방백으로 처리하고 있다.

"피는 예전에도 흘렸소, 오래 전에
인간의 법이 사회를 정화하기 전에도.
그래, 그 후에도 듣기에도 끔찍한
살인은 일어났지. 지나간 시절에는
머리가 터지면 사람이 죽고 그것으로 끝이었소.
하지만 머리에 치명상을 스무 개나 입고도
지금은 다시 일어나서 산 사람을
의자에서 밀어내는구려.
이것이 살인보다도 더 이상한 일이오."

부인이 전하의 친구들이 기다리고 있다고 하자, 맥베스가 변명을 한다.

"잊고 있었소. 이상하게 생각하지 마시오, 친애하는 경들, 과인에게는 괴이한 질병이 있으나 나를 알고 있는 사람들에게는 아무것도 아닙니다."

그러면서 우정과 건강을 위해 한잔 하자고 하면서 뱅코우를 위해 건배를 제의하자 유령이 다시 나타난다. 맥베스가 다시

한 번 발작하자 연회는 끝날 수밖에 없다. 맥베스는 침소에 들면서 다음날 마녀를 찾아가기로 한다. 다음날 맥베스를 만난 마녀들은 다음과 같은 세 가지 예언을 한다.

"맥베스, 맥베스, 맥베스, 맥더프를 조심하라. 파이프Fife의 영주를 조심하라."
"여자로부터 태어난 자 그 누구도 맥베스를 해치지 못하리라."
"맥베스는 결코 정복되지 않으리니, 거대한 버남Birnam 숲이 던시네인Dunsinian 언덕 높이 와서 공격할 때까지는."

다음은 던시네인에서 전투가 일어나기 전 앵거스가 하는 말인데, 이렇게 말하는 걸 보면 승패는 이미 결정된 것 같다.

"이제 그자도 자신의 은밀한
살인 행위가 손바닥에 들러붙어 있으며, 시시각각
일어나는 반란이 자신의 반역을 꾸짖는다는 것을 알고 있소.
그가 이끄는 병사들은 마지못해 명령에 따를 뿐
충성심이라고는 없습니다. 이제 그자에게 왕이란 칭호는
마치 난쟁이 도둑이 거인의 옷을 입은 것처럼
헐렁하게 느껴질 겁니다."

말콤의 군대가 버남 숲에 이르러 병사들은 말콤의 명령에 따라 나뭇가지를 꺾어들고 각자 위장한다. 이들이 던시네인 언덕까지 쳐들어와서 전투가 곧 시작된다. 맥베스는 성에서 적을 기다리고 있다. 이때 그는 왕비가 운명했다는 소식을 듣는데, 이제는 죽음에 대해 무감각하다. 부인은 정신분열 상태로 스스로 목숨을 끊은 것이다. 그는 사인을 묻지도 않는다. 단지 이렇게 말한다.

"언젠가 죽어야 할 사람이었다.
그런 소식을 들어야 할 때가 언젠가는 오게 되어 있었다."

그리고 이어서 불멸의 시를 남긴다. 맥베스의 불안은 죽음을 마주하고서야 해체된다. 죽음을 맞이하면서 깨달은 인생의 의미는 이러하다. 심오하지만 이해하기 쉽다.

"내일, 내일 그리고 내일은
이렇게 작은 걸음으로 하루하루
기록된 시간의 마지막 음절로 기어간다.
우리의 지나간 모든 날은 바보들이 죽음으로
가는 길을 밝혀 주었지. 꺼져라 촛불이여!
인생은 걸어가는 그림자, 가련한 배우가
무대 위에서 자기 시간을 뽐내고 안달하다가
사라져 버리는 것. 바보가 지껄이는 이야기,

소음과 분노로 가득찬 아무것도 아닌 이야기."

전투가 벌어지고 맥베스의 성은 함락된다. 맥베스는 맥더프를 만나고 결투에 임한다.

"나는 마법의 생명을 지녔다. 나는 여자로부터 태어난 자에게는
결코 굴복하지 않는다."
"그 마법은 단념해라. 그리고
네 놈이 아직 섬기고 있는 악마에게 물어봐라.
맥더프는 달이 차기 전에 어머니의 배를 가르고
나온 자라고 알려줄 것이다."
"그 따위 말을 지껄이는 그 혀에 저주가 붙어라.
그 말이 사내대장부의 기개를 꺾어 놓았다.
요란한 악마들은 믿을 바가 못 되니
그것들은 이중 의미의 말로 나를 기만하고, 내 귀에는
약속의 말을 속삭여 놓고, 나의 희망을
박살내는구나. 너와는 싸우지 않겠다."

맥베스는 싸우지 않겠다고 말하는 시점에 이미 알고 있다. 이길 수 없다는 것을. 그는 결국 맥더프의 칼에 맞고 죽는다. 맥더프는 제왕절개로 낳은 자식이라 여자의 몸에서 낳은 자woman born가 아닌 것이다. 마녀의 모호한 표현은 이런 뜻이

었다. 당시 자연분만의 경우는 산파가 애를 받았는데 산파는 여자다. 제왕절개는 의사가 행해야 하므로 당시 의사는 남자였다는 점에서도 여자에 의해 낳은 자식이 아니다. 맥베스가 말하는 이중 의미double sense는 예수회 신부들이 심문 받을 때 사용한 이중 의미로 말하기equivocation와 같은 개념이다.

결국 맥더프는 잘린 맥베스의 목을 들고 말콤 앞에 나타난다. 제임스 1세의 입장에서는 반역자로부터 국가의 질서를 회복하는 순간을 상징하는 것이다. 제임스 1세한테 맥베스는 정치적 속죄양이 되었지만, 독자의 입장에서는 정치로부터 자유로운 셰익스피어의 강력한 주인공 중 하나일 뿐이다. 왕위 찬탈과 반역자에 대한 순리적 정의 회복이 외관상으로 보이는 주제지만, 우리는 개인적 욕망의 잘못된 실현으로 인한 자아 분열이 가져오는 불안과 공포, 그리고 양심의 가책이 가져오는 내부 현상을 더 주목해야 한다. 『맥베스』가 셰익스피어의 명작 중 하나로 인정받는 데는 이유가 있다. 상징과 비유, 문학적 표현의 아름다움, 인간성의 탐구, 철학적 함축 등 가장 많은 것을 얻을 수 있는 가장 얇은 작품임에 틀림없다.

4대 비극을 읽다보면 묘하게도 어느새 주인공과 나 자신을 동일시하고 있다는 걸 느끼게 된다. 그와 함께 고통을 느끼면서 '아, 이건 어쩔 수 없어'라는 생각이 드는 것이다. 불안은 현대인에게도 가장 큰 문제라고 할 수 있는데, 맥베스가 우리에게 주는 메시지는 무엇일까? 미래나 변화는 미리 규정하거나 예단할 수 없으므로 인간의 불안은 불가피한 측면이 있다. 인간은 살아있는 동안 불안과 동거할 수밖에 없지만 불안감에 무너져서는 안 된다. 맥베스는 스스로 떳떳하지 못했기 때문에 양심의 가책으로 무한의 불안감에 빠져 버렸다.

불확실한 인생여정

셰익스피어의 작품에는 배경으로 바다가 가끔 나온다. 특히 후기 작품에서 바다는 난파의 장소다. 주인공이 바다에서 조난을 당하고 고난을 겪는다. 이 고난은 우리의 인생행로를 상징한다. 고난이 없는 사람은 없다. 바다는 어떤 의미가 있을까? 바다는 불확실하다. 바다는 위험하다. 하지만 위험을 피하면 새로운 세계를 만난다. 불안하고 불확실한 상황을 겪는다는 것은 고통이 따르지만, 분명한 것은 그 과정을 지나면 안정되고 확실한 상태가 온다는 것이다. 인간에게 불안한 마음은 기본적인 감정이며 피할 수 없는 것이기에 불안감을 어떻게 마주할 것인가가 문제가 된다. 셰익스피어는 바다를 불안과 동시에 희망의 장소로 설정하고 있다. 숲속이 배경으로 나오는 다른 희극의 이미지처럼 바다는 용서와 화해의 장소다.

『페리클레스』는 셰익스피어의 후기 작품들, 소위 로맨스극 중 하나인데 타이어^{Tyre}의 영주 페리클레스의 여정을 소재로 하고 있다. 이 작품의 초반은 조지 윌킨스^{George Wilkins}가 쓴 것으로 추정되고 있다. 셰익스피어의 작품 중 적어도 세 개 이상이 공동 작품으로 알려져 있는데 사실 잘 읽어 보면 셰익스피어가 쓴 것이 아닌 것 같은 부분들이 있다. 셰익스피어만의 고유한 표현이나 전개 방식이 있기 때문이다. 페리클레스는 셰익스피어의 바다를 무대로 한 인물 중에 가장 고달픈 주인공인데, 그의 여정은 불안과 공포에서 시작된다. 페리클레스의 불안은 맥베스의 불안과 어떻게 다를까. 불안은 내 마음 속에서 일어나는 작용이지만 외부로부터의 불확실한 위협을 나에게 알려주는 위험신호이기도 하다. 위협에 대처할 수 있는 준비를 하게 하는 신호의 역할을 해주기 때문에 매우 소중한 기능이라고도 할 수 있다. 페리클레스는 이 위험신호를 어떻게 처리하는지 살펴보자.

페리클레스는 안티오크^{Antioch}의 안티오쿠스 왕의 딸의 미모에 대한 소문을 듣고 구혼을 하기 위해 안티오크에 간다. 안티오쿠스가 내는 수수께끼를 풀면 딸을 얻을 수 있고 풀지 못하면 죽음이다. 페리클레스는 수수께끼를 듣자마자 안티오쿠스 왕과 딸 사이의 근친상간을 암시하는 것을 알아차린다. 안티오쿠스와 페리클레스는 대화 중에 서로의 생각을 읽는다. 페리클레스는 살의를 느끼고 타이어로 급히 피신해 왔지만 자기보다 훨씬 강력한 안티오크의 왕이 자기를 죽이러 침략을 할 것 같아 불안하고 두렵다. 그는 충신 헬리카누스와 상의한다. 페리클레스와 헬리카누스의 대화다.

"왕의 바른 충고자요 충신인 당신은
왕을 지혜의 충복으로 삼는 자요.
이제 내가 어찌하면 좋겠소?"
"스스로 짊어지신 괴로움을 참아내십시오."
"의사처럼 말하는구려, 헬리카누스.
자기는 무서워서 받지 못하면서
나에게는 독한 약을 처방하고 있으니…."

두려움은 스스로 이겨내야 한다. 하지만 누군가에게 털어놓으면 해소될 가능성이 높아진다. 페리클레스는 고민 끝에 영토와 백성을 침략으로부터 구하기 위해 헬리카누스에게 권력을 위임하고 타르수스Tarsus로 달아난다. 페리클레스는 불안이라는 위험신호를 매우 현실적으로 해석하여 심복과 상의한 후 일단 피하기로 한 것이다. 그는 불안에 굴복하는 대신 그것을 위험신호로 판단하고 그에 대비하는 의사결정을 했다는 점에서 우리에게도 참고가 된다. 불안감이란 혼자 지니고 있을 경우 가중될 가능성이 많다. 내 마음을 다른 사람에게 털어놓을 수 있다면 짐이 덜어질 수 있다는 것이 정신과 의사의 견해다.

안티오쿠스가 보낸 자객을 피해 그는 다시 출항하지만 이번에는 풍랑으로 배와 부하들을 잃고 표류하다 펜타폴리스Pentapolis에 도착한다. 그는 펜타폴리스의 왕이 주최한 무술 시합에 우승하고 타이사의 사랑을 얻어 결혼한다. 안티오쿠스가 죽었다는 소식을 듣고 만삭의 타이사와 타이어로 귀환하는 중 다시 풍랑을 만나고, 타이사는 공주를 낳다가 죽고, 풍랑 때문에 선원들은 타이사를 수장해야 한다고 한다. 타이어까지는 먼 길이라 그는 갓 낳은 딸 마리나를 중간 지점인 타르수스의 클레온에게 맡기고 항해를 계속하여 타이어로 향한다. 타르수스의 왕비 디오나이자는 자기 딸보다 재능 있고 예쁜 마리나를 시기하여 하인에게 살해를 명령한다. 마리나는 살해 직전에 해적들에게 납치된다. 페리클레스는 나중에 타르수스로 딸을 찾아가지만, 그곳에는 클레온이 만든 무덤만 있을 뿐이다.

페리클레스가 불안과 공포를 피하기 위해 시작한 여정은 거의 호머의 『오디세이』 수준이다. 오디세이는 트로이전쟁 후 집으로 돌아오는 데 10년이 걸린다. 페리클레스도 불안과 두려움을 피한다는 것이 예상하지 못한 고난의 연속을 초래했다. 늑대를 피했더니 호랑이가 나타나는 격이다. 이럴 줄 알았다면 도피하지 않고 다른 대책을 세웠을 텐데. 하지만 『페리클레스』의 요점은 불안의 원인을 알아내고 해법을 찾아내는 것을 스스로 할 수도 있다는 것이다. 불안감에 대처하는 방법은 두 가지가 있다. 하나는 도피하는 것이고, 다른 하나는 그것을 견뎌내는 것이다. 다음은 페리클레스의 독백인데, 그가 고달픈 인생 여정에서 느낀 바가 잘 드러나 있다.

"시간이야말로 인간의 지배자다, 인간을 살리기도 하고 죽이기도 한다."

그가 헤어졌던 부인과 딸을 재회하는 데는 오디세이 귀향보다 훨씬 더 많은 시간이 소요된다. 셰익스피어의 후기극의 특징인 몇 가지 기적이 작용하여, 죽은 줄 알았던 타이사는 에페수스Ephesus의 다이아나 신전의 사제가 되었고, 딸 마리나는 미틸레네Mytilene에서 해적들에 의해 창녀로 팔렸다가 풀려나서, 마침내 가족은 무사히 만나게 된다. 그가 딸을 만나서 하는 대사는 감동적이다. 마리나가 딸인 것을 확인하고 그는 환희에 젖는다.

"기쁨이 내게 바닷물처럼 밀려와
목숨의 해안을 덮어 버려서
희열 속에 익사할까 겁이 난다. 오, 이리 와라.
내가 너를 낳았더니 지금은 네가 나를 낳는구나.

바다에서 너를 낳고 타르수스에 묻었다가
바다에서 찾는구나."

　인간의 생애란 불확실한 항해의 연속이다. 불안하고 고통스러운 순간의 반복이다.『오디세이』에서 유래된 것 같은 바다의 이미지, 항해의 이미지는 모두 인생과 비유할 수 있다. 불확실한 세상을 살아가는 것은 우리 모두 마찬가지다. 변화를 싫어하는 인간의 속성도 변화로 인한 결과가 불안하기 때문이다. 불안과 공포에 무너지는 것도 인간이고, 그것을 이겨내는 것도 인간이다. 불안과 두려움의 존재를 있는 그대로 인정하는 것이 그것을 이겨내는 첫 걸음이다.

　현대인은 개인적 불안 외에도 사회적·경제적 불안에 시달린다. 미국의 대공황 후 대통령에 당선된 루스벨트는 취임식 연설에서 이런 말을 했다. "우리가 두려워해야 할 유일한 것은 두려움 그 자체입니다." 대공황 이후 만연한 사회적 불안에 대처하는 국가적 자세를 명확하게 설명한 명언이다. 물론 개인적 불안에도 똑같이 적용될 수 있는 말이다. 상상 속의 공포가 눈앞의 공포보다 더 무서운 것이라는 맥베스의 말도, 불안을 바라보는 우리의 방식이 문제라는 에픽테투스의 말도 루스벨트의 말과 함께 한곳으로 통한다. 우리의 마음이다. 우리는 우리 마음을 잘 관찰하고 스스로를 존중할 필요가 있다. 자존감은 불안에 효과적으로 대처하게 하는 강력한 힘이다.

현대사회에서의 개인적 불안은 대개 사회로부터 인정받지 못하는 것과 관련이 있다고 한다. 사람들은 하찮은 사람으로 여겨질 때 불안해진다. 무시당하는 것이 두려운 것이다. 무시 당하는 것은 사랑을 받지 못하는 것이다. 사회 속으로 나오기 전의 아이들은 하찮게 여겨지는 일 없이 주변으로부터 사랑을 듬뿍 받기 때문에 불안감이 없는 것 아닐까. 불안감은 내 마음 속, 머릿속의 문제지만 대개 밖으로부터 온다. 우리의 가치는 우리 스스로가 결정하는 것이 아니라 다른 사람들의 평가에 의존하는 경향이 있기 때문이다.

불안감 측면에서 중세 신분사회나 인도 카스트 제도하에서 의 사람과 현대 민주주의 사회의 일반시민을 비교해 보면 어 떨까? 신분의 차이가 엄격해서 신분 간의 이동이 거의 불가능 했던 시대의 하층민은 경쟁심에서 오는 불안감은 거의 없었 을 것이다. 현대사회는 어떤가? 누구나 열심히 능력을 개발하 고 발휘하면 상류층으로 갈 수 있다고 믿는다. 따라서 대부분 의 사람들은 동등하다고 생각하며 스스로의 삶에 대한 기대수 준이 매우 높다. 이러한 사회 환경에서 살아가는 우리들은 경 쟁에 대한 압박이나 자신에 대한 지나친 기대 때문에 심적 부 담을 느끼기 쉽다. 옆에 있는 동료나 친구가 뭔가를 성취할 때

내가 못하면 곧 불안해지는 것이다. 국민소득이 낮은 나라 국민들의 행복지수가 오히려 높은 경우가 많다. 생활수준이 아무리 높아도 불안감이 높아지면 행복지수가 떨어진다. 실패는 살아가는 과정이다. 실패를 두려워하지도, 실패했다고 해서 불안해하지도 말자. 에픽테투스의 다음 말로 이 장을 마감해야겠다. 앞에서도 그가 말했듯이, 불안의 원인과 마찬가지로 그 해결도 내 마음에서 사물을 보고 판단하는 방식에 달려 있다.

"나를 부유하게 하는 것은 사회에서 내가 차지하는 지위가 아니라 나의 판단이다. 판단은 내가 소유할 수 있다."

4장

권력과 정치의 어려움

셰익스피어의 많은 작품이 권력과 정치, 인간의 야심을 소재로 하고 있다. 전제군주 정치 체제하에서 권력을 소재로 작품을 쓴다는 것은 작가로서 엄청난 위험부담을 가지는 일이다. 그의 작품은 대부분 희곡의 형식을 띠고 있어서 소설과는 달리 작가의 시점은 어느 정도 감추어진다. 따라서 작가 개인의 정치적 견해나 종교적 관점 등을 직접적으로 드러내지 않기에 편리한 측면이 있다. 그러한 모호함 덕택에 그가 최고의 작가가 될 수 있었다는 견해도 있다.

그와 동시대의 작가 중 크리스토퍼 말로우Christopher Malowe, 토마스 키드Thomas Kyd, 벤 존슨Ben Johnson 등은 당대에 셰익스피어보다 더 인기가 있었다고 한다. 셰익스피어도 크리스토퍼 말로우의 작품에서 상당한 영향을 받았던 것으로 보인다. 말로우의 작품은 정치적 견해를 강력하게 드러내고 주장했기 때문에 절대주의 권력으로부터 환영받지 못했으며, 말로우 본인은 정치적인 이유로 암살되었다는 설이 유력하다. 당시 권력은 시민들의 소요에 민감했는데, 말로우와 키드의 글은 소요 전단에도 자주 인용되었던 모양이다. 키드는 말로우의 친구였으나 당국의 심문을 받는 과정에서 말로우에 불리한 증언을 하고 만다. 그래서 말로우도 당국의 조사를 받게 되었고 그런 중에 결투 사건에 연루되어 결국 결투 중 사망했다. 정치적 살해란 이 결투가 조작된 것이라고 보는 견해다. 벤 존슨도 결투를 하다가 두 명인가를 죽여서 사형선고를 받을 뻔했다고 하니 과격한 시대였던 모양이다. 말로우는 케임브리지 대학 출신으로 짧지만 파란만장한 삶을 살았다. 29세로 죽을 때까지 이미 세 편의 대작을 썼다. 『몰타의 유대인』, 『파우스투스 박사의 비극이야기』, 『탬벌린 대왕』이 그것이다. 말로우가 오래 살아 더 많은 작품을 썼다면 셰익스피어의 명성에 어떤 영향을 주었을까 궁금해 하는 논평도 많다.

셰익스피어는 인간의 심리나 관계에 대한 통찰이 뛰어났기 때문인지 큰 갈등 없이 대중과 왕실 모두로부터 지지를 받으며 극작가로 성공하게 된다. 그의 중립적 관찰자 시점도 오랫동안 작가로서 정치적 갈등 없이 창작 활동을 할 수 있는 무기가 되었다.

셰익스피어의 희곡 중에서 사극이 차지하는 비중이 상당하다. 영국을 배경으로 한 것 10편과 로마시대를 배경으로 한 것 4편을 합하면 모두 14편이니, 전제군주 시대임에도 불구하고 정치 테마는 대중적인 인기가 높았음이 확실하다. 셰익스피어가 쓴 최초의 작품이 사극 『헨리 6세』라는 설도 있고, 창작 전반기에 9편의 영국 사극을 썼으니, 희곡 작업도 병행했지만 사극 작가로 시작했던 셈이다. 그가 작품에서 묘사한 정치상황들에 대한 해석은 오늘날의 정치에도 거의 그대로 적용될 정도로 뛰어난 식견이다.

줄리어스 시저가 죽은 것이 브루투스 말대로 야심 때문이었을까? 셰익스피어 작품에서 야심은 대개 부정적인 개념으로 표현된다. 정통성이 없는 자가 왕을 살해하고 왕위에 오르려는 것이 대표적인 야심으로 그려진다. 권력은 결코 깨끗하지 않으며 쟁취한 후에도 고통과 타협이 따른다. 불의와도 손을 잡아야 한다. 도덕적 이중성과 모순이 권력의 어쩔 수 없는 속성이다. 권력에 개입되는 순간 인간 본성 ─야심, 충성, 아첨, 배신, 질투, 모략, 복수─은 더욱 치열하게 작동한다. 권력자가 독선적이면 치명적 결함이 발생한다. 리어왕, 맥베스, 리차드 3세, 안토니우스 등의 실패 원인이 바로 이것이다. 권력을 가진 자는 결코 편치 않다. 최고 권력자라 하더라도 모든 사람을 만족시킬 수는 없다. 적어도 어느 한쪽에서는 항상 비난을 받게 마련이다. 이것을 '리더십 패러독스'라 하던가? 셰익스피어의 작품에 등장하는 권력자들도 이렇게 어려움을 말한다.

"왕관을 쓴 머리는 늘 고통스럽다."
"평민들이 즐기는 끝없는 안락을 왕은 저버려야 한다."

힘들면 내려놓으면 될 터인데 권력을 내려놓는 사람은 거의 없다. 권력이란 인간의 욕망 중 가장 높은 곳에 있는 것이기 때문이다. 한번 잡은 권력은 빼앗기기 전에 절대 스스로 놓지 않는다. 정치가는 정년퇴직도 없다. 셰익스피어의 인물 중에는 이런 사례가 딱 하나 있다.

권력의 남용과 오용

권력은 강하다. 아무리 작은 권력이라도 제대로 쓰이지 않으면 인간을 파괴한다. 권력은 정치에만 있는 것이 아니다. 자본주의 사회에서는 경제적 권력도 못지않게 막강하다. 오늘날 우리 사회의 소위 갑질이라는 것이 경제 권력의 횡포 아닌가. 하청을 받는 회사는 하청을 주는 회사의 직원이 요구하는 것을 부당하다고 하더라도 거절하기 힘들다. 상관이 부하 직원에게 함부로 대하는 행위도 같은 맥락이다.

『자에는 자로』는 희극으로 분류되는데 내용은 권력의 심각한 남용 문제를 다루고 있다. 앞에서 다루었던 에스칼루스의 상관인 빈센시오 공작과 안젤로에 관한 문제를 이 장에서 다시 볼 필요가 있다. 빈센시오 공작은 안젤로에게 권한을 전적으로 위임한 후 신부로 가장한 채 민정시찰에 나선다. 빈센시오 공작의 문제는 지난 14년간 법의 집행을 너무 느슨하게 하여 이제는 법을 제대로 집행하기 어려운 상황으로 만든 것이다. 혼외정사와 사회 풍속에 관한 법이 있음에도 불구하고 집행을 하지 않으니 풍속은 점점 문란해지고 법은 유명무실했다. 셰익스피어는 영국의 당시 상황을 이 극에 반영했던 것이다. 빈센시오 공작이라는 인물은 아마 제임스 1세를 염두에 두고 만들었을 것이다. 공작은 자신의 손에 피를 묻히지 않고 법을 다시 엄정하게 집행할 대리인을 골랐는데, 그게 안젤로다. 자기는 욕먹지 않고 안젤로를 내세워 법의 집행력을 회복하려고 한다. 자기 자신을 은폐하고 타자 모두를 감시하는 행동은 아무리 봐도 비겁한 자세로 볼 수밖에 없다. 이런 행위를 비엔나 시민 모두를 위한 통치 행위로 본다면 약간은 정치적인 해석이다.

안젤로는 줄리에타로 하여금 혼전 임신을 하게 한 클라우디오에게 사형선고를 하는데, 이것은 법의 적용에 있어서 지나치게 가혹하다. 게다가 그는 오빠를 사면해 주는 조건으로 여동생 이사벨라에게 몸을 바칠 것을 요구함으로써 권력의 남용 및 오용의 극치를 보여 준다. 안젤로는 이사벨라에게 다음과 같이 묻는다.

"어느 것을 택하시겠소? 공정한 법에 따라 오빠가 생명을 잃는 것과 당신의 몸을 더럽혀진 여자처럼 부정한 향락에 맡기는 것 중에 말이오."

끔찍한 질문이다. 권력이 있으면 이렇게 잘못 사용하기도 쉽다. 불행하게도 오늘날 우리 사회에도 만연한 심각한 문제다. 이사벨라가 안젤로에게 다음과 같이 말하는데, 권력의 남용 가능성을 경계하고 있다.

"권력을 가진 자는 다른 사람처럼 실수를 저질러도 죄의 외양을 꾸미는 힘을 가지고 있습니다."

빈센시오 공작은 모든 진실과 상황을 독점 관리하고 있으니 문제가 뭔지 곧 알게 된다.

"남의 죄를 벌할 때는 범한 죄의 무게보다

무겁지도 가볍지도 않은 값을 치르게 해야 하는 법.

자신도 저지를 수 있는 죄를 두고

남을 잔인하게 단죄하려는 건 수치야.

수치스러운 안젤로, 세상의 죄를

제거해야 할 자리에 있으면서 스스로는

키우고 있다니. 아, 겉으로는 천사처럼 보이면서

뱃속에 무얼 숨기고 있는지."

당시 영국의 법체제에서는 법을 문자 그대로 엄정하게 적용하는 보통법과 억울한 중죄를 완화하기 위한 형평법 사이에 갈등이 있었다고 하는데, 법학자들은 안젤로는 보통법의 입장을, 빈센시오 공작은 형평법의 입장을 옹호한 것으로 해석하는 모양이다. 공작은 이사벨라에게 안젤로의 요구를 들어주는 척 답하라고 하고, 그의 침대에 그에게서 버림받은 여자 마리아나를 보내 동침하게 한다. 마리아나는 집안이 파산한 바람에 지참금을 가져올 수 없게 되자 안젤로가 파혼했던 여자다. 마리아나와 동침을 함으로써 이제 안젤로도 클라우디오와 똑같은 죄를 지었다.

빈센시오 공작은 자신의 권력을 은폐한 채로 모든 상황을 통제하며 진실을 파악한다. 그러면서 사건을 해결해 나가는

데, 얼핏 보면 권력의 자비로운 모습 같지만 실은 그의 행위도 권력의 남용이다. 통치자가 일반 시민의 성생활까지 통제하며 '잠자리 바꿔치기'bed trick*로 덫을 놓아 안젤로를 기만하는 등, 결과는 다르지만 그 과정에 문제가 있기는 매한가지다. 공작이 변장을 풀고 본모습으로 돌아와 안젤로에 대한 재판을 진행한다. 그는 지은 죄는 지은 대로 갚게 하라며 사형을 선고한다. 이에 안젤로는 다음과 같이 말한다.

"범한 죄를 감출 수 있다고 생각하면,

이는 제가 지은 죄보다도 더 큰 죄를 짓는 것입니다."

안젤로는 '신과 같은' 힘을 가진 공작님께서 자신을 처형하는 것이 자비를 베푸는 것이라고 애원한다. 공작은 이사벨라와 마리아나의 탄원에 힘입어 안젤로를 용서한다. 클라우디오도 불러내어 사면하고 안젤로에게는 마리아나와의 결혼을 명한다. 결과적으로 공작은 자비심을 극대화하여 모든 사건을 원만하게 해결했다. 신과 같은 능력과 권한에 자비심까지 갖춘 권력자의 아름다운 모습 아닌가. 하지만 셰익스피어가 말하고 싶었던 것이 그렇게 단순한 것만은 아니었을 것 같다. 표면적으로는 자비로운 권력의 모습을 그렸지만 실제는 권력의

---

* 셰익스피어 희극에 종종 나타나는 형태로 다른 파트너와 침대에 들게 하는 속임수.

남용과 과정의 부당함을 꼬집은 게 아니었을지. 안젤로의 엄격한 법적용도 문제지만, 빈센시오 공작의 지나친 관대도 그에 못지않게 문제라는 것이다. 작가 입장에서는 제임스 1세라는 폭군의 비위를 상하게 해서는 안 되는 상황이었기에, 빈센시오 공작을 형평법을 무난하게 집행하는 관대한 권력자 이미지로 포장할 필요가 있었을 것이다. 여기서 또 한 번 기억하자. 셰익스피어는 본인의 속뜻은 교묘히 감추고 독자나 관객에게 그 뜻을 알아채도록 숙제를 던져주는 것이 특기다.

리더십과 언행

셰익스피어 작품에서 언어의 힘은 매우 중요하다. 리더십은 말에서부터 나온다. 무슨 말을 어떻게 하느냐가 리더십의 시작이고 말한 것을 실천하는 것이 리더십의 증거가 된다. 리더십이란 지도자가 가지고 있는 역량이고 다른 사람으로 하여금 그것을 따르게 하는 능력이다. 그 능력이란 비전, 책임감, 용기, 동기부여, 인격, 매력 등 많은 것을 포함한다.

리더십은 타고나는 것인가, 만들어지는 것인가? 지도자의 자질에는 이성적 요소가 많을까, 감정적 요소가 많을까? 셰익스피어의 인물들 중 리더십에 있어서 가장 높은 평가를 받을 인물은 헨리 5세일 것이다. 헨리 5세는 왕자 시절에 핼이라는 이름으로 불렸는데, 그 유명한 폴스타프 등 졸개들을 데리고 싸구려 술집을 전전하며 방탕한 생활을 한 것으로 명성이 높다. 핼 왕자는 『헨리 4세』 1부에서 다음과 같이 자기의 방탕한 생활이 일종의 연극임을 독백으로 말한다.

"나는 태양을 모방할 테다.
태양은 추하고 무거운 구름이
세상으로부터 그 아름다움을 가리게 했다가
그 자신을 내보이고 싶을 때
자신을 질식시키던
더럽고 추한 운무를 헤치고 나와
세상을 더욱 놀라게 하지."

"내가 이런 방종한 생활을 때려치우고
예정하지 않았던 빚을 갚게 되면
약속 이상으로 예상 외의 일인 만큼
나는 사람들의 기대가 틀렸음을 증명할 것이다.
검은 바탕에 박힌 황금같이
나의 심기일전은 이전의 악행을 덮고
대조되는 바탕이 없는 경우보다도
한층 더 빛나고 더 많은 눈을 끌 것이다.
나는 악을 수단으로 이용할 것이다.

세상 사람들이 예기치 않을 때 낭비한 시간을 보충할 것이다."

왕자가 일찍이 자기의 정치적 이미지 메이킹에 눈을 뜬 것
이다. 왕자의 "앞으로는 나의 본성에서 벗어나 더욱 강하고 위
압적이 될 것이다."라는 선언은 마키아벨리적 리더십 지침 중
의 하나다. 국가의 통치를 위해서는 때로 나의 본모습조차 버
려야 한다. 정치권력은 주로 겉모습에 좌우된다. 현대의 정보
사회에서도 대부분 유권자는 후보자의 겉모습만 보고 투표하
는 경향이 있다. 실제 내용은 알기가 어렵기 때문이다.

헬 왕자는 폴스타프 패거리와 함께 술집에서 놀며 노상강도
행각을 벌이는 패거리들을 방조하고 그들이 빼앗은 재물을 다
른 강도처럼 변장하여 다시 빼앗는 등 좌충우돌하는 행동으로
하층민 생활을 체험한다. 셰익스피어가 런던에서 배우 겸 극
작가로 살아가고 있을 때 실제로 그는 배우들이 생활하는 구
역 가까이에서 살았다. 폴스타프의 활동 무대인 이스트칩의
싸구려 술집이나 여관 등은 본인이 경험한 그대로다. 이 시절
의 셰익스피어에 대해 논평을 한 존 오브리의 메모가 발견되
었다. "쇼디치에 살았고 방탕에 빠지지 않았으며, 초대를 받으
면 아프다고 했다." 여러 정황을 보면 셰익스피어는 홍등가에
서의 방탕을 피하기 위해 아프다는 핑계를 대면서 초대를 거
절했을 정도로 매우 건실한 생활을 했던 것으로 보인다.

왕을 찬탈한 아버지 왕과는 달리 헬 왕자는 거짓의 가면으로 연기를 하면서까지 자기 내면을 지킨 것이다. 선술집에서는 하층민의 언어를 사용하며 이렇게 자랑한다. "나는 이제 땜장이하고도 그들의 언어로 대화하며 평생 술을 마실 수 있어." 나중에 왕이 된 헬은 실제로 평민들과 교류하고 그들의 언어를 제대로 이해하는 왕이 된다.

반대파의 대표인물 퍼시 핫스퍼는 지난날 헨리 4세가 왕자도 저렇게 훌륭했으면 하고 바랐을 정도로 인정받은 젊은이다. 아버지에 의해 왕자 헬의 라이벌이 된 퍼시 핫스퍼는 혈기왕성한 용맹과 무예, 품위와 강직한 성격으로 무장한 무인의 전형이다. 핫스퍼는 사실 헨리 4세와 동시대인이다. 그런데 셰익스피어는 헬 왕자의 라이벌로 설정하기 위해 그를 한 세대 뒤로 보낸다. 그 둘은 성격 면에서 매우 대조적이다. 헬은 퍼시에 대해서 부왕에게 이렇게 선언한다.

"때가 오면,
이 북방 청년으로 하여금 그의 명예로운 행위를
저의 수치와 교환하도록 하겠나이다.
전하, 퍼시는 저를 대신해 명예를
매점하는 대리인입니다.
제가 그에게 엄정한 회계를 명하겠나이다.

그자가 쌓아올린 모든 명예는

가장 사소한 것까지 넘겨줘야 합니다.

아니면 그의 심장에서 부채를 떼어 낼 것입니다."

 핼의 언어를 보면 매우 실용적이며 계산적이다. 아버지 볼링브로크는 왕위 찬탈자이기 때문에 늘 정당성이란 점에서 마음에 걸렸던 것 같다. 핼은 아버지를 보고, 또 거리와 술집에서의 현장실습으로 정치가의 자질에 대해 많은 것을 배웠다. 그는 목적지향성이 강한 인간으로 정치가의 자질을 타고 났다. 그는 목적을 위해서라면 바보짓도 할 수 있다고 말하는 인물이다. 반면 퍼시는 직선적이라 할 말을 참지 못하는 성격이다. 상대가 옳지 않은 주장을 한다고 생각되면 매섭게 따진다. 한번은 그 광경을 보고 있던 원로가 그에게 이렇게 충고한다.

"상대가 인내심을 버릴 정도까지 몰아세우는 건…

이런 단점은 배워서 고쳐야 합니다. 그것이 때로는 위대함이나 용기 또는 혈기를 증명할 수 있겠지만 얻을 수 있는 것은 고작 그 정도입니다. 오히려 대개는 경의 성급한 분노, 예절 부족, 자제심 부족, 자만, 무례, 오만 등등을 나타낼 뿐이지요. 귀족으로서 그런 결점을 조금만 갖고 있어도 사람의 신망을 잃게 되고, 어떤 장점을 가졌다고 해도 결국은 오점을 남기게 되어, 세상 사람들로부터 찬사를 받기는 어렵습니다."

퍼시의 성격적 단점과 핼의 성격을 대조시키며 셰익스피어는 군주의 바람직한 자질이 무엇인가를 간접적으로 표현하고 있다. 나중에 헨리 4세는 군의 지휘권을 왕자 핼에게 넘기는데, 핼은 핫스퍼에게 다음과 같이 일대일 결투를 요청한다.

"위대한 이름과 명성을 걸고 그가 제안을 받아줄 것으로 믿소.
양군의 유혈을 막고자 일대일 대결로 운명을 가르자는 말이오."

이에 대한 핫스퍼의 반응이다.

"아, 이 전쟁의 승패는 오직 나와 해리 몬머스* 사이에서
결정되고, 다른 사람들은 전투에 숨 가쁠 일이 없으면 좋겠소.
어서 말해 보시오, 그의 도전의 태도가 어떠했는지.
경멸조는 아니었는가?"

핼은 전면전이 일어날 경우 양쪽의 희생이 클 것을 예상하고 이를 피하기 위한 방법으로 둘만의 결투를 생각하는데, 핫스퍼는 개인의 명예를 우선 생각하는 모습이다. 핫스퍼는 사령관인 아버지 노섬벌랜드 경이 병이 들어서 출전하지 못한다는 소식에 아버지의 병에 대해 걱정하는 것이 아니라 자기에

---

* Harry Monmouth, 핼 왕자의 다른 이름.

게 더 큰 명성을 가져다줄 기회로 생각한다. 핫스퍼도 훌륭한 인간이고 무인이지만 군인의 한계를 벗어나지 못하고 있음을 셰익스피어는 말하고 있다. 그는 전쟁에서의 공훈이라는 명예를 좇을 뿐, 권력과 정치와는 좀 거리가 있어 보인다. 핫스퍼의 성격을 잘 드러내는 그의 대사를 보자.

"아, 여러분, 인생은 짧은 것.
그러나 그 짧은 시간도 비열하게 지낸다면
인생은 길고도 긴 거요.
가령 그 인생이 시계의 바늘 끝을 타고
한 시간이 지날 때마다 끝나는 것이라 해도 말입니다.
살아 있으려면 왕을 짓밟고 사는 거지요.
죽으려면 왕족을 죽이고 용감하게 죽는 거요.
우리가 무기를 든 목적이 정당한 것이라면
우리의 거병은 양심에 비추어 정당한 것이오."

핼은 인간의 본성을 파악하는 감각이 뛰어나서 핫스퍼의 성격도 잘 알고 그가 어떤 행동을 할지도 이미 예측하고 있다. 핫스퍼의 급한 성격과 자신감 내지 자만심을 잘 알기에 그가 결투에 응하리라는 것을 예상한 것이다. 결국 두 사람은 결투를 벌이고 핼이 승리하게 된다. 핼은 죽음을 맞이하는 핫스퍼의 두 눈을 투구의 장식 깃털을 뽑아 가려주며 그의 무공과 명예를 인정한다. 헬은 모든 가치에 균형감을 부여하며 스스로 세우는 권위와 정통성을 강화하는 통치자로서의 자질을 왕위에 오르기 전부터 확실히 보여 준다.

폴스타프와 연결되는 인물 중에 대법원장이 있다. 그는 공정하고 견실한 법의 집행관이다. 헬 왕자는 폴스타프와 어울리면서 대법원장의 제지를 받았다. 왕자는 법정에서 대법원장을 때려 추밀원에서 쫓겨난 적도 있다. 대법원장의 눈에 폴스타프는 범죄자일 뿐이기 때문에, 대법원장은 그가 왕자와 어울리지 않기를 바란다. 후에 헨리 4세가 서거하여 헬이 왕위를 계승한다는 소식을 들은 폴스타프는 이렇게 말한다.

"잉글랜드의 법률은 이제 내 손안에 있다.
내 편이었던 자들은 행복할 것이다.
불쌍한 자는 대법원장이구나."

한편 대법원장은 새 왕이 보복하리라는 불안감으로 인간적인 두려움에 빠진다. 하지만 그는 양심에 따라 처리한 것뿐이며, 죄를 지은 것도 아니니 미리 용서를 빌 필요는 없다며 선왕을 따라가겠다고 한다. 헬 왕자는 대법원장을 불러 지난 날 자기를 투옥한 것에 대해 질책한다. 그의 대답은 모범답안이다. 그는 헬 왕자에게 개인을 때린 죄 때문이 아니라 국왕의 대리인을 때린 죄로 처벌 받은 것이라고 말한다.

"폐하께서는 법과 정의의 권위, 그리고 국왕을 대리하는 권리마저 잊으시고, 그 장소, 바로 법정에서 신을 때리셨습니다. 그래서 부왕을 위반한 행위에 대해 부득이 과감한 처벌을 결정한 것입니다."

헨리 5세가 누구인가? 그의 정치적 감각은 타의 추종을 불허한다. 그의 결정이다.

"대법원장, 경이 맞습니다, 잘 판단하셨습니다.
그러니 앞으로도 저울과 검의 일을 맡아 주십시오.
그리고 경의 명예가 더욱 높아져 내 자식이,
내가 한 것처럼 경에게 무례한 짓을 하고는
결국 경의 판결에 복종하게 되는 날까지 경이
오래오래 살아주기를 바랍니다.…"

그는 권력의 초기에는 대법원장과 같은 공평무사한 인물이 필요한 것을 잘 알고 있다. 대법원장의 첫 번째 임무는 새 왕을 폴스타프로부터 보호하는 것이다. 거리에 나온 헨리 5세를 본 폴스타프는 예의 무례한 말투로 인사를 건넨다. "헬 왕 만세, 나의 헬 왕!" "내 친구에게 신의 가호를!" 헨리 5세가 대법원장에게 '저 허황된 자를 다스려 달라'고 요청하자 대법원장이 재빨리 폴스타프에게 정신 차리라고 환기시킨다. 하지만 폴스타프가 누구인가? 전혀 기죽지 않고 자기 방식으로 밀고 나간다. 왕이 직접 나서서 명확하게 선을 긋는다.

> "나는 그대가 누군지 모르니, 노인이여, 기도나 하시오,
> 백발이 어릿광대나 바보 노릇을 하기에는 어울리지 않아.
> ......
> 타고난 어리석은 익살로 대꾸하지 말라.
> 나는 옛날의 내가 아니다.
> 신도 알고 세상도 알고 있듯이
> 내가 예전의 나와는 결별했으니
> 내가 사귀던 자들과도 결별이다.
> ......
> 먹을 것이 없으면 또 나쁜 짓을 하게 마련이니
> 생계에는 지장이 없도록 해주마.
> 그리고 개전의 가능성이 보이면
> 능력에 따라 기용되도록 하겠다."

헨리 5세가 무서운 점은 정치적으로 필요하다면 개인적으로는 정의롭지 않은 일도 왕의 권위로 양심의 가책 없이 단행할 수 있다는 것이다. 그런 의미에서 그는 마키아벨리를 제대

로 이해한 왕이다. 마키아벨리보다 전 시대의 인물이니 그렇게 얘기하면 안 되겠다. 마키아벨리가 『군주론』을 쓰기 훨씬 전에 헨리 5세는 이미 마키아벨리즘을 실행했던 인물이다. 물론 마키아벨리를 잘 이해했던 것으로 보이는 셰익스피어의 눈으로 본 헨리 5세이기 때문에 작품에서는 실제보다도 더욱 교묘하게 마키아벨리적 전략을 구사한 것이다. 마키아벨리는 수단 방법을 가리지 않는 권모술수의 대가로 알려져 있는데, 이는 사실이 아니다. 군주의 위치라는 것은 일반인과는 다르기 때문에 국가적 이익을 위한 군주의 의사결정은 개인의 도덕심과는 구별해야 한다는 것이 마키아벨리의 논점이다. 마키아벨리는 외교관 혹은 정치사상가의 관점에서 군주의 행동지침을 말했을 뿐, 자신의 이익을 위해 권모술수를 일상에 사용하는 종류의 인간은 결코 아니었다.

작품 『헨리 5세』는 캔터베리 대주교에게 자문을 구하는 장면으로 시작한다. 왕은 프랑스를 침공할 합법적인 구실을 찾고 싶어 한다. 캔터베리 대주교는 사욕이 많다. 공명정대한 대법원장은 왕의 말이라고 해서 무조건적으로 동의하는 유형의 인물이 아니다. 대주교는 교회 재산을 빼앗길까봐 눈치를 보며 헨리 왕이 원하는 바인 프랑스 침공의 명분을 만들어 준다. 대법원장은 이제 상황 설명도 없이 등장인물에서 빠져버렸다. 아마 셰익스피어는 정의로운 인물이 구질구질하게 제거되는 장면을 보여 주고 싶지 않았던 것 같다. 그는 왕위에 오른 소감을 이렇게 말한다. "새로 지은 왕위라는 화려한 의복은 여러분이 생각하는 만큼 입기가 편하지 않소."

헨리 5세는 본인이 선언했듯이 이제 구름을 헤치고 나온 태양이다. 이러한 변신의 전략은 측근들로부터 인정받는 계기가 된다. 캔터베리 대주교는 "부왕의 서거와 함께 왕자의 방탕이 사라졌다."고 하고, 엘리 주교는 "국왕이 방탕의 베일 아래 통찰력을 감춰 두고 있었다."고 평가한다. 헨리 5세는 '어지러운 민심을 외정으로 돌리게 하라'는 부왕의 가르침대로 프랑스와의 전쟁을 권력강화와 국가통합의 기회로 사용한다. 그는 우선 전쟁 개시의 도덕적 책임을 교회에 넘기기 위해서 캔터베리 대주교 등 종교계 지도자들을 만나 동의를 얻는다. 교회 입장에서 동의의 가장 큰 이유는 재정적 이득이다. 역사상 모든 전쟁은 정치적 이유와 경제적 이유가 전부이다.

전쟁의 빌미는 프랑스의 왕세자가 제공한다. 그는 '프랑스 땅에는 경쾌한 춤으로 정복할 땅은 없다'라는 메시지와 함께 헨리 5세의 방탕한 왕자 시절을 조롱하는 의미로 테니스공 상자를 선물로 보낸다. 헨리 5세는 분노하여 프랑스 특사에게 이렇게 말한다.

"장난을 즐기는 왕세자에게 이렇게 전하시오.
이번 모욕이 테니스공을 포탄으로 바꿔 놓았다고.
그의 영혼은 초토화의 복수에 대해 뼈저리게 느껴야 할 거요.
포탄과 함께 날아갈 테니."

그러면서 하는 말은 무시무시할 정도로 잔인하다. 남편과
아이들을 잃게 될 수천 명의 여자들과 그녀들의 뱃속에 있는
태아들의 원망까지 프랑스 왕자는 책임져야 할 거라고 선언하
는 것이다. 그는 반역자들을 처단하는 데 있어서도 매우 정치
적이다. 개인의 원한이 아니라 국가의 안위를 위한 부득이한
처형이라는 것이다. 이 과정에서 보여 주는 헨리 5세의 행동은
일종의 연기라고 할 수 있다. 자기는 상황을 모두 파악한 상태
에서 연출자 역할을 하며 자기 대사만 외우는 배우들을 완벽
하게 통제한 것이다. 말은 동정하는 것 같지만 행동은 단호해
서 공포감을 극적으로 유발한다. 헨리 5세는 홉스의 "왕정이라
는 것은 백성에게 공포를 불러일으키는 가시적인 권력에 의존
한다."는 말을 잘 실천하는 왕이다. 그가 반역을 꾀하던 신하들
에게 말한다.

"나는 그대를 위해 울어 주겠다.
그대의 반역 또한, 내 생각에
또 다른 인간의 타락에 지나지 않으니까."

지도자는 거짓 정보에 현혹되거나 아첨쟁이에게 놀아나서는 안 된다. 군주 자신의 인격 수양은 물론 주변 사람들에게도 충성을 하도록 끊임없이 요구해야 한다. 따라서 배신에 대해서 군주는 가혹할 수밖에 없다. 그는 전쟁에 임해서는 상대국의 시민들에게 공포감을 불어넣는 재주가 뛰어나며 승자로서 모든 도덕적 책임을 패자에게 넘기는 것에 능숙하다. 잔인한 약탈과 성적 모독을 암시하며 항복을 강요한다. 항복하지 않는 경우의 책임은 전적으로 점령지 주민의 몫이다. 헨리 5세는 국가의 통합을 위한 성스러운 전쟁의 논리는 하층민들에게 설득력이 없다는 것을 인식하고 현실의 한계를 잠시 고민한다.

"의식이라는 우상이여, 그대는 무엇인가?
그대는 무슨 신이기에 그대의 숭배자들보다
더 필멸의 고통을 받는가?
그대의 이득은 무엇이며, 수입은 무엇인가?
오, 의식이여, 그대의 가치만을 보여 다오."

영국 역사상 가장 위대한 승리 중 하나라는 아쟁쿠르Agincourt 전투에서 그는 영국군보다 5배 많은 9만 명의 프랑스군을 상대로 엄청난 승리를 거둔다. 희생자 수 29 대 10,000이라는 것은 약간의 신화가 가미된 것이겠지만 엄청난 승리인 것이 분명하다. 이 전쟁은 마치 이순신 장군이 일본을 상대로 한 해전에서 승리한 것과 비슷한 조건이다. 수적으로 엄청 불리한 상황, 게다가 상대는 준비가 잘 되어 있는 군대인 반면에 아군은 급조된 군대다. 승리의 요인은 무엇일까? 헨리 5세가 병사들에게 하는 연설을 들어보자.

"우리는 소수지만 행복하며, 또 모두 형제입니다.
오늘 나와 같이 피를 흘리는 사람은 나의 형제가 될 것입니다.
아무리 미천한 사람이라도 귀족계급이 될 것입니다.
지금 잉글랜드에서 침대에 편히 누워 있는 귀족들은
오늘 이곳에 와 있지 않은 것을 훗날 자신들에 내려진 큰 저주로
생각하게 되고, 성 크리스피안 축제에 우리와 같이 싸웠던
사람들의 이야기를 들을 때마다 수치심을 느끼게 될 겁니다.…"

동기부여의 명연설이다. 급조된 병사들에게 전투 의지를 확실하게 불어넣었다. 다음의 한 줄이 헨리 5세를 요약한다. "마음의 준비가 되면 모든 준비가 끝난 거요." 지휘관들에게 하는 말도 일관성이 있다. 지휘관들과 의논하는 중에 워윅 백작이 잉글랜드에 남은 병사 중 만 명이라도 여기에 오면 좋겠다고 하자, 헨리 5세는 이렇게 말한다.

"그런 소리 하는 분이 누굽니까? 나의 사촌, 워윅 백작입니까?
아니오, 백작, 그건 틀린 생각입니다. 만약에 우리 모두가 전사

한다면 조국에 끼치는 손실은 우리만으로도 족할 것입니다.
만약 성공해서 살아남는다면, 군대의 인원이 적을수록 우리가 차지할 영광의 몫은 커지는 것입니다. 신에 두고 단언하지만, 한 사람의 병사도 더 원하지 않았으면 좋겠습니다.

······

오, 제발 한 사람도 더 바라지 맙시다. 사촌,
오히려 병사들에게 이렇게 포고해 주시오. 전투에 참가할 용기가 없는 자들은 귀국해 주기 바란다고. 귀국허가증을 발급해 주고 여비도 지급하기 바랍니다. 우리와 같이 죽기를 두려워하는 자들과는 절대로 같이 죽을 수 없습니다."

결과적으로 이 전투에서 성공한 이유는 여러 가지가 있겠지만, 셰익스피어가 다른 면들은 별로 언급하지 않은 것으로 보아, 병사들의 감정을 움직인 헨리 5세의 동기부여 능력을 가장 크게 평가했던 것으로 보인다. 그는 평복 차림으로 전장을 둘러보다가 병사들과 얘기한다. 어떤 병사의 말이다.

"어떤 놈은 욕을 해대고, 어떤 놈은 의사를 불러 달라, 어떤 놈은 두고 온 불쌍한 마누라를, 어떤 놈은 채무에 대해서, 어떤 놈은 버려진 자식을 불러대지요. 내 생각에 전쟁에 죽는 놈치고 제대로 죽는 놈은 없다는 거요. 피를 보는 게 전쟁이다 보니, 어찌 자비를 바라겠소? 그러니 이자들이 곱게 죽지 못한다면, 이는 순전히 그렇게 만든 국왕의 책임이지요. 왕명에 거역하는 것은 백성의 도리가 아니니까."

이 병사는 전쟁의 명분에 대하여 철학적인 의문을 제기하고 있다. 헨리 5세는 병사의 차림인 채 개인의 영혼까지 국왕이 책임질 수는 없다거나 국왕도 인간에 불과하다는 등의 얘기를 하지만, 이 병사를 납득시키는 데는 실패한다. 병사는 헨리 5세와 논쟁 끝에 전쟁에서 살아남으면 결투를 하자고 제안한다. 왕도 찬성한다. 표식으로 각자의 장갑 하나를 교환해서 모자에 달고 다니기로 한다. 다음에 만나서 "이 장갑은 내 것이다"라고 하면 상대방에게 도전의 신호인 것으로 약속한다. 헨리 5세는 나중에 전투에 승리한 후 장교에게 그 장갑을 주면서 그 장갑은 프랑스의 알랑송 장군과 싸울 때 빼앗은 거라며 이 것을 보고 도전해 오는 놈은 우리의 적이니 잡아 오라고 한다. 한 병사가 왕 앞에 나온다. 헨리 5세와의 대화다.

"병사, 그 장갑을 다오. 여기에 다른 한 짝이 있다. 네가 결투를 신청한 상대는 바로 나다. 병사는 나에게 지독한 폭언을 했다."
"폐하, 모든 죄는 사람의 마음에서 생깁니다. 하지만 저의 마음에서 폐하의 노여움을 살 만한 죄는 없었습니다."
"자네가 폭언을 한 것은 사실이지?"
"당시에 폐하는 폐하의 모습이 아니었습니다. 저에게는 보통 병사의 모습으로 보였습니다. 폐하가 그런 모습으로 받은 모욕은 폐하가 초래한 것이지, 소인의 죄는 아니라고 생각해 주십시오."

헨리 5세는 장갑에 금화를 가득 채워 병사에게 주라고 한다. 그리고 병사에게는 그 장갑을 명예의 표시로 모자에 달고 다니라고 한다. 그가 병사들의 사기를 살피기 위해 평복 차림으로 진영을 돌아본 것도 그렇지만 전쟁 후의 뒤처리도 통치자로서 특별하다. 전쟁에 승리하고 프랑스와 강화하는 과정에서 그는 프랑스의 공주 카트린느에게 구혼한다. 그 과정이 매우 자세히 묘사되는데, 마치 희극 속의 사랑을 희롱하는 장면처럼 보인다. 처음 만난 자리에서 헨리는 대뜸 사랑을 고백한다.

"내 사랑에 대해서 뭐라고 답변을 하시겠소? 나의 사랑, 케이트, 아름다운 사랑의 답변을."
"프랑스의 적을 사랑할 수 있나요?"
"케이트, 그건 안 되지요. 프랑스의 적을 사랑할 수는 없습니다. 그러나 나를 사랑하면 당신은 프랑스의 친구를 사랑하는 것입니다. 나는 프랑스를 너무나 사랑하는 나머지, 프랑스 마을 하나까지도 놓치고 싶지 않아요. 프랑스를 몽땅 나의 것으로 만들고 싶어요. 그러니 케이트, 프랑스가 나의 것이 되면 나는 당신의 것이요, 프랑스는 당신의 것이고, 당신의 것은 또 내 것이 되는 겁니다."

헨리 5세의 속셈이 보이지 않는가. 결국 그는 카트린느를 왕비로 맞이하는데, 이 결혼은 헨리 5세의 계획에 의한 정략결혼이다. 이름을 영국식 애칭인 케이트라고 바꿔 부르는 것도 그렇고 이 구애 장면은 잘 연출된 연극의 한 장면처럼 느껴진다. 위대한 지도자는 이러한 권력의 이면에 늘 존재할 수밖에 없는 부조리, 정책수행 과정의 정당성 문제와 민중의 동의, 권력을 유지하기 위한 폭력의 사용문제 들에 대한 해답을 가지고 있어야 한다.

셰익스피어는 영국인들이 가장 좋아한다는 헨리 5세에 대해서도 일방적으로 이분이 위대한 왕이라고 주장하는 것이 아니라 독자들 스스로 판단할 수 있게끔 여러 에피소드를 여기저기 배치해 놓았다. 완벽한 인간이 없듯이 완벽한 왕도 없다.

헨리 5세의 프랑스 정복은 다음 왕 헨리 6세 때는 다시 완전한 상실로 바뀌는데, 이는 헨리 5세의 성공도 불완전한 성취였다는 증거다. 극의 에필로그에서 변사 역인 코러스는 "어린 헨리 6세가 프랑스를 잃고 잉글랜드의 피를 흘리게 했다."고 알린다. 코러스의 입을 빌려 셰익스피어가 하고자 했던 말은 완벽하게 위대한 것은 없다는 것 아니었을까.

독재나 폭정의 문제점

독재나 폭정의 문제점은 무엇일까? 강력한 독재체제에서는 사람들이 말하고 생각할 능력을 상실한다는 것이다. 독재자의 생각이나 명령에 따르지 않으면 생명을 보전할 수 없으므로 측근이라도 왕의 생각과 다른 자신의 판단을 말하기 어렵다. 그 단계가 지나면 백성의 마음이 떠나게 된다. 권력과 백성이 분리되기 시작하면 혁명이 우려된다. 혁명이 아니더라도 극단적인 주장이나 폭도들이 나타나서 사회에 상처를 남기게 된다. 『헨리 6세』 2부에 잭 케이드라는 인물이 있다. 시민폭동의 주모자인데 그의 주장을 들어보자. 그는 사회적 혼란을 야기해서 왕이 축출되기 직전 상태까지 만든다. 잠시 런던 브리지를 점령했을 정도로 기세등등하다.

"앞으로 3펜스 반짜리 빵을 1페니에 살 수 있을 것이고, 한 홉들이 술병이 열 홉들이 병으로 바뀔 것이고, 약한 맥주 따위를 마시는 자는 중죄로 다스리겠다. 온 나라의 땅은 공유지로 할 것이며, 칩사이드의 장터에서 내 말이 풀을 뜯어먹게 하겠다. 내가 왕이 되면, 물론 되겠지만.
......
앞으로 돈 같은 건 필요 없다. 누가 먹든 마시든 계산은 내가 다 한다. 그리고 다 같은 제복을 입도록 하겠으니 여러분 모두가 화목하게 지내기 바란다. 여러분은 날 왕으로 존경하게 될 거다."

잭 케이드는 또 이런 엉뚱한 선언도 한 바 있다. "신사가 생긴 이후에 영국은 정말 재미없는 세상이 되었다." "처녀는 한 명도 빠짐없이 내게 처녀를 바쳐야 한다." 잭 케이드의 폭동은 단순한 폭도 수준으로, 국가를 전복시킬 정도는 아니다. 하지만 당시 영국은 불안정한 사회였고 헨리 6세와 귀족들의 부패로 시민들의 불만이 고조된 시기였다는 것을 잭 케이드를 통해 알 수 있다.

이제부터 모든 것을 공유한다고 선언하는 잭 케이드는 공산주의자다. 공산 혁명을 주장하고 있다. 약간 희화화되기는 했지만, 마르크스의 『공산당 선언』이나 『자본론』도 여기서 영감을 받은 것이 아닌가 하는 생각이 들 정도다. 마르크스도 셰익스피어의 애독자였다고 하니까. 『공산당 선언』의 첫 문장은 이렇게 시작된다: "지금까지 존재했던 모든 사회의 역사는 계급 투쟁의 역사다." 마르크스의 『자본론』에도 셰익스피어의 등장인물들 중 단역에 해당하는 인물들이 나타나고, 화폐의 평등주의를 말하는 부분에서는 『아테네의 타이먼』 중 돈에 관한 장문의 대사가 인용되기도 한다. 단역까지 인용한 것을 보면 마르크스는 셰익스피어의 작품을 상당히 깊게 읽었던 것으로 보인다. 마르크스와 엥겔스 사이의 편지에서도 셰익스피어가 등장하는데, 그들은 '실러보다는 셰익스피어'라는 의견을 나눈다. 아마 이념보다는 현실을 중시한 점 때문에 셰익스피어를 마르크스가 애독했던 것 같다. 고전적 낭만주의로부터 이탈하고 있는 셰익스피어가 그들에게는 엄청난 현대적 개념으로 다가왔을 것이다.

셰익스피어는 요크 가문과 랭카스터 가문의 권력투쟁을 소재로 여러 편의 작품을 썼다. 소위 장미전쟁이라고 불리는 양 가문의 싸움으로 영국은 30년을 소비한다. 유약한 왕 헨리 6세는 요크 가문과의 싸움에 패배해서 에드워드 4세에게 왕권을 내주게 된다. 에드워드 4세가 병으로 죽은 후 자기 형과 에드워드 4세의 두 어린 아들을 살해하고 왕위에 오른 자가 리차드 3세다. 리차드 3세는 역사적으로도 폭군으로 알려져 있다. 그는 리치먼드와의 전투에서 패함으로써 요크 가문의 종말을 맞이한다. 리치먼드는 장미전쟁을 종식시키고 두 가문을 통합하여 헨리 7세가 되어 튜더 왕조를 연다. 리차드 3세의 악행은 튜더 왕조의 정통성을 합리화한다는 명분에서 실제보다 강조되어 역사책에 기술되었는데, 그 점이 그가 실제보다 더 나쁜 왕으로 낙인찍히는 계기가 되었을 것이다.

리차드 3세는 애정결핍과 신체적 열등감으로 권력에 대한 집착이 강했던 인물이다. 그는 셰익스피어의 대표적 악인들 중 하나로, 공포와 폭력의 국왕으로 그려진다. 그가 주인공인 셰익스피어의 『리차드 3세』의 서막에 등장해서 하는 독백이 이 작품의 성격을 말해 준다.

"이제 불만으로 가득찬 겨울은 가고
영광스러운 요크 가문의 태양으로 빛나는 여름.
우리 가문에 드리웠던 구름의 흔적마저
바다의 깊은 가슴속에 묻힌 지금
우리 이마에는 승리의 월계관이 씌어지고
상처투성이의 갑옷은 승리의 기념비로
전투의 북소리는 쾌활한 음악으로
지축을 울리던 진군의 발걸음은
경쾌한 춤 장단으로 바뀌었구나.
……

자연이라는 사기꾼의 손에 걸려들어
사지의 균형은 일그러지고
이 거친 바람의 세상에 때 이르게 태어나
미완의 육신이 다시 뒤틀리고 말았으니
이 볼품없는 절름발이를 보고
지나가는 개도 짖는구나.
……

이 세상이 나에게 아무런 즐거움도 주지 못하니

나는 인간들을 명령하고 위압하기 위하여

왕관을 쓰는 것으로 나의 천국을 만들겠다.

내 머리 위에 왕관이 놓이기까지는

나는 이 세상을 지옥이라 생각하겠다.

나는 웃으면서 사람을 죽일 수도 있고

내 마음을 아프게 하는 자에게

만족의 미소를 지어 보일 수도 있다.

이 얼굴을 거짓눈물로 적실 수도 있고

때에 맞는 온갖 표정을 연기할 수도 있다.

마치 카멜레온처럼.

그리고도 왕관을 가질 수 없다고?

하, 아무리 먼 곳에 있다고 하더라도 손에 넣고 말겠다.

나는 최고의 자리에 올라갈 때까지

나 자신을 악으로 간주하겠다."

그는 악당이며 왕위에 오르기 위해 그 자신이 말한 대로 음모와 살인, 숙청 등 파괴를 일삼은 어두운 왕이다. '인간을 명령하고 위압하기 위하여' 왕관을 쓴 왕이니까 공포의 리더십인 셈인데, 그의 통치는 실제로 어땠을까? 높은 악명에도 불구하고 셰익스피어의 『리처드 3세』는 그의 연극들 중 상당히 인기가 높은 편이다.

리차드 버비지^{Richard Burbage}라는 배우가 있었다. 셰익스피어 시대에 매우 인기가 높았던 배우인데 '리차드 3세' 배역을 맡아 풍부하고도 입체적인 성격을 연기하면서 인기 절정에 올랐다고 한다. 그는 셰익스피어보다 3년 뒤에 죽었는데 그의 장례식이 셰익스피어의 것보다 더 성대했다고 하니, 당시 배우들의 인기가 얼마나 대단했는지를 짐작하게 하고 또한 당시 연극이 대중예술이었음을 알려준다. 셰익스피어 역시 배우로서 단역으로 꽤 출연했던 것으로 보인다. 「한여름 밤의 꿈」의 테세우스 공작, 「로미오와 줄리엣」의 로렌스 신부, 「헨리 6세」의 모티머, 「헨리 5세」의 엑시터, 「리차드 2세」에서 곤트, 「맥베스」의 덩칸, 「햄릿」의 유령 역들을 맡아 한 것으로 알려져 있다.

인간의 비틀린 심리와 자아가 무너지는 과정에서 리차드 3세가 보여 주는 고뇌는 관객이나 독자들에게 특별한 연민의 감정을 느끼게 한다. 실제 리차드 3세의 외모가 소아마비 후유증으로 비틀려 있었다는 증거는 없다고 한다. 약간의 문제가 있었을지는 모르지만 심한 불구는 아니었을 가능성이 높다. 튜더 역사가들이 왜곡했을 거라고 보는 주장이 많다. 셰익스피어가 표현한 리차드 3세를 보면 셰익스피어 자신도 이런 사실을 알고 있었을 것이다. 다음의 대사는 리차드 3세를 연극배우로 만드는 셰익스피어의 장치인데, 관객이나 독자는 역사적 사실을 떠나서 그의 악행의 과정과 심리를 관조하게 만든다.

"나는 아름답다는 이 시대를

즐기는 연인이 될 수 없으니,

악당이 되기로 했어.

그리고 이 시대의 헛된 쾌락을 증오해 주겠어."

하지만 권력이란 어찌 보면 허무하기 짝이 없는 것, 아무리 막강한 권력이라도 한때이며 떨어지면 박살이 난다는 것을 다음 대사가 말해 주고 있다.

"높은 곳에 있는 자는 거센 바람을 받기 때문에 흔들리기 쉬운 법이다. 일단 쓰러지면 산산조각이 난다."

그가 에드워드의 아내인 앤을 유혹하는 장면은 기이하기도 한데, 궤변도 이렇게 통할 수가 있다.

"앤, 당신 남편을 죽인 건 당신에게

더 좋은 남편을 주기 위해서였소."

"나에게 더 좋은 남편은 없다."

"있소, 죽은 남편보다 당신을 더 사랑하는 사람이."

"이름을 말해 보시지."

"플랜태지넷."

"그건 죽은 남편 이름이군."

"이름은 같으나 더 훌륭한 사람이오."

"어디 있지?"

"여기요."

그 말을 들은 앤은 그의 얼굴에 침을 뱉지만 리차드 3세는 자신을 그렇게 증오한다면 칼로 자기를 찌르라며 칼을 건네준다. 그러면서 자결할 수도 있다, 하지만 자기가 죽는다면 당신을 사랑하는 자신을 포함해서 두 사람을 죽인 공범이 되는 것이라는 궤변을 늘어놓으며 앤을 선택의 여지가 없게 몰아세운다. 결국 그는 앤과 결혼하게 되니 이쯤 되면 악의 능력은 대단하다. 여자의 나약함을 이용한 이런 악의 실행은 얼마나 지독한가. 나중에는 앤마저 살해하는 걸 보면 과연 공포의 왕이라 할 만하다. 이렇게 악한 왕도 결국 무너지는 과정을 보면 그도 인간임에 틀림없다. 그는 자기가 죽인 사람들의 악령이 꿈에 나타나자 괴로워하며 스스로를 미워한다.

"나는 절망이다. 나를 사랑하는 사람이 없기 때문이다.
내가 죽으면 아무도 내 영혼을 불쌍히 여기지 않을 것이다."

리차드 3세는 리치먼드 군대와의 전투에서 싸우다가 죽는다. 그는 전투에서 사망한 마지막 영국 왕이라고 하는데, 셰익스피어도 장엄하게 그의 죽음을 처리한다. 장미전쟁의 기간은 영국 역사의 암흑기다. 리차드 3세가 악당이고 난폭해서뿐 아니라 그 시대의 지도층 전체가 타락하고 무능했기 때문이다. 랭카스터 가문과 요크 가문이 권력의 쟁취만을 목적으로 피비린내 나는 싸움을 계속했고, 리차드 3세는 권력을 잡은 후에도 수많은 사람을 죽였다. 사리사욕과 권력욕만을 가진 지도층이 백성을 통치하는 것은 국가를 병들게 하고 망하게 하는 지름길이다. 왕권은 어찌 보면 스스로 소멸된 것이나 마찬가지다. 리차드 3세는 무서운 왕이었을 뿐 통치를 잘했다는 평가는 없는 것 같다. 공포정치는 리더십으로는 큰 효과가 없다. 오늘날 기업에서도 직원들을 공포심으로 몰아세우는 유형의 리더가 발탁되는 경우가 많은데, 그런 유형은 경쟁 상황에서 단기적으로 효과를 낼 수는 있지만 중장기적으로는 결코 바람직하지 못한 리더십이다.

셰익스피어의 리차드 3세는 극중에서 때로는 시인처럼 때로는 희극배우처럼 대사를 구사하며, 파멸하는 과정에서는 고뇌하는 인간으로서 연민을 느끼게 한다. 따라서 배우들에게는 매우 매력적인 배역인 것이다. 역사관에 대해서도 셰익스피어 특유의 이중적 관점을 가지고 일방적인 판단을 유보시킨다. 공포의 폭군이며 악인이지만 묘한 인간적 동정심을 유발하는 인물이다.

권력의 정통성

정치권력의 세상에서 가장 큰 배신은 신하로서 주군을 시해하는 경우다. 왕이라는 지위는 신이 부여한 것이기 때문에 인간이 그 자리를 빼앗을 수 없다는 것이 왕권신수설이다. 그럼에도 불구하고 그것을 뒤집는 혁명은 늘 존재했고, 셰익스피어의 사극에서도 왕위 찬탈은 중요한 주제이다. 왕위를 찬탈하고 군주가 된 자들은 명분보다 큰 양심의 가책 때문에 재위 기간 동안 마음이 편할 날이 없다. 스스로가 자신들의 배신에 대해서 누구보다도 잘 알고 있기 때문이다.

『존 왕』이라는 영국 사극은 그다지 알려져 있지 않지만 한 가지 주목할 점이 있어서 살펴보기로 한다. 사극이 주로 정치권력을 소재로 다루는 것은 당연하지만, 이 극은 권력의 기회주의가 만들어내는 배신과 정당성이 미약한 권력의 결과가 어떤지를 보여 주는데, 정치적으로 시사하는 바가 많다. 통치자들 간의 권력 갈등이 주요 플롯인 가운데 사생아 필립의 역할이 매우 흥미롭다. 극에서는 배스터드 혹은 서자로 표현되는 인물이다. 프랑스 왕의 이름이 필립이라 혼돈을 피하기 위함이다. 여기서는 프랑스 왕보다는 이 인물이 중요한 역할이라 필립이라는 그의 본 이름을 사용한다.

존 왕은 왕위 계승 서열이 앞선 조카 아서를 밀어내고 왕이 된 후 권력의 안정을 위해 아서를 살해하려고 한다. 정통성 문제는 프랑스와 교황이 영국 내정에 개입하는 계기를, 귀족들에게는 내란의 빌미를 준다. 필립이라는 사생아가 이 극의 중요 인물인데, 그는 폴컨브리지 부인과 사자왕 리차드의 혼외정사로 생긴 아들이다. 그는 아버지의 토지 상속을 둘러싸고 폴컨브리지의 적자인 동생 로버트와 갈등이 생겨 왕 앞에 판결을 요구하는데, 그를 본 대비 엘리노어는 사자왕 리차드와 흡사한 용모만으로도 그가 리차드 왕의 아들인 것을 확신한다. 존 왕과 대비는 그에게 폴컨브리지의 유산을 포기하고 왕족으로 프랑스와의 전쟁에 출전하라고 말한다. 필립은 모든 재산 상속권을 로버트에게 양도하고 왕족의 혈통과 명예를 선택한다. 필립은 로버트에게 이렇게 말한다. "나의 아버지는 나에게 명예를 주셨고 너의 아버지는 너에게 유산을 주셨다."

필립은 리어왕에 등장하는 서자 에드먼드와 함께 가장 유명한 서자인데, 셰익스피어는 대체로 서자를 적자보다 기골이 장대하고 인물이 더 좋은 것으로 묘사하고 있다. 에드먼드가 대사에서 말하듯 서자는 일반적인 결혼에서 낳은 자식보다 더 강력한 욕정에서 태어났기 때문에 더 좋은 체격과 형질을 가졌다는 것이다. 상당히 재미있는 관점이다. 허약하고 우유부단한 존 왕에게 강인하며 활달한 인물인 필립을 대비시키는 것은 역시 셰익스피어의 기법이다. 필립은 유머감각이 있는 실리주의자이면서 모험과 명예를 선택하는 인물이다.

프랑스 왕은 영국을 침공하는데 아서를 대신하고 있다. 앙지에 Angiers성 앞에서 프랑스와 영국이 맞붙는데, 앙지에 시민들 앞에서 서로가 영국의 적법한 왕이라고 주장한다. 프랑스 왕은 장자상속제가 원칙이므로 신에 의해 왕권을 부여받은 자는 아서라고 주장한다. 한편 존은 자기가 영국의 안정과 질서를 위해 왕권을 유지해야 한다고 반박한다. 즉 프랑스의 침략으로부터 앙지에 시민을 구할 수 있는 사람은 자기밖에 없다는 것이다. 권력이 부딪히는 경우 양쪽 다 명분이 있게 마련이다. 흥미로운 사실은 앙지에 주민들이 어느 쪽의 주장도 선뜻 받아들이지 않는다는 것이다. 외국과 손을 잡고 자국을 위협하고 있는 프랑스 왕도 믿을 수 없지만, 정통성이 없는 존 왕도 마찬가지라는 것이다. 시민들은 승리하는 쪽에 성문을 열어주겠다고 한다.

전쟁 일보 직전에 존 왕과 프랑스 왕은 앙지에 성 시민들의 제안을 받아들여 프랑스 왕자와 존 왕의 조카딸을 결혼시키고, 그것을 빌미로 서로 화해하고 평화조약을 맺는다. 존 왕은 프랑스 내의 영국 영토와 현금 3만 마르크를 지참금으로 제안함으로써 프랑스 왕으로부터 정략결혼의 동의를 받는다. 이러한 과정이 명예롭지 못하다고 생각하는 필립의 독백을 보자.

"미친 세상이다. 왕들도 미쳤고.
이게 무슨 정신 나간 협상이란 말인가.
존 왕은 국가 전체에 대한 아서의 권리를 봉쇄하기 위해
그 일부를 선뜻 내주고,
프랑스 왕은
……
진실한 것을 깨버리는 중개인이고,
맹세를 깨트리는 상습범인데,
왕이나 거지나, 늙은이나 젊은이나
심지어는 처녀들까지도 이것저것 안 가리고."

그의 정의심을 보건대 이러한 반응은 매우 냉소주의적인 반항으로 보인다. 그는 실제로 극중에서 일관되게 충성심이 강한 인물이다. 하기는 모든 인간이 이해관계에 따라 행동하는 것은 본능이고 본성이다. 그러나 필립은 국가적으로 매우 큰 명분 앞에서도 이득에 따라 행동하는 통치 권력에 회의를 느끼는 것이다. 한편 아서와 그의 어머니 콘스탄스는 비탄에 빠진다. 두 나라가 화친을 맺으면 아서의 왕위를 찾아줄 수 없다. 전쟁을 해서 프랑스가 이겨야만 아서가 왕위를 찾을 가능성이 있으니 이것도 아이러니다.

이때 교황의 특사인 판덜프가 나타나서 존 왕에게 교회에 거역하고 교황이 임명한 캔터베리 대주교를 물러나게 했는지 답변을 요구한다. 존 왕은 한때 당당하고 자주적인 기질이 강한 인물이었다. 교황의 특사인 판덜프에게 하는 대사를 보자.

"추기경, 귀하는 교황 따위의 경박하고
보잘것없고 가소로운 이름을 이용하여
나에게 대답을 강요할 수는 없습니다.
교황에게 이렇게 전하시오. 잉글랜드의 왕의
입에서 나온 말을 이렇게 말이오.
이탈리아의 어떤 성직자도 짐의 영토에서
세금을 걷을 수 없습니다.
그리고 짐은 하늘 아래 최고 주권자로,
짐의 영토에서는,
짐이 유일하게 통치권을 가지고 있소.
어떤 인간의 도움도 받을 필요가 없으니
가서 교황에게 전하시오.
교황이나 그가 찬탈한 권위에는
신경 안 쓰겠다고."

존 왕은 교황의 권력에 강하게 저항하는데 다음 대사는 당시로서는 획기적이다. 이렇게 축적된 국가적 저항력이 이후 가톨릭에서 벗어나 영국국교를 탄생시킨 원동력이 된 것이 아닐까.

"기독교 국가의 모든 왕들이 심하게 참견하는
신부들의 간섭을 받고 있으며
돈으로 사들일 수 있는 저주가 무서워
천하고 치사한 쓰레기 같은 황금을 가지고
인간의 부패한 면죄부를 받는데
그 인간은 그걸 싸게 팔아치웠다고
자기의 면죄부도 파는 것이오.
다른 분들은 우매하게도 공물을 바쳐가며
간교한 마술사에 당하고 있으나
나는 교황에게 저항할 것이며
그의 지지자들을 적으로 삼을 겁니다."

이에 판덜프는 존 왕의 파문을 선언한다. 그리고 프랑스 왕에게 방금 화의한 존 왕을 적으로 돌리기를 강요한다.

"영국 왕과의 화해를 적으로 돌리지 않는 한
어떤 방식도 방식이 아니며, 어떤 도리도 도리가 아닙니다.
그러니까 전투 준비뿐. 우리 교회의 전사가 되느냐, 아니면
반역자 아들로서 교회와 성모의 저주를 받느냐 하는 것입니다.

프랑스 왕이여, 지금 잡고 있는 손과 평화를 유지한다는 것은
독사의 혀를 붙잡고,
성난 사자의 앞발을 붙잡거나,
굶주린 호랑이의 이빨을 잡고 있는 것보다
더 위험합니다."

프랑스 왕도 기회주의적인 인물이라 존 왕과의 화의를 깨버리고, 양국은 전쟁에 돌입한다. 서자 필립은 전투 중 오스트리아 대공을 죽이고 엘리노어 대비도 구한다. 사자왕 리차드를 죽였던 오스트리아 대공을 쓰러뜨려서 복수에도 성공한 셈이다. 존 왕은 필립에게 왕권을 위임하며 귀국을 명한다. 그는 프랑스와의 전투에서 승리를 거두고 아서를 포로로 잡는다. 그러나 휴버트에게 아서의 살해를 명령한 이후로 그의 운세는 내리막을 걷기 시작한다.

"휴버트, 휴버트. 저 소년에게서 눈길을 떼지 마라.
너에게 말하는데 저 녀석은 내 길을 막고 있는 뱀이다.
네가 잘 감시해라."
"예, 제가 잘 감시해서
폐하를 해치지 않도록 하겠습니다."
"죽음이다."
"예?"

"무덤으로."

아서는 순진무구한 아이다. 휴버트가 아서를 죽이기 전에 나누는 대화는 마음이 아프다. 휴버트의 방백이다. "저 아이의 순진한 말을 듣다가는 죽어 있던 내 자비심이 되살아날 것 같다. 그러니 당장 해치워야겠어." 그의 표정을 본 아서도 느낀 바가 있는지 다음과 같이 말한다.

"휴버트, 어디 아픈가? 오늘은 안색이 창백하네.
사실은 휴버트가 좀 아팠으면 해.
그러면 내가 밤새 간호해 줄 수 있을 텐데.
휴버트가 날 좋아하는 것 이상으로 난 휴버트를 좋아해."

아서가 죽었다고 생각한 존 왕은 본래의 허약한 성격을 노출하기 시작한다. 그의 신하들도 아서가 살해되었다는 소문에 존 왕으로부터 고개를 돌린다. 존 왕은 양심의 가책에 고통을 느끼기 시작한다. 다음은 그의 방백이다.

"저들이 분노에 차있구나. 후회가 된다.
피 위에 세워진 토대는 확고하지 못하며,
타인의 죽음으로 얻은 생명은 안전하지 못하다."

권력싸움을 하는 모든 인간들이 명심해야 할 대사 아닌가. 그는 심지어 아서를 죽이라 했을 때 말리지 않았던 휴버트를 비난한다. 이 말을 하는 존 왕은 매우 인간적이다.

"내 의향을 넌지시 말했을 때, 네가
머리를 흔들거나 말을 멈추게 하거나
내 얘기를 분명히 말해 달라는 투로
의심스러운 눈초리를 내게 던져 주었더라면,
내가 깊은 치욕감으로 입을 다물고 계획을 포기하고,
네가 두려워하는 바를 나의 두려움으로 삼았을 것이다….
귀족들은 나를 버렸고 프랑스 군대가
성문 앞까지 다가와서 내 권위를 추락시키고 있다."

휴버트는 죄 없는 어린애를 죽일 수가 없었다고 고백하지만 너무 늦었다. 존 왕이 휴버트에게 어서 조카를 불러오라고 했으나 아서는 어린 뱃사공 차림으로 탈출하려고 성벽에서 뛰어내리다 죽고 만 것이다. 귀족들은 아서의 시체를 발견하고 분노를 터뜨리며 반역자의 길을 선택한다.

존 왕은 이제 권위를 잃었다. 교황에게 굴복하고 힘을 빌릴 수밖에 없다. 존 왕은 왕관을 교황의 대리인 판델프에게 바치고 판델프의 손이 다시 존 왕에게 왕관을 씌워 준다. 이것은 굴복 정도가 아니라 굴욕이다. 판덜프는 존 왕의 충성 서약을 받고 프랑스의 무기를 거두게 하겠다고 한다. 필립은 비굴한 평화조약을 맺느니 싸우자고 한다. 조약을 맺더라도 싸울 수 있다는 것을 보여 줘야 한다고 말한다. 존 왕은 이제 사태를 헤쳐 나갈 힘이 없다. 그는 지휘권을 필립에게 양도한다.

한편 판덜프는 프랑스 진영에 가서 무기를 거두어 줄 것을 요청하지만, 프랑스 왕자는 거절한다. 필립은 전장에 나가 우리는 싸울 준비가 되었다며 용감하게 맞선다. 귀족들은 도망가고 필립은 혼자 힘으로 버텨낸다. 존 왕은 마지막에 수도사가 준 독약을 먹고 죽는다. 필립은 왕보다 더 왕다운 덕성을 가졌다. 그는 왕이 자신의 임무를 잊어버리고 무너지고 있을 때 중심을 잡고 영국을 지켰다. 충성심뿐 아니라 나라를 지키겠다는 사명감, 전투의 지휘 등 자기가 가진 모든 역량을 발휘했다. 존 왕의 유언에 따라 헨리 왕자가 왕위에 오르는데, 필립은 권력에 대한 아무런 사심 없이 새로운 왕 헨리 3세에게 충성을 맹세한다. 극 중 한 번도 제대로 등장하지 않던 왕자가 갑자기 나타나서 왕위를 물려받는 것이 좀 의아하기는 하지만, 이것도 필립이라는 인물의 충성심을 강조하려는 셰익스피어의 장치가 아닐까?

우리의 예를 봐도 우리 자신의 문제를 외세에 의존하는 것은 역사적으로 항상 좋지 않은 결과를 가져왔다. 우리의 문제를 남이 풀어줄 수 없다. 정치란 늘 농간과 농단이 따르고 통치자는 외교와 내치에 있어서 이 모든 것을 관리할 역량이 있어야 한다. 국가적 문제에 대해서는 여당도 야당도 합심해서 외국의 위협으로부터 스스로를 지켜내야 한다. 망하는 집안이나 조직이나 국가는 스스로 무너지는 법이다.

존 왕은 군주로서, 주인공으로서 매력이 없다는 점이 이 작품의 인기가 적은 이유일 것이다. 그럼에도 이 작품에서 셰익스피어가 말하고자 하는 메시지는 분명하다. 권력에 대한 인간의 욕망은 덧없는 것이라는 것, 권력이란 좋은 정치로 이어질 때만 존경받을 수 있다는 것이다. 물론 필립이 부주인공으로서 매력을 발산하고 있지만, 셰익스피어가 말하는 것은 개인의 매력이나 맹점이 아니다. 셰익스피어는 정치라는 거울을 통해서 인간성을 탐구하고 관찰한다.

셰익스피어는 로마의 공화제나 영국의 군주제하의 정치권력을 여러 작품에서 다루었는데, 그의 정치에 대한 통찰력은 오늘날에도 그대로 적용될 만큼 예리하다. 로마시대의 호민관은 시민을 대표하는 직책으로 오늘날의 국회의원과 비슷한데 셰익스피어가 묘사하는 그들의 행태가 오늘날 우리의 모습과 유사하다. 투표할 때만 위대한 민중이고 선출된 다음에는 자기 자신의 권력을 유지하는 것이 우선이다. 전제군주 시대에 살았던 셰익스피어가 바라본 정치와 권력의 패러독스가 현대 민주주의에 대해서도 똑같은 의문을 제기하는 것이 놀랍다. 정치란 시대를 막론하고 지극히 어려운 일이다. 진심이 통할 뿐이다.

5장

—

사랑이란

셰익스피어어의 작품에 가장 많이 등장하는 단어는 무엇일까? 바로 '사랑'이다. 『로미오와 줄리엣』과 『안토니와 클레오파트라』의 두 여주인공 줄리엣과 클레오파트라를 빼고 셰익스피어의 사랑을 얘기할 수는 없다. 줄리엣은 극중 나이가 14세인데 당시 여자들이 조숙했던 건지 줄리엣이 특별한 경우였는지는 몰라도, 사랑에 빠지기에는 너무 이른 나이다. 어쩌면 맹목적인 사랑에 빠지는 것을 강조하기 위해서 셰익스피어가 그렇게 설정했을 수도 있다. 반면 클레오파트라는 20대 후반에서 39세까지의 원숙한 여인인데, 중년의 로마 장군 안토니우스와 사랑에 빠진다. 이집트의 여왕과 로마의 장군 간의 사랑이라면 아무래도 정치적인 이유가 있어 보인다.

셰익스피어의 이 두 작품에서 여자 주인공 줄리엣과 클레오파트라의 비중은 엄청나다. 두 여성은 각 작품에서 히로인이자 남성 파트너를 압도적으로 능가하는 존재감을 보여 준다. 사실 셰익스피어의 전체 등장인물들 중 여성 비율은 12퍼센트 정도밖에 되지 않는다. 주요 인물만을 기준으로 하면 20퍼센트 이상으로 올라간다. 하지만 여성의 역할이나 비중의 측면에서 볼 때는 단순한 비율 이상의 의미가 있다. 이 두 작품 외에도 셰익스피어의 모든 작품에 등장하는 여성들은 상당한 존재감을 나타낸다. 당시 가부장적 사회 통념을 고려할 때, 여성에 대한 셰익스피어의 인식은 매우 앞서 있었던 것이 확실하다. 셰익스피어는 그 두 작품에 내심 이렇게 제목을 붙이고 싶지 않았을까: '줄리엣과 로미오' 그리고 '클레오파트라와 안토니'. 줄리엣의 경우는 이미 작품 내에서 그렇게 불려진 바 있다. 극의 마지막 부분에 베로나의 군주가 '줄리엣과 그녀의 로미오'라고 언급한다.

　그뿐만이 아니다. 셰익스피어의 희극은 대개 사랑을 주제로 하는데, 여성 주인공들은 남자들에 비해 현명하고 내적 갈등을 잘 극복하며 역경을 헤쳐 나가는 용기가 뛰어난 경우가 많다. 시기심이나 의심 등 인간으로서 나약함을 드러내는 약점은 대부분 남성들에게서 관찰된다는 것이 재미있다. 특히 사랑을 소재로 한 작품에서는 거의 예외 없이 여성의 매력적인 면이 부각된다. 셰익스피어는 동시대 다른 작가들에 비해 여성에 대한 묘사가 뛰어났다고 한다. 이 중에 『한 여름 밤의 꿈』과 『헛소동』의 아름답고 귀여운 사랑 얘기도 각각 살펴보려고 한다.

맹목적 사랑

첫눈에 사랑에 빠지는 전형이 『로미오와 줄리엣』이다. 로미오의 몬태규 가문과 줄리엣의 캐퓰렛 가문은 서로 반목하고 미워하는 사이다. 두 가문 간의 해묵은 미움 사이에서 불꽃같이 타오르는 맹목적인 사랑에 빠진 두 사람의 대사는 매우 시적이다. 너무나 유명해서 스토리는 진부할 정도이지만 대사 하나하나가 더할 수 없이 낭만적이고 음악적이고 아름답다. 따라서 원문 그대로를 음미하면서 읽는다면 작품의 맛을 제대로 느낄 수 있다.

로미오의 나이는 정확하게 언급되지 않지만 10대 후반으로 보인다. 그는 충동적인 청년이다. 극의 시작 부분에서 로미오는 베로나 교외 숲속을 방황하고 있다. 집에서는 걱정이 되어 친구를 동원해 찾았는데 방황의 이유는 로잘린이라는 처녀와 사랑에 빠진 것이다. 로잘린은 극에는 한 번도 등장하지 않으므로 제대로 만나 본 사이도 아니다. 그랬던 로미오가 줄리엣가의 무도회에 몰래 들어가서 줄리엣을 보는 순간 빛의 속도로 사랑에 빠진다. 로잘린과 사랑에 빠진 후 하루 만이다. "입으로는 아무 말도 안 하는데 미모가 말을 하는구나." 줄리엣에 반한 로미오의 첫 마디이다.

줄리엣은 더 적극적이다. 나이와 상관없이 셰익스피어의 등장인물들 중 가장 현대적이고 혁신적인 사고방식을 가진 여성이 줄리엣이다. 두 사람이 사랑에 빠진 이후 중요한 의사결정을 하는 것은 로미오보다는 줄리엣이다. 그녀는 집안에서 정해 주는 관습적 결혼을 거부하고 자신의 감정에 따르는 낭만적 사랑을 위해 모든 것을 던지는 용감한 여성이다. 줄리엣이 자기 집 무도회에 몰래 들어온 로미오를 처음 만나는 장면부터 보자. 처음부터 대담하고 매우 시적인 대화라 틴에이저의 만남이라고는 생각되지 않는다.

"이 천하기 짝이 없는 손으로 고귀한 성지를 더럽힌 것이라면
   그 점잖은 죄에 대한 보상으로
   내 입술이 얼굴을 붉힌 두 순례자처럼 대기하고 서서
   부드럽게 입 맞추어 그 추한 자국을 씻고자 하오."
"착한 순례자님, 그건 당신의 손에 너무 심한 모욕이에요.
   손은 이처럼 예의 바르게 신앙심을 보여 주고 있잖아요.
   순례자가 성자의 손을 만지고

손바닥을 맞대는 것이 순례자의 키스라지요."

"성자나 거룩한 순례자에도 입술이 있잖소?"

"아이, 순례자님, 그건 기도를 위한 입술이지요."

"그러면 고귀한 성녀시여, 손들이 하는 키스를 입술이 하도록
해주소서. 입술이 기원하니 허락해 주시오. 신앙이 절망으로 변
하지 않도록."

"성자의 마음은 변하지 않지요. 비록 기원을 들어줄지라도요."

"그럼 내 기도의 효험이 생기는 동안 움직이지 말아요.
당신의 입술로 내 입술의 죄를 씻어 내리다."

"그럼 내 입술이 그 죄를 짊어지게 되지요."

"내 입술에서 죄를? 오, 이 얼마나 달콤한 책망인가?
그럼 내 죄를 다시 돌려주오." (키스한다)

첫눈에 사랑에 빠진 남녀는 이제 보이는 게 없다. 캐퓰렛 가
에 담 넘어 들어온 로미오를 다시 만난다. 로미오를 만나기 직
전 줄리엣의 독백이다.

"로미오, 로미오. 어찌하여 그대는 로미오인가요?
아버지를 부정하고 그 성을 버리세요.
아니면 저를 사랑한다고 맹세만이라도 해주세요.
그러면 저도 캐퓰렛이라는 이름을 버리겠어요.
······

이름 속에 대체 뭐가 있나요?

장미꽃을 다른 이름으로 부른다 해도

그 향기는 똑같을 텐데요.

……

당신의 이름을 버리세요.

당신의 몸과는 아무 상관없는 그 이름 대신에

제 모든 것을 가지세요."

몰래 숨어 들어와 있던 로미오가 줄리엣의 발코니 아래서 이 독백을 듣는다. 장면이 계속된다.

"당신이 여길 어떻게 오셨나요?

담은 너무 높아서 오르기도 어렵고

당신이 누구인지 생각하니 우리 식구에게 들키기라도 하면

이곳은 죽음의 장소가 될 거예요."

"이까짓 담은 사랑의 가벼운 날개로 훌쩍 넘었다오.

하찮은 돌담이 어찌 사랑을 막겠소.

할 수 있는 것이라면 사랑은 무엇이든 해낸다오.

당신의 가족도 나를 막지는 못해요."

"식구들이 당신을 본다면 죽이려고 할 거예요."

"아, 스무 자루나 되는 칼보다도 당신의 눈이 더 무섭구려.

당신만 정다운 눈길을 보내준다면

그들의 적개심은 걱정 없소.

난 밤이라는 외투를 입고 있으니 저들의 눈에 띄지 않을 거요.

하지만 그대가 날 사랑하지 않는다면 차라리 들켜 버리라지요.

당신의 사랑을 얻지 못하면 차라리

저들의 증오로 인한 죽음이 낫겠소."

이 두 번째 만남에서 두 사람은 각자의 성을 버리자고 한다. 자식 키워봤자 소용없다는 건 동서고금을 막론하고 공통인 모양이다. 이제 그 어느 것도 첫 만남에서부터 불붙은 맹목적 사랑을 막을 수 없다. 줄리엣은 더욱 적극적으로 계속해서 사랑을 고백한다.

"제 얼굴이 한밤의 가면으로 가려져 있어 다행이에요.

제 뺨은 처녀의 수줍음으로 붉게 물들었을 테니까요.

당신이 오늘밤 제 말을 엿들었어요.

전 체면을 차리고도 싶고 아까 한 말을 취소하고도 싶어요.

하지만 체면 같은 건 싫어요. 당신은 절 사랑하시나요?

그렇다고 할 테지요. 그 말을 믿겠어요.

……

진실로 전 당신을 사랑한답니다.

당신은 날 경박한 여자로 보실 테죠.

하지만 절 믿어 주세요.

수줍어하며 교묘하게 농간을 부리는 여자들보다

제가 더 진실하다는 걸 보여 줄 테니까요.

당신이 내 사랑의 고백을 엿듣지만 않았어도,

좀 더 수줍게 대할 수도 있었거든요."

체면이나 가식은 싫다는 줄리엣의 선언은 인생에서 진정성이 무엇보다 중요하다는 셰익스피어의 선언이다. 잘 알려진 내용이지만 대사가 너무 시적이고 아름다워서 좀 길지만 원문을 줄이지 않고 인용했다. 많은 음악가들도 로미오와 줄리엣을 주제로 다양한 작품을 만들었다. 베를리오즈의 교향곡에서부터 차이코프스키의 환상서곡, 프로코피에프의 발레곡, 벨리니와 구노의 오페라, 번스타인의 뮤지컬 「웨스트사이드 스토리」까지, 로미오와 줄리엣을 소재로 한 작품은 너무 많다. 줄리엣이 로미오와 비밀스럽게 만나고 헤어지는 장면에서 이별의 아쉬움을 '달콤한 슬픔'sweet sorrow 으로 표현한 것은 정말 멋지지 않은가?

"잘 자요! 안녕! 이별이 이렇게 달콤한 슬픔일 줄이야!

나는 내일이 올 때까지 계속 굿나잇이라고 말할래요."

로미오의 친구 머큐시오는 두 사람의 관념적이고 낭만적인 사랑을 비웃는다. 머큐시오는 이 작품에서 가장 매력적인 인물이다. 재치와 자유로움, 젊은 치기를 유쾌하게 발산한다.

"사랑이 눈이 멀었다면 과녁을 맞출 수 없는 법이지.
지금쯤 그는 비파나무 아래에 있을 거야.
그러고는 자신의 연인이 그 열매 같기를 바라면서 말이야.
처녀들은 비파열매라고 입에서 말해 보고 혼자 웃는다더군.
아, 로미오, 그 여자는 잘 벌어진 비파열매가 되고
자네는 길쭉한 배였으면 하고 바랄 테지.…"

비파열매는 여성의 성기를 상징한다니 외설스런 말로 사랑
에 빠진 얼간이 로미오를 놀리는 것이다. 그는 또 발코니 장면
후 거리로 나오는 로미오를 보면서 친구들과 함께 이렇게 놀
린다. 로미오는 밤에 줄리엣의 집에 숨어들었다가 이제 나오
는 중이다. 간밤에 줄리엣과 무슨 일이 있었나를 풍자하는 중
이다.

"알을 뺀 말린 청어 꼴이군. 완전 얼이 빠졌구만. 어쩌면 그렇게
생선토막 같나? 이제 저 친구도 페트라르카 같은 노래를 짓는다
나. 페트라르카의 애인 로라도 저 친구 애인에 비하면 식모라지.
하기야 로라의 애인은 로미오보다는 노래가 낫지. 어디 그뿐인
가. 저 친구 애인에 비하면 디도도 추녀고, 클레오파트라도 검둥
이 계집이고, 헬렌과 헤로도 천박한 창부고, 회색 눈동자인지 뭔

지를 가진 티스베도 명함을 못 내민다는 거야. 무슈, 봉주르, 자네 바지는 프랑스식 나팔바지니 인사도 프랑스 말로 해야 어울리겠지. 그건 그렇고 자넨 간밤에 우릴 꽤나 골탕 먹였네."

바로 이날 오후, 로미오는 로렌스 신부에게 부탁해서 줄리엣과 비밀 결혼식을 올린다. 로렌스 신부의 말을 들어 보면 비극적인 결말을 이미 암시하고 있다. 그런데 왜 로렌스 신부는 결혼식을 강행했을까는 여기서 따지지 말기로 하자. 주제는 어디까지나 '사랑'이니까 말이다. 로렌스 신부의 방에서 로미오와의 대화다.

"하느님, 이 거룩한 일에 은총을 베푸시어
뒷날 슬픔으로 저희를 벌하지 마오소서."
"하지만 어떤 슬픔이 닥치더라도
그녀를 본 순간 제가 맛본 기쁨을
앗아갈 정도는 못됩니다.
신부님께서는 신성한 말씀으로 저희를 맺어만 주십시오,
그 다음에는 사랑을 잡아먹는 죽음더러 맘대로 하라지요.
그녀를 제 것으로 부를 수 있는 것만으로 충분합니다."
"이렇듯 격렬한 기쁨은 격렬한 종말을 맞게 되는 법이지.
불과 화약이 닿자마자 폭발하듯이
승리의 기쁨을 느끼는 순간 사라져 버리는 거란다.

가장 달콤한 꿀도 싫증이 나는 법이고,

그 맛으로 식욕을 잃을 수 있거든.…

저기 아가씨가 오는구나. 오, 저리도 발걸음이 가벼우니

딱딱한 바닥돌이 영원히 닳지 않겠군.

연인은 여름 바람에 흔들리는 거미줄 위로 걸어도

떨어지지 않는다더니.

그토록 사랑의 기쁨은 가벼운 것이지."

성직자가 이렇게 사랑의 기쁨을 시적으로 표현할 수 있다니. 로미오는 결혼한 지 한 시간 만에 친구 머큐시오와 줄리엣의 사촌 티볼트의 싸움에 휘말리는데, 머큐시오는 티볼트의 칼에 찔려 죽고, 로미오는 티볼트를 죽이게 된다. 그 결과 로미오는 베로나에서 추방령을 받는다. 지금까지 낭만적인 사랑의 희극적인 진행이 머큐시오의 죽음을 기점으로 비극화되기 시작한다. 머큐시오는 죽으면서 하는 말까지도 희극적이다. 머큐시오를 극의 중반 이전 즉 3막 초장에 죽이는 것은 셰익스피어의 실수가 아닐까 하는 생각이 들 정도로 그는 재미있는 인물이다. 오래전에 이 작품을 읽고 기억했던 발코니 장면과 머큐시오가 죽는 장면을 수십 년이 지난 후에 다시 읽는데 똑같은 느낌이 드는 것이 신기하다고 생각한 적이 있다.

"난 칼에 찔렸어. 네놈들 두 집안 모두 천벌을 받을 거야.

난 끝이야. 그놈은 달아났나? 다친 데도 없이?"

"뭐 네가 다쳤다고?"

"음, 좀 긁혔어. 긁힌 것뿐이야. 그래도 상당한 상처네.
하인 녀석은 어디 있나? 이놈아 의사를 불러와."

"야, 정신 차려. 상처가 깊지는 않을 거야."

"그래 우물처럼 깊지는 않아. 교회 문처럼 넓지도 않고.
그래도 죽기에는 충분한 것 같아. 내일 날 찾으면
난 묘지를 지키고 있을 거야."

로미오가 추방령을 받은 이 시점에 그는 이미 줄리엣의 남편이다. 다음날 새벽까지는 베로나를 떠나야 한다. 줄리엣이 로미오를 기다리며 이렇게 열정을 표현한다.

"빨리 달려라, 발굽 불타는 준마들이여,
포에부스*가 사는 곳으로,
페이튼**이 그대를 채찍질하여 서쪽으로 내몰고,
구름 많은 밤이 곧 오게 하리라.
밤의 커튼을 펼쳐 다오, 연인들이 사랑을 나눌 밤을 위하여.…"

---

* Phoebus, 태양의 신 즉 헬리오스 혹은 아폴로를 의미.
** Phaeton, 헬리오스의 아들. 태양 마차를 타고 달리는 이미지. 그리스 신화 참조.

여기서 '그대'는 태양이다. 빨리 밤이 와서 로미오의 품에 안기는 것을 상상하고 있다. 줄리엣은 극중 어떤 인물보다도 열정적이다. 로미오는 유모의 줄사다리를 타고 줄리엣의 창을 넘어 마지막 밤을 보낸다. 캐퓰렛 가의 입장에서 줄리엣의 사촌오빠 티볼트를 죽인 로미오는 악당이다. 캐퓰렛 부부는 진실을 알지 못한 채 줄리엣에게 패리스 백작과의 결혼을 권한다. 목요일로 날짜까지 잡고서. 줄리엣은 고맙지만 싫다고 한다. 줄리엣의 아버지는 격노해서 이렇게 퍼붓는다.

"목이나 매 죽어, 철없는 것 같으니. 이 몹쓸 것아.
다시 말하마, 목요일에 성당에서 결혼식을 올리든지, 아니면
이제부터는 내 앞에 얼씬거리지도 마라.
이젠 무슨 말을 해도 소용없다.
대답할 필요도 없어. 손이 근질거린다.
여보, 하느님이 이 딸년 하나 주신 게 복인 줄도 몰랐구려.
이제 보니 하나도 너무 많아. 게다가 딸 하나 때문에 이렇게
욕을 볼 줄이야. 저리 꺼져, 이 빌어먹을 것아."

딸에게 하는 아버지의 말치고 이렇게 험악할 수가 없다. 그에 비하면 몰래 오셀로와 결혼한 데스데모나의 아버지인 브라반시오의 대사는 똑같은 한탄이지만 엄청 순화되어 있다. "아버지 같은 건 되는 게 아니었는데." 이제 줄리엣은 중대사를 혼

자 결정해야 하는 상황이다. 패리스 백작과 결혼할 수도 없고, 로미오는 추방을 당한 상태다. 대화 상대는 유모뿐이다. 유모에게 무슨 꾀가 없냐고 위안이 될 말을 해보라고 한다. 유모는 지금 상황에서는 패리스 백작과 결혼하는 게 가장 좋은 일이라고 한다. 첫 번째 남편은 죽은 거나 마찬가지라면서. 줄리엣의 독백을 보면 어리지만 대단한 여자다. 누구에게 의지하지 않고 자기 운명을 그대로 받아들이겠다는 마음이 확고하다.

"천벌을 받을 할망구, 끔찍하기 이를 데 없는 마귀 같으니.
날보고 맹세를 어기라고? 게다가 내 낭군이 제일이라며
입에 침이 마르게 칭찬하던 그 입으로 그이를 욕하다니
어찌 죄가 안 될까? 가 버려. 지금까진 믿어 왔지만
이제부터는 유모에게 마음을 털어 놓지 않겠어.
신부님한테 가서 도움을 청해야지.
달리 길이 없더라도 죽을 힘은 남아 있어."

이리하여 신부에게 달려간 줄리엣은 로렌스 신부가 준 약을 먹고 가사 상태에 빠지게 되는데, 줄리엣이 죽었다는 얘기를 들은 로미오가 독약을 사 가지고 줄리엣의 곁에서 죽기 위해 달려온다. 이제는 죽음밖에 남지 않았다. 로미오가 추방당해 간 곳, 만토바에서 독약을 사러 가는 장면은 극중 로미오가 가장 어른스럽고 철학적으로 보이는 순간이다. 독약을 파는 것은 법률상 사형이라고 하며 안 팔겠다는 약방 주인과의 대화다. 돈과 독의 비유는 오늘날에 더 와 닿는다.

"가난을 버리세요. 법을 깨고 이 돈을 받으세요."
"돈을 받는 쪽은 가난이지, 제 마음은 아닙니다."
"나도 당신의 가난에 주는 것이지, 마음에 주는 것은 아니오."
……
"자, 돈이오. 이건 사람의 마음에는 독약보다 무서운 겁니다.
이처럼 더러운 세상에서는 독보다도 더 많은 사람을 죽이지요.
당신이 팔지 않겠다던 이런 독약과는 비교도 안 되지요.
독을 판 건 나지, 주인이 판 건 독약이 아닙니다."

이렇듯 순수하기만 한 두 젊은이의 매력이 『로미오와 줄리엣』이 셰익스피어의 가장 훌륭한 작품은 아닐지라도 대중에게 가장 사랑받는 작품이 된 이유가 아닐까? 그러나 한편 『로미오와 줄리엣』은 청소년들에게 추천할 만한 작품일까? 줄리엣과 로미오는 부모에게는 불효자이며 사랑에 좌절하여 스스로 목숨을 끊는 젊은이들이다. 사랑은 이해하지만 그들의 행동 방식을 찬성하기는 어렵다. 어느 대학생에게 이 문제를 물어보았더니 간단하게 답을 내놓았다. 셰익스피어를 읽는 청소년이면 동전에 양면이 있다는 것 정도는 이해할 거라는.

정략적 사랑

클레오파트라에 대해서 우리가 알고 있는 것 중 상당 부분이 셰익스피어로부터 왔을 것이다. 『안토니와 클레오파트라』가 바로 그것인데, 셰익스피어는 이 작품에서 클레오파트라에 대해서는 부정적인 면과 함께 긍정적이고 매력적인 면을 많이 부각시켰다. 역사는 대개 승자의 기록이기 때문에 로마의 시각에서 클레오파트라를 로마의 영웅 시저, 폼페이우스, 안토니우스를 유혹하고 희롱한 창녀로 묘사한 경우가 많다. 로마는 금욕주의적 스토이즘의 세계니까 이집트적 풍요와 방탕은 환영받지 못할 일임은 당연하다. 『플루타르크 영웅전』에도 클레오파트라는 대개 부정적으로 표현되어 있다. 분량도 그리 많지 않아서 셰익스피어가 아니었더라면 클레오파트라는 그렇게 유명해지지 못했을 것이다. 클레오파트라가 로마의 영웅들과 사랑에 빠진 것은 사실 정치적인 이유가 컸다. 그녀는 동생들과의 권력 다툼에서 밀려나 있을 때 줄리어스 시저를 만난다. 그때 클레오파트라는 20대 초반, 시저는 50대 초반이었다. 클레오파트라가 시저에게 접근하는 방식은 지금 봐도 기발하다. 자신을 양탄자에 돌돌 말아서 통째로 시저에게 선물로 준 것이다. 실제로는 선정적인 접근이라기보다 프톨레마이오스 13세의 눈을 피해서 시저를 만나기 위한 계책이었을 것이라는 분석이 있다. 결과적으로 시저는 프톨레마이오스 왕실의 분쟁에서 그녀를 지원함으로써 클레오파트라 7세가 되게 한다.

클레오파트라의 유혹이 시저가 이집트에 머문 이유의 전부는 아니었다. 시저가 이집트에 온 이유는 사실 따로 있었다. 로마의 내전을 피해 알렉산드리아에 피난 왔던 폼페이우스를 프톨레마이오스 13세가 살해하자, 그를 응징하기 위해 시저가 알렉산드리아를 점령했는데, 그것이 프톨레마이오스 13세에 대한 클레오파트라의 이해관계와 절묘하게 맞아떨어졌던 것이다. 프톨레마이오스 13세가 시저 군대와 전투 중에 죽자, 클레오파트라가 여왕에 오른다. 클레오파트라가 시저를 홀린 것은 사실이기는 하다. 그의 아들까지 낳았으니까. 『안토니와 클레오파트라』에서 아그리파도 이렇게 말한다.

"그녀는 위대한 시저마저 그의 칼을 침대맡에 내려놓게 했다. 그는 그녀를 경작했고, 그녀는 수확했다."

안토니우스가 클레오파트라를 처음 만난 것도 정치적인 이유에서다. 안토니우스는 파르티아 원정을 위해 자금이 필요했고 클레오파트라 입장에서도 정치적인 안정을 위해서 안토니우스와 같은 로마의 실력자와 손잡을 필요가 있었다. 말하자면 서로의 정치적 이해관계가 맞아떨어진 셈인데, 클레오파트라의 정치 감각이 더 뛰어났던 것으로 보인다. 클레오파트라에 비하면 안토니우스는 뛰어난 군인이기는 하지만 정치적 감각은 한 수 아래였던 것 같다. 첫눈에 클레오파트라에게 빠지는 것도 시저와는 다르다. 클레오파트라는 안토니우스의 정치적 혹은 전략적 가치를 일찍이 알아보고 그를 처음 만나는 장면을 기가 막히게 연출한다. 목적은 안토니우스의 눈을 사로잡는 것이다. 이 장면은 나중에 안토니우스의 부관 이노바버스의 입을 통해 묘사된다.

극의 첫 장면에서 파일로는 클레오파트라를 이집트 집시로 비유하며 그녀의 유혹에 전쟁의 신을 능가하던 장군 안토니우스가 일개 집시의 욕정을 식혀 주는 풀무와 부채가 되었다고 한탄한다. 그 장면에 이어서 안토니우스와 클레오파트라는 유치한 사랑놀이를 벌인다.

"나를 사랑하는 게 확실하다면, 얼마만큼인지 말해 보세요."
"사랑의 크기를 잴 수 있다면, 그건 구걸이나 다름없소."
"사랑이 어디까지 도달하는지 알고 싶어요."
"그렇다면 당신은 새로운 하늘과 새로운 땅을 찾아야 할 거요."

새로운 하늘과 새로운 땅 운운은 안토니우스 특유의 허세다. 그는 스스로를 헤라클레스에 비유하는 걸 좋아한다. 하지만 그는 로마 장군의 미덕과는 거리가 있다. 셰익스피어가 작품에서 그린 안토니우스의 방탕과 허영심은 실제에서도 어느 정도 사실이었던 것 같다. 그는 로마에서 사신이 왔다고 하는데도 "귀찮다, 요점만 말하라."고 하면서 사랑놀음을 계속한다. 사신은 부인 풀비아가 죽었다는 소식을 가지고 온 참이다.

"로마여, 티베르 강에 녹아 버려라. 질서정연한 제국의
넓은 아치도 무너져 내려라. 여기가 나의 있을 곳이니,
왕국은 진흙일 뿐.
인생의 고귀함이란 이렇게 하는 것
우리는 결속된 한 쌍
어떤 형벌을 치르고라도 이 포옹을 통해
우리가 세상에 최고의 한 쌍임을 알리겠소."
"멋진 거짓말!
풀비아와는 왜 결혼했담? 사랑하지도 않으면서.
난 바보는 아니지만 바보 노릇을 해볼까?
그러면 안토니우스는 자기 자신을 보이겠지."

안토니우스는 부인 풀비아가 죽었다는 소식을 듣고 이노바 버스와 대화하는 중에 "여왕을 만나지 말았어야 했다."고 한다. 이노바버스는 이렇게 말한다.

"그렇다면 장군님께서는 놀라운 걸작을 못볼 뻔했으며, 그런 축

복이 아니었다면 장군님의 이번 원정은 보잘것없었을 겁니다."

안토니우스는 당연히 로마로 돌아가야 하는 상황인데, 클레오파트라는 사랑타령으로 안토니우스의 마음을 무겁게 한다. 그녀는 소녀와 아줌마의 나쁜 면을 총동원해서 안토니우스를 괴롭힌다. 어떻게 보면 남자들이 가장 꺼리는 스타일인데, 여자 경험도 많은 안토니우스는 어떤 에로스의 화살을 맞았는지 클레오파트라가 무슨 얘기를 해도 저자세로 받아들인다. 셰익스피어는 약간의 과장을 통해서 사랑 앞에 나이, 경력, 체면 등은 아무 의미가 없다는 걸 얘기하고 있다. 안토니우스의 로마행에 대해 클레오파트라가 투정을 부린다.

"내 이 나이가 되어도 어리석기는 하지만 어린애는 아닙니다.
풀비아가 죽었다고요?"
"정말 그 여자는 죽었소. 이걸 봐요,
풀비아가 어떤 분란을 일으켰는지.
시간 있을 때 이 편지를 봐요. 맨 마지막에 중요한 말이 있는데
그 여자가 죽은 날짜와 장소를 봐요."
"어쩌면 저렇게 부실할 수 있을까?
눈물을 담을 신성한 눈물단지는 어디 두었지요?
아, 알겠어요, 풀비아가 죽어서 이러하니 내가 죽었을 때
어떤 대우를 받을지 뻔해요."

"언쟁은 이제 그만하고 내 결심을 들어봐요.

내 계획의 실행 여부는 오직 당신의 충고에 달려 있소.

나일강의 진흙에 생명을 주어 뱀으로 변하게 하는

저 태양에 걸고 맹세하오.

난 당신의 병사로서, 당신의 종복으로서

출전하여 당신 뜻대로 전쟁도 하고 화해도 하리다."

"이 끈을 풀어 다오, 어서, 차미안, 아니 그만둬라.

내 기분은 갑자기 나빠졌다 좋아졌다 한단 말이다.

안토니우스 장군의 사랑처럼 변덕이 심하단다."

"여왕, 잠시 진정하오. 이 대장부의 사랑을 믿어 주시오.

진정한 사랑인지 아닌지는 증명하리다."

"풀비아 건으로 알고도 남아요.

자, 저쪽으로 가서 그 여자를 위해서 통곡하세요.

그 다음에 내게 작별인사를 고하며 그 눈물은

이집트 여왕을 위해 흘렸다고 말하세요.

아주 그럴싸한 연극의 한 장면을 보여 주세요.…"

안토니우스는 로마에 간다. 그를 보내고 클레오파트라는 지루해하며 안절부절한다. 시녀 차미안에게 "그분은 지금 어디 계실까, 앉아 계실까, 서 계실까? 아님 걷고 계실까, 말을 타고 계실까…."라고 끝없이 묻는다. 그녀의 마음속엔 안토니우스뿐이다. 이때 시종이 들어와 안토니우스의 메시지를 전한다.

"진실한 로마인이 이집트 여왕에게 이 진주를 선물한다고 전하라. 비록 이 선물은 하찮은 것이나 앞으로 여러 왕국을 바쳐 동방의 전 영토를 여왕의 발밑에 두게 할 것이다."

로마의 장군이 동방을 정복해서 왜 이집트 여왕에게 바치겠다는 건지. 이런 개인적인 의지를 수하를 통해 전하는 것도 경우에 맞지 않다. 어쨌든 대만족한 클레오파트라의 문답은 매우 자기중심적이다.

"그분이 슬퍼하고 계시더냐, 기뻐하고 계시더냐?"
"한 해 중 가장 덥고 가장 추운 날의 중간 날처럼
슬프지도 기쁘지도 않으세요."
"아, 매우 균형 잡힌 기질이다. 봐라 차미안, 그게 바로 그분이다. 좀 생각해 봐라. 슬퍼하지 않으셨다지? 그건 늘 기뻐하고 걱정하는 병사들에게 기쁜 얼굴을 보여 주고 싶었기 때문이야. 그리고 기뻐하지도 않은 건, 그분 본심이 가장 좋아하는 사람과 함께 이집트에 남아 있다는 증거인 거지. 그런데 그 둘 사이라니 천상의 조합이구나."

클레오파트라는 이제 명랑 쾌활 모드로 돌아와서 매일 편지를 쓰고 사자를 보내겠다고 한다. 그녀는 약간의 조울증 증세가 있는 것 같다. 다양한 취미도, 좋아하는 독서도, 아무것에도 흥미를 느끼지 않을 정도로 안토니우스에게 집착하는 여왕의 모습은 아무래도 과하다. 여왕이라고 해서 사랑의 방식이 다르지 않다는 걸 보여 주고 싶은 작가의 의도일까. 한편 옥타비우스 시저는 안토니우스를 로마로 불러들이기 위해 그의 누이동생인 옥타비아와 혼인을 시키려고 한다. 옥타비우스의 측근이 이제 안토니우스는 클레오파트라를 떠나야 할 것이라고 말하자 이노바버스가 답하는 장면이다.

"절대로 떠나지 않을 겁니다.
나이가 들어도 시들지 않고
아무리 사랑을 해도
그녀는 무한하고 다양한 매력이 솟아나니까.
다른 여성은 싫증을 느끼게 하지만
그녀는 가장 만족할 때도 갈증을 느끼게 한단 말이오.
가장 사악한 짓도 잘 어울리기 때문에
그녀가 끼를 부릴 때도
거룩한 사제가 축복한답니다."

이노바버스는 옥타비아가 경건하고 냉정하며 조용히 말한다고 표현한다. 변덕스럽고 변화무쌍하고 쾌활한 클레오파트라에 비해 수동적이고 조용하고 내성적인 성격이라는 것은 그다지 매력이 없다는 말로 들린다. 이노바버스가 말하는 클레오파트라의 열정은 '순수한 사랑의 가장 뛰어난 부분'으로만 이루어져 있다. 클레오파트라는 안토니우스가 옥타비아와 결혼했다는 소식을 전하러 온 사신을 두들겨 패는 포악함도 있다. 나중에는 죽이겠다고 칼을 뽑자 사신은 달아나 버린다. 클레오파트라가 옥타비아가 어떻게 생겼는지 보고 오라고 신하 하나를 보냈는데, 돌아와서 보고하는 내용을 보자. 클레오파트라는 질투심마저도 사랑의 에너지로 변환하는 비상한 능력을 가졌다.

"그 여자는 기어 다니는 것처럼 보였습니다.
움직이거나 가만히 있거나 매한가지고,
생명이라기보다는 시체에 가깝고
숨 쉬는 인간이라기보다는 석상 같았습니다."

이집트인의 시각으로 보았을 때는 실제 그렇게 보였을지도 모르겠다. 그런데 얼굴은 동그랗고, 목소리는 낮은 톤이고, 키는 작고, 이마는 낮다는 등 클레오파트라가 좋아할 만한 답만 늘어놓는 걸 보면 전형적인 간신 같기도 하다. 과연 클레오파트라는 '황금을 너에게 주겠다'고 말하며 만족한다. 클레오파트라는 실제 그다지 미인이 아니었다는 설이 있다. 로마인의 시각으로 본 역사의 기록이니 약간의 평가절하가 있었을 거라는 추측이 가능하다. 셰익스피어는 『플루타르크 영웅전』의 설명 중 긍정적인 부분을 가져와 클레오파트라를 역사책에서보다 훨씬 매력적인 인물로 부각시켰다.

클레오파트라에 대한 악평은 대체로 정숙하지 못함에 기인하는데, 안토니우스마저 '세 번 변심한 창녀'라고 부르기도 한다. 그는 10년 이상 동안 실제로 클레오파트라의 남편이었으니, 그녀와는 애증의 관계다. 분명한 것은 그녀가 미모와 상관없이 대단한 매력의 소유자였을 거라는 거다. 이집트는 당시 알렉산드리아에 세계 최고의 도서관을 가지고 있었고, 클레오파트라는 약간의 과장에 의하면 도서관의 책을 다 읽을 정도로 지식이 풍부했다고 한다. 이 도서관은 시저의 이집트 원정 당시 시저의 실수로 불에 타버렸다는 기록이 남아 있다. 안토니우스가 로마 동쪽을 정복한 후 페르가몬에 있는 세계에서 두 번째 큰 도서관을 약탈하여 클레오파트라에게 선물했다고 하니, 그녀가 책을 엄청 좋아했던 건 사실이겠다. 실제로 클레오파트라는 주변국의 언어를 모두 말할 수 있어서 통역이 필요 없었으며 지적인 능력이 대단했다고 한다. 지성인에 재치 있고, 취미 고상하고, 잘 놀고, 같이 있으면 기분이 좋아지고, 관능적 매력까지 있으니 어떤 남자가 그녀에게 끌리지 않겠는가. 게다가 목소리가 악기 소리 못지않게 매력적이었다는 기록이 있다. 다시 이노바버스의 표현이다.

"내 언젠가 여왕이 큰길을 마흔 걸음이나 뛰어오는 걸 봤소.
숨이 차서 헐떡거리면서 겨우 말을 잇는데
그 기이한 모양이 오히려 아름다움의 극치요,
숨가쁜 목소리가 말할 수 없는 매력을 자아내더란 말이오."

클레오파트라는 극중에서 '나일강의 뱀'을 자처하면서 "나
는 달콤한 독으로 나 자신을 양육하고 있지."라고 말한다. 원시
적 욕망의 상징처럼 보인다. 안토니우스에게도 이집트는 풍요
와 환락의 땅이다. 안토니우스는 클레오파트라를 만나고부터
원래 가지고 있었으나 로마 장군이었기에 어느 정도 자제하고
있던 향락 성향을 여지없이 드러낸다.

"자, 사랑의 여신이 주는 사랑과 달콤한 시간을 위해
불쾌한 언쟁으로 시간을 낭비하지 맙시다.
우리의 인생에 즐거움 없이
낭비할 시간은 이제 없소. 오늘밤 놀이는 뭐요?"

그런가 하면 향락에 빠져 헤어나지 못하는 자신을 자책하기
도 한다. 어쩔 수 없이 사랑에 빠져드는 자신을 스스로 느끼며
로마 장군으로서의 위치를 생각하고 고뇌하는 모습은 보통 사
람의 평범함과 다름없다.

"이 단단한 이집트의 족쇄를 부숴야 한다.

아니면 사랑놀음에 나 자신이 망가지겠다.

이 순간의 쾌락도

운명의 수레바퀴가 역전하면

그 반대가 될 수 있다.

사람을 홀리는 여왕과는 멀리해야지.

지금까지 알고 있는 죄악보다

수많은 해독이 나의 방탕에서 부화할 것이다.

여왕의 생각은 남자가 생각 못할 만큼 교활하다.

만나지 않았으면 좋았을걸."

　안토니우스는 그런 혼란을 겪으면서 욕망을 넘어서 클레오파트라 자체에게 다가간다. 클레오파트라는 매우 주체적인 여성이다. 시녀 차미안이 "매사에 그분 뜻을 따르시고, 아무 일에도 거역하지 마십시오."라고 말하자 그녀는 이렇게 대답한다. "바보 같은 소리를 하는구나, 그건 그분을 잃는 방법일 뿐이다." 클레오파트라의 성격을 제대로 보여 주는 단면이다. 안토니우스가 옥타비아와의 결혼에 관해서 어떻게 생각하는지 들어보자.

"이집트로 돌아가자.

화해를 위해 이 결혼을 했지만

나의 즐거움은 동방에 있으니."

　동생 옥타비아와 결혼까지 시켰지만 안토니우스의 마음을 잡는 데 실패한 옥타비우스 시저는 안토니우스 군대와 전쟁을 하는 수밖에 없다. 안토니우스는 뛰어난 장군으로 전투에는 일가견이 있는 사람인데 어이없이 패퇴한다. 일각에서는 안토니우스는 육상에서는 강하지만 해전에서는 실전 경험이 없었으므로 질 수밖에 없었다고 한다. 이노바버스도 해전은 안 된다고 설득한다. 그래도 안토니우스는 해전을 고집한다. 클레오파트라가 자기 배가 옥타비우스 쪽보다 많다고 자랑을 해서일까. 아무리 그래도 마부와 농사꾼으로 수군을 채운 전투력으로는 이길 수가 없다. 그는 군사 전략가로서 낙제다. 치열한 해전이 벌어졌는데 클레오파트라의 배가 놀라서 달아나자 안토니우스도 그 뒤를 쫓아 같이 도주한 꼴이 되었다. 일생일대의 전투에 임한 장군이 아니라 젊은 여자에 빠져서 모든 일을 망쳐 버린 중년남자에 불과한 모습이다. 전투의 패배와 함께 클레오파트라와의 대화를 보면 진상을 알 수 있다.

　"나의 명성은 끝장이야.
　이건 최악의 치욕이군.
　오, 이집트의 여왕, 나를 어디로 끌고 왔소?
　내 치욕을 당신에게 보이지 않으려고

과거의 영광을 더듬고 있었소."

"오, 안토니우스님.

비겁하게 뱃머리를 돌린 걸 용서하세요.

전 당신이 나를 쫓아오리라고는 생각도 못했죠."

"오, 여왕이여, 내 마음이 당신 배의 키에 꽁꽁 묶여 있었소.

당신은 내가 끌려갈 것을 잘 알고 있었을 거요.

내 영혼은 당신의 종이 되어 당신이 눈짓만 해도

신의 명령도 거역하고 당신에게로 달려갈 것을

알고 있었을 거요."

오히려 클레오파트라가 예상하지 못한 일이 벌어진 것이다. 안토니우스가 자기를 쫓아 같이 도망을 치다니. 군사적으로 보면 안토니우스의 대화는 말이 안 되는 수준이고, 사랑의 관점에서 봐도 겨우 이해할 수 있을까 말까다. 이노바버스의 죽음도 기억할 만하다. 안토니우스에게 실망한 그는 잠시 옥타비우스 진영으로 투항한다. 그 소식을 들은 안토니우스가, 그가 남겨 놓은 소지품과 금품을 하나도 남김없이 보내 주라고 한다. 그러면서 잘 지내라고, 주인을 다시 바꾸는 일이 없으면 한다고 전해 달라고 한다. 소지품과 안토니우스의 하사품을 받은 이노바버스는 자기가 세상에서 가장 나쁜 놈이라고 자책하면서 자살을 결심한다.

"아, 우수의 달님이시여, 본심을 반역한

나의 목숨이 더 이상 붙어 있지 못하도록

독을 품은 밤이슬을 나에게 뿌려 주소서.

나의 심장을 바위처럼 단단하고 냉혹한 나의 죄에다

패대기쳐서 비탄으로 피도 말라 버린 심장이 가루가 되게 하여

흉악한 생각을 뿌리째 뽑아 주소서.

오, 안토니우스 장군님,

저의 수치스러운 배신에 비하면

너무나 고귀한 장군님,

장군님만은 저를 용서해 주십시오.

세상 사람들이 저를 주인을 버리고 도망간 놈이라고

기록한다 해도 상관없습니다."

이노바버스는 한 번의 실수를 하긴 했지만 충신이었다. 사실 그는 분별력을 잃은 안토니우스에게는 더 이상 희망이 없다고 판단했으니 그의 얼굴을 쳐다보는 것조차 힘들었을 것이다. 그는 셰익스피어의 입이었는데 아쉽게도 무대에서 사라진다. 그가 살아남아서 안토니우스와 클레오파트라의 죽음까지 봤다면 뭐라고 했을까 궁금하다. 클레오파트라의 죽음에 관한 거짓 보고를 들은 안토니우스는 낙심한다.

"클레오파트라, 이제 내가 그대를 뒤따라서

눈물로 용서를 빌겠소. 그럴 수밖에 없소.

계속 살아간다는 것이 고통이기 때문이오.

횃불도 꺼졌으니 이제 눕자, 길을 헤맬 필요 없이….

이제 봉인을 하고 끝을 내자.

에로스! 내가 가오, 여왕이여."

안토니우스는 스스로 죽으려고 결심하고 부관 에로스를 불러 칼을 뽑아 자기를 죽여 달라고 한다. 그것도 한 번에 끝내 달라고. 에로스는 자기 칼을 뽑아들고 안토니우스에게 작별을 고하고는 자기 자신을 찌르고 만다. 차마 장군을 찌르지 못하고 자기를 찌르는 부관은 엄숙하고 경건하다. 안토니우스가 놀라며 에로스가 자기보다는 세 배나 고귀하다며 안타까워한다. 그러고는 그가 깨우침을 주었다며 자기 칼을 대고 쓰러진다. 칼이 깊지 않아서 그는 단번에 죽지 않는다. 들어온 경비병에게 숨통을 끊어 달라고 하지만 아무도 칼을 들지 않는다. 그때 클레오파트라가 보낸 디오메데스가 들어와서 클레오파트라가 살아 있다고 보고한다. 그는 이미 늦었다며 클레오파트라가 있는 곳으로 데려가 달라고 한다. 결국 그는 클레오파트라의 품속에서 죽어 간다. 클레오파트라의 사랑을 확인하며 죽으니 한 칼에 죽지 못한 아쉬움은 위로가 됐겠다.

"세상에서 가장 고귀한 남자여, 죽는 건가요?

내 생각은 하지도 않는 거여요?

당신 없는 무미건조한 이 세상에서

어떻게 하라는 건가요?

아, 애들아. 지상의 왕관이 녹아내리는구나. 안토니우스!"

안토니우스는 자살의 행위조차 혼자 힘으로 끝내지 못하고 질질 끄는 모습을 보여 주는데, 이는 부하 에로스나 이노바버스의 행동과 비교되어 영웅적 이미지를 손상시킨다. 셰익스피어는 『플루타르크 영웅전』에 나오는 안토니우스의 인간적인 약점들은 대체로 그대로 채용하고 활용했지만, 클레오파트라에 대해서는 동정적이고 따뜻한 시각을 발휘한 것으로 보인다. 플루타르크보다는 셰익스피어의 시각이 조금 더 진실에 가깝지 않을까. 클레오파트라는 진정으로 안토니우스를 사랑했다. 안토니우스가 죽은 후 옥타비우스의 명에 의해 자기를 지키고 있는 돌라벨라에게 하는 말이다.

"나는 안토니우스 황제가 실존하는 꿈을 꿨어요.

그런 꿈을 한 번 더 꾸었으면.

그런 분을 다시 만났으면."

셰익스피어는 그녀가 안토니우스에 대한 사랑과 존경을 시적으로 표현하는 데 상당한 노력을 들인 것 같다. 클레오파트라가 죽음을 앞두고 하는 안토니우스 찬미를 잠깐 보자. 여전히 돌라벨라 앞이다.

> "그의 용모는 마치 하늘 같아서, 거기에는
> 태양도 달도 자리 잡고 궤도를 운행하며
> 조그만 공 지구를 비췄지요.
> 그의 다리는 대양에 걸쳐 서 있고
> 팔은 온 세상을 받치고 있구요.
> 그분의 음성은 천체의 음악 같았으며
> 대지를 무섭게 떨게 하거나 진동시킬 때는
> 으르렁거리는 천둥 같았어요.
> 그의 관대함으로 거기에는 겨울이 없었고
> 수확할수록 풍성하게 자라는 가을 같았지요.
> 그분의 유쾌함은 돌고래 같아서
> 그들이 사는 바닷물 위로 등을 보이곤 했지요.
> 왕과 제후들도 그를 수행하고
> 영토나 섬은 그분 주머니에서 떨어지는 은화 같았어요."

자살의 결심에서도 여왕은 자존심과 단호함을 보여 준다. 자신의 결심과 두 손을 제외하고는 아무것도 믿을 게 없다며 옥타비우스 시저의 선처를 거부한다.

"그래 그것이 바로 그놈들의 계획을 웃음거리로 만들고
그놈들의 어리석은 의도를 좌절시키는 방법이다."
……
"결심이 이미 섰으니 나에게 이제 여성은 없다.
나는 이제 머리끝부터 발끝까지
대리석처럼 확고하다."

이제 여왕은 두 명의 시녀와 함께 자살을 실행한다.

"안토니우스가 부르는 것 같아.
내 행동이 고귀하다고 그가 몸을 일으키는 게 보여.
그가 옥타비우스의 행운을 비웃고 있어.
남편이여, 제가 갑니다.
그 이름에 용기를 얻어 내 신분을 증명할 겁니다.
나는 불과 공기가 되고 다른 원소들은
이 천박한 세상에 두고 가겠어요."

죽음에 있어서도 안토니우스보다 단호하다. 클레오파트라
는 먼저 시녀 이라스를 독사가 물게 해 쓰러뜨리고, 자신도 두
차례, 가슴과 팔을 물게 해서 죽어 간다. 다른 시녀 차미안은
여왕이 죽은 걸 확인하고 자기에게도 독사를 갖다댄다. 여자
들의 죽음이 처연하게 생각한 대로 이루어진다. 깔끔하고 우

아하다는 생각이 들 정도다. 실제 클레오파트라는 고통 없이 죽는 방법, 독을 사용하는 법 등에 대해 상당히 깊이 연구했다는 기록이 있다고 한다. 여왕의 자살을 돌라벨라가 옥타비우스 시저에게 보고하자 그마저 이렇게 납득한다. "우리의 의도를 알아채고 여왕답게 자기 길을 택했구나."

전쟁이나 정치에서는 실패를 하고 사랑에서 고귀한 성취를 한 클레오파트라와 안토니우스는 매우 특이한 인물들이다. 셰익스피어가 더욱 그렇게 만들었다. 셰익스피어가 본 것은 역사나 정치가 아니라 다른 극에서와 마찬가지로 인간 그리고 관계였던 것이다. 안토니우스는 단지 바쿠스적 기질을 가진 난봉꾼, 혹은 실패한 장군이나 정치인이 아니라 사랑에 몰입하는 낭만 시인으로, 클레오파트라는 요부이며 영웅을 망가뜨리는 여왕이 아니라 한 남자를 온 힘을 다해 사랑한 여인으로도 기억되게 재창조한 것이다. 사랑의 관점에서 역사적 거물들을 그냥 인간으로 취급하며 따뜻한 시선으로 바라보았기 때문에 단지 역사의 기록이 아니라 사람들의 마음에 오래 남는 이야기가 되었다.

마법적 사랑

『한여름 밤의 꿈』은 셰익스피어의 순수 창작품이다. 소재를 역사나 다른 곳에서 차용하지 않았다는 말이다. 국내에서도 햄릿과 더불어 가장 많이 연극으로 상연되는 작품이기도 하다. 음악가들에게는 『로미오와 줄리엣』 다음으로 흥미를 끈 작품인데, 그 유명한 '결혼행진곡'이 들어 있는 멘델스존의 관현악곡 「한여름 밤의 꿈」 외에, 같은 제목으로 벤저민 브리튼의 오페라도 유명하고 퍼셀과 베버의 오페라도 있다. 결혼식에서 신랑과 신부가 걸어 나올 때 즐겨 쓰는 결혼행진곡이 바로 멘델스존의 곡이다. 이 작품은 한 마디로 '즐거운 사랑의 축제'를 보여 준다. 사랑의 축제이니만큼 주인공이 따로 없다. 등장인물들 중 짝을 찾은 모든 남녀가 사랑을 성취하고 숲속의 동화 같은 합동결혼식에 참가한다. 사랑의 공통점은 그 과정이 대체로 순조롭지 않고 우여곡절이 많다는 것일 텐데, 셰익스피어의 극에서는 더욱 그렇다.

아테네의 공작 테세우스는 히폴리타와 결혼할 예정인데 특별한 공연을 주문한다. 이지어스의 딸 허미아는 아버지가 반대하는 라이샌더와 사랑의 도피를 한다. 요정의 왕 오베론은 왕비 티타니아와 불화가 있다. 헬레나와 드미트리우스, 그리고 허미아 사이는 삼각관계다. 헬레나는 드미트리우스를, 드미트리우스는 허미아를 사랑한다. 요정의 왕은 부하 퍽에게 신비의 꽃즙을 잠든 드미트리우스와 티타니아 왕비의 눈꺼풀에 바르라고 명령한다. 이 꽃즙은 깨어나서 처음 본 사람과 사랑에 빠지게 하는 작용을 한다. 퍽은 드미트리우스를 착각하여 라이샌더의 눈에 꽃즙을 바른다. 드미트리우스와 헬레나가 양방향 사랑을 하도록 하는 것이 작전이었는데 퍽의 착오로 오히려 사랑의 대혼란이 일어나게 생겼다. 티타니아는 잠에서 깨어나 당나귀 머리를 한 보텀을 처음 보게 되어 그와 사랑에 빠진다.

오베론의 원래 의도와는 달리 라이샌더는 허미아가 아니라 헬레나를, 드미트리우스는 허미아를 쫓아다니고, 티타니아는 보텀을 사랑하게 되는 소동이 벌어지는 것이다. 한바탕의 소동이 여기저기서 일어나는 것을 본 후 오베론이 드미트리우스가 잠든 사이 그의 눈에 꽃즙을 바르고 퍽에게 해독제를 주어 라이샌더와 티타니아의 마법을 풀게 한다. 테세우스와 히폴리타가 숲속에 잠들어 있는 연인들을 깨워 드미트리우스와 헬레나, 라이샌더와 허미아, 테세우스와 히폴리타의 합동결혼식을 올린다. 보텀과 직공 일행은 테세우스가 명한 특별 여흥으로 연극 「피라무스와 티스베」를 공연하고 요정들이 축하한다. 이처럼 동화 같은 사랑 이야기다. 요정의 왕도 그 부하도 실수를 하고 오히려 그런 혼돈이 환상, 상상력, 마법 등과 어울려 사랑을 완성시킨다. 이 작품에서 셰익스피어가 말하고자 하는 메시지는 사랑이란 이성이나 논리로 이루어지지 않는다는 것이다. 사랑을 하는 사람은 이성으로 판단하지 않는다.

우선 헬레나와 허미아 간의 대사에서 미움과 사랑의 변주가 어떻게 일어나는지 보자. 좋은 사람은 뭘 해도 예쁘게 보이고, 싫은 사람은 뭘 해도 밉게 보이는 건 마술이 아니다.

"가르쳐 줘, 어떤 눈길로 어떤 수단으로 드미트리우스의 마음을 흔들어 놓았는지."
"눈살을 찌푸려도 그 사람은 내가 좋단다."
"나의 웃는 얼굴이 너의 찌푸린 얼굴에게 한 수 배웠으면."
"저주를 퍼부어도 그 사람은 내가 좋단다."
"나는 아무리 빌어도 그런 사랑을 얻지 못하는데."
"미워하면 할수록 그 사람은 내가 사랑스럽단다."
"나한테는 사랑하면 할수록 내가 밉단다."
"헬레나, 드미트리우스가 어리석은 건 내 잘못이 아냐."
"그래 너에겐 아름다운 잘못밖에 없어. 아, 나에게도 그런 잘못이 있었으면."

모두가 이런 느낌을 알 듯하다. 아직 연애 경험이 적은 젊은 이라면 충분히 참고해야 할 사랑의 속성이다. 이 극에서 삼각 관계를 만들고 풀고 하는 역할을 하는 것이 마법의 꽃즙이다. 신화에 의하면 큐피드가 쏜 화살이 원하던 처녀왕을 맞추지 못하고 어느 작은 꽃에 꽂혔다. 처음에는 우윳빛이었는데 사랑의 상처를 입고 진홍색으로 변했다고 한다. 실제 상황에서도 삼각관계가 심심치 않게 발생하는 걸 보면 이런 꽃즙 같은 것이 작용한 게 아닐까 의심될 때가 있다. 좋다는 사람을 서로 좋아하면 되는데, 아닌 것 같은 사람을 엇갈려서 좋아하는 경우가 종종 있는 걸 보면 말이다. 흔히 눈먼 사랑으로 비유되는 사랑의 광증은 또 어떤가? 테세우스는 다음과 같이 말한다.

"연인들이나 미친 사람들은 머릿속이 들끓는 탓인지
허무맹랑한 환상을 만들어 내지만 그것은
냉정한 이성으로는 도저히 이해할 수 없는 것이지.
광인이나 연인이나 시인은 모두 상상력으로
머릿속이 꽉 차 있는 사람들이야.
그런 자들은 넓은 지옥도 수용 못할 정도의 악마를 본다.
그게 결국 광인인 거지. 연인도 그에 뒤질세라 미쳐가고
검은 얼굴의 집시도 절세의 미녀 헬렌으로 보이는 거지."

미친 사람과 연인과 시인은 공통점이 있다. 머릿속이 상상력으로 가득 차 있다는 것이다. 사랑에 꽂히면 누구도 절세 미녀로 보이는 건 진실이다. 사랑은 사람을 어리석게 만든다. 자기가 한 바보짓을 기억 못한다면 사랑한 적이 없는 것이다. 눈먼 장님이 되기 때문에 무슨 짓을 하는지 보일 리가 없다. 따라서 사랑하는 젊은이들은 그게 당연한 거니까 바보 같은 짓을 했다고 자책할 필요가 없다. 더 열심히 사랑하시기를. 테세우

스의 사랑에 대한 고찰에 덧붙여 다음 헬레나의 대사는 부록이다. 어디선가 들어 본 익숙한 대사일 것이다.

> "아무리 천하고 멸시할 만한 것이라도
> 사랑은 훌륭하고 품위 있는 것으로 바꿔 주지.
> 사랑은 눈으로 보지 않고 마음으로 보는 것.
> 그래서 날개 달린 큐피드를 장님으로 그린 것.
> 사랑하는 마음에는 분별심이라고는 없어.
> 눈은 없고 날개만 있는 것은 물불을 가리지 않는
> 그런 성급함을 나타내는 거야."

눈이 멀고, 분별심이 없고, 물불 안 가리는 것, 그러나 경이로운 것이 사랑이다. 요정의 여왕 티타니아가 당나귀머리 보텀과 사랑에 빠진 러브신을 한번 보자. 꽃즙을 발린 후 잠에서 깨어나 처음 본 보텀에게 느닷없이 사랑을 고백하는 티타니아에게 그는 "요즘 세상에 이성과 사랑은 별 관계가 없습니다만…" 하며 의아해한다. 이후 티타니아의 사랑 고백이 매우 재미있다.

> "덩굴손이 자기 몸을 꼬아 사랑스런 인동나무를 감싸 올라가듯
> 담쟁이덩굴이 느릅나무 기둥을 감으며 올라가듯
> 내 두 팔로 안아 드릴게요.

당신을 사랑해요. 당신한테 반했어요."

사실 이게 베드신인데 요정의 여왕답게 음란하지 않으면서 낭만적이고 회화적이지 않은가?

티격태격 사랑

『헛소동』은 셰익스피어의 희극 중에서 가장 현대적 느낌을 주는 사랑 이야기다. 주인공은 클라우디오와 헤로인데, 여기에서는 부주인공 격인 베네딕과 베아트리체의 사랑을 중심으로 이야기하려고 한다. 그들은 자존심이 강하고 개성이 강한 남녀다. 두 사람 다 자존심을 일종의 과시욕으로 표출하는 경향이 있다. 그들은 만날 때마다 티격태격하며, 누가 보더라도 서로 미워하는 사이 같다. 베네딕은 결혼 따위는 하지 않을 거라고 주변에 말하고 다닌다. 그런 그를 놀려 주기 위해 아라곤의 영주 돈 페드로의 주도로 친구 클라우디오 그리고 베아트리체의 큰아버지이자 메시나Messina의 지사인 레오나토가 함께 계획을 짠다. 그들은 베네딕과 베아트리체를 연인으로 만들려고 베아트리체의 사촌동생 헤로와 마가렛, 어슐라라는 시녀와 짜고 작전을 개시한다.

셰익스피어에 가장 흥미를 가졌던 음악가는 아마 베를리오

즈일 것이다. 그는 해리엇 스미손Harriet Smithon이라는 셰익스 피어 극의 여배우를 사랑했는데, 아마 이를 계기로 셰익스피어의 팬이 된 것 같다. 그의 유명한 「환상 교향곡」도 해리엇 스미손과의 사랑의 광증을 주제로 한 것이라고 한다. 「환상 교향곡」의 일부 악장은 헤비메탈 록 음악 못지않게 강렬해서 사랑의 광기를 느낄 수 있다. 『헛소동』 관련해서도 「베아트리체와 베네딕」이라는 오페라가 있다. 그는 햄릿, 리어왕, 클레오파트라, 오필리아를 주제로 한 작품도 썼다. 우선 베네딕과 베아트리체의 처음 태도를 보자.

"내가 가슴속에 무정한 마음이 없었으면 얼마나 좋을까요?
진심으로 나는 어떤 여자도 사랑할 수 없으니까요."
"남자에게 나를 사랑한다는 맹세를 듣느니,
까마귀를 보고 짖는 개소리를 듣는 게 낫거든요."

그들이 만나면 이런 종류의 대화를 한다고 보면 된다.

"베네딕씨, 아직도 얘기하고 있나요? 아무도 듣지 않는데."
"아니, 미스 '경멸', 아직도 살아 계시네."

만날 때마다 서로 무관심한 척 경멸의 말을 쏟아 내지만 사실 무관심이 아니다. 오히려 관심이 많은데, 뭔가 심리적인 이유로 언어가 역작용을 일으켜 반대로 표현되는 것이다. 마음 속의 좋아하는 마음을 적대감으로 표현하고 있으니 사랑의 역설이라고 해야겠다. 돈 페드로의 작전하에 서로에게 이런 내용을 전하게 한다.

"사실은 베아트리체가 베네딕을 엄청 사랑하는데 만날 때마다 말싸움만 하고 해서 이제 와서 새삼 사랑을 고백할 수도 없고, 그런 사실이 들통나는 것만으로도 창피해서 살 수가 없대."

같은 내용을 이제 베아트리체에게 들려준다. 베네딕도 베아트리체도 그후 서로에 대해 또 자신에 대해 생각하게 되며 서로를 사랑하게 된다는 이야기다. 오늘날에도 흔히 있을 만한 이야기다. 마음과 달리 좋아하는 이성에게 말이 곱게 안 나가고 삐딱하게 나가는 경우가 있다. 상대방은 오해하고 같은 방식으로 대응하게 되어 서로 앙숙처럼 지내는 것이다. 잠재의식에서든 의식적으로든 그런 경우는 현실에서도 종종 있다.

한편 돈 페드로는 가장무도회를 이용해서 클라우디오의 이름으로 헤로에게 구혼한다. 클라우디오는 군인이라 의사표현이 서툴다. 클라우디오는 전쟁에 쏟았던 생각과 열정이 사라진 공간에 헤로가 여인으로 들어오니 전쟁터에서의 에너지가 순식간에 사랑으로 변환되는 격이다. 그는 눈에 보이는 것, 즉

외적 가치를 중시하는 남자다. 헤로는 가부장제 중심 사회에서 아버지가 정해 주는 규칙에 순응하는 여자다. 말수도 적다. 아버지 얘기에 "네, 아버지가 좋으시다면…" 하고 따르는 것이 그녀의 의무인 것 같다. 헤로는 소극적이고 조용한 성격이라 자기감정을 드러내 놓고 말하는 경우도 별로 없다. 이름과는 달리 영웅적인 요소는 전혀 없다. 셰익스피어가 역설적인 이름을 붙인 것이다. 클라우디오와 헤로는 현재 권력체제나 제도를 전적으로 수용하는 인물을 대표하는 듯하다.

그에 비하면 베네딕과 베아트리체는 이성적이며, 사회적 지배가치에 쉽게 순응하지 못하고 방황하는 스타일이다. 그들이 말이 많고 재담에 의지하는 것은 외부세계와의 갈등으로부터 자기를 보호하기 위한 방법일 수 있다. 말은 거칠고 강하지만 마음은 약하다. 그러니까 이 두 사람은 서로에게 강한 척하는 것이다. 두 사람 다 약간의 허세가 있기는 하지만, 서로에게 사랑을 느끼며 가까워지는 과정은 매력적이다. 감각적으로 현대적이라 그런지 모르지만 두 사람 다 귀엽다고 할까, 사랑이 맺어진 후에도 재미있게 잘 살 것 같은 느낌이다. 베아트리체의 말은 재치로 넘쳐난다. 그녀는 결혼에 대해서도 이미 많은 것을 파악하고 있다.

"구애와 결혼과 후회는 말하자면

스코틀랜드 지그[jig] 춤과 궁중무도, 그리고 다섯 박자 춤이지.
최초의 뜨겁고 성급한 구애는 지그처럼 환상적이고 충만해.
결혼은 품위가 있어 궁정무도처럼 격식과 전통을 따르고,
그 다음에 후회가 찾아오지, 절뚝이며 다섯 박자 춤을 추는데,
점점 빨라져서 마침내 무덤 속으로 떨어지는 거야."
"모두들 잘도 결혼하는데, 나만 혼자 얼굴이 햇빛에 그을렸네.
어느 길모퉁이에 앉아서 '남편감 구합니다'라고 외쳐 볼까?"

사랑에는 뭔가 우여곡절이 있고, 희극에는 악당 내지는 방해꾼이 있다. 이 극에서는 돈 페드로의 배다른 동생 돈 존이 그런 역할인데, 다음의 대사를 보면 성격에 문제가 좀 있다는 것을 알 수 있다.

"형님 덕에 장미가 되느니 울타리의 잡초가 되겠다.
태도를 꾸며 가면서 사랑을 구걸하느니
차라리 모든 사람들로부터 수모를 당하는 게 성미에 맞아."

그러니까 돈 존은 성격상 악당 노릇을 즐기는 종류의 인간이다. 서자 출신으로 사회에 불만이 있는 건 사실이다. 그는 또 이렇게 말하며 악당 짓을 예고한다.

"나는 아첨하는 정직한 사람이라고 할 수 없지만, 솔직한 악당

이라는 것은 부정하지 않아."

클라우디오와 헤로는 쉽게 사랑에 빠지지만 돈 존의 음모로 오해가 생겨 헤어질 뻔하다 다시 결혼하게 된다. 베네딕과 베아트리체의 결혼은 돈 페드로의 계략대로 원만하게 진행되는데 비해 클라우디오와 헤로의 결혼은 돈 존의 음모로 결혼식장이 난리가 나는 우여곡절을 거친다. 베네딕과 베아트리체는 클라우디오가 결혼식장에서 뛰쳐나가고 헤로가 기절하는 등 난리통에 처음으로 서로에게 사랑을 고백한다. 그들 성격에 사랑 고백도 쉽지 않을 것 같은데 그 대화가 흥미롭다.

"나는 이 세상 무엇보다도 당신을 사랑하오. 이상하지 않소?"
"그런 이상한 것을 난 몰라요. 그건 내가 당신을 무엇보다도 사랑한다고 하는 말만큼 가능하겠죠. 하지만 내 말을 믿지는 마세요. 그렇다고 내가 거짓말을 하는 건 아니어요. 고백하는 것도, 부정하는 것도 아니어요."

그들은 아직 쑥스럽기도 하고 혼란스럽다. 하여간에 작가의 인물에 대한 표현력은 놀랍다. 자존심 강한 그들은 사랑의 고백조차 참 어렵게 한다. 베네딕은 베아트리체의 이 고백 아닌 고백 이후 태도가 돌변한다. 자기가 비웃던 사랑의 바보가 되는 것이다. 결국은 이런 대화를 나누게 된다.

"당신을 진정으로 사랑하오."

"그럼, 하느님, 용서해 주세요."

"아니 베아트리체, 무슨 잘못을 했기에."

"아주 적당한 때에 제 입을 막아 주셨으니까요.

당신을 사랑한다고 말할 뻔했어요."

"그럼 마음놓고 해 보세요."

"마음을 다 바쳐서 사랑하다 보니 말할 것도 남아 있지 않아요."

베네딕과 베아트리체는 결말까지도 옥신각신이다. 클라우디오와 헤로가 어디에서 찾았는지 그들이 각각 상대에게 바치는 시를 적은 종이를 내밀자 비로소 결혼에 동의한다.

"기적이다. 우리의 마음보다 서명이 앞섰소.

자, 당신을 아내로 맞겠소.

분명한 건 당신이 불쌍해서 허락하는 거요."

"거절은 하지 않겠어요. 하지만 이날까지 고민 많이 했어요,

당신의 생명을 구해야 하니까요.

당신이 애타는 것도 알고 있고요."

결국은 셰익스피어의 희극이 그렇듯이 해당 커플들은 모두 결혼에 성공한다. 극의 제목 그대로 아무것도 아닌 일로 대소동을 일으킨 후 즐겁게 끝난다. 특히 베네딕과 베아트리체의

경우는 오늘날 우리 주변에서 볼 수 있을 법한 애기로 젊은 남녀는 한번쯤 그 심리를 연구해 보면 연애에 도움이 되리라.

6장

복수와 정의

인간의 가장 치명적인 본성은 아마도 복수 본능일 것이다. 셰익스피어의 작품에서도 복수는 자주 등장하는 주제이다. 개인의 사적인 감정에서 비롯되는 복수에서부터 사랑의 복수, 권력을 둘러싼 복수까지 종류도 다양하다. 대부분의 사극은 정치극의 성격을 띠며, 거의가 정치적인 복수 내지는 보복 행위를 포함하고 있다. 국가 간의 전쟁은 말할 것도 없다. 트로이전쟁 이후로 정의는 '빚진 것을 갚는 것'이라는 인식이 지배적이었던 것으로 보인다. 은혜는 은혜로, 죽음에는 죽음으로 말이다. 셰익스피어의 극에서도 복수를 꾀하는 인물들은 정의의 실현이나 명예의 회복을 꿈꾼다. 결투 문화도 일종의 개인적 정의 실현 방법이다. 가문 간의 다툼에서도 한쪽에서 피를 부르면 상대편 가문에서는 대를 이어서라도 복수극을 벌인다. 인간은 왜 복수에 집착하는가? 종족 유지 본능인가. 인간의 유전자에 보복 프로그램이 내재되어 있을까? 유인원 등 일부 동물에게도 복수가 존재한다고 한다. nature라는 영어 단어는 '자연'이라는 뜻 외에 '인간의 본성'이라는 의미도 있다. 자연 그대로 타고난 것이라는 의미다.

정의란 기본적으로 공정하다는 개념을 포함한다. 영어단어 fair는 공정하다는 의미 외에 아름답다는 뜻으로도 사용된다. 셰익스피어의 작품에서 fair는 주로 아름답다는 뜻으로 사용된다. 정의는 아름다운 것이다. 그러나 정의가 승리해야 하는데 정치에서는 승리하는 것이 정의가 되는 경우가 많아서 정의 실현이 과연 가능한가 하는 의문이 든다. 몇 년 전 마이클 샌델의 『정의란 무엇인가』로 인해 우리 사회에서도 정의에 관한 논의가 유행처럼 번졌었다. 우리 사회가 그만큼 정의에 대해 갈증을 느끼기 때문일 텐데, 그것은 정의롭지 못한 사회라는 반증이기도 하다.

유혈복수와 정의

셰익스피어의 작품 중에 거의 복수만을 주제로 다룬 것이 있다. 과연 유혈 복수로 정의 실현이 가능할까? 『타이투스 안드로니쿠스』가 그 질문에 대답한다. 이 작품은 셰익스피어의 초기작인데 가장 덜 알려진 작품 중 하나일 것이다. 16세기 말 당시에는 유혈 비극이 유행이어서 이 작품이 선풍적인 인기를 끌었지만 잔혹극의 유행이 지나자 인기가 하락했다고 한다. 이 작품이 잘 알려지지 않은 이유 중 하나는 연극무대에 올리기에는 유혈의 정도가 너무 심해서 자주 상연되지 않았기 때문이다. 당시에도 이 작품이 상연되는 기간에는 극장 밖에 구급대가 대기했다고 하고, 20세기 이후에도 출연 배우 인터뷰에 의하면 상연 때마다 관객 두세 명은 졸도해서 실려 나갔다고 하니 그 정도를 짐작할 수 있다. 하기는 읽는 것도 부담스러운데 보는 것은 오죽할까?

유혈 복수가 끊임없이 문학이나 영화의 소재가 되는 이유는 공감하기 쉽기 때문이다. 슈퍼 영웅이 나오는 미국 영화들, 중국의 무술 영화, 조폭 영화 등 소위 액션 영화들은 모두 복수극이다. 불의를 응징하는 장면은 보기에도 통쾌하다. 『타이투스 안드로니쿠스』는 복수가 복수를 낳으며 확대 재생산되어 통제 불능의 상황으로 치닫는 과정을 보여 준다. 타이투스는 로마의 장군이다. 그는 고트족과 10년 동안 벌인 전투에서 25명의 아들 중 21명을 잃는다. 끝내 승리한 타이투스는 포로들을 끌고 귀향한다. 고트족의 여왕 타모라와 세 아들, 심복 아론도 포로에 끼어 있다. 타이투스의 살아남은 아들 중 맏이인 루키우

스가 포로들 중에서 가장 신분이 높은 자를 제물로 바쳐 형제
들의 넋을 위로해야 한다고 주장한다. 복수극의 불길한 시작
이다. 사지 절단은 야만성을 보여 주는 복수가 끊임없이 이어
지는 동기가 된다. 타이투스는 고트족의 왕자 알라버스를 제
물로 바칠 것을 제안한다. 고트의 여왕 타모라가 자비를 호소
하지만 타이투스는 거부한다.

"진정하시오, 여왕, 미안하오.
이들은 당신들 고트족이 죽인 이들의 형제요.
형제들이 살해되었으므로
종교의식을 위한 제물을 요구하는 거요.
당신 아들이 제물로 선택되었으니, 그가 죽어야겠소.
죽은 자들의 신음하는 망령을 달래기 위해서 말이오."

타모라와 다른 아들 카이론도 잔인무도하다며, "스키타이의
야만도 이렇게 심하지는 않았다."고 외친다. 로마의 황제 사터
나이누스가 타모라를 부인으로 맞이하면서 본격적인 복수극
이 시작된다. 타모라의 무시무시한 다짐이다.

"언젠가는 저놈의 일당, 가족을
모조리 죽여 버리겠습니다.
사랑하는 내 아들을 살려 달라고

그렇게 간청했는데도 끝내 죽인

저 잔인한 아버지와 역심을 품은 아들들을

전부 말입니다.

일국의 여왕이 거리에서 무릎을 꿇고 한

간청을 헛되게 한 것이

어떤 결과를 가져오는지 알려줄 겁니다."

이 다짐이 무서운 이유는 '눈에는 눈, 이에는 이'라는 탈리오 법칙을 훨씬 넘어서는 복수를 선언하기 때문이다. 타모라의 무어인 심복 아론이 첫 번째 음모를 획책한다. 타모라의 두 아들 카이론과 드미트리우스가 타이투스의 딸 라비니아를 서로 차지하겠다고 다투는 걸 본 아론이 이들에게 다가가 다음날 열릴 사냥 대회에서 그들의 '아름다운 암사슴'을 범할 수 있을 거라고 속삭인다. 아론은 교묘한 술책으로 라비니아의 남편이자 황제의 동생 바시아누스를 살해하고 타이투스의 두 아들 퀸투스와 마시우스를 용의자로 뒤집어씌우기 위한 장치를 해놓았다. 카이론과 드미트리우스는 숲속에서 마주친 바시아누스를 살해하고 타모라 앞에서 라비니아를 강간한다. 라비니아는 타모라에게 애원하지만 당연히 거절당한다. 타모라는 타이투스보다 더 잔인하다.

"너는 나에게 잘못한 것이 없지만

네 아비를 생각하면 동정심을 가질 수 없다.
얘들아 잊지 마라, 너희 형이 제물이 되는 걸 막으려
나는 눈물을 흘리며 헛된 애원을 했다.
잔혹한 안드로니쿠스는 들은 척도 안 했어.
그러니 그년을 끌고 가서 마음대로 해라.
가혹하게 할수록 어미를 위하는 일이다."

작가는 타이투스와 타모라의 마음을 이렇게 훤히 내보여주고, 독자는 유혈 복수가 가중될 수밖에 없다는 것을 예상한다. 라비니아는 치욕보다는 죽음을 달라고 다시 애원하지만 타모라의 마음이 바뀔 리가 없다.

"사랑스런 내 아들들이 헛수고를 하게 하란 말이냐?
안 되지. 나는 걔들이 육욕을 채우게 놔두련다."

그 사이 타이투스의 두 아들 마시우스와 퀸투스는 아론이 쳐놓은 덫에 걸려서 꼼짝없이 황제의 동생을 살해한 범인이 되어 버렸다. 이제는 타이투스가 무릎을 꿇고 아들의 구명을 탄원한다. 사터나이누스 황제는 증거를 요구하는 타이투스를 무시하고 두 아들을 사형에 처할 것을 명한다. 황제가 법치를 통해 진실을 밝혀 복수극을 종식시키기는커녕 유혈극을 가속화하는 꼴이다. 다음 장면에서는 라비니아가 강간을 당한 후

양손과 혀를 잘린 채 나타난다. 라비니아의 삼촌 마커스가 그녀를 발견하여 타이투스에게 데려간다.

"형님, 치명적인 슬픔을 가지고 왔습니다."

"내게 치명적이라고? 어디 좀 보여 주게."

"형님의 딸이었던 아이입니다." (라비니아가 모습을 드러낸다)

"딸이었다니? 아니 그 아이는 여전히 진정한 내 딸이야."

전장을 누비던 루키우스마저 "아, 눈뜨고 차마 볼 수가 없구나."라며 좌절하는데 타이투스가 호통을 친다. "이 비겁한 놈아, 일어나, 일어나서 보란 말이야." 그리고 동생과 아들에게 다시 말한다. "그 애는 여전히 내 딸이야." 가슴 아픈 장면이다. 잔혹의 대명사 타이투스가 딸의 처참한 모습을 보고 전에 없던 애정을 보이는 이 장면에서 독자와 관객은 눈물을 흘리지 않을 수 없다.

하지만 타이투스는 믿을 수 없을 정도로 강인한 인간이다. 아론이 타이투스와 그의 일족 중 누구 하나의 손을 잘라 황제에게 바치면 두 아들을 살려주겠다고 한다. 동생과 아들이 서로 자기 손을 바치겠다고 하지만 타이투스는 망설이지 않고 자기의 왼손을 아론에게 맡긴다. 잠시 후 황제의 사자가 머리 둘과 손 하나를 가지고 등장한다. 황제는 그런 약속을 한 적이 없었던 것이다. 아론은 셰익스피어의 악인 중 가장 악독하다고 할 수 있다. 루키우스마저 추방당한다. 이제 타모라는 복수를 완성한 셈인가.

타이투스는 절규한다. "내 두 아들의 머리가 나를 위협하는 이때, 복수의 신은 어디에 있는가? 끔찍한 만행을 저지른 놈들의 목을 똑같이 만들어 놓을 때까지는 절대로 행복해질 수 없다고 외치는 것 같구나." 복수의 신을 얘기하는 걸 보니 복수의 합리화를 신에게 구하는 것이다. 독자들은 이제 더욱 참혹한 복수극이 벌어질 것을 예상할 수 있다. 타이투스가 쓰라린 마음을 절망적으로 얘기하는 이런 대사는 어떤가. 악귀 같은 마음에서 엄청난 시가 태어난다.

"이 비참에 이유가 있다면
그렇다면 나의 비탄을 제재할 수 있으리.
하늘이 울면, 대지가 흘러넘치지 않는가.
바람이 분노할 때, 바다는 광란으로 차지 않던가?
크게 부푼 얼굴로 창공을 위협하면서.
그리고 그대는 혼란의 이유를 알고 있는가?
나는 바다다. 들어라 바다의 한숨이 어떻게 부는지
그녀는 울부짖는 하늘이고, 나는 대지다:
그러면 나의 바다는 그녀의 한숨에 감동한다.

그러면 나의 대지는 쉴 새 없는 그녀의 눈물에
홍수가 나고 익사한다."

손을 잃은 타이투스는 라비니아의 고통을 동병상련의 마음
으로 더욱 절실하게 느끼며 사랑을 배우기 시작한다. 동생 마
커스와 딸에게 이렇게 말한다. 눈물겨운 아버지의 안타까움이
너무나 잘 표현되어 있다. 이것이 문학이다.

"마커스, 그 애가 무슨 말을 하는지 들어봐라.
난 그 애가 말하는 순교의 몸짓을 전부 이해할 거 같아.
라비니아는 볼에 흘러내려 슬픔으로 맺힌
눈물 외에 다른 건 마시지 않겠다고 하는구나.
말을 잃은 라비니아, 네가 뜻하는 바를 모조리 알아낼 거야.
은둔 수도자가 성스러운 기도를 구하는 것처럼,
나는 어눌한 네 동작이 뭘 말하는지 이해하고 말 거다.
너는 한숨을 쉬지도, 손목이 잘린 팔을 치켜들지도
눈을 깜박거리지도, 끄덕이지도, 무릎 꿇지도, 손짓도 못하지만
나는 생각해 이를 글자로 옮기고, 계속 연습해서,
네가 어떤 말을 하고 싶어하는지 다 알아내고 말 거야."

라비니아는 오비디우스의 책을 가져와 불편한 팔로 뒤적이
고 있다. 타이투스는 딸의 행동을 유심히 관찰하다 진실을 알

아낸다. 강간당한 필로멜라*의 이야기를 보고 있는 것이다. 그는 딸의 고통의 근원이 강간이었다는 것을 알게 되고, 라비니아는 입에 나뭇가지를 물고 강간범의 이름을 모래 위에 쓴다.

타이투스는 적의 의심을 피하기 위해 미친 행세를 한다. 그는 정의의 여신 아스트라이아Astraea에게 편지를 매달아 화살을 쏘아 올린다. 신에게 정의의 심판을 탄원하는 것이다. 황제에게 호소하는 것은 소용이 없다. 뒤에는 타모라가 있으므로. 타이투스는 이제 혼자 힘으로 해결해야 한다.

어느 날, 타이투스가 집에서 연회를 열어 황제를 초대한다. 타이투스는 요리사의 복장을 하고 손님들을 맞이한다. 그는 황제에게 파이를 대접하면서 강간당한 딸을 죽인 로마의 백부장** 비르기니우스가 옳았는지 묻는다. 황제는 별 생각 없이 그렇다고 한다. 그런 치욕을 당한 딸을 살려 두면 아비의 슬픔을 계속 되새기게 할 것이라고 대답한다. 타이투스는 라비니아의 베일을 벗기고 그 자리에서 죽인다. 놀란 사터나이누스 황제가 이유를 묻는다. 타이투스는 드미트리우스와 카이론이 라비

* 오비디우스의 『변신 이야기』에 나오는 프로크네와 필로멜라 자매의 복수 이야기. 언니 프로크네는 동생 필로멜라를 겁탈한 자신의 남편 테레우스의 아들, 즉 자기 아들을 죽이고 그 시신으로 음식을 만들어 테레우스에게 먹인다.
** 로마시대의 전투병력 100인을 지휘하는 부대장.

니아의 몸을 더럽히고 혀와 두 손을 잘라 버렸으니 책임은 그들에게 있다고 한다. 황제가 그들을 데려오라고 말하자 타이투스가 대답한다.

"아니, 그 두 사람은 거기 있습니다. 어미가 맛있게 먹은 고기파이가 그들이오."

그러고는 재빨리 칼을 뽑아 타모라를 살해한다. 고대의 신화에서 빌려 온 이 복수극은 얼마나 참혹한가. 타모라의 혈족은 이제 아무도 없다. 그렇다면 타이투스의 복수는 완성되고 그의 정의는 실현된 것인가? 그런데 아직 끝이 아니다. 아내를 잃은 사터나이누스가 타이투스를 죽인다. 고트족을 이끌고 로마에 들어온 루키우스가 사터나이누스를 죽이고 스스로 황제의 자리에 오른다. 루키우스는 로마로 오기 전에 아론과 그의 아들을 잡아 두었다. 갓난아이는 타모라와의 사이에 낳은 아이다. 아론은 자기의 모든 죄를 자백하고 아이를 살려 달라고 한다. 루키우스는 아론을 가슴까지 생매장해 굶어 죽게 하라는 명을 내린다. 다행히 아론의 아이를 죽이라는 명령까지는 하지 않았다.

연이은 유혈 복수극의 결과 타모라의 가계는 멸족되었고 안드로니쿠스 쪽은 루키우스 하나가 남았다. 어느 쪽의 정의든 실현되었을까? 셰익스피어가 말하고 싶었던 것은 무엇일까? 복수로 정의는 실현되지 않는다. 더 나아가서 이러한 극단적인 복수로 얻을 수 있는 것은 아무것도 없다는 것, 이것이 작가가 전하고 싶은 메시지였을 것이다.

법치가 정착되기 전의 시대에서는 개인의 정의 실현 방법 중 가장 강력한 것이 복수였다. 중세에는 개인의 명예를 걸고 하는 결투가 성행했다. 그 이유 중 하나는 공권력이 시민 개개인의 정의까지 보호해 줄 수준이 아니었기 때문이다. 물론 근대가 시작되면서 국가적 차원의 법치가 개인의 정의 실현을 상당 부분 대체하긴 했지만 초법적인 폭력적 복수는 현대에도 계속되고 있다. 인간의 복수 본성은 줄어들지 않는다. 법 때문에 제한될 뿐이다. 복수심에 불타고 있는 사람에게도 『타이투스 안드로니쿠스』를 읽게 하면 마음이 좀 진정되지 않을까. 셰익스피어는 타이투스를 통해 우리에게 복수에 대한 귀중한 통찰을 던져 주었다.

완벽한 정의 추구

셰익스피어의 작품 중 가장 유명한 복수 이야기는 아마 『햄릿』일 것이다. 사실은 햄릿이 복수를 빨리 실행하지 못하는 이야기이기도 하다. 햄릿은 아버지의 복수를 결심하고도 여러 가지 이유로 실행에 옮기지 못한다. 그래서 햄릿은 우유부단의 대명사로 되어 있다. 돈키호테형 인간이니 햄릿형 인간이니 해서 이분법의 희생자이기도 하다. 햄릿은 왜 복수를 지연시켜서 결과적으로는 더 큰 비극으로 몰고 가게 했을까? 부왕을 시해한 삼촌 클로디어스를 원래 마음먹은 대로 단칼에 끝장을 냈으면 한 사람의 죽음으로 상황이 종료되었을 텐데, 복수의 지연으로 인해 도대체 몇 명이 죽게 되는지 알아보자.

햄릿은 부왕의 유령을 만나서 이야기를 듣고 시해에 관해 알게 된다. 아버지 유령은 햄릿 왕자에게 복수를 명한다. 어머니 거트루드는 남편이 서거한 지 두 달도 되지 않아 남편의 동생인 클로디어스와 혼례를 올린다. 그러나 햄릿은 유령의 말을 전적으로 믿지 못한다. 그는 사건의 진위를 확인하기 위해 클로디어스의 살인을 재현하는 연극을 어전에서 상연하기로 한다. 여기서 첫 번째 의문이 든다. 햄릿은 왜 아버지 유령의 말을 믿지 못했을까? 왜 그리 복잡한 방법으로 진상을 파악하려 했을까? 우선 햄릿은 유령의 존재를 믿지 않았다. 그는 비텐베르크대학을 다니다가 부왕의 서거 소식을 듣고 귀국한 것으로 되어 있다. 비텐베르크는 신교의 발상지다. 신교에서는 연옥이나 유령의 존재를 믿지 않는다. 비텐베르크라는 설정은 햄릿의 복수 지연을 설명하기 위한 셰익스피어의 첫 번째 장치다. 아버지 유령을 만난 후 햄릿이 고민하는 장면이다.

"아, 복수다. 내 얼마나 못난 자식인가. 사랑하는 아버지를 참살당한 놈이 천국과 지옥에서 복수의 명을 받고도, 창부처럼 말로만 가슴을 열고.

......

살인죄는 비록 혀가 없어도 가장 놀라운 웅변으로 말을 하는 법. 배우들을 시켜 삼촌 앞에서 아버지의 시해 장면을 재연해 보자. 내 그 표정을 살펴보면서 아픈 데를 찔러 보리라. 그래서 움찔하면 내가 할 일은 확실하지. 내가 본 유령은 마귀일지도 모른다.

......

좀 더 확실한 근거를 찾아야겠다. 마침 이 연극은 왕의 양심에다 덫을 걸어보는 좋은 방법이다."

천국과 지옥으로부터 복수의 명을 받았다는 것은 정의의 실현을 위해서 삼촌을 죽여야 하는 것에 대한 합리화인데, 행동을 하지 못하는 망설임을 같이 말하고 있다. 그리하여 '쥐덫'이라는 연극을 계획대로 상연하는데, 독약을 왕의 귀에 부어 살해하는 장면에서 클로디어스가 당황하는 모습을 보고 햄릿은 그의 행위임을 확신한다. 클로디어스는 급히 공연장소를 떠난다. 그 후 햄릿은 클로디어스가 기도하고 있는 곳을 지나다가 칼로 찌르기에 최적의 기회임을 깨닫는다. 하지만 그는 망설이다가 포기한다. 이번의 이유는 무엇일까? 기도를 하는 중에 죽으면 이자가 천국에 가지 않을까 하는 생각이 들었기 때문이다. 지옥으로 가야 하는 자가 천국에 간다면 그것은 복수가 아니다. 햄릿의 독백을 들어보자.

"하려면 지금, 기도를 하는 중.
자, 해치워 버리자.
아니지, 그러면 천당에 가게 되지.
난 원수를 갚게 된다.
가만, 이건 생각해 볼 일.
아버지를 죽인 놈은 천하의 악당,
그 악당을 오직 하나 남은 자식인 내가
보복으로 천당에 보내준다?
그건 복수가 아니라 보은이지."

고뇌에 빠진 햄릿은 어머니 거트루드의 방에 간다. 어머니와 언쟁을 하던 그는 커튼 뒤에 숨어 염탐을 하던 폴로니우스를 왕으로 오인하고 칼로 찔러 죽인다. 이렇게 첫 번째 희생자가 나왔다. 햄릿이 자기 목숨을 노리고 있다는 것을 안 클로디어스는 이 사건을 빌미로 햄릿의 친구인 로젠크란츠와 길던스턴에게 호송을 시켜 햄릿을 영국으로 추방하도록 한다. 클로디어스는 그들에게 중간에 햄릿을 처형하라는 밀서를 보내는데, 이를 눈치챈 햄릿이 밀서를 로젠크란츠와 길던스턴을 죽이라는 내용으로 바꿔치기한다.

햄릿은 비장한 마음으로 덴마크로 귀국한다. 한편 아버지 폴로니우스의 죽음에 충격 받은 오필리아는 정신이 나가서 물가를 헤매다가 물에 빠져 죽는다. 졸지에 아버지와 누이를 잃은 레어티스는 격분해서 클로디어스 왕에게 진상을 밝혀주기를 요청한다. 클로디어스는 레어티스가 햄릿과 검술시합을 하도록 유도한다. 햄릿을 죽이기 위한 계략으로 레어티스의 칼에 독을 바르고 햄릿이 마실 음료에 독약을 탄다. 검술시합 도중 무심코 햄릿의 음료를 마신 거트루드 왕비가 죽는다. 레어티스와 햄릿은 결투 중 치명상을 입는다. 중간에 칼이 바뀌어 독이 묻은 칼에 둘 다 맞은 것이다. 죽음을 앞에 둔 햄릿은 클로디어스를 찌르고 독이 든 음료를 입에 붓는다.

이렇게 해서 전부 일곱 명이 죽었다. 한 명이 죽으면 끝날 일이 이렇게 커진 이유를 두고 얼마나 많은 논평이 있었는지. 프로이트는 오이디푸스 콤플렉스로 설명했다. 괴테는 햄릿의 유약한 성품을 원인으로 들었고, 니체는 햄릿이 허무주의자였기 때문이라고 했다. 하지만 햄릿은 유약한 사람이 아니다. 폴로니우스를 찌른 후 햄릿은 어머니인 거트루드에게 클로디어스의 음모를 알고 있다고 말한다. 로젠크란츠와 길던스턴을 미끼로 자기를 살해하려 한다는 것을. 그리고는 그 음모를 뒤집겠다고 장담한다.

"두 동창 놈들이 밀서를 가지고 가는데

독니를 가진 뱀만큼이나 믿음직한 놈들이죠.

그놈들이 길잡이가 돼서 나를 함정으로 몰고 갈 모양이어요.

제 손으로 묻은 지뢰를 밟아 중천으로

날아가 터지는 것도 대단한 구경거리일 거여요.

만만치 않겠지만, 저는 1야드 아래를 파서

그 자들을 달나라로 날려 보내죠.

원수는 외나무다리에서 만난다고

이거 재미있겠는데."

이 대사는 유약한 사람의 말이 아니다. 오히려 무서운 복수를 향한 강한 의지를 갖고 있다는 게 적절한 표현일 것이다. 그들이 극 중에서 햄릿의 계획대로 죽는다는 사실은 햄릿이 자신이 확신한 계획에 대해서는 추호도 실행에 망설임이 없다는 것을 증명한다. 과연 어떤 설명이 맞는 걸까?

여러 가지 의견을 종합해 보니 정답이 보인다. 햄릿은 대단한 지성인이다. 그는 충동에 의해서 행동하는 사람이 아니다. 그의 복수는 정의를 실현하기 위한 것이다. 지성이 납득할 수 있는 정도의 명분이 있어야 한다. 즉 햄릿은 '완벽한 정의 실현'을 원했던 것이다. 정의를 실현함에 있어 하자가 있어서는 안 된다. 완벽한 정의를 위한 조건이 안 되니까 실행을 하지 못한 것뿐이다. 물론 지성인의 한계라고 볼 수 있지만 그 문제는 별개다. 법학자들이 제시한 의견이라고 하는데 앞의 프로이트, 괴테, 니체의 의견보다는 충분히 설득력이 있다. 햄릿이 우유부단하고 마음이 유약한 인간이라고 생각되는가? 그는 허무주의자일까? 복수에 완벽을 바라는 건 사실 몽상에 가깝지만, 분명한 것은 그는 유약하거나 우유부단한 자도, 허무주의자도 아니라는 사실이다. 프로이트, 괴테, 니체의 의견은 셰익스피어가 '햄릿'이라는 인물을 설정했을 때 의도했던 인물과는 꽤 큰 간극이 있다고 생각한다. 법학자인 겐지 오시노는 『셰익스피어 정의를 말하다』라는 저서에서 햄릿이 추구하는 정의를 '몽상적 정의'라고 표현했다. 매우 적절한 표현으로 보인다. 완벽한 복수라는 것이 있을 리 없기 때문이다.

　『햄릿』의 위대한 점은 인간의 내면을 어떻게 그렇게까지 깊게 표현할 수 있었을까 하는 점이다. 햄릿이라는 인물은 주변에 있는 모든 사람의 마음을 꿰뚫어 볼 수 있는 능력을 가졌으며 아는 게 많아서 생각도 많다. 부왕의 시해 사건, 원수와 재혼한 어머니 등, 자신을 둘러싼 환경에서 오는 복수라는 과제에서 고뇌가 시작되었지만 그의 진정한 고뇌는 존재의 불완전성을 탐구하는 과정의 고뇌라고 할까, 오늘날 지성인의 모습과 다르지 않다. 지성인이어서만이 아니라 시대를 초월하여 보통 우리들의 모습을 복합적으로 담은 인물이기 때문에 가장 공감하며 동정할 수 있다. 『햄릿』은 당대에도 인기가 높아서 여러 종류의 판본들이 생겨났고 그것들이 합쳐지다 보니 텍스트가 너무 방대해졌다고 한다. 그런 탓에 구조나 플롯이 복잡해지긴 했으나 덕분에 인물의 성격이나 내면의 갈등이 어떤 작품보다도 풍부해졌다. 상연 시간이 최소 네 시간 이상 걸리는 대작이다.

법적 정의와 정치

『자에는 자로』는 법적 정의라는 관점에서 주목해야 할 작품이다. 공작의 대리자였던 안젤로는 권력남용의 결과 빈센시오 공작이 원래 위치로 돌아온 후 재판을 받게 된다. 그는 자기가 사형을 선고했던 클라우디오와 똑같은 죄를 지었으므로 자신도 사형선고를 받을 것이 당연하다고 생각한다. 공작이 판결 전에 하는 말이다.

"아무리 자비를 바탕으로 하는
이 나라의 국법이라고 하더라도, 이렇게 외칩니다.
클라우디오는 안젤로로, 죽음은 죽음으로 보상하라고.
급한 것은 급한 것으로 보상해야 하고,
한가로운 것은 한가로운 것으로
비슷한 것은 비슷한 것으로

자에는 자로 대응해야 하는 것입니다."

안젤로에게 복수를 해도 당연한 사람이 이사벨라다. 그러나 그녀는 공작에게 그의 목숨을 살려 달라고 청원한다. 이 말을 할 때는 그녀의 오빠가 사형당한 걸로 알고 있을 때다.

"관대하신 영주님, 가능하다면 그분을 처벌하더라도
제 오빠가 살아 있다고 생각하고 판정해 주세요.
제 생각으로는
그분이 저를 보기 전까지 나라를 잘 다스린 공이 있으니
사형만은 면하게 해 주세요."

이사벨라에게 감화되어서였는지는 몰라도 공작은 안젤로를 마리아나와 결혼한다는 조건으로 무죄 방면한다. 법의 기준으로 판단할 때 안젤로의 무죄 방면은 사실 설득력이 없는데, 이런 말도 안 되는 결말에도 셰익스피어의 의도가 있을 거라는 가정을 할 수 있다. 법의 가혹한 집행과 지나친 자비 사이에 균형이 필요하다는 것을 암시한다. 그 역할을 맡긴 인물이 에스칼루스다. 안젤로와 공작은 한쪽으로 너무 치우친 인물이기 때문에 중용을 찾아가는 별도의 인물이 필요했던 것이다. 처음 읽을 때는 별로 중요한 대사로 여겨지지 않아 그냥 지나쳤는데, 극의 첫 번째 장면에서 공작은 에스칼루스에게 다음

과 같이 칭찬한 바 있다.

"백성의 성품이나, 우리 국가의 제도나,
일반 재판의 한계라든지,
그 실천 방법에 있어서 내가 알기로는,
누구에게나 원만하게 처리할 수 있는
함축성을 그대가 가지고 있소."

'자에는 자로'라는 제목 자체는 법절차의 엄격함을 의미하는 것으로 법적 정의를 상징하는 말이다. 그러나 인간이 있고 법이 존재하는 것이므로, 인간을 염두에 둔 실질적 정의가 실현되어야 한다는 것을 셰익스피어는 보여 주고자 했던 것일까. 작가는 확실히 동양사상의 중용이라는 개념을 적용했다.

자비와 정의

셰익스피어의 마지막 작품으로 알려진 『폭풍우』는 밀라노 공작이었던 프로스페로가 동생 안토니오에게 권력을 찬탈당하고 딸 미란다와 함께 쫓겨난 후 일어나는 이야기다. 프로스페로는 정치에는 관심이 없어 국정을 동생에게 맡겨 두고 학문에만 몰두했으니, 정치권력에 관심이 많던 동생이 형을 군주로서 통치 능력이 없는 인간으로 여긴 것은 당연하다 하겠다.

프로스페로와 딸은 야밤에 조각배에 실려 추방당한 후 표류하다가 낯선 섬에 도착한다.

셰익스피어의 작품들 중에는 영국 사극을 제외하면 이탈리아를 배경으로 한 작품이 압도적으로 많다. 셰익스피어는 이탈리아에 가본 적도 없다느니 가지 않았을 리가 없다느니 말이 많은데, 공식적으로는 이탈리아 여행 기록이 없다고 한다. 재미있는 사실은 이탈리아를 배경으로 한 10편이 넘는 작품들에 나오는 지명이 거의 실제로 존재하며, 지리적 혹은 문화적 묘사가 상당히 정확하다는 것이다. 『폭풍우』도 이탈리아가 무대인데, 주요 장소인 마법의 섬은 시칠리 근처의 불카노 섬인 것으로 보인다. 그런데 밀라노에서 조그만 썩은 배에 실려 추방당한 프로스페로와 딸이 그 위치까지 난파되어 올 수 없다는 것이『셰익스피어의 이탈리아 기행』의 저자 리차드 폴로Richard Paul Roe의 주장이다. 이 사람은 미국의 법률가이자 셰익스피어 연구가인데, 셰익스피어 작품 속에 등장하는 이탈리아 지역들을 전부 실제로 여행하며 분석했다는 것이 놀랍다. 지도를 보면 밀라노에서 강을 따라 바다로 갈 경우 이탈리아의 동쪽 바다로 이어지기 때문에 이러한 행로로는 이탈리아 반도의 왼쪽 아래 장화의 코 끝 부분에 이르기는 불가능해 보인다. 그렇다면 그런 설정이 엉터리라는 말인데 정확한 셰익스피어가 그랬을 리가 없다고 하며 연구한 것이, 누군가에 의해 피렌체가 밀라노로 바뀌었다는 주장이다. 당시 영국은 피렌체와 우호 관계였는데 피렌체를 무대로 할 경우 정치적으로 껄끄러운 일이 예상되어 누군가가 밀라노로 지명을 바꾸었다는 얘기다. 지도를 보니, 과연 피렌체에서는 불카노 섬으로 흘러올 수도 있게 되어 있다.

프로스페로는 다행히 곤잘로의 도움으로 좋아하는 책을 몇 권 가지고 갈 수 있었기에, 섬에서도 비밀스러운 연구를 계속하고 마법을 완성한다. 프로스페로가 도착하기 전에 이 섬에는 두 명만이 살고 있었다. 이미 죽은 마녀의 아들 칼리반과 마녀에 의해 갇혀 있는 에리얼이다. 프로스페로는 자기에게 봉사한다는 조건으로 에리얼을 풀어준다. 한편, 나폴리의 군주 알론소가 튀니스 왕자에게 딸을 출가시켰는데, 알론소와 왕족들은 튀니스에 결혼식차 갔다가 돌아오는 길에 배가 난파되어 프로스페로가 있는 섬에 도착한다.

프로스페로의 희망은 두 가지인데, 하나는 딸 미란다를 알론소의 아들 페르디난드와 결혼시키는 것이고 다른 하나는 자기를 축출한 귀족들에게 복수하는 것이다. 프로스페로는 에리얼에게 마법을 부리게 해서 배에 탔던 사람들이 세 곳으로 흩어지게 한다. 배에서 내려 혼자 떨어지게 된 페르디난드는 마침 에리얼의 노랫소리를 듣고 미란다가 있는 곳으로 가게 된

다. 이들도 로미오와 줄리엣처럼 첫눈에 사랑에 빠진다. 너무
쉽게 얻으면 소중하게 생각하지 않을까봐 걱정이 돼서 프로스
페로는 그들의 사랑에 방해 공작을 한다. 페르디난드에게 통
나무를 날라 쌓게 하는 등 엄청난 사역을 시킨다. 페르디난드
는 미란다를 하루에 한 번이라도 볼 수 있으면 어떤 강제노역
도 감수하겠다고 하는 사람이다. 미란다는 그가 힘든 일에 시
달리는 것을 보고 괴로워하지만, 머지않아 그들의 사랑은 이
루어지게 된다.

프로스페로의 복수는 어떨까? 그는 일반적인 군주와는 정
신세계가 다른 사람이다. 자기가 국정을 제대로 돌보지 않고
게으름을 피운 탓에 삼촌이 나쁜 마음을 먹게 된 것이라고 미
란다에게 말한다. 동생이 악한이라고 믿고 싶지 않았기 때문
에 그는 이 섬에서 동생에게 한 번 더 기회를 주기로 한다. 안
토니오는 지금 알론소와 그의 동생 세바스찬, 그리고 곤잘로
등 다른 귀족들과 함께 섬의 외딴 곳에 머물러 있다. 에리얼이
무거운 음악을 연주해 안토니오와 세바스찬을 제외한 모두를
잠에 떨어지게 한다.

안토니오는 알론소의 동생 세바스찬에게 왕위를 빼앗을 절
호의 기회라고 부추긴다. 세바스찬이 "당신은 형의 왕위를 차
지하였지요?"라고 하니 안토니오는 뻔뻔하게 대꾸한다 : 이 용

포가 나에게 더 잘 어울리지 않느냐는 둥, 형의 종복은 모두 내 차지가 되었다는 둥. 세바스찬이 양심에 가책이 없느냐고 묻는데 그의 대답은 양심이 스무 개라도 자신의 야심을 막을 수 없다고 한다. 세바스찬은 결국 유혹에 넘어가서 알론소를 살해하는 데 동의한다. 하지만 프로스페로는 마법사가 아닌가. 에리얼이 노래로 잠든 곤잘로를 깨운다. 에리얼은 12년 전 왕위찬탈 사건의 주모자 셋, 안토니오, 알론소, 세바스찬을 맹비난한다. 그들이 칼을 뽑아 치려고 하자 이렇게 비웃는다.

"이 바보들아, 우리는 운명의 신이 보낸 사자들이야.
쇠붙이로 만든 너희 칼이 요란한 바람에 상처를 내고
상처를 입힐 수 없는 바다를 찌를 수 없는 것처럼
내 날개의 부드러운 깃털 하나 뽑을 수 없을 걸.
우리 편은 불사신이야. 혹 너희들이 해칠 수 있다고 해도
칼이 너무 무거워 들어 올리지도 못할 거야."

그러면서 에리얼은 다음과 같은 선고를 내린다.

"너희 셋이 밀라노의 프로스페로를 추방했지.
내가 용무가 있는 건 바로 그거야.
너희들은 프로스페로와 그 어린 딸을
사나운 바다의 제물로 만들려고 했다.

이번의 조난은 그 보복이야. 그런 흉악한 행동을
하늘이 용서할 리 없지. 좀 늦어지기는 했지만.
……

신들은 나에게 분부하기를, 단번에 죽는 것보다도
더 참기 어려운 고통이 평생 따라다니게 하란 거다.
하늘의 노여움을 면하는 길은 이 황량한 섬에서
진정한 참회와 함께 깨끗한 생활을 하는 수밖에 없다."

　　마법의 동화나라 같아서 유혈의 복수극이 일어날 것 같지는
않다. 하지만 마법의 세계에서도 음모와 배신, 복수와 응징, 불
화와 반목 등이 곳곳에서 일어나는 것을 보면, 내용은 현실 세
계와 동일하다. 알론소는 자기 죄를 뉘우치고 반성한다. 하지
만 세바스찬이 일대일로 한다면 악마가 무더기로 와도 싸우
겠다고 하니 안토니오는 자기가 거들겠다며 나선다. 에리얼은
그들을 프로스페로가 있는 동굴로 유인한다. 알론소와 그 일
행은 꼼짝도 못하고 그곳에 얼어붙어 있다. 에리얼이 프로스
페로에게 보고한다.

"분부하신 대로 한 구석에 처박아 둔 채로입니다.
저기 동굴을 가리고 있는 보리수 숲속에 처넣었지요.
놓아주기 전에는 꼼짝도 못합니다.
왕과 그 동생, 주인님 동생, 셋이 미칠 지경에 있기 때문에

다른 자들도 슬픔과 절망으로 울상이 되어 있죠.…
그자들의 꼴을 보시면 불쌍하게 생각하실 거여요.”

프로스페로가 정말 그렇게 생각하느냐고 묻자, 에리얼은
“제가 인간이라면 불쌍하게 생각할 거 같아요.”라고 대답한다.
이에 대한 프로스페로의 결심이다.

“한갓 공기에 지나지 않는 네가
그자들의 고통을 보고 불쌍하게 느끼는데
같은 인간으로서 그들과 같이 뼈아픈 슬픔을 느낄 수 있는 내가
너보다 동정심이 없을 수야 있겠는가?
골수에 사무치게 나를 괴롭힌 자들이긴 하지만
고귀한 내 이성으로 복수의 분노를 억제하련다.
원수를 자비로 갚는 것이 훌륭하지.
그자들이 회개한 이상 더 괴롭힐 생각은 없어.
에리얼, 가서 풀어 주어라.”

손톱만큼도 회개할 마음이 없는 안토니오와 세바스찬까지
용서한다는 것은 무슨 뜻일까. 복수를 끝내는 방법은 복수를
하지 않는 것뿐이다. 프로스페로는 마법의 힘으로 거의 모든
문제를 해결한다. 마지막에 프로스페로를 죽이려고 하는 칼리
반 등 세 악당의 음모도 저지된다. 안토니오와 세바스찬을 회

개시키는 것만은 마법으로 해결하지 못한다. 단지 또다시 음모를 꾸민다면 그간의 반역 행위를 다 알리겠다고 경고할 뿐이다. 하지만 셰익스피어는 프로스페로 역시 완벽한 인간은 아니라는 것을 군데군데 삽화처럼 끼워 넣어 보여 준다. 프로스페로는 에리얼과 섬의 원래 주인 칼리반에게는 권위를 내세우고 복종을 강요하며, 칼리반이 악당이기는 하지만 그에게 고문 수준의 학대를 가하기도 한다. 이런 장면들은 전제 군주의 모습 그대로다. 프로스페로는 알론소와 묵은 앙금을 풀고 진정으로 화해한다. 체스를 두는 페르디난드와 미란다를 바라보며 즐거워한다. 미란다는 체스를 두다가 갑자기 모여든 나폴리의 귀족들을 보고 이렇게 말한다.

"이상도 해라. 여기에 이렇게 훌륭한 분들이 계시다니.
사람이란 정말 아름다워. 이렇게 많은 사람이 살고 있다니,
멋진 신세계brave new world군요."

셰익스피어의 열성 팬이었던 작가 올더스 헉슬리는 그의 소설 『멋진 신세계』의 제목을 여기서 따왔다. 프로스페로는 에리얼과 칼리반도 풀어준다. 그는 자신이 가진 모든 마법과 섬에서 가진 권력을 전부 포기해 버리고 밀라노로 돌아가려고 한다. 모든 것을 포기한 그는 이렇게 심정을 말한다. "이제 죽는 날이나 기다리지요." 권력을 전부 놓고 떠난다는 것은 쉬운 일

이 아니다. 프로스페로도 셰익스피어도 약간은 섭섭했을 것이다. 프로스페로는 이제 마술지팡이와 마법책을 버릴 것을 선언한다. 셰익스피어가 절필을 선언하는 것과 같다. 이 부분 때문에 『폭풍우』가 셰익스피어의 마지막 작품으로 추정되었던 것으로 보인다. 하지만 학자들의 연구에 의하면 두 작품 정도는 그 이후에 발표되었다고 한다. 존 플레처와 공동작업이라는 『두 귀족 친척』과 『헨리 8세』가 그것이다. 그렇다면 『폭풍우』가 셰익스피어가 단독으로 쓴 마지막 작품이니 고별사는 그대로 유효하다고 해도 무리는 없을 듯하다.

"무시무시한 내 마법은 이제 마지막이야.
천상의 음악을 소환하여, 지금 내가 그러고 있듯이,
그들, 마법의 대상인 그들이 제정신으로 돌아가게 하면,
나는 이 마법지팡이를 꺾고 땅 속 깊이 묻어야지.
그리고 이 마법책은, 납덩이가 닿은 적이 없는,
깊은 바닷속에 넣어버릴 거야."

절정기에 가진 것을 전부 포기하고 떠나는 모습은 아름답다. 복수를 자비로 갚는 것도 아름답다. 프로스페로는 복수하지 않고 정의를 회복한다. 사람들은 복수를 하면 정의를 찾을 수 있다고 생각하지만, 복수란 복수를 낳을 뿐이다. 셰익스피어는 자신의 은퇴를 프로스페로에 이입시키며 같은 방식으로

퇴장한다. 그가 페르디난드에게 말하는 또 다른 고별사에서는 이렇게 말한다. 주역이나 장자와도 통한다.

"여흥은 이제 끝났어. 이미 얘기했지만,
이 배우들은 모두 공기의 요정들인데,
공기 속으로, 그래 엷은 공기 속으로 용해된 거야.
그리고 이 주춧돌도 없는 환영의 건물처럼,
저 구름 위에 솟은 탑과 웅장한 궁전과
엄숙한 신전과 커다란 지구도,
그래, 지구상의 삼라만상도 마침내 용해되어,
지금 사라져 버린 환영처럼, 흔적도 남지 않는 거야.
우리도 꿈과 같은 물건이라,
보잘것없는 인생은 잠으로 끝나는 거지."

리어왕의 '무'nothing의 개념이기도 하다. 셰익스피어 자신은 명예에 전혀 관심이 없었는데, 친구들이 작품 전집을 발간해 준 덕분에 바라지도 않던 명성과 명예를 얻은 건 아닌지. 『폭풍우』는 특이하게 에필로그가 따로 있는데 프로스페로가 나와서 관객에게 다음과 같이 작별을 고한다. 이것은 셰익스피어가 관객들에게 그리고 그가 예상하지 못했던 미래의 독자들에게 하는 고별사이기도 하다.

"이제 제 마법은 모두 폐기되었습니다.

......

저도 제 공국을 찾았고

악당들도 용서했으니

여러분의 마법으로 이 무대에서

놓아 주십시오.

......

여러분이 지은 죄를 용서받듯

여러분의 관대함으로

저를 풀어 주십시오."

복수보다는 자비와 관대함이 정의에 이르는 길에 가깝다. 정의란 그리스 어원의 뜻으로 보면 각자가 자기 책임을 다하는 것이라고 한다. 멋진 말이며 진리 아닌가. 삼권분립이나 정경분리 사상은 모두 정의를 추구하기 위한 방식이다. 정치인은 정치에만, 기업인은 사업에만 집중해서 양쪽이 유착이 되지 않으면 정의에 가까워진다.

복수라는 가장 원초적인 인간 본성을 우리는 어떻게 봐야 할까? 복수는 모든 종교에서 나쁜 것으로 규정하고 있다. 그럼에도 불구하고 역사적으로 대규모 복수극은 종교와 관련이 있는 경우가 많아 이율배반적이기도 하다. 개인적으로도 동서양을 막론하고 가문의 명예를 훼손당한 경우에 복수를 하지 않는다면 오히려 사람 취급을 못 받던 시대가 있었다. 상대방의 공격에 대해 응징하지 않으면, 심지어 사소한 조롱이나 무시에도 보복을 하지 않고 그냥 넘어가면, 그것은 비겁한 것이고 명예를 훼손하는 일이라고 생각했다. 현대에는 사법체계가 강화되면서 개인적인 복수는 실현하기 어렵지만 여전히 폭력은 다양한 형태로 발생하고 있으며 이는 대부분 복수심과 관련되어 있다.

우리가 액션 영화를 보면서 폭력적 복수에 통쾌감을 느끼는 것은 일종의 대리만족이다. 나의 마음을 아프게 한 사람, 나를 모욕한 사람은 악당이므로 폭력적 복수가 가능하지 않은 현실세계에서 대리만족이라도 좋은 것이다. 나의 명예를 누군가가 손상했을 때, 혹은 배신자에 대해서, 마음속으로라도 복수하는 장면을 상상하는 것은 마음의 상처를 치료하는 데 도움이 된다고 한다. 한 쪽 뺨을 맞았을 때 다른 쪽 뺨을 내놓는다거나, 나를 지독하게 배신한 자를 그냥 웃으면서 용서한다는 것이 말이 되는가. 목숨을 걸 정도의 복수나 폭력적 보복은 아니더라도, 어느 정도의 응징은 필요하다는 견해가 많은 것 같다. 왜냐하면 못된 짓에 대해서 그냥 넘어가면 상대방은 그것을 반복할 것이기 때문이다.

자비와 용서가 평화로운 세상을 위한 답이기는 하지만 그것은 가해자가 자기의 행위에 대해 사과하고 용서를 비는 전제하에서만 가능하다. 일본에 대한 우리 국민의 악감정이 사소한 일이 있을 때마다 다시 불타오르는 가장 큰 이유는 아마도 그들이 과거사에 대해 진심으로 사과를 하지 않기 때문일 것이다. 가해자는 피해자의 입장을 온전하게 이해하지 못한다. 복수심을 쉽게 버릴 수 없는 이유는 명백하다. 가해자가 진심으로 참회하고 용서를 비는 경우가 적을뿐더러 그것이 인간의 가장 원초적인 본능이기 때문이다.

7장

표절과 창의성 사이

창의성이란 무엇인가? '사람들은 창의성이 무엇인지는 잘 몰라도 창의성이 없다는 것이 어떤 것인지는 모두가 안다'라는 말이 있다. 창의성은 '본다'는 것과 깊은 관계가 있다. 본다는 것은 생각보다 많은 의미를 포함한다. 우리말이든 영어든 '보다'라는 단어의 의미를 생각해 보자. 눈으로 본다는 의미뿐 아니라 알다, 인식하다, 만나다, 발견하다, 이해하다, 구경하다, 확인하다, 검사하다, 진찰하다, 읽다, 관찰하다, 보살피다, 판단하다, 배웅하다 등 상당히 복합적인 의미를 가진다. 본다는 것만 해도 눈으로 보는 것뿐 아니라 마음으로 보는 것도 있어서 본다는 간단한 단어를 설명하는 것도 사실 간단하지가 않다. 제대로 사물을 보기 위해서는 여러 방향에서 보아야 한다. 건물의 경우에도 정면에서만 바라보아서는 그 형체를 제대로 파악할 수 없다. 사발팔방에서뿐 아니라 공중에서도 보아야 한다. 건물 내부에도 들어가 봐야 한다. 사람과 관계를 보기 위해서는 마음까지도 꿰뚫어 보아야 한다. 어떤 때는 비스듬하게도 봐야 한다. 잘 보기 위해서는 입체적 사고가 필요하다. 더 큰 어려움은 내 눈뿐 아니라 다른 사람의 눈으로도 봐야 한다는 데 있다.

『트로일러스와 크레시다』에서는 이렇게 말한다. "내리막길에 들어섰다고 깨닫는 것은 스스로 느끼는 것보다 타인의 눈이 그렇다고 먼저 알려 준다." 상대적인 위치에 따라 다르게 보인다는 말도 있다. "사물이 크게도 작게도 보이는 것은 보는 위치 때문이다."

사물이나 자연을 바로 보는 것도 어려운데, 사람이나 관계를 보는 것은 얼마나 어려운 일인가? 셰익스피어의 창의성이란 '어떻게 볼 것인가?'에서부터 시작한다. 눈으로 보는 것보다 마음으로 보는 것이 더 중요할 때도 있다. 철학자 베르그송은 다음과 같이 말했다. "눈은 마음으로 이해하고자 하는 것만 본다." 다른 사람이 보지 못하는 것을 볼 수 있는 능력, 혹은 모든 사람이 보는 것이라도 더 뚜렷하게 볼 수 있는 능력이 창의력이다.

셰익스피어를 위대한 작가라고 하는 이유는 무엇일까? 인간 본성에 대한 통찰력을 독특한 관점으로 보여 주어 공감을 얻으면서, 시대를 뛰어넘는 보편성을 창조한 것이 가장 중요한 이유일 것이다. 어쩌면 셰익스피어가 대학을 나오지 않았기 때문에 그만의 독특한 관점이 생겨난 것일 수도 있다. 신분에 대한 편견 없이 보통 사람 모두에 대해 관심을 갖는 것은 크리스토퍼 말로우와 같은 대학을 나온 재사파 작가들에게는 조금 어려웠을지도 모르겠다. 프랜시스 보몬트 Francis Beaumont라는 동시대 작가가 벤 존슨에게 보낸 편지에서 셰익스피어에 대한 언급을 한 것이 있는데 참고할 만하다.

"이제 나는 학식을 버리리라——나에게 그런 것이 있다면.
그리고 내 시를 셰익스피어가 쓴 최고의 작품처럼
모든 지식으로부터 떠나 완벽히 만들리라.
그리고 우리 후손들은 듣게 되리라.
보통의 인간이 배우지 않고서도
때로 얼마나 대단한 재능을 발휘하는지…."

이것은 셰익스피어가 당대의 인기 작가들로부터도 인정을 받았다는 증거이다. 프랜시스 보몬트나 벤 존슨, 존 플레처 등은 셰익스피어 사후에도 그 못지않게 꾸준하게 상연되는 작가였다고 한다.

요즘 교육은 창의성 개발이라는 관점에서 어떠한가? 일류 대학 우선주의가 지배적이어서 어릴 때부터 성적 위주의 사교육을 받지 않는 아이들이 드물다. 아이들은 일찍부터 정답을 추구하는 사회에 적응되어 간다. 고전을 거의 읽지 않는다. 아마 읽을 시간이 거의 없을 것이다. 창의성과는 거리가 멀다. 지식이 오히려 지혜의 장해물이 되는 경향이 있다. 하나의 정답만을 요구하는 사회에서는 경험이 많지 않은 젊은이들이 다양한 견해에 익숙해지고 난제 해결 방법을 모색하는 과정에서 어려움을 겪게 된다. 창의성이란 배워서 얻어지는 것이 아니라 스스로 탐색 과정을 통해 습득하는 측면이 강하다. 셰익스피어의 다음 대사를 기억하자. "학문은 우리 자신들의 부속물에 지나지 않는다."

지금은 지식보다는 지혜가 필요한 시대다. 지식만 있고 지혜나 통찰력이 부족한 사람은 인생의 위기를 맞았을 때 이를 돌파하지 못하고 좌절할 가능성이 크다. 좌뇌와 우뇌의 균형, 이성과 감성, 경험과 순수함 사이의 조화가 어떤 영감이나 통찰력을 만날 때 발휘되는 것이 창의성이다. 우리 머리에 저장되어 있는 연관이 없어 보이는 수많은 파일들을 연결시키는 것이 창의적 사고의 시작이다. 우리 두뇌에는 의식의 영역과 무의식의 영역이 있는데, 의식의 영역은 무의식의 영역에 비하면 극히 작다고 한다. 사람은 극히 작은 부분의 두뇌만 활용하고 있다는 말과도 통한다. 무의식의 영역이 통찰력이나 지혜와 더 많은 관련성이 있는 것으로 보인다. 따라서 무의식의 영역을 활성화시키는 것이 중요한데 지금의 교육방식은 눈에 보이지 않는 지혜나 인성의 영역을 개발하는 데는 큰 효과가 없다. 어쩌면 소크라테스나 공자 시절의 교육방법이 나을지도 모른다.

셰익스피어의 창의성에 대한 시비는 주로 소재를 차용해 온 것이 많다는 점에서 기인한다. 실제로 셰익스피어 자신이 창조한 소재는 몇 개 안 되고, 『홀린셰드 연대기』나 『플루타르크 영웅전』, 오비디우스의 『변신 이야기』, 『데카메론』, 기타 다른 작가의 작품이나 설화 등에서 소재를 가져왔다. 4대 비극이나 『로미오와 줄리엣』, 『베니스의 상인』, 『말괄량이 길들이기』 등 가장 유명한 작품들도 소재는 외부에서 차용해 온 부분이 많다. 이야기를 재구성하고 인간의 본성과 관계를 통찰하고 깊이를 부여하여 새로운 보편적 감성과 시대를 초월한 공감을 불러일으켰다는 점에서 셰익스피어는 창조형 천재라기보다는 융합형 천재라고 할 수 있다. 오늘날 같으면 위대한 천재 작가이기는커녕 표절작가로 낙인찍혔을지도 모른다. 하지만 셰익스피어의 작품은 어느 천재의 작품보다 인간 본성과 복잡한 인간관계를 깊이 이해하고 다양한 관점을 생각해 보는 기회를 제공해 준다.

셰익스피어 시대에는 연극이 상당히 인기 있는 대중예술이었고 무대에 새로운 작품을 올리기 위해서는 작가들이 새로운 대본을 계속 쓸 수밖에 없었다. 당시에 소재의 차용은 일반적으로 용인되는 관행이었다고 한다. 작가와 극장의 대표 역할을 겸하면서 일 년에 두 편 정도의 희곡을 썼다는 것은 대단한 능력이 아닐 수 없다. 제임스 조이스는 "하느님 다음으로 많은 인물을 창조한 사람이 셰익스피어"라고 논평한 바 있다.

셰익스피어가 융합형 창의력을 어떻게 구사했는지 구체적인 예를 들어 보자. 『줄리어스 시저』는 역사극으로, 스토리는 대개 『플루타르크 영웅전』이나 기타 역사책에서 가져왔을 것이다. 브루터스 등에 의한 시저의 살해는 역사적 사실이다. 『플루타르크 영웅전』에 의하면 그들이 군중 앞에서 연설을 한 것은 사실이지만 사건 당일이 아니었고, 같은 날 차례로 한 것도 아니었다. 무엇보다도 그들의 연설문은 온전히 셰익스피어의 창작품이다. 이 연설문을 보면 셰익스피어는 어떤 정치가보다도 정치를 잘 이해하고 있었던 것 같다. 브루터스는 시저를 죽일 수밖에 없던 명분을 얘기하고, 안토니우스는 시저를 찬양하며 암살은 잘못된 것이라는 선동을 하는데, 결과와 상관없이 둘 다 현대적 정치연설의 모범이라 할 만하다. 미국 대통령 선거유세 때 후보자들의 연설을 보면 대부분 셰익스피어를 배운 것임에 틀림없다. 먼저 브루터스가 군중을 돌아보며 연설을 시작한다.

"만일 여기 군중 속에 시저를 사랑하는 친구가 있다면, 난 그에게 시저에 대한 브루터스의 사랑도 덜하지 않다고 말하고 싶습니다.

그러면 왜 시저에 반기를 들었냐고 묻는다면

이것이 그 대답입니다:

내가 시저를 덜 사랑해서가 아니라, 로마를 더 사랑한 탓입니다.

여러분은 시저가 죽고 만인이 자유인으로 사는 것보다,

시저만 살고, 만인이 다 노예로 죽기를 원한단 말입니까?

시저가 나를 사랑했기에 나는 눈물을 흘립니다.

그가 행복해할 때 나는 기뻤고,

그가 용감할 때 나는 존경했습니다.

하지만 그가 야심이 너무 컸기에 나는 그를 죽인 것입니다.

로마인이 되기를 싫어할 만큼 무모한 자가 여기 있습니까?

있다면 나서 보세요. 그 사람에게는 내가 잘못했습니다.

조국을 사랑하지 않을 만큼 비열한 자가 누구입니까?

있다면 나서 보세요. 그 사람에게도 내가 잘못했습니다.

대답을 기다리고 잠시 멈추겠습니다."

군중의 반응을 살핀 브루터스는 이렇게 못을 박는다.

"로마를 위해 내가 가장 소중한 친구를 죽인 것처럼

나의 조국이 나의 죽음을 필요로 한다면

시저를 죽인 이 단검이 준비되어 있습니다."

브루터스가 시저의 암살을 합리화하는 연설이다. 극중에서
는 군중들이 웅성거리며 브루터스에 동조하기 시작한다. 죽지
말고 살아라, 저분을 집에까지 모셔다 드리자, 브루터스의 상
을 세우자, 저 분을 시저로 모시자는 등 찬사가 이어진다. 브루
터스는 일단 성공한 듯하다. 그가 말하는 시저 살해의 정당성
에 대해 군중들이 공감한다. 브루터스는 군중의 환호 속에 떠
나며 안토니우스의 추모사를 끝까지 들어 달라고 간곡히 부
탁한다. 큰 실수를 하는 순간이다. 그는 안토니우스를 과소평
가한 것이다. 암살파의 허락을 받은 안토니우스는 조심스럽게
연설을 시작하지만 점차 시저 살해의 부당성을 부각시킨다.

"친구들이여, 로마 시민이여, 동포여.

나에게 귀 좀 빌려 주세요.

나는 시저의 장례를 치르기 위해 왔지

찬사의 말을 하기 위해 온 것은 아닙니다.

인간이 저지른 잘못은 죽은 뒤에도 기억되고

잘한 일은 시신과 함께 묻혀 버리고 마는 것입니다.

시저의 경우도 다를 수 없겠지요.

고매한 브루터스가 시저에게는 야심이 있었다고 했습니다.

사실이 그랬다면 그건 참으로 안된 일이었고,

시저는 이미 무거운 죗값을 치렀습니다.

여기서 브루터스와 동료들의 허락을 받아

(브루터스는 영예로운 분이고 동료 분들 역시 영예로운 분들입니다)

나 여기 시저의 장례식에 한 말씀 드리러 왔습니다.

시저는 많은 포로를 데리고 로마에 귀환했고

그들의 몸값은 국가재정에 큰 도움이 되었습니다:

이것이 시저를 야심찬 사람으로 보이게 한 걸까요?

가난한 사람을 볼 때면 시저 또한 울었습니다.

야심이란 이보다는 매몰찬 마음으로 이루어진 걸 겁니다.

그럼에도 브루터스는 시저에게 야심이 있었다고 합니다.

브루터스는 영예로운 분입니다.

루퍼칼 축제일에 내가 시저에게 세 번이나 왕관을 바쳤고

시저는 세 번 모두 사양하는 것을 모두가 보지 않았습니까?

이것을 야심이라고 할 수 있습니까?

그러나 브루터스는 시저에게 야심이 있었다고 합니다.

물론 브루터스는 영예로운 분입니다.

브루터스가 한 말을 반박하는 것이 아니고

다만 내가 알고 있는 것을 말하고자 합니다.

나를 용서해 주십시오.

내 가슴은 저기 관 속에 시저와 함께 있기에

다시 내게 돌아올 때까지 잠시 말을 멈춰야겠습니다."

안토니우스도 브루터스처럼 말을 잠시 멈추고 군중의 반응을 살핀다. 다시 군중이 웅성거린다. 브루터스에 감동 받았던 군중이 이제는 안토니우스에게 몰입하기 시작한다. 안토니우스도 말이 된다는 둥, 시저가 야심이 없었던 건 확실하다는 둥의 반응들이 나온다. 안토니우스는 군중의 반응을 확인한 후 다시 선동을 시작한다. 셰익스피어의 작품 중 안토니우스가 정치가로서의 능력을 최고조로 발휘하는 순간이다.

"어제까지만 해도, 시저의 말 한 마디는
온 세상과 대결할 수 있었습니다. 그는 지금 저기에 누워 있고,
비천한 자라도 그에게 경의를 표하지 않게 되었습니다.
아, 내가 여러분의 가슴과 마음을 부추겨
폭동과 분노로 이끌어 갈 생각을 품기라도 한다면
브루터스나 카시우스에게 잘못을 저지르는 셈입니다.
여러분이 알다시피, 그분들은 영예로운 분들이기 때문이지요.
나는 그분들에게 잘못을 저지르지 않겠습니다. 차라리
죽은 사람을, 나 자신을, 그리고 여러분을 욕보이겠습니다.
하지만 여기 시저의 유언장이 있습니다.
시저의 방에서 찾은 것입니다.
이 자리에서 유언장을 읽을 생각은 아니니 용서하십시오.

일반 시민들이 이 유언을 듣는다면

여기 달려나와 죽은 시저의 상처에 입 맞추고

그의 성스러운 피에 그들의 손수건을 적시고

머리칼 하나라도 간직하고파 애원하고

임종에 이르러서는 그들의 유언에 그것을 언급하며

후손들에 남길 소중한 유산으로 보관할 것입니다."

군중은 시저의 유언을 들려 달라고 아우성을 치기 시작한
다. 안토니우스는 뜸을 들인다.

"여러분은 목석이 아니고, 인간입니다:

인간으로서 시저의 유언을 들으면

여러분은 불꽃처럼 타올라 미쳐 버릴 겁니다.

여러분은 시저의 상속자가 된다는 것을 모르는 게 낫습니다.

만일 꼭 들어야 한다면, 아 무슨 일이 일어날지."

이제 안토니우스는 그의 계획대로 군중의 요구에 유언장을
읽지 않을 수 없는 상황을 만들었다. 그는 '영예로운' 분들에게
욕보이는 건 아닌지 걱정스럽다며 연단에서 내려와 시저의 시
신으로 향한다. 이제 본격적으로 군중을 선동할 계획이다. 시
저의 시신 곁에 선 안토니우스는 군중을 향해 눈물이 있으면
뿌릴 준비를 하라며 이렇게 말한다.

"여기는 카시우스의 단검이 찔렀고,

여기는 악의에 찬 카스카가 찢어 놓은 자리고,

그토록 사랑받던 브루터스는 여기를 찔렀습니다.

그 저주받은 칼을 뽑을 때 피가 흐른 이 흔적을 보세요.

시저가 그를 얼마나 사랑했습니까?

그야말로 가장 가혹하고 잔인한 칼질이었습니다.

시저가 총애하던 자의 배신으로 시저는 쓰러지고 말았고

그의 강한 심장도 터졌습니다.

휘장 옷으로 얼굴을 감싼 채 폼페이의 석상 아래

위대한 시저는 쓰러진 겁니다.

아, 시민들이여, 이 무슨 추락입니까?

잔혹한 반역이 우리 위에 싹트는 동안

나도, 여러분도, 우리 모두 쓰러진 겁니다."

안토니우스는 상처를 일일이 가리키며 여기는 누가 찔렀고 저기는 누가 찔렀고 야만적인 살해의 증거를 군중에게 상기시킨다. 플루타르크에 의하면 시저는 스물세 곳을 찔렸다고 한다. 영예로운 분들이 배신자로 변하기 시작한다. 군중이 눈물을 흘리고 감정이 고조되면서 폭동이 일어날 분위기다. 군중이 외치기 시작한다.

"처절한 장면이다, 시저는 고귀하다, 복수해야 한다,

반역자를 찾아내자, 다 죽여라."

이미 충분하지만 안토니우스는 계속한다. 브루터스와 안토니우스의 연설을 대비해 보면 재미있는 부분이 있다. 안토니우스는 자기가 브루터스 같은 웅변가가 아니고 아둔한 보통 사람이라고 말한다. 그런데 안토니우스의 연설 분량은 브루터스의 세 배 정도 되고 수사법도 더욱 화려하다. 그의 연설은 정반대의 두 가지 내용을 포함하고 있다. 브루터스는 명예롭고 훌륭한 사람이란 것과 그 일파는 반역자라는 사실이다. 그는 자기가 친구를 사랑하는 단순한 사내라서 알고 있는 사실을 반복해서 말할 뿐인데, 만약 브루터스가 자신이라면 이렇게 할 것이라고 말한다.

"여러분을 분노로 끓어오르게 해서
시저의 상처마다 혀를 갖게 만들어
로마의 돌덩이마저 일어나서 폭동으로 치닫게 할 겁니다."

군중의 감정이 더욱 고조된다. 안토니우스는 이제 시저의 유언장을 읽어 준다. 그 내용은 로마 시민 모두에게 75드라크마씩 주며, 시저 소유의 모든 토지, 숲과 과수원 등 티베르강 이쪽의 것 모두를 시민들에게 남긴다는 것이다. 시민들이 대대손손 쉴 수 있는 곳으로.

이제 폭동이다. 시민들은 불을 가져오고 반역자들의 집을 다 태워 버리려고 나선다. 브루터스와 그에 합류했던 암살파는 시민에 쫓기기 시작한다. 그 와중에 '씨나'라는 시인이 폭도들에게 살해당하는 장면이 나온다. 반역자 중의 하나와 이름이 같다는 이유로. 본인은 그 사람이 아니라 '시인 씨나'라고 하는 데도 이름이 같다며 찢어 죽인다. 사소한 장면 같지만 폭동의 본질을 이보다 더 잘 설명할 수는 없다.

대체로 시저가 살해당하기 전후 사정은 『플루타르크 영웅전』의 이야기와 거의 같다. 하기는 역사적 사실이니까 그 흐름은 같을 수밖에 없지만 인물이나 사건에 대한 묘사까지 그대로 가져온 부분이 몇 군데 있는 것은 사실이다. 요즘 기준으로는 표절이라고 할 수도 있겠다. 하지만 시적 이미지를 추가하고 인간의 심리를 첨가하며 디테일을 만드는 부분에서 셰익스피어는 천재적 재능을 발휘한다. 인물의 성격을 역사책에 있는 대로가 아닌 작가의 상상력과 해석을 통해 재창조하고 대사에 새로운 스타일을 부여하고 생명을 불어넣는 것이다.

다음은 『안토니와 클레오파트라』에서 클레오파트라를 묘사하는 장면인데, 작가가 플루타르크의 기록을 그대로 가져와서 가장 심한 표절로 알려진 부분이기도 하다. 플루타르크의 설명과 셰익스피어가 안토니우스의 부관 이노바버스의 입을 통해 묘사한 부분을 비교해 보자. 먼저 플루타르크의 설명이다.

"선미에 금을 입히고 진홍색 돛을 높이 단 배를 띄워, 플루트, 오보에, 시턴, 비올 등 악기를 연주하게 하고, 은빛 노를 저어 키드누스 강을 거슬러 올라갔다. 금실로 짠 천 위에 기대 있는 클레오파트라는 그림에서나 보는 비너스 여신의 차림이었다.

……

많은 사람들이 하나둘 여왕을 보기 위해 나갔는데 안토니우스는 홀로 광장에서 왕좌와도 같은 의자에 앉아 사람들을 바라보고 있었다."

셰익스피어의 펜을 거친 후에는 다음과 같이 시로 변하게 되는데, 화려한 비유와 운율의 미묘함은 번역으로 온전하게 살릴 수 없음이 아쉽다. 플루타르크의 객관적인 서술에 비해 셰익스피어는 감정을 이입해서 상당히 호의적으로 클레오파트라의 매력을 그려냈음을 알 수 있다. 이 장면은 사실 클레오파트라가 안토니우스의 관심을 끌기 위해 의도적으로 연출한 매우 중요한 장면이라는 것을 고려하면 역시 셰익스피어의 표현이어야 어울린다. 이노바버스가 자신이 관찰한 바를 묘사하는 형식을 취한 것도 절묘하다.

"그녀가 탄 배는 빛나는 옥좌처럼

물위에서 타올랐지. 선미는 금박으로 덮여 있고
돛은 진홍색으로 향기를 머금고,
바람은 돛과 사랑의 열병에 빠져서 살랑거렸지.
노는 은빛인데 플루트 소리에 맞춰 물을 갈랐고,
물살이 마치 휘젓는 노와 사랑에 빠진 듯이 더욱 빨라졌네.
그녀 자태에 대해 말하자면 이건 온갖 묘사를 보잘것없이
만들 정도지. 그녀는 금실로 짠 천 위에 기대 있었는데,
자연을 능가하는 상상력으로 그린 비너스 그림을
능가했다네.
......

온 도시 사람들이 그녀를 보러 나갔기에, 안토니우스는
홀로 광장을 왕좌처럼 차지하고 앉아서
허공에 휘파람을 불고 있었다네.
그 공기마저 클레오파트라를 보러 갈 판이니
자연에 그만큼 진공의 구멍이 생겼을 것이네.”

표절인가 아닌가? 표절이라고 하더라도 전혀 다른 표현이
라는 건 누가 봐도 알 수 있고, 같은 내용이지만 느낌이 전혀
다른 것이 신기하다. 휘파람으로 생긴 공기마저 여왕을 보러
나가고 그 때문에 진공이 생긴다니 대단한 표현이다.

다시 『줄리어스 시저』로 돌아와서, 안토니우스는 옥타비우

스, 레피두스와 함께 반역자들의 살생부를 만든다. 그들의 대화에 의하면 레피두스의 동생과 안토니우스의 조카에 대한 처형도 각자의 동의를 받는다. 정치의 비정함을 말하는 것 같다. 혁명이 실패했으니 가담자들은 반역자로 몰리게 되고 최종적인 보복이 그들을 기다리고 있다. 한편 브루터스와 카시우스는 필리피에서의 마지막 전투를 준비하고 있는데, 부하 하나가 들어와서 원로원 의원 100명이 처형되었다는 소식을 전한다. 시저 당시 원로원 의원은 최대 900명 정도였다고 하니 엄청난 숙청이 이루어진 셈이다. 심리적으로 쫓기는 그들은 시민의 지지를 받지 못하는 반란군의 입장이니 전투의 결과는 뻔하다.

브루터스는 셰익스피어의 인물 중 지성인을 대표하는 인물이다. 그것도 햄릿과 쌍벽을 이룰 정도로 말이다. 실제 로마 역사에 있어서도 지성인으로서 상당히 인정을 받는 것 같다. 그러나 그의 혁명은 실패했다. 시저를 암살하고 공화제를 지키려는 그의 뜻은 순수했을지라도, 결과는 그것뿐이다. 브루터스는 자기가 계획한 것이 혁명이라는 생각조차 안했던 것 같다. 시저만 사라지면 독재자가 될 만한 힘 있는 인물이 없을 거라고 생각했다면 너무 순진한 생각 아닌가? 안토니우스를 과소평가하고 추도사를 하게 한 것도 실수이고, 변변한 후속 계획 없이 시민들에게 반역자의 모습으로 쫓기다가 승산 없는 전투

끝에 죽음을 맞이하는 것은 시저의 죽음이라는 커다란 역사적 사건과는 격이 안 맞을 정도의 어이없는 결과다. 『줄리어스 시저』라는 극에서 브루터스는 사건을 주도하는 인물인데도 이렇게 이룬 것 없이 죽고 마는 그를 셰익스피어는 어떻게 생각했을까? 고결한 품성을 가졌지만 그것만으로는 부족한 지성인의 한계를 보여 주려던 것 아닐까? 하기는 햄릿도 마찬가지다. 세상을 바꾸는 정도의 중차대한 행동에 지성인은 늘 한계를 보인다.

정치가들은 다수가 원하는 정책을 공약으로 걸고 선거에 나선다. 그런데 많은 굵직한 정책이 실패하는 이유는 무엇일까? 그것은 브루터스의 오류와 유사하지 않을까. 사안을 지나치게 단순화하기 때문이다. 인간 본성과 관계는 브루터스가 파악한 것보다는 훨씬 복잡하고 모호한 면이 있다. 공약을 제안하는 것과 그것을 실행하는 것은 다른 차원의 일이다. 복잡한 이해관계와 부작용을 신중하게 따져 보지 않고 시간이 정해진 숙제를 제출하듯 급하게 해치우니 실패의 확률이 높아질 수밖에 없다. 약속된 공약이라도 충분히 검토하고 부작용을 방지하는 대책을 세운 후에 실행해도 늦지 않다. 검토해 보니 잘못된 공약이라고 판단되면 과감하게 실행을 포기하는 것이 옳지 않은가. 정치를 직업으로 하는 분들은 바빠서 시간이 대체로 없겠지만 셰익스피어 작품 읽어 보기를 권하고 싶은 첫 번째 대상이다. 그들은 우선적으로 인간사회의 양면성과 모호성을 이해하고 이면을 볼 수 있는 눈을 가져야 하기 때문이다.

『줄리어스 시저』의 주인공은 물론 시저다. 그런데 시저는 극의 중간도 되기 전인 3막 1장에서 암살당해 극 후반에는 등장하지 않는다. 대사도 브루터스의 1/4이 되지 않는다. 그래서 극의 제목이 잘못되었다고 주장하는 사람들도(물론 전문가) 있는 모양이다. 그럼에도 불구하고 시저가 주인공이 아니라는 주장에는 동의하기 어렵다. 브루터스나 카시우스 등 암살파나 안토니우스는 극의 마지막까지 출연하지만 살아 있는 그들의 존재감은 사실 죽은 시저만 못하기 때문이다. 부제목은 '줄리어스 시저의 비극'이다. 시저의 암살을 둘러싼 로마 정치의 변화 과정을 그리고 있는 것이다. 브루터스가 로마에 미친 영향은 그다지 크지 않다. 실제 그들의 명분과는 달리, 공화정의 붕괴도, 황제 체제의 시작도 막아내지 못했다. 브루터스는 시저의 정신spirit을 제거하기 위해 시해에 참가했지만 결국 시저의 정신에 굴복한 셈이다. 브루터스 자신이 이렇게 인정한다.

"아, 줄리어스 시저, 그대는 여전히 막강하군요.
 그대의 정신이 세계를 다니며, 우리 칼의 방향을 바꿔서
 우리 자신의 내장을 향하게 하니."

시저에 대한 셰익스피어의 시각도 독특하다. 역사상 가장 무게 있는 인물 중 하나인 시저를 그냥 소심하고 허세가 가득한 보통 사람으로 묘사하고 있다. 희대의 영웅과는 거리가 먼 모습이다. 점쟁이가 시저에게 3월 15일을 조심하라 하고, 부인 캘퍼니아 역시 불길한 꿈 얘기를 자세히 하며 집에 머무르라고 하자, 시저는 이렇게 말한다. "겁쟁이는 실제 죽기도 전에 여러 번 죽지만, 용감한 자는 죽음을 한 번 맛볼 뿐이다." 멋진 대사로 볼 수 있지만 사실은 시저의 허세다. 시저의 속마음은 이미 꺼림칙하다. 그는 원로원에 나가지 않고 집에 머무르려고 한다. 그때 음모자들 중 하나가 집에까지 와서 그의 허세를 자극하여 결국 시저를 나서게 하는 데 성공한다. 시저는 겁쟁이나 여러 번 죽을 뿐이라고 했는데, 데시우스란 친구가 와서 "시저는 겁쟁이라고 하지 않을까요?" 운운하니까 그냥 따라나서는 것이다.

원로원 가까운 길목에서 아테미도러스가 편지를 시저에게 전하려고 기다리고 있다. 그는 시저가 이 편지를 읽으면 살 수도 있다고 생각한다. 그는 음모 계획을 알고 있다. 그 편지의 내용은 이렇다.

"시저여, 브루터스를 경계하시오. 카시우스를 조심하시오. 카스카 가까이 가지 마시오. 씨나에게서 주의의 눈길을 떼지 마시오. 트레보니우스를 믿지 마시오. 씸바를 눈여겨보시오. 데시우스 브루터스는 시저를 좋아하지 않소. 카이우스 리가리우스도 나쁜 마음을 먹고 있소. 이 모든 자들은 한마음인데, 그건 시저에 대한 적의요. 그대가 불사신이 아니라면 주위를 살펴시오. 방심은 음모에 길을 내준다오. 전지전능한 신께서 그대를 지켜주시기를."

아테미도러스는 시저에게 자기 편지를 먼저 읽으라고 외치지만, 시저는 자기와 관련된 것이라면 나중에 보겠다고 오만하게 거절한다. 주변의 대중을 의식한 것이다. 대사에서 자신을 칭할 때 '내가'가 아니라 '시저가' 하는 식으로 삼인칭을 사용하는 것도 일종의 허세다. 셰익스피어는 가장 위대한 사람도 인간적으로 보면 보통 사람과 똑같이 허점이 많고 허영심이 있다는 것을 보여 주고 있다. 기존의 소재를 활용하되 보통의 것들을 연결하여 비범한 것으로 변형하고 통합하는 것이 바로 셰익스피어의 재능이다. 고정관념을 파괴하고 편견을 여과시켜 관조의 눈으로 세상을 바라보는 독특한 관점이 그러한 재능의 기반이다.

셰익스피어의 작품은 연극을 전제로 한 대본이다. 셰익스피어 작품에 익숙하지 않은 독자에게 권하고 싶은 셰익스피어의 독서법은 연극을 상상하며 읽는 것이다. 셰익스피어 연극을 한 번이라도 보면 더욱 재미있게 읽을 수 있다. 창의력이란 상상력에서 시작된다. 셰익스피어의 연극적 특성은 독자에게, 특히 학생이나 젊은이에게 상상력을 불어넣어줄 것이다. 그것은 셰익스피어의 의도적 모호함과 함께 독자들에게 인간과 세상에 대해 생각할 거리를 제공한다.

셰익스피어에 있어서 비극과 희극은 어떤 다른 의미가 있을까? 비극은 기본적으로 인간의 실패에 관한 것이고 희극은 성공에 관한 것이다. 그렇다면 햄릿이나 오셀로는 단순히 실패자이고 패배자인가? 비극의 주인공들이 실패자이고 패배자인 것은 맞지만 문제가 단순하지는 않다. 예를 들어 '장군이 의처증으로 부인을 교살하다'라는 신문기사를 보았다면 아무도 그 살인범에게 공감할 수는 없을 것이다. 그런데 우리가 『오셀로』를 읽고 공감하는 이유는 무엇일까?

연극이 아리스토텔레스의 말대로 인간의 모방 본능에서 탄생했다고 보면 그 역사가 무척 길다. 그의 『시학』*Poetica*은 무려 기원전 350년에 쓰인 책인데, 거기에서 말하는 연극의 개념이 오늘날에도 거의 그대로 적용되고 있다. 셰익스피어 역시 가장 중요한 아리스토텔레스의 통찰을 그대로 적용했는데 그것은 인간의 공감을 얻기 위한 전략이다. 비극의 주인공들은 고귀한 인물이기는 하지만 성격적으로 보면 우리와 다를 바 없는 사람이다. 인간적인 매력뿐만 아니라 약점도 많다. 충동적인 성격, 자만심과 허영심, 의심에 취약하거나 독선적인 면을 가진 보통 사람들이다. 그들이 우리와 다른 특별한 인물이라면 공감을 얻기 어려울 수도 있다. 아리스토텔레스는 비극적 파멸의 원인이 되는 결정적 결함을 하마르티아Hamartia라고 했다. 비극의 주인공들은 하마르티아가 동기가 되어 최악의 파멸에 이르게 되는데, 우리는 그들이 실패하는 과정을 보며 그들을 비웃을 수 없다. 우리도 어떤 상황에서는 주인공과 똑같이 재앙에 빠질 수 있겠다는 공감을 느끼기 때문이다. 비극의 주인공이 엄청난 실패를 하는 것을 보며 우리는 오히려 겸허한 마음을 가지게 된다. 우리가 그런 재앙을 겪지 않았다고 해서 우리가 극중 인물보다 우월하다고 생각할 수는 없기 때문이다.

셰익스피어는 비극을 통해서 우리에게 실패와 인간적인 약점들에 대해 생각하게 한다. 공감한다는 것은 다른 사람의 불행에 대해 동정하고 이해하는 것이다. 왜냐하면 그들의 불행이 나의 불행일 수 있기 때문이다. 우리는 사실 같지 않거나 믿기 어려운 사건에 대해서 소설 같다거나 영화 같다는 표현을 하지만, 어쩌면 소설이나 영화가 신문기사보다 더 사실에 가까울 수 있다. 공감이란 겉에 보이는 외양만 보고는 느낄 수 없고 실제를 이해해야만 가능하다. 이런 의미에서 셰익스피어의 비극은 공감 능력을 배우는 데 매우 훌륭한 교재이다.

비극은 인간의 고결한 면이 희생당하는 것을, 그리고 희극은 인간의 비천한 면이 조롱당하는 것을 그린다. 희극은 주로 인간의 저속한 욕망에 대한 비판을 담고 있다. 왕이라도 권력을 잘못 사용하는 경우 조롱의 대상이 된다. 능력이 뛰어난 인물이라고 해도 거만하거나 위선적 행동을 하면 비웃음을 피할 수 없다. 웃음을 통하여 불의를 비판하고 과시를 비웃는다. 풍자는 작가 사무엘 존슨의 말대로 인간의 어리석음과 악행을 비판하는 매우 효과적인 방법이다. 셰익스피어의 작품은 비극과 희극의 비중이 거의 반반이다. 역사극을 제외하면 희극의 수가 많기는 하지만 역사극의 대부분은 비극에 가깝기 때문에 작가의 의도인지는 모르지만 절묘하게 비극과 희극 사이의 균형을 맞추었다.

희극의 특징은 웃음과 화해다. 아리스토텔레스가 정의한 바에 의하면 희극이란 저급한 인간을 모방하는 것인데, 그것은 우리가 마음속에 가지고 있는 우월감이기도 하다. 사람들은 어리석은 인간의 우스꽝스러운 모습이나 말투에서, 혹은 잘난 척하는 자를 골탕 먹이는 장난에서 웃음을 찾는다. 웃음과 장난을 놀이 삼아 인간의 사소한 악행을 교정하기를 희망하는 것이다.

셰익스피어는 인간의 허영심이나 허풍, 위선, 과시욕 등에 대해서 신랄하게 비판하고 조롱의 대상으로 삼기는 하되 경멸하거나 미워하지는 않았던 것으로 보인다. 인간이라면 대부분 가지고 있는 본성이기 때문이다. 『헨리4세』에서 폴스타프의 엄청난 허풍을 묘사할 때도, 『십이야』에서 말볼리오를 심하게 골탕 먹일 때도 인간적인 단점보다는 웃음을 자아내는 그들의 성격에 무게를 두고 따뜻한 시선으로 바라본다. 결국 그 웃음은 화해로 가는 중간 과정이다. 인간은 대부분의 시간을 어려움과 고통 속에 살아가지만, 항상 진지하고 심각할 수는 없지 않은가. 인간사 대부분의 경우 웃음으로 화해할 수 있다는 것이 셰익스피어 희극의 메시지이다. 물론 여기에는 중요한 전제가 있다. 셰익스피어 희극의 인물처럼 자기의 실수를 인정하고 상대방에게 마음을 열어야 한다는 점이다.

8장

품위와 명예

셰익스피어의 또 다른 위대함은 문학적·예술적 감수성이다. 그의 작품에서 아름다운 문학적 표현이나 참신한 비유 등이 더욱 빛을 발하는 것은 상반되는 개념을 대비시켜 극적 효과를 일으키는 탁월한 능력 때문이다. 게다가 다양한 인간 본성에 대한 객관적인 관찰은 만물과 공존하는 세계관과 결합, 예술적 감성에 철학을 가미하여 그 깊이를 더한다.

그의 예술적 감성은 품격을 느끼게 하고, 큰 목소리로 주장하지 않음에도 독자의 마음속에 깊은 울림을 준다. 셰익스피어는 사람들이 높은 차원으로 인식하는 철학이나 종교, 재판관 등의 대상을 약간은 비웃거나 풍자하는 것을 즐기는 듯하다. 『로미오와 줄리엣』에 나오는 로미오의 대사는 매우 직접적이다. "철학 따위는 집어치워요, 줄리엣이 살아날 수 없다면." 햄릿이 친구인 호레이쇼에게 하는 말도 보자. 역시 철학에 대해 부정적이다. "이 하늘과 땅 사이에는 철학 따위로 생각지도 못할 일이 있다네." 철학을 비웃는 셰익스피어지만 그의 작품은 철학적 품격을 자연스럽게 보이며 다가온다. 셰익스피어가 우리 인간을 보듯이, 우리도 셰익스피어의 작품을 있는 그대로 읽으면 될 일이다. 셰익스피어는 가식이 없다.

셰익스피어의 작품을 읽으면서 지속적으로 떠오르는 단어는 '품격'이었다. 볼테르는 '술에 취한 야만인의 천박한 작품'이라고 혹평을 했다는데, 동의하기 어렵다. 학술적이고 균형감 있는 비평을 한 것으로 유명한 사무엘 존슨은 셰익스피어가 천박하고 과장된 말장난을 너무 자주 구사한다고 비판한다. 그런 면이 있다는 것에 동의한다. 분명한 표현과 언어를 옹호한 신고전주의 비평가들은 언어의 모호성 자체를 비판했는데, 이러한 주장이 옳다면 셰익스피어의 모호성이나 이중성으로부터 오는 매력은 인정되지 않았을 것이다. 코울리지는 같은 문제에 대해서 전혀 다른 의견을 제시함으로써, 신고전주의적 비판이 유일한 답이 아니라고 증언한다.

"자연의 언어인 셰익스피어의 언어는 우리의 흥미를 끌 수 있는 말 중 가장 고상하고 당당하며 놀라운 말이다."

품위나 품격의 조건은 무엇일까? 품위는 사회적 지위를 내포하고 품격은 인격이라는 뜻을 포함하니 여기서 이야기하고 싶은 내용은 품격에 가깝지만 혼용해도 무방하다. 품격이란 정의하기가 쉽지 않지만 보면 바로 느낄 수 있는 것이기도 하다. 물론 개인마다 느낌이라는 것이 다르긴 하지만, 겸손함이 전제가 되어야 한다는 것에는 이의가 없을 것이다. 말하자면 오만한 품격은 없다는 말이다. 겸손하다는 것은 다른 사람들을 존중한다는 뜻이다. 고대 이집트의 프타호텝$^{Ptah-Hotep}$이라는 고위 관리가 파피루스지에 썼다는 현존하는 가장 오래된 책에서 이미 겸손과 너그러움을 가진 사람, 남을 생각할 줄 아는 사람, 그리고 가식 없고 솔직한 사람이 품격 있는 사람이라고 설파한 바 있으니 인간은 일찍이 이를 깨달았음에 틀림없다. 그게 무려 4,500년 전 일이다. 비극의 주인공이 될 가능성이 높은 사람은 오만에 빠진 인물이다. 이는 셰익스피어의 작품뿐 아니라 실제 세상에서도 마찬가지다. 거짓이 없어야 하는 것 또한 중요한 조건이다. 셰익스피어가 설파했듯이 "거짓은 얼마나 근사한 외관을 갖는가?" 정치인은 거짓말을 자주 해야 하기 때문에 품위 있기가 힘들다. 그럼에도 늘 품위나 품격을 거론하는 사람도 이분들이다. 특별 대우를 받는 것이 습관이 되어 일반인과 같은 대우를 받으면 품격이 상하는 것으로 생각하는 것 같다. 우리는 겸손하고 정직한 정치인, 그래서 저절로 품위가 따르는 정치인이 성공하는 나라를 원한다.

지식인의 품위

햄릿은 셰익스피어의 주인공 중 독자로부터 가장 많은 사랑을 받는 인물일 것이다. 햄릿은 고뇌를 대표하는 인물이고 오늘을 사는 우리 중 고뇌가 없는 사람은 없다. 그는 셰익스피어의 인물들 중 우리의 모습을 가장 많이 가지고 있는 인물이다. 그는 가장 공감이 가지 않는 인물인 동시에 가장 공감이 가는 인물이다. 그는 지식인이고 교양인이다. 그의 최대 매력은 품위가 있다는 것이다. 가식은 일체 없다. 햄릿의 인간 내면에 대한 고찰과 존재와 죽음에 대한 철학적 탐구는 품위를 느끼게 한다. 어머니인 거트루드가 우울에 빠진 아들 햄릿을 나무라자 그가 하는 대답이다.

"어머니, 저를 진실로 나타낼 수 있는 건 검정외투나
관습적인 상복도 아니에요. 꺼져라 내쉬는 한숨도 아니고
강물 같은 눈물이나 낙심한 표정,
게다가 슬픔의 모든 격식이나 모습을
다 합친 것도 아닙니다.
그런 것들은 겉으로 보이는 것들이지요.

누구나 연기할 수 있는 행동이기도 하고요.

내 안에는 보이는 이상의 것이 있어요.

비통에 입힌 옷이나 가식이 아니란 말이죠."

가식이 없고 배려가 전제되어야 품위를 논할 수 있다. 유행이 아니라 다양성이, 명품으로 단장한 속물이 아니라 따뜻한 마음을 가진 인격자가, 권위보다는 아량이 인정받는 사회가 되어야 품위가 있는 사회다. 유명한 햄릿의 독백 "사느냐 죽느냐, 그것이 문제로다"만큼 인간 존재에 대한 심오하고 품위 있는 질문이 또 있을까? 그 독백을 들어 보자.

"사느냐 죽느냐, 그것이 문제로다:

가혹한 운명의 돌팔매와 화살을

참고 견디는 것이 고귀한 것인가

아니면 고통의 바다에 대항하여 무기를 들고

맞붙어서 끝장을 보는 것이 옳은가? 죽는 것은 잠자는 것

그뿐이지. 잠이 들면 마음의 상심도

육신이 물려받은 수천 가지 타고난 고통도 끝나는 법

그것이 바로 원하는 마무리; 죽는 것, 잠드는 것.

하지만 잠이 들면 꿈을 꾸지. 아 그것이 걸림돌이야.

우리가 이승의 고통을 버리고

죽음이란 잠을 잘 때 무슨 꿈을 꿀지 모르니

주저할 수밖에. 그렇게 오랫동안

살아가며 견뎌야 할 재앙을 숙고할 수밖에."

"사느냐 죽느냐"는 "To be or not to be"의 번역인데, 우리 말로 정확히 번역하기가 어렵다. 물론 '사느냐 죽느냐' 정도가 무난한 번역이긴 하지만 사는 것과 죽는 것보다는 좀 더 많은 뜻이 내포되어 있다. 내가 존재하고 있는 상태를 그대로 둘 것인가 아니면 그 상태를 깨트릴 것인가의 의미니까 그중에 가장 함축적인 사느냐 죽느냐의 문제로 요약할 수 있기는 하다. 그런데 왜 To live or to die라고 표현하지 않았을까? 철학적 품위를 살리기 위해서인가.

셰익스피어의 연극은 곧 인생이다. 햄릿에게 부왕의 시해가 클로디어스에 의해 저질러진 일인지에 대한 확신이 아직 없을 때 그는 배우들을 불러 연극을 공연하게 한다. 그는 배우들에게 이렇게 연기론을 펼친다. 자연의 절도를 지키며 거울에 자연 그대로 비추는 것이 핵심이다.

"그렇다고 너무 활기가 없어도 안 돼. 감정을 잘 살려야 해. 연기

와 대사, 대사와 연기를 일치시켜야 하네. 특히 자연의 절도를

벗어나지 않게 주의하게. 무엇이든 지나치면 연극의 목적에서

벗어나는 거야.…"

자연의 순리에 따라 사는 것이 인생이라는 뜻과도 통한다. 햄릿이 죽음에 대해서 생각을 하게 되는 장면에서의 대사는 또 어떤가? 특히 마지막의 '순리대로'라는 것은 Let be의 번역이다. 그냥 있는 그대로 두라는 의미인데, 죽음에 대해서 더 이상 품위 있는 태도는 없을 것 같다. 셰익스피어의 독자들이 햄릿을 사랑하는 이유는 그가 인간으로서의 깊이와 지성인의 품위를 가지고 있기 때문이다. 게다가 인간의 고뇌를 상징하는 인물이니 공감하지 않을 수 없다.

"참새 한 마리가 떨어지는 데도 신의 섭리가 있다네.
만약 지금 죽음이 찾아온다면 다시는 오지 않지.
나중에 오지 않으면 지금 오는 것.
지금 오지 않는다 해도 언젠가는 오게 마련.
마음의 준비가 전부야.
어차피 남은 인생이 어떨지는 아무도 모르는데
좀 일찍 떠나게 된들 뭐가 그리 아쉽겠나.
그냥 순리대로 하는 거지."

높은 지위에 있으면 저절로 품위가 생기는 걸까? 저절로는 아니지만 높은 위치에 있는 사람들은 능력이나 자질이 뛰어나서 그 자리에 있을 것이기 때문에 품위가 있을 가능성이 높다. 그런데 일부 높은 분들은 어이없게도 스스로 품위를 완전히 포기하는 행동을 한다. 아랫사람들을 괴롭히고 특권 의식으로 아무데서나 대접받기를 원한다. 그렇게 하면 품위가 떨어진다는 것을 모르는 것이 이상하다. 하층민은 분노를 참지 못해 감정적으로 언행을 하여도 용서 받을 가능성이 많지만 상류층은 자신의 지나친 언행에 대해 변명을 할 수 없다. 위로 올라갈수록 책임이 큰 만큼 언행의 자유가 제한될 수밖에 없다. 시저의 말이다.

이상주의자의 명예

『줄리어스 시저』의 브루터스는 배신자의 낙인이 찍혔음에도 불구하고 품위와 명예를 잃지 않은 보기 드문 인물이다. 그는 또한 햄릿 못지않은 지성인이며 비극적 주인공이다. 이 작품의 첫 장면은 시저의 개선을 보러 거리에 나온 평민들을 호민관 둘이 집에 가라고 몰아세우는 장면이다. 이 장면은 사소한 것처럼 보이지만 당시 정치 상황을 그대로 보여 주는 삽화이다. 평민의 대표인 호민관들이 평민을 아무것도 아닌 일로 핍박하고 있다.

  "귀가하라. 게으른 놈들아 집으로 가라고.
  오늘이 공휴일이냐? 일하는 날에 작업복을 입지 않고 거리를 다닐 수 없다는 걸 모르느냐? 너는 직업이 뭐냐?"

"목수입니다, 나리."

"가죽앞치마와 자는 어디 있느냐?

제일 좋은 옷을 입고 나와서 뭘 하는 거냐?

너는 직업이 무엇인가?"

"장인이라기에는 그렇고 나리, 전 단지 구두장이지요."

"그래서 직업이 뭐라는 거냐? 똑바로 대답해라."

"나리, 양심에 거리낌 없는 직업이죠, 사실 나리, 저는 해진 구두 밑창을 고치는 사람입니다."

"직업이 뭐냐고, 고얀 놈아. 이런 건방진 놈, 직업을 말해라."

"나리 제발 고정하세요, 나리가 정상이 아니라면 고쳐 드리죠."

셰익스피어는 당시 공화정이 민중의 전폭적인 지지를 얻지 못하는 정치적 상황을 이렇게 암시하고 있다. 시저는 이러한 사정을 잘 알고 있었기에 시민들을 포섭해서 공화정을 제정으로 바꾸고 황제가 되기에 적절한 시점이라고 생각했을 수도 있다. 애초에 카시우스가 브루터스를 암살파에 가담시킨 것은 당시 로마 상황에서 볼 때 매우 적절한 포섭이다. 왜냐하면 시저와 그 반대파 간의 정치적 이해관계가 복잡할 때 시저 암살의 정당화를 위한 정신적 근거를 제공해 줄 사람은 브루터스밖에 없었던 것이다. 그는 시민들 사이에서 덕망 있는 인물로 통했다. 암살파의 한 명인 카스카가 이렇게 증언한다.

"아, 모든 사람이 그를 우러러보는군.

그리고 우리끼리 하면 악의로 보일 일도

브루터스의 용인하에 행해지면, 마치 고도의 연금술인 양

미덕이 되고 가치가 되지."

시저의 개선을 보며 시민들이 외치는 소리를 들으면서 브루터스와 카시우스가 얘기한다.

"이 환호는 무슨 뜻일까? 나는 민중들이 시저를 황제로 선택할까봐 그것이 두려워."

"그렇지. 그게 두렵다고? 그렇다면 그렇게 안 되도록 해야지."

"그래야지, 카시우스, 내 비록 시저를 사랑하지만.

그런데 왜 나를 여기에 이렇게 오래 잡아 두고 있는 거야.

나에게 하려는 말이 뭔가?

그것이 로마의 공익과 관계되는 일이라면

내 한 쪽 눈으로는 명예를, 다른 눈으로는 죽음을 봐도 좋네.

양쪽을 공평무사하게 볼 거야."

카시우스는 이제 브루터스 설득에 거의 성공했다. 그가 명예를 언급한 것이다. 따라서 카시우스도 명예라는 말로 못을 박는다. 심하게 말하면 브루터스의 명예에 대한 허영심을 자극하여 빠른 가담을 선동하는 것이다.

"내가 말하려는 건 명예에 관한 것이지 :
자네나 다른 사람들이 인생을 어떻게 생각하는지 모르겠네.
나로 말하자면 내 자신과 다를 바 없는 사람을
두려워하며 사느니 차라리 죽는 편이 낫지.
나는 시저처럼 자유인으로 태어났네, 자네도 마찬가지고."

카시우스는 시저가 자신의 출세를 지원하지 않는다는 것을 알고 그에게 반감을 가지고 있다. 브루터스는 민중들이 시저를 황제로 선택하는 것을 두려워한다. 카시우스를 비롯한 공화파의 목적이 자신들의 권력을 유지하는 것이라면, 브루터스의 명분은 고귀한 것이다. 따라서 그는 공적인 명분과 사적인 의리 사이에서 고뇌한다. 카시우스는 내적 갈등이 전혀 없기 때문에 시해 사건을 집행하는 데 필요한 동지를 재빨리 포섭해 간다. 브루터스의 내적 갈등을 보여 주는 독백 장면을 보자.

"그가 죽는 수밖에 없어. 나로서는
그를 내쳐야 할 개인적인 이유는 없지만
공적으로는⋯ 그에게 왕관이 올려진다면
그의 본성이 어떻게 변할지, 그게 문제야.⋯"

브루터스의 목적은 시저를 죽이는 것이 아니라 시저 정신을 말살하는 것이다. 정신을 없애는 것보다 육체를 죽이는 것이

쉬우니까 그렇게 할 뿐이다.

"우리 모두가 맞서고 있는 것은 시저의 정신이오.
그런데 인간의 정신에는 피가 없지요.
아, 시저의 정신을 빼앗아 올 수 있다면,
시저를 처치하지 않고 말이오."

브루터스의 고뇌를 보면 그는 시저의 정신을 대체할 새로운 시대정신이 필요하다는 것을 알고 있었다. 그러나 그 혼자만의 지성이나 명예심으로는 시대정신을 만들어내기에 부족했다. 그는 불면의 밤을 보내기 시작한다.

"카시우스가 처음 시저의 시해를 나에게 부추긴 이후
난 잠을 잘 수 없었지.
그 무서운 제안 이후 실행될 때까지
그 시간은 마치 환상이나 악몽 같았어.
정신과 육체의 기관들이 모의를 하고
인간의 상태는 작은 왕국처럼
내란에 빠지게 되는구나."

브루터스는 이상주의자다. 이상주의자가 성공하는 경우는 별로 없다. 하지만 이상주의가 가치가 없는 것은 아니다. 시민들의 열망을 하나로 묶어 줄 정치철학이 필요한 것도 사실이며, 이런 면에서 브루터스는 정치지도자로서 훌륭한 자질을 가지고 있었다.

셰익스피어는 브루터스의 행위를 시대착오적 결정으로 파악했다는 의견이 있는데 사실일까? 다음 상황이 그러한 근거가 되는지 살펴보자. 암살 음모와 관련된 장면에서 시계종이 울리는 장면이 두 번 있다. 첫 번째는 브루터스 집에 카시우스 등 주모자들이 와서 밤새 논의를 하는 중에 브루터스가 시각을 알리는 종이 몇 번 울리는지 묻자 카시우스가 세 번 울렸다고 답한다. 두 번째는 시저를 원로원에 데려가려고 브루터스 일행이 시저의 집에 갔을 때다. 같은 날 아침이다. 시저가 집을 나서기 전에 몇 시냐고 묻는다. 브루터스가 8시를 쳤다고 대답한다. 로마시대에 괘종시계가 있었을 리 없으니까 셰익스피어의 무심한 실수인가 아니면 의도적 오류인가? 두 번 다 브루터스가 관련되어 있다. 한 번은 브루터스가 시간을 묻고, 또 한 번은 브루터스가 대답한다. 전후 관계와 대사로 미루어 보아 이것은 의도적 오류로 판단된다. 하지만 시간과 장소에 대해 셰익스피어는 그다지 주의를 기울이지 않았다는 설도 많아서 단순한 작가의 논리적 오류라고 보는 의견도 있다.

암살파의 논의 중 안토니우스를 암살의 대상으로 하는 데 대해 브루터스는 단호하게 반대한다. 브루터스 주변 인물들의 태도를 보면 브루터스가 특유의 성품과 지성으로 암살 사건의 전적인 이론적 배후임이 분명하게 드러난다. 그는 암살자들에게 시저의 시체를 난도질하지 말라고 하면서 살인자^{murderer}가 아니라 숙청자^{purger}로 비쳐져야 한다고 말한다. 단순한 반란이 아니라 시저의 정신을 없애고 신과 민중의 뜻을 일치시키는 의식이라는 것이다.

"우리의 목적이 불가피한 것이 되어야지 시기심에서 비롯된 것으로 보이면 안 됩니다. 시민들에게 그렇게 보여야만 우리가 살인자가 아니라 숙청자가 되는 것이오. 안토니우스는 대상에서 제외합시다. 그는 시저가 죽으면 그의 팔만큼도 안돼요."

브루터스는 시해 사건의 연출자로서는 완벽했다. 시해 자체는 성공했다. 출연 배우들의 명예와 품위를 생각하며 사건의 이론적 근거를 마련하고 도덕 기준까지 만족시키려고 했다. 단지 관객들의 반응을 예상하지 못했다. 브루터스의 실패는 성격적 결함이나 지나친 고결함 때문이 아니라 시대의 흐름을 잘못 읽은 때문이고, 이런 상황에 대한 상징으로 시계의 타종이라는 기발한 시대착오적 오류를 설정한 것 아닐까.

시민들의 폭동으로 암살파는 쫓기는 신세가 되었다. 그들은 이제 뒤로 물러나서 일전을 각오해야 한다. 이런 와중에 카시우스가 매관매직을 한 모양이다. 브루터스는 영예로운 지위를 팔아먹는 그따위 로마인이 되기보다는 개가 되어 달을 보고 짖는 것이 낫다고 한다. 카시우스가 발끈해서 사생결단을 각오한 태도를 보인다. 그가 단검을 브루터스에게 주며 자기 심장을 주겠다고 한다. 브루터스는 칼을 도로 넣으라며, 화를 내고 싶을 때는 마음껏 그리 하라고 한다.

"슬픔과 분노로 괴로운데
친구 브루터스에게 한낱 조롱과 웃음거리 되려고
나 이제까지 살아왔던가?"
"내가 그렇게 말했을 때는 나도 화가 나서 그랬네."

카시우스에게 문제가 있는 것이 분명한데 브루터스는 일전을 앞두고 내분은 안 된다고 생각했던지 자기도 성질이 못됐다며 화해를 청한다. 이때 브루터스의 부인이 죽었다는 소식을 카시우스도 알게 되고, 온갖 고뇌를 견디고 있는 브루터스의 친구로서의 관용에 그도 감동한다. 브루터스는 시저 시해 이후에도 죄의식으로 불면의 고통을 받는다. 전투를 앞두고도 잠이 오지 않는지 시종에게 음악을 연주해 달라고 한다. 음악을 들으며 잠시 잠든 것인지 시저의 유령이 나타난다.

"너의 악령이다, 브루터스."

"왜 왔는가?"

"필리피에서 날 만나리라 알려 주려고."

"그러면 다시 만나게 되나?"

"그렇지, 필리피에서."

"그러면 필리피에서 만납시다."

"내가 마음을 굳게 먹으니 사라지는구나.

유령이여, 그대와 얘기를 더하고 싶었는데,

이놈, 루씨우스, 바루스, 클라우디우스, 모두 일어나. 잠을 깨라."

"장군님, 조율이 안 되었나 봐요."

"아직 악기를 연주하고 있는 줄 알아. 루씨우스, 잠을 깨라."

"예?"

"너 꿈꾸었냐? 루씨우스. 소리를 지르던데."

"소리 지른 건 모르겠는데요."

"그래, 뭘 봤나?"

"아무것도요."

"다시 자거라, 루씨우스. 어이, 클라우디우스, 일어나 봐."

브루터스는 시저의 유령을 확인해 보려고 부관들을 번갈아 깨워 물어본다. 그들은 자면서 소리를 질렀는데 깨서는 아무 것도 보지 못했다고 한다. 잠과 현실이 섞여 있는 묘한 장면이 브루터스의 심리 상태를 말해 준다. 브루터스와 카시우스는 필리피 전투를 앞두고 최후의 인사를 나눈다.

"마지막으로 영원히. 잘 가게, 브루터스.
우리 다시 만나게 되면 웃으며 봅시다.
그렇게 안 될 거라면 이 작별은 정말로 잘한 셈이지."

그들은 모두 마지막인 걸 알고 있다. 카시우스는 안토니우스군에게 패하고 전세가 어렵다는 것을 알자 시종 핀다루스를 시켜 시저를 찔렀던 그 검을 주며 찌르게 한다. 한편 브루터스는 부하 볼룸니우스에게 시저의 유령을 다시 한 번 만났다고 하며 때가 된 것 같다고 한다. 그는 결국 다른 부하 스트라토에게 자기 칼을 잡고 돌아서게 하고 자기 칼 위로 달려들어 스스로 목숨을 끊는다. 그의 마지막 대사다.

"시저여, 이제 편히 쉬십시오.
내가 그대를 죽일 때도 이렇게 단호하지는 못했습니다."

스트라토는 이렇게 말한다. "오로지 브루터스만이 브루터스를 제압하도록 허락했고, 그분의 죽음으로 영예를 얻게 될 자는 아무도 없습니다." 안토니우스의 말은 브루터스가 어떤 사람이었는지 말해 준다.

"이분은 저들 중에 가장 고귀한 로마인이었소.

시해 모의자들 모두가, 그를 제외하고는

위대한 시저를 시기하였기에 그 짓에 가담했소.

오직 이분만은 사심 없는 명예로운 명분과

공공의 선 때문에 저들의 일원이 된 거요.…"

브루터스는 시저 암살파에 가담한 사람 중 유일하게 개인적 이해관계가 아니라 대의를 목적으로 한 것으로 알려져 있다. 그는 실패했지만 사심이 없었기 때문에 품위와 명예는 지킬 수 있었다.

품위와 명예의 조건

다음은 『끝이 좋으면 다 좋아』에 나오는 대사인데, 이런 인물은 유권자들이 절대로 표를 주지 말아야 할 첫 번째 후보다.

"그는 정직한 사람이 가지고 있지 않은 모든 것을 가지고 있으며, 정직한 사람이 반드시 가져야 하는 것은 하나도 가지고 있지 않다."

겉보기만 그럴 듯하고 진실하지 않은 후보를 계속 뽑아 주는 유권자들에게도 문제가 있다. 지금은 정보가 넘쳐나는 시대이니 잘 관찰해 보면 품위 없는 정치인이 누구인지 어느 정도는 가려낼 수 있다. 우선 그 사람이 했던 일과 했던 말을 잘 보면 된다. 무엇보다 언행이 천박하면 아닌 거다. 선거를 통해 그런 후보들을 엄중하게 심판하는 것이 유권자의 품격을 높이는 일이다. 품격이 있는 사람인지는 오랫동안 접해 봐야 알 수 있지만, 품격이 없는 것은 천박한 언행만으로 쉽게 알 수 있다.

허례가 아닌 진심이 담긴 한 마디가 더욱 강하다. 지나치게 칭찬을 늘어놓는 사람은 위험한 사람이다. 진정성이 가진 힘은 크다. 진실은 결국 이기게 마련이다. 문제는 가식에 둘러싸인 진실은 가려져서 잘 보이지 않을 때가 많다는 것이다. 셰익스피어의 작품에도 가식과 허위와 싸워 희생당하는 진실이 얼마나 많은가? 햄릿과 코델리아, 데스데모나 등이 누구보다도 고귀한 내적 진정성을 가졌음에도 불구하고 희생되고 만 비극적 인물들이다. 물론 이들의 희생은 새로운 질서의 회복이나 인간성 회복이라는 한 단계 승화된 의미로 부활하지만, 인간 세상에서 '진정성이 패배하는 경우가 많다'는 사실은 마음이 아프다.

명예라는 말만큼 좋은 말이 또 있겠는가? 성공적인 인생을 논할 때 명예롭게 물러났다 혹은 명예롭게 죽었다고 하면 더 이상의 설명이 필요 없다. 옛날 왕이나 전직 대통령의 경우에도 마찬가지이다. 지위가 높아질수록 명예롭게 물러나기가 힘들다. 조선시대부터 따져 봐도 성공적인 왕이나 대통령을 꼽는 데 한 손이 다 채워지지 않을 정도이니 명예를 얻기는 얼마나 어려운가? 셰익스피어의 영국 사극에서도 성공적인 왕은 헨리 5세 하나뿐이니 최고 권력자에게 명예란 올림픽 3관왕보다도 어려운 것이다. 셰익스피어는 명예의 어려움을 이렇게도 말한다. "명예의 길은 대단히 좁아서 두 명이 나란히 걸을 여유도 없다."

명예와 명성 사이

셰익스피어 시대의 명예란 무엇이었을까? 명예란 외적으로 주어지는 평판이나 명성의 뜻으로 쓰이는 경우가 많다. 자신의 지위를 위협받을 때 맹세와 결투와 복수가 명예의 행동강령이고, 도덕적 가치와는 상관없는 명성의 추구가 당시 신사의 법칙이었다. 서양에서는 사소한 모욕으로 결투에 이르게 되어 당사자 둘 다 죽는 경우도 많았다고 한다. 모욕을 받고 그냥 넘어가는 것이 치욕으로 여겨지는 시대였기 때문이다.

『트로일러스와 크레시다』는 트로이 전쟁이 배경이다. 호머의 『일리아드』를 소재로 차용했다고 볼 수 있다. 트로이 전쟁은 기본적으로 명예에 관한 문제가 원인이었다. 트로이의 파리스는 그리스에 대한 보복으로 절세의 미인이라는 헬렌을 납치해 온다. 그 전에 그리스 군이 트로이 왕의 여동생을 납치했기 때문이다. 그리스 측은 당연히 헬렌을 돌려보내라고 요구하지만 트로이 측은 거부한다. 트로이에서는 헬렌을 돌려보내는 것은 치욕이고 불명예라고 생각한다. 그리스 측 역시 헬렌을 못 찾아오면 불명예고 치욕이다. 드디어 그리스 측에서 트로이를 공격해 전쟁이 일어난다. 극의 시작 부분에서 이미 전쟁이 7년째다. 헥터와 아킬레스 간의 전투가 하이라이트인데 사실은 개인적인 명성의 추구와 이기적인 욕심, 자만심이 결합된 결과로, 국가적으로나 개인적으로 아무 이익도 가져다주지 못하고 파멸로 갈 뿐이다. 목숨을 걸고 싸워서 이기는 것이 전사로서 최고의 명성을 얻는 것이며 그것이 명예와 동일시되었던 것인데, 이러한 명예규범이 셰익스피어 시대에도 그대로 통용되었던 것으로 보인다. 셰익스피어는 여러 작품을 통해서 이러한 명예규범을 헛된 것으로 풍자한다.

『끝이 좋으면 다 좋아』는 사랑을 소재로 한 희극인데, 사랑은 소재일 뿐이고 내용은 '명예'에 대한 상당한 문제의식을 담고 있다. 귀족이라는 상류사회는 그 자체로 명예다. 그러다 보니 귀족을 흉내 내는 족속들이 있기 마련이다. 출신이 귀족이라도 명예가 자동으로 주어지는 것은 아니다. 또한 귀족은 아니지만 품위와 지성이 있어 명예를 가질 소양이 있는 사람이 있다. 셰익스피어는 우리에게 명예라는 것의 외양과 실제를 생각하게 한다. 이 작품에서 가장 빛나는 주인공은 헬레나이다. 대개 사극이나 비극에서는 주인공과 등장인물의 대부분이 남성이지만, 희극에서는 여성 주인공의 비중이 상당히 높다. 그중에도 헬레나의 존재감은 매우 빛나서 이 작품은 그녀를 빼고는 생각할 수 없다. 작중 인물인 로실리온 백작과 백작부인은 전통적인 귀족으로 많은 미덕을 갖추고 있다. 의사의 딸인 헬레나는 백작의 아들 버트람을 사랑한다. 그녀는 귀족 출신이 아니지만 지성과 품위를 갖추고 있다. 명의인 그녀의 아버지가 죽은 후 백작부인이 그녀를 양녀로 삼았다. 백작부인이 프랑스 왕궁으로 떠나는 아들 버트람에게 하는 말을 들어보면 인품을 알 수 있다.

"고귀한 혈통과 미덕을 잃지 않도록 각별히 조심하며 가문에 누가 되지 않게 해라. 만인을 사랑하고, 소수의 사람만을 믿고, 누구에게도 해를 끼치지 말아야 한다. 적과 겨룰 힘을 길러야 하나 함부로 써서는 안 되며, 친구에 대해서는 네 자신의 자물쇠를 채워 소중하게 보존해라. 말수가 적어서 비록 손가락질을 당하더라도, 말이 너무 많아 책을 잡혀서는 안 된다. 하늘이 주시려는 은총이 있고, 이 어미의 간절한 소원이 있으니 행운이 너에게 오도록 기도하겠다."

헬레나는 짝사랑하는 버트람이 떠나게 되자 눈물을 흘리며 분수에 맞지 않는 사랑이라고 괴로워한다. 스스로를 사자를 사랑하다가 목숨을 잃는 암사슴으로 비유한다. 사랑하는 남자에게 약한 모습만 빼면 헬레나에게는 결점이 없는 듯하다. 버트람을 수행하는 파롤레스에 대해서도 인간됨을 꿰뚫어보고 있다. 헬레나는 매우 주체적인 의지의 여성이다. 그녀는 당시로서는 획기적인 다음과 같은 생각을 가지고 있다. "우리는 인간을 구할 수 있는 힘은 신밖에 없다고 생각한다, 하지만 그 힘은 우리 안에도 있다." 파롤레스는 말재간이 좋고 허풍이 센 친구다. 헬레나와 대화하는 장면이다.

"처녀들이 남성들을 보기 좋게 폭파시킬 방법이 있을까요?"
"처녀가 폭파당하면 남자들도 바로 폭파되죠. 남성들을 무너뜨리려면 처녀가 스스로 자기 성문을 열어 줘야 하고 성을 바쳐야 한다구요. 처녀성을 지킨다는 건 자연이라는 왕국에서는 현명한 정책이 아니에요. 처녀성을 잃는다는 건 오히려 처녀성을 늘리는 거니까요."

파롤레스란 친구는 처녀에게 '처녀성이란 늙은 벼슬아치가 쓰는 유행 지난 모자 같은 것'이라며 값나갈 때 팔아치우라고 너스레를 떤다. 헬레나는 버트람이 떠나게 되어 낙담하지만, 인간을 구제하는 힘은 우리 인간 자신에게도 있다며 결의를 다진다.

프랑스 왕이 버트람을 만나서 하는 말은 품위를 논할 때 참고할 만하다.

"자네 부친이 젊었을 땐 재치가 대단했지.
요즘 귀족들도 농담을 잘하는 사람들이 있기는 하지만
그게 지나쳐서 조소를 사게 되는 경우가 있는데,
그건 그들에게 경박함을 누를 수 있는 품격이 없기 때문이지.
궁정인으로서 자존심이 강하고, 예리했으나
결코 남을 경멸하거나 상처주지는 않았다네.
예외적으로 그런 말을 해야 하는 경우가 있었다면
그의 명예는 그래야 할 시각을 정확히 가르쳐 주었고,
경우에 맞게 혀를 움직였던 거야.
또한 아랫사람을 윗사람처럼 소중히 대하고,
신분이 낮은 사람에게도 상전을 대하듯 머리를 숙이니
모두들 그의 겸손함을 자랑으로 생각하고 칭찬을 했다네.…"

과연 품위에 관한 교과서라고 할 만하다. 백작부인이 헬레나가 자기 아들을 사랑하는 것을 알고 속마음을 터놓으라고 하자, 그녀는 사실대로 고백한다. 아버지의 비방을 가지고 프랑스로 가서 국왕의 병을 고치고 버트람도 만날 생각이라는 걸 안 백작부인은 그녀의 품성을 익히 아는 터라 시종까지 붙여 주며 허락한다.

헬레나는 아버지의 비방으로 난치병에 걸려 있던 국왕을 치료한다. 건강을 회복한 국왕은 보답으로 헬레나에게 신하 중에서 원하는 배필을 선택하라고 한다. 그녀는 당연히 버트람을 선택하는데 버트람은 그녀가 신분이 낮다는 이유로 자기 아내로 받아들일 수 없다고 말한다. 국왕이 하는 말은 명예에 관한 명언이다. 이보다 더 명예를 잘 설명할 수는 없다.

"네가 저 처녀를 멸시하는 까닭은 오직 작위가 없기 때문이냐?
작위라면 내가 수여하면 되는 일, 참으로 이상한 일이다.
우리의 피를 서로 섞으면
그 색깔이나 무게, 온도가 똑같아 아무 차이가 없는데,
큰 차이가 있는 것으로 생각하니
......
아무리 미천한 지위라도 덕을 가지고 있으면
그 덕행으로 명예는 높아지게 마련이다.
아무리 높은 지위라도 덕이 없으면
병들어 부어오른 명예에 지나지 않는다. 선이란
지위가 없어도 선이며, 악 또한 마찬가지이다.
이들은 원래 본성대로 나타나는 것이며

지위에 의해 나타나는 것은 아니다.

......

아무리 명예로운 가문에서 태어났어도
명예로운 조상의 덕을 따르지 못하면
오히려 가문의 명예를 욕되게 하는 것이다.
조상으로부터 물려받는 명예보다
자기 힘으로 얻는 명예가 진정한 명예다."

위의 대사는 명예에 관한 셰익스피어의 생각일 텐데, 당시의 명예관에 비교하면 상당히 앞선 견해라고 할 수 있다. 기존의 속물적 명예심에 반성을 촉구한 작가의 견해가 참으로 탁월하다. 우리의 정치 지도자들도 진정한 명예의 의미를 셰익스피어로부터 배웠으면 좋겠다. 셰익스피어의 위대한 점은 인간 본성에 대한 기본 개념을 매우 선진적인 모습으로 제시한 데 있다. 그는 항상 물질적인 것이나 지위에 대한 속물적 찬양을 조롱하며 기존 질서에 도전하는 자세를 보여 준다.

버트람은 어명에 의해 마지못해 결혼을 받아들이지만, 강제로 결혼을 당했다며 헬레나와는 결코 동침하지 않겠다고 파롤레스에게 말한다. 그는 어머니에게 편지와 함께 헬레나를 보내고 자기가 생각하는 명예인 군인으로서의 공훈을 따기 위해 플로렌스 전선으로 떠난다. 백작부인이 버트람의 편지를 읽는다. "어머니에게 며느리를 보냅니다. 그 여자는 폐하의 병을 고쳤지만 저를 파멸되게 했습니다. 저는 그 여자와 결혼은 했습니다만 동침은 하지 않았습니다. 영원히 동침은 하지 않으리라 맹세했습니다.…" 헬레나에게 보낸 편지에는 자기 손에 있는 반지를 손에 넣고 자기 피를 받은 아이를 낳게 되면 남편이라고 불러도 좋다고 했다. 백작부인은 편지를 가져온 사람들에게 이렇게 말한다. "내 아들을 만나시거든, 아무리 무공을 세워도 땅에 떨어진 명예는 돌이킬 수 없다고 전해 주세요."

헬레나는 버트람이 다시는 자기에게 돌아오지 않는다는 것이 자기 탓이라며 괴로워하다가 성 제이퀴즈 순례길에 오른다는 편지를 백작부인에게 남기고 집을 떠난다. 플로렌스의 순례길에서 과부의 두 딸 마리아나와 다이아나 자매를 만나는데, 이들은 파롤레스와 버트람의 희롱을 이미 당한 바 있다. 한편 파롤레스는 전투 중에 북을 빼앗긴다. 귀족들은 그가 허풍쟁이며 진실하지 못한 비열한 인간이라는 것을 알고 버트람에게 그를 시험해 보라고 부추긴다. 잃어버린 북을 찾아와 명예를 회복하라는 것이다. "장난삼아서라도 그자가 명예를 걸고 하자는 것을 막지 마십시오. 어떻게든 북을 탈환해 오라고 시키는 겁니다."

파롤레스는 귀족들이 파놓은 함정에 걸려서 적으로 가장한 병사들에게 포로가 되어 온갖 치부를 드러낸다. 버트람은 과부의 딸 다이아나를 농락하려고 하는데, 헬레나는 과부와 짜고 그녀의 집에 찾아올 버트람에게 함정을 판다. 힘은 없지만 의지가 강한 자기주도형 여성이 할 수 있는 수단으로 셰익스피어는 가끔 저속한 수단을 허용한다. 그녀는 결혼을 유효하게 하기 위해 버트람의 반지를 손에 넣고 그의 아이를 낳아야 한다. 그래서 과부에게 시켜서 딸이 버트람의 희망대로 해주는 것처럼 하고 반지를 요구하라고 한다. 그리고 다음 약속을 잡으라고 한다. 그러면 헬레나 자신이 그 시간을 매우고 과부의 딸은 순결을 지키게 될 것이라며 따님의 결혼 비용으로 돈을 더 주겠다고 제의한다.

다이아나는 버트람을 만나 헬레나의 계략대로 반지를 받아내고 자정에 창문을 두드리라고 한다. 그 이후 이야기는 예측한 대로 끝이 좋으면 다 좋다는 결론으로 간다. 셰익스피어의 희극의 수법인 '침실 바꾸기'에 의해 다이아나 대신 헬레나가 그와 동침을 하게 되고 버트람이 새 사람이 된다는 건데, 이런 마무리가 마음에 들지는 않지만, 헬레나는 그의 적법한 부인이므로 적어도 불온한 것은 아니라는 데 위안을 삼아야겠다. 버트람의 명예를 빙자한 몇 가지 행동과 그런 인물이 주인공으로 설정된 것은 납득이 되지 않는다. 버트람은 독자의 입장에서 가장 호감이 안 가는 인물인 데 반하여 헬레나는 지성적이고 매력 있는 여성이다. 저렇게 주체적인 여성이 왜 저런 멍청하고 성실하지 않은, 게다가 자기를 좋아하지도 않는 남자를 좋아할까 하는 의구심도 든다.

명예의 첫 번째 조건은 정직이다. 뭔가 서약을 할 때 '명예를 걸고' 하지 않는가. 거짓말을 하는 순간 명예는 사라지고 치욕만 남는다. 정치인이 명예를 지키기 어려운 이유다. 버트람도 마지막에는 헬레나에게 용서를 구하고 그녀의 사랑을 받아들이기는 하지만 극이 끝나기 직전까지도 진실보다는 거짓을 말한다. 그가 마지막에 용서를 구한 것조차 자기의 떳떳지 못한 모든 행위가 폭로되었고 헬레나 외에는 그를 구원해 줄 사람이 없었기 때문에 선택의 여지가 없었다는 것을 고려하면 마지막까지도 그를 완전히 신뢰하기는 미심쩍다. 반면 파롤레스는 진지한 인물은 아니지만 나름 매력이 있다. 가벼운 경멸의 대상으로 부담 없는 놀잇감이다. 그가 국왕 앞에 나와서 증언하는 장면을 보면 그의 화법을 알 수 있다.

"네 주인과 저 여인에 관해서 네가 아는 바를 말해 보아라."
"황공합니다, 폐하. 소인의 주인은 훌륭한 신사입니다.
그래서 신사가 으레 하는 장난을 하는 마음도 있었습니다."
"여봐라, 요점을 말해 봐라. 네 주인이 이 여인을 사랑했느냐?"
"예, 그 여자를 사랑했습니다. 그런데 어떻게 했냐 하면,"

"그래, 어떻게 사랑했다는 말인가?"

"신사가 여자를 사랑하듯이 했습니다."

"그래, 어떻게 말이냐?"

"말하자면 사랑을 했으면서 사랑을 하지도 않았습니다."

"네가 악당이면서 악당이 아닌 것처럼 말이냐?"

파롤레스는 신사의 위선을 교묘하게 말하고 있다. 셰익스피어는 그를 이용해 가짜 귀족의 허위뿐 아니라 진짜 귀족인 버트람의 허위까지도 고발한다. 파롤레스는 자신의 실체가 백일하에 드러나서 불명예의 치욕을 맛보게 되지만, 그는 자기의 잘못을 그대로 인정하고 조롱을 받아들인다. 본연의 모습을 보이고 자기 자신의 잘못을 인정하는 것, 이것이 허풍으로 가득찬 거짓말쟁이인 파롤레스가 살아남는 법이다. 치욕을 피하지 않음으로써 그는 오히려 관객과 독자의 사랑을 받는 인물이 되었다. 셰익스피어가 설정한 대조적인 두 인물은 오늘을 사는 우리에게도 명예라는 개념에서 거울로 삼을 만하다. 셰익스피어는 버트람을 통해 당시 귀족들의 도덕규범과 자질을 통렬하게 비판한다. 상류층도 품위나 명예를 지키려면 그에 상응하는 미덕이나 자질, 판단력을 가져야 한다는 것이다. 헬레나를 통해서는 당시 사람들의 명예에 대한 잘못된 인식을 비웃으며 튜더 왕조의 명예 개념에 새로운 기준을 제시한다.

명예의 속성

명예란 좇으면 좇을수록 도망가는 것이다. 명예를 의식하지 않고 자기 자신에 충실할 때 명예는 저절로 따라온다. 『헨리 4세』에 나오는 빛나는 조연 폴스타프는 다음과 같이 명예를 비웃는다.

"명예가 무엇인가? 하나의 단어일 뿐이지.
단어일 뿐 속은 텅텅 비었거든.
누구는 죽음으로 명예롭다고 하지만
죽은 사람은 듣지도 보지도 못해
살아 있는 인간에게 명예가 있는가?
명예는 묘비명일 뿐이야.
……
명예가 잘린 다리를 예전대로 붙여 주나?
목숨 걸기에는 아까운 손익 계산이 나오는군.
요전 수요일에 죽은 놈은 명예의 소리라도 듣고 있을까?
살아 있는 자에게는 세상 사람의 비방이 명예를 그대로 살려 두지 않으니….."

중세에는 명예를 지키기 위한 수단으로 '일대일 결투'가 성행했다. 누군가가 내 자신의 명예에 흠집을 내거나 도전해 올

때 장갑을 벗어 던지면 그것이 결투의 신호였다. 결투에 의한 명예회복은 상류층에만 존재했던 복수의 형태이다. 하층민은 잃을 명예조차 없다는 뜻이었기에 실제로 하층민끼리의 결투는 인정되지 않았다고 한다. 명예란 귀족적 개념이며 명성이나 지위를 전제로 한 것이었음을 알 수 있다. 『안토니와 클레오파트라』에서 안토니우스가 옥타비우스 시저에게 일대일 결투를 제안하는 장면이 있다.

"다시 가서 이렇게 전하라. 그는 지금 싱싱한 장미꽃이니,
세상은 그에게서 비범한 공훈을 보고 싶어 한다고.
그의 함대나 군대는 겁쟁이도 지휘할 수 있다고.
시저 아래 장군들은 아이들이 지휘해도 승리할 수 있다고.
그러니 화려한 장식은 집어치우고
몰락한 나와 일대일로
칼과 칼로 붙어 보자고 하라."

이에 대한 옥타비우스의 생각은 어떨까? 둘의 생각과 방식이 매우 대조적이라 재미있다.

"그는 나를 애송이라 부르고, 이집트에서
나를 격퇴할 힘이 있는 것처럼 큰소리치고
내 전령을 마구 때렸소, 그러고는 나에게 일대일 결투를

신청하고 있소. 그 늙은 악당에게 알려줘야겠소.

그 외에도 죽는 방법은 많다는 것을.

그동안 우리는 그의 도전을 비웃읍시다."

안토니우스는 실추된 자신의 명예를 좀 허황된 방식인 일대일 결투로 회복하려 하지만 옥타비우스는 매우 현실적이다. 시큰둥하게 무시해 버린다. 이노바버스의 배신에 대해서 언급한 적이 있지만 사실은 이 장면이 동기가 되었다. 이노바버스는 이러한 결투 제안이 명예를 회복하기는커녕 안토니우스라는 영웅의 명예를 더욱 실추시키는 것으로 보았기 때문이다. 이노바버스는 현명하게도 구시대적 명예 개념의 한계성을 이해했던 것 같다. 안토니우스의 경우만 보더라도 명예를 명성이나 외부적인 평가의 의미로 생각했던 것으로 보인다. 오히려 그런 외부적인 평가를 초월해서 개인의 고결한 덕을 발휘하는 길이 있었을 텐데, 결국은 그 명성에 연연하다가 진정한 의미에서의 명예마저 추락시킨 것이다.

『맥베스』의 인물 중 말콤이 왕에 어울리는 통치 역량에 대해 얘기하는 부분이 있다. "왕에 어울리는 품위는 '정의, 진실성, 지조, 관용, 인내, 자비, 겸손, 헌신, 용기, 의지' 등을 포함할 것이다. 왕이 이러한 기본 자질을 갖추지 못하면 통치는 고사하고 살아가기도 힘들다." 반대로 통치자의 자질에 맞지 않는 성향들은 '사치, 탐욕, 가식, 기만, 변덕, 악의' 등인데 범죄의 냄새까지 풍긴다. 최고통치자의 경우 이러한 악덕 중 한두 가지만 현저하게 나타나게 되어도 원래 부여받은 권위와 명예는 땅에 떨어지고 치욕을 맛보게 된다. 군주가 왕관을 벗는 순간 왕관의 명예나 품위는 사라지지만 인간으로서의 명예나 품위까지 사라지는 것은 아니다. 하지만 역사상 많은 군주는 최고통치자로서의 명예와 인간으로서의 명예를 동일시했던 것 같다.

셰익스피어가 작품에서 왕족이나 귀족을 미화하는 것은 당시의 작가적 술책이라고 볼 수도 있으나 사회 환경을 비추어 볼 때 오히려 자연스러운 현상이다. 셰익스피어가 찬양하는 대상은 귀족뿐이고 잘못을 하고도 뉘우치지 않는 것은 하류계급뿐이라고 하는 비평이 있는데, 작품을 보면 상류층을 옹호하는 듯해도 사실은 이면을 풍자하는 경우가 많으며, 그들의 위선에 대한 고발이 숨어 있다. 상류층의 개인적 욕망과 연결된 명예란 당당하게 사는 보통 사람의 자존감보다 가치가 없다.

9장

—

우정과 배신

우정이나 배신은 주로 가까운 사람과의 사이에 존재한다. 관계가 멀면 우정이나 배신은 없다. 우정이란 무엇인가? 사전적 의미로는 친구 사이의 정이나 유대관계를 말한다. 친구란 서로 좋아하고 돕는 사람이다. 혹은 오랫동안 친한 사람이다. 사전적 의미만으로 우정과 친구를 정의하는 것은 왠지 부족한 느낌이다. 인간에게 있어서 가족 이외의 유대관계는 친구로부터 시작된다. 친구는 가족을 제외하고 가장 많은 시간과 마음을 공유하는 사람이다. 가족의 사랑만큼 큰 힘이 되는 것이 친구의 우정이다. 그런데 우정이라는 것에는 묘한 측면이 있다. 내가 친구라고 생각하는 사람 역시 나를 친구로 생각할까? 친구란 상당히 광범위한 말이라 범위를 어떻게 정하느냐에 따라 달라질 수 있다. 친하게 지내지만 친구가 아닌 경우도 있고, 우정은 나이가 들면서 배신에 취약해지기도 한다.

단테의 『신곡』은 지옥과 연옥, 천국을 다루고 있다. 그중 지옥은 아홉 단계로 나뉘어져 있는데 가장 지독한 곳인 아홉 번째 지옥은 주로 배신자들을 위한 곳이다. 단테가 인간을 대표하는 것은 아니지만, 배신자를 가장 나쁜 종류의 인간이라고 느끼는 인간의 심리를 요약한 것은 아닌지. 배신에 대한 역사상 가장 유명한 표현은 아마 시저의 이 대사일 것이다. "너마저, 브루터스!" 시저는 이미 칼에 찔려 피를 흘리며 비틀거리는데 그가 가장 사랑했던 브루터스마저 자기를 칼로 찌른 것이다. 브루터스 쪽으로 쓰러지며 하는 이 한 마디에 시저의 놀라움과 실망, 배신감이 집약되어 있다. 단테의 『신곡』에서 브루터스는 배신자의 대표 격으로 아홉 번째 지옥에 위치한다.

배신이 주는 충격은 크다. 배신이 최고 권력에 가까운 곳에 있으면 나라의 운명이나 역사가 바뀐다. 개인의 경우에는 인생이 바뀔 수 있다. 마음의 상처는 이루 말할 수가 없다. 배신자 또한 행복한 사람일 수 없다. 『심벌린』에서의 다음 대사는 매우 설득력이 있다. "배신당한 자는 배신으로 인해 상처를 입게 되지만, 배신자는 한층 더 비참한 상태에 놓이게 마련이다."

배신은 보통 사람들의 경우에도 매우 일반적이다. 다음의 대사를 뒤집어 보자. "우정은 사업이나 권력, 사랑과 관련되지 않고는 변함없다." 사업이나 권력, 사랑 앞에서는 우정도 깨질 수 있다는 말이 아닌가. 그렇게 보면 의리가 깨지는 것도 다 반사겠다. 의리란 대개 커다란 이해관계가 생기지만 않는다면 사귄 친구가 죽을 때까지 지속된다. 우리는 살아가면서 친구보다는 일 때문에 만나는 사람이 점점 많아지므로 의리보다는 배신을 경험할 기회가 많아진다고 볼 수 있다. 더군다나 새로 만나는 사람들은 대개 친구의 모습으로 우정을 표현해 오기 때문에 착각하기 쉽다. 배신은 왜 하는가? 배신이 인간의 가장 큰 죄악이라는 인식이 일반적인데도 불구하고 배신자에게 큰 이익이 돌아가기 때문이다. 이익을 목적으로 다가온 사람은 친하게 지내다가도 이익이 끝날 무렵에는 등을 돌린다. 배신자가 되는 것이다. 이런 의미에서 보면 브루터스는 개인적인 이익을 위해서 시저를 배신한 것이 아니니까 예외적인 경우다. 배신은 피할 수 있는가? 거의 피할 수 없다. 다음의 대사가 말하듯이 배신자는 교묘하기 때문이다.

"사람을 반역으로 유혹하는 악마는
그 죄를 은폐하기 위해
겉치레나 변명, 외관 등 그럴듯한 외모로
번지르르하게 치장하게 마련이다."

배신은 누구에게 당하든 끔찍한 일이다. 친구나 가족, 연인, 동료, 직장 상사나 후배 누구든 마음을 나누던 사이에 일어나는 배신은 아프다. 『아테네의 타이몬』에 나오는 다음의 대사처럼 은혜를 원수로 갚는 것은 끔찍하다. "은혜를 모르는 꼴로 나타나는 인간만큼 끔찍한 괴물은 없다."

우리가 일상생활에서 자주 경험하는 배신은 사실 위에서 말한 이익과는 관계없이도 존재한다. 배신에는 묘한 속성이 있다. 부모와 자식 간에도 시각이 다르듯이 배신을 한 자와 당한자 사이에는 엄청난 해석의 차이가 존재한다. 독자 여러분도 배신당한 경우는 많아도 배신을 한 경우는 거의 생각나지 않을 것이다. 부모는 자식의 마음을 최대한 헤아리고 대화를 많이 하고 있다고 생각하지만, 자식은 부모의 관심이 조금 많다싶으면 부담을 느낀다. 자식은 부모 앞에서 싫은 내색을 잘 하지 않기 때문에 부모는 자식의 진심을 모른 채 살아간다. 어느날 갑자기 부모가 자신의 뜻과 다른 자식의 진심을 알게 되었을 때 부모는 배신감을 느낀다. 직장에서도 부하 직원들을 챙긴다고 술도 밥도 잘 사주고 대화를 많이 나누고자 하는 관리자가 의외로 직원들에게는 사생활 침해로 환영받지 못하는 경우가 있다. 관리자는 그런 상황을 알게 되었을 경우 배신감을 느낄 것이다. 형제 간이나 친구 간에도 마찬가지다. 서로 생각이 다르면 배신은 아닐지라도 배신감을 느낄 수 있다.

'내가 너에게 어떻게 했는데'라는 생각이 들면 상대방보다 나 자신을 생각해 봐야 할 때다. 인간관계에서 섭섭하다는 생각이 들면 배신당했다고 하는 경우가 많다. 인간은 만족에 포화점이 없기 때문이다. 상대방에게 기대하는 것이 현실보다 높기 때문에 문제가 생기는 것 아닐까. 우리가 배신당했다고 생각하는 것도 사실은 아닐 수 있다. 가까운 사이일수록 상대방의 입장을 잘 생각해 볼 필요가 있다. 개를 키워 본 사람은 다 알 것이다. 강아지는 배신을 하지 않는다. 매일 같은 사료만 주어도 투정하는 법이 없다. 가끔 산책만 시켜주면 강아지는 더 이상 요구하는 것이 없다. 화내는 법도 없고 늘 주인에게 꼬리를 흔든다. 그래서 사람들은 개를 좋아한다고 한다. 인간관계의 어려움을 말해 주는 얘기다.

속물근성이 농후하고 이해관계에 밝은 사람은 멀리하고, 의리 있고 고결하며 나를 진실로 대해 주는 사람들만을 친구나 교제의 대상으로 삼을 수 있을까? 쇼펜하우어의 다음 말로 판단해 보자. "이 세상에서는 외로움이나 천박함, 둘 중의 하나를 선택할 수밖에 없다." 염세철학자답게 그는 외롭게 사는 방법을 배워야 한다고 말한다. 사람을 만날수록 나쁜 일도 많아진다는 것이 그의 생각이다. "사람은 다른 사람과 만날 일이 줄어들수록 더 낫게 살 수 있기 때문이다." 일리가 있기는 하지만 인간사회에서 사람을 만나지 않고 살아갈 수는 없다. 하지만 대부분 마음의 상처는 사람과의 관계에서 생기는 걸 보면, 배신당할 확률을 줄이기 위해서는 최소한의 사람만 만나는 것이 유리하기는 하겠다.

우정의 정의

『아테네의 타이몬』은 우정에 관한, 혹은 우정에 관련된 선심과 배신에 관한 우화다. 제임스 1세가 권력의 유지를 위해 귀족과 추종자들에게 과도한 재정적 후원을 해서 파산 지경에 이르렀다고 하는데, 이러한 사실도 이 극의 모티브로 사용되었을 가능성이 있다. 셰익스피어의 후기 작품치고는 플롯과 인물이 단순해서 온전한 그의 작품이 아닐 거라는 의심을 받기도 한다. 하지만 『아테네의 타이몬』은 셰익스피어의 작품들 중 우정에 대해서 많은 것을 말해 준다. 아퍼만터스는 이 극에서 냉소적이지만 유일하게 우정의 본질을 이해하고 있는 사람이다. 그의 대사를 한 번 보자.

> "그래그래, 저길 좀 봐.
> 저렇게 굽실거리니 관절이 쑤시고 절단나겠군.
> 달콤한 악당들이 사랑은 조금도 없으면서
> 저 예법은 다 뭐야. 인간이 다
> 원숭이로 변종되었구나."

아피만터스가 시인에게 한 말은 그야말로 촌철살인이다.
"아첨을 좋아하는 사람의 가치는 아첨하는 자와 비슷하다."

타이몬은 자기를 찾는 친구들에게 관대함의 마법을 보여 준다. 타이몬은 주는 것이 유일한 낙인 사람이다. 시인의 표현대로 '최대의 호의를 가지고 온 세상을 환영하고 포용하는 인물'이다. 반면에 그를 따르는 사람들은 우정 어린 그의 선심을 이용해 자신의 이익을 추구하는 사람들이다. 타이몬 주변 상황에 대한 시인의 묘사는 정확하다.

"각 계층의 많은 사람들, 진지하고 근엄한 사람들은 물론
입심 좋고 경망스런 사람들까지
모두 타이몬 경을 떠받들어요. 그분이
너그럽고 자비심 많은 성격에다 막대한 재산을 풀어내니
온갖 사람들이 덕을 봅니다.
번지레한 아첨쟁이부터 인간혐오를 빼고는
좋아하는 게 없다는 아피만터스까지 말이에요.
그마저 무릎을 꿇고 타이몬 공이 고개를 한 번 끄덕이면
행복한 표정으로 돌아간다는 거지요."

타이몬은 베푸는 것이 우정이라고 생각한다. 타이몬의 다음 대사는 아마 셰익스피어 작품 중 우정에 대한 가장 진지한 발

언일 것이다. 좀 길지만 의미가 있어서 원문 그대로 인용한다.

"친구 여러분, 분명 신들은 여러분께

내가 큰 도움을 청하도록 예비해 두셨을 것입니다.

그렇지 않다면 어찌 여러분이 제 친구가 되었겠습니까?

어째서 많은 사람들 중에서 여러분이 친구라는 고귀한 칭호를

가졌겠습니까. 여러분이 제 마음속에 있지 않습니까?

저는 여러분이 자기 자신에 대해 얘기하는 이상으로

여러분을 내 마음속에 간직해 왔습니다. 그러므로

저는 여러분을 굳게 믿습니다.

오, 신이시여, 만일 우리가 친구를 필요로 하지 않는다면

친구가 무슨 필요가 있습니까? 친구가 쓸모가 없다면,

친구란 살아있는 무용지물이니, 마치 상자 속에 갇혀서

아름다운 소리를 혼자 간직하고 있는 악기와 다름없겠지요.

정말이지 저는 여러분에게 더 가까이 다가갈 수 있도록

종종 가난해졌으면 하고 바란답니다.

우리는 서로에게 도움을 주기 위해 태어났지요.

친구의 재산보다 우리 자신의 것이라고 부르기에

더 좋거나 적당한 게 어디 있겠습니까?

마치 친형제처럼 서로의 재산을

마음대로 쓸 수 있는 것이야말로 귀중한 행복입니다.

너무 기뻐 눈물이 날 것 같습니다.

눈물을 참지 못하겠습니다. 못난 모습을 감추기 위해서라도
여러분께 건배를 청합니다."

타이몬에게 친구란 내 것, 네 것을 가릴 필요가 없는 관계이
다. 타이몬과는 달리 너무나 상식적인 아피만터스와 어느 귀
족 둘과의 대화를 보자.

"지금 몇 시요?"

"정직해질 시간이오."

"그야 늘 그래야지요."

"그걸 잊고 있으니 당신은 저주 받을 거요."

"당신도 타이몬 공의 연회에 가시오?"

"그럼요, 고기 먹는 악당과 술 마시는 바보들 보러 가지요."

"잘 가시오. 잘 가보라고."

"바보 아니요. 작별인사를 두 번이나 하다니."

"왜 그래요? 아피만터스."

"한 번은 자신을 위해서 간직해야지. 나는 인사할 말이 없으니."

"목이나 매시지."

"천만에, 당신 지시는 안 받아요. 친구한테나 부탁해 보시지."

"꺼져, 시끄러운 개야. 안 꺼지면 차버릴 거야."

"개처럼 도망가야겠군. 발꿈치가 엉덩이에 닿도록."

"저 놈은 인류의 적이야. 자 들어가서 타이몬 경의 은혜를 만끽

해 보시죠. 그분은 은덕의 화신이라니까요."

아페만터스는 연회에 와서 타이몬에게 이렇게 말한다. 그는
실제^{reality}를 보는 몇 안 되는 사람 중에 하나다. "타이몬, 이렇
게 앉아서 자네가 위험에 빠지는 것을 보려고 해. 눈여겨보려
고 왔다는 걸 말해 두네." 그는 저렇게 많은 자들이 타이몬을
뜯어먹고 있는데 정작 본인은 모른다며 통탄한다. 그만이 사
실상 유일한 친구다. 그의 식전 기도에는 많은 진실이 함축되
어 있다.

"불멸의 신들이여, 나는 재산을 탐내지 않으며
타인을 위해서가 아니라 나 자신을 위해서 기도드립니다.
맹세나 증서로 사람을 믿는
어리석은 사람이 되지 않게 하소서.
또 눈물을 흘리는 창녀,
잠자는 듯한 개를 믿지 말 것이며,
나의 자유를 간수에게 맡기는 자,
또 내가 필요로 할 때 친구가 있다는 것을 믿지 말게 하소서.
아멘, 자 먹자.
부자들은 죄를, 나는 풀뿌리를."

타이몬이 친구라고 생각하는 사람들은 실제로 친구가 아닌

것이다. 타이몬은 자기의 전 재산을 소비하는 것도 모자라 빚까지 져가며 계속 호의를 베푼다. 그의 집사 플라비우스까지 저런 원수보다도 못한 놈들을 먹여 살리느니 친구가 없는 게 낫겠다고 말하는 지경이 되었다. 아퍼만터스가 쓴소리를 하자 타이몬은 듣기 싫어한다.

"타이몬, 이렇게 흥청거리다가는 머지않아 당신 몸뚱이마저 팔아먹게 될 거야. 이런 연회며 허례허식이 왜 필요한가?"
"자네가 친구들과의 교제를 한 번 더 비난한다면 난 자네를 더 이상 반기지 않겠네.
잘 가게. 다음에는 좀 듣기 좋은 음악을 가져오게."
"내 말을 듣지 않겠다. 그러면 안 들려주지. 천국의 문을 잠그마.
사람의 귀는 아첨에는 밝고 충고에는 귀머거리군."

사람이 좋으면 이것을 이용하는 사람이 있다. 말 스무 마리가 필요하면 타이몬에게 말 한 마리를 바치면 된다. 그는 받은 것의 몇 배 이상으로 보답하는 걸 모두가 알고 있다. 아퍼만터스의 예측대로 곧 타이몬의 재산은 거덜이 난다. 빚 독촉이 들어오기 시작한다. 타이몬은 집사에게 재정 상황을 왜 자기에게 미리 알리지 않았느냐며 그를 비난한다.

"어째서 일찍 재정 상태를 자세히 말하지 않았나? 그랬으면 재산에 알맞게 돈을 썼을 텐데."

"제 말을 들으셔야죠. 기회 있을 때마다 말씀드렸습니다만."

"그만해. 자넨 내가 기분이 언짢아 듣기 싫어할 때만 골라서 말했을 거야. 내가 안 들었다고 자기 불찰을 내 탓이라고 하다니."

타이몬은 곧 사태를 파악하기는 하지만 그의 순진한 생각은 바뀌지 않는다. 플라비우스가 '돈으로 산 칭찬은 돈이 없으면 사라지고, 연회로 얻은 것은 연회가 없어지면 잃는 것'이라고 하자 타이몬은 설교는 그만하라며 우정에 관해 말한다.

"나는 현명하지는 않아도 비열하지는 않았다. 왜 그리 우는가?
내게 친구가 없다고 생각하나? 걱정하지 말게.
친구들의 진심을 시험할 겸 돈을 빌려 보겠으니.
내가 자네를 부리듯이 그들의 재산도 마음대로 쓸 수 있어."

하인들을 시켜 자기가 베풀었던 상대 몇 명에게 돈을 빌리라고 보내는데, 그중 하나의 말이 핵심을 말해 준다. "속 빈 우정으로 담보도 없이 돈을 빌려줄 때가 아니다." 또 다른 친구는 이렇게 거절한다. 거절하는 화법도 여러 가지다.

"아, 명예를 얻을 기회를 잃었구나.
내가 어제 조그만 뭔가를 샀기 때문에

오늘 이 영광을 놓치게 되었네. 유감이지만 어쩔 수 없어.
난 정말 변변치 못한 인간이야.
내가 힘이 없어 도와드리지 못하는 걸 설마 고약하게 여기지는
않으실 테지만, 이렇게 말해 주게. 그처럼 훌륭한 분의 마음을
받들지 못하는 것이 이만저만한 고통이 아니라고 말이야."

결국 자기가 우정을 베풀었던 친구들은 가짜였던 것이다.
있을 때만 친구는 친구가 아니다. 하인들은 타이몬의 친구들
에게 모두 거절당하고, 타이몬의 집에는 빚쟁이들이 몰려든다.
타이몬은 은혜를 모르는 배신자들에 분노한다. 박애주의자가
인간혐오자로 변하는 순간이다. 타이몬은 그들을 마지막 연회
에 초대한다. 덮개를 열자 접시에는 뜨거운 물과 돌덩이가 가
득하다. 여기 있는 친구들은 아무 쓸모가 없으니 축복받을 수
없다고 저주를 퍼부으며 돌멩이를 그들에게 던져 쫓아낸다.

다음은 타이몬이 돈에 관해 얘기하는 장면이다. 칼 마르크
스가 『자본론』에서 인용한 부분이다. 우정의 배신을 맛본 후
돈에 대한 타이몬의 생각도 바뀌었다.

"이 황금색의 노예,
신앙을 만들었다 부수며, 저주받은 자에게 축복을 주며,
문둥병자 앞에서 절하게 하며,

도둑에게도 의회의원 같은 지위나 명예를 주는 것.

늙은 과부를 시집가게 하는 것도 이것.

......

인간을 유혹하고 국가 간 분쟁을 일으키는

수상한 매춘부."

타이몬은 이제 인간혐오자가 되어 아테네를 떠나 숲속의 동굴로 간다. 리어왕과 같은 처지가 되었다. 그는 아테네 성벽 밖에서 인간에 대해 저주의 기도를 한다. 아테네인들을 모두 타락, 파멸시키고 인류에 대한 자기의 증오가 더 커지기를 바란다며. 그 기도는 아테네 성벽이 무너지는 걸 시작으로 자식들은 불효막심하게, 딸들은 창녀가 되고, 채권자의 목을 치고, 전염병이 퍼지고, 원로원 의원들은 반신불수로 만들어 달라는 등 악담으로 가득하다. 한편 플라비우스는 수중에 남아 있는 얼마 안되는 돈을 하인들에게 나누어 준다.

타이몬은 숲속에서 땅을 파다가 금을 발견한다. 아테네 원로원에 의해 추방된 알시비아데스 장군이 타이몬을 만난다. 그는 고귀한 타이몬이 이렇게 된 걸 보고 놀라며 어떤 우정을 베풀어 드릴까 묻는다.

"없소. 내 의견만 지지해 주면 되오."

"그것이 뭔가요, 타이몬?"

"우정을 약속하되 실행하지는 마시오.

만약 약속을 안 하면 신들이 벌을 줄 것이오, 인간이니까.

만약 약속을 실행하면 파멸할 것이오, 당신은 인간이니까."

"당신의 불행을 소문으로는 들었습니다만."

"내가 영화를 누릴 때 이미 불행을 보았을 거요."

"지금 처음입니다. 그때는 행복하셨으니."

"지금 당신처럼 창녀들에 둘러싸였었지요."

"이 사람이 세상이 찬양하던 아테네의 총아란 말인가?"

타이몬은 알시비아데스 장군에게 아테네를 파멸시키라며 금덩이를 꺼내 준다. 그는 폭풍 속의 황야로 나간 리어왕을 연상시킨다. 아피만터스가 와서 타이몬을 만난다. 가진 것을 다 잃은 후에 하는 이들의 대화는 허식이 없는 진정한 대화다. 이 작품에서 가장 마음에 드는 부분이다. 그들은 서로에게 빈정 대는 것 같지만 서로에게서 위안을 받고 있는 것 같다. 지금은 타이몬도 아피만터스와 같은 정신세계를 가지고 있는 것으로 보인다.

"이곳에 있다고 해서 왔소.

소문에는 당신이 내 흉내를 내고 있다는데."

"내가 흉내 내고 싶은 건 개인데 당신은 기르고 있지 않으니까.

매독이나 걸려 버려라."

"그런 건 병자의 헛소리야. 몰락해서 뛰쳐나오는 연약한

우울증이고. 왜 삽을 들고 있지? 이런 곳에서.

종놈 같은 차림에 그런 걱정스런 얼굴은 뭐고.

아첨꾼들은 비단옷을 입고 술을 마시며 푹신한데 누워

싸구려 향수를 뿌린 계집을 껴안고 있는데,

타이몬이란 자는 벌써 잊고 말이야.

풍자가의 흉내나 내면서 이 숲을 더럽히진 말아야지.…"

"에이, 바보 같은 놈, 가버려."

"난 당신의 지금 모습이 훨씬 좋구만."

"난 지금의 당신이 더 싫어."

"왜?"

"불행한 자에게 아첨을 떠니 말이야."

"아첨이 아니라 당신이 가엾다는 거야."

"나를 왜 찾아왔나?"

"괴롭히려고."

"그건 악당이나 바보의 짓이야. 그게 재미있나?"

"아무렴."

"독이 나에게 순종하여 내 마음을 알아주었으면 좋겠다."

"독을 어디에 쓰려고?"

"당신 음식에 맛을 내주려고."

"당신은 인간성의 양 극단만 알고 중용을 모르는군.

금빛 옷을 입고 향수를 뿌렸을 때는 지나친 사치로 눈을

찌푸렸지만 몰골이 망가진 뒤엔 멸시와 천대를 받게 된 거지.

여기 모과가 있으니 먹게나."

"싫은 건 먹지 않아."

"모과가 싫은가?"

"당신을 닮아서 싫어."

"일찌감치 모과같이 새큼한 아첨꾼*들을 싫어했다면

당신 자신을 소중하게 아꼈을 텐데…."

아피만터스가 떠난 후 타이몬에게 도둑들이 찾아온다. 이

장면은 부수적인 장면이지만 시사하는 바가 있다. 셰익스피어

특유의 아이러니다. 타이몬은 이들에게 도둑이지만, 성스러운

모습으로 등쳐먹는 도둑들보다 낫다고 하며 돈을 준다. 만나

는 놈들은 다 도둑이니까 가서 도둑질 열심히 하라고 하며 그

들을 보낸다. 도둑질을 하라고 등을 밀다니, 한 도둑은 도둑질

을 그만두어야겠다고 말한다. 그러자 다른 친구가 말한다. "그

자의 말은 인간을 증오하기 때문이야. 우리 직업이 잘되라고

하는 뜻은 아니야." "인간이 진실하지 않으면 그보다 비참한

것은 없지." 깨달음은 멀리 있지 않다. 도둑들이 떠나자 타이몬

의 집사가 나타난다. "오, 신이시여, 저기 초라하게 망가진 분

* 서양 모과 혹은 비파나무 열매는 medlar, 아첨꾼은 meddler로 발음이 같다.

이 우리 주인이란 말입니까?" 플라비우스는 비통한 마음으로 주인을 목숨 바쳐 모시겠다는 결의를 말한다. 타이몬이 앞으로 나온다.

"꺼져 버려. 너는 누구냐?"
"절 잊으셨나요?"
"그걸 왜 묻지? 나는 모든 인간을 잊었다.
네가 인간이라면 너도 잊을 수밖에."
"주인님의 정직한 하인이었습니다."
"그러나 알 수 없지. 내게 정직한 하인은 한 사람도 없었다.
악당들에게 식사를 제공한 자만 있었을 뿐."

타이몬은 플라비우스가 유일하게 정직한 사람이었다는 것을 인정하며 돈을 주면서 가서 행복하게 살라고 한다. 인간을 미워하고 저주하며 적선을 하지 말라고 한다. 개에게는 주어도 인간에게는 주지 말라는 말을 하며 주인을 모시겠다는 플라비우스를 뿌리치고 동굴로 들어간다. 개에게는 주어도 인간에게는 주지 말라는 말보다 배신의 아픔을 더 잘 설명할 수 있는 말은 없다.

타이몬에게 금화가 많다는 소문을 듣고 과거의 아첨꾼들이 숲속에 모여든다. 타이몬은 그들에게 호통을 치며 쫓아내고 자신의 묘비명을 준비한다. 알시비아데스는 아테네를 공격하지 않고 원로원 의원들과의 대화로 법에 따른 처벌 외에는 개인적인 복수는 하지 않기로 한다. 어느 병사가 타이몬의 묘비명을 가져온다. 내용은 다음과 같다.

"불행한 혼을 잃고 불쌍한 시신이 여기 잠들다.
나의 이름을 찾지 마라. 역병이여 사악한 자들을 멸망시켜라.
생시에 모든 인간을 증오했던 타이몬은 여기 눕는다.
지나가는 사람들이여 저주를 퍼부어라.
발길을 멈추지 말고 지나가라."

타이몬은 친구가 없었을까? 있을 때만 친구들인 가짜 친구들은 물론 친구라 할 수 없다. 집사 플라비우스, 알시비아데스 장군, 아피만터스 세 사람이 친구일 가능성이 있는 데, 타이몬은 그들조차 친구로 생각하지는 않았다. 플라비우스는 타이몬이 가진 것을 모두 잃었을 때도 집사로서 충성을 다짐하기는 하지만 셰익스피어는 그의 우정을 확실히 인정하지는 않은 듯하다. 왜냐하면 약간은 수상한 단서를 남기기 때문이다. 플라비우스가 남아 있는 돈을 하인들에게 조금씩 나누어 주면서 주인을 쫓아가야겠다고 하면서 다음과 같은 말을 하는 것이다. "나는 충심으로 그분을 받들고 싶다. 돈이 있는 이상 나는 영원히 그분의 집사다." 타이몬이 있는 숲속에 가서도 플라비우스는 그에게 이렇게 말한다. "저의 소망은 주인님께서 부자가 되어서 권력과 재산을 다시 잡으시고 제게 보상을 해주시는 겁니다."

그의 충성심은 어느 정도 진심이었겠지만, 그의 말을 들어보면 하인의 한계를 벗어나지 못했다. 이 극은 셰익스피어의 작품 중에서는 플롯이나 성격묘사가 단순한 편인데, 그는 왜이렇게 플라비우스의 중요하지 않아 보이는 대사를 넣었을까? 플라비우스는 자기의 이익을 위해 주인이 권력과 재산을 회복하기를 빈다. 그는 완벽한 충신은 아니지만 매우 인간적이며 선량한 사람이다. 인간은 약간의 흠결이 있기 마련이다.

숲속에서 쇠락한 모습의 타이몬을 본 알시비아데스는 자신의 얼마 안되는 돈을 그에게 권한다. 이 짧은 장면만으로 우정을 판단하기에는 어려움이 있지만, 적어도 알시비아데스는 타이몬의 인품을 알고 있었고 자기도 어려운 처지지만 우정의 표현을 했다. 하지만 타이몬은 그의 우정을 인정하지 않는다.

아피만터스는 어떤가? 독자 입장에서는 그의 독설이 타이몬의 진실을 보지 못하는 눈과 귀를 깨우치기 위한 것이었다는 것을 알지만, 타이몬에게는 쓴소리였을 뿐이다. 아피만터스가 숲속에 있는 타이몬을 찾아와서 나누는 대화로 볼 때, 타이몬도 그의 진심을 어느 정도 이해했던 것 같다. 여전히 독설을 나누지만, 진실을 알고 난 후의 독설이라 타이몬에게도 카타르시스를 주는 것 같다. 하지만 타이몬은 그의 우정조차 받아들이지 못하고 스스로 죽고 만다. 타이몬은 아피만터스의 말대로 한없는 선심 제공자와 인간혐오자의 양 극단에서만 존재했다. 용서도 화해도 없었다. 자기 자신의 구원 같은 느낌도 없다. 그가 얻은 것은 배신뿐이었다. 그런 의미에서 보면 이 작품이야말로 셰익스피어의 진정한 비극이다.

우정이란 의외로 정의하기 어려운 것인지 모른다. 사랑보다 더 모호한 것이 우정이다. 이 작품은 결과적으로 타이몬이 친구라고 생각했던 사람 중 우정이라는 것을 보인 사람은 하나도 없었고, 말 한 마디를 해도 늘 거북스럽게 했던 아피만터스가 우정에 가까운 혹은 진정한 우정의 감정을 가지고 있었다고 하는 셰익스피어 특유의 역설을 보여 준다. 『아테네의 타이몬』은 읽을수록 우정에 관한 꽤 괜찮은 철학서가 아닌가 하는 생각을 갖게 한다.

사랑과 우정 사이

우정과 사랑에 관한 우화를 하나 보자. 『두 귀족 친척』인데, 이 작품은 존 플레처와 공동저작이라는 게 정설이다. 그는 왕실 극장주로서 셰익스피어의 후임자다. 이 작품 외에도 『헨리 8세』는 존 플레처, 『페리클레스』는 조지 윌킨스와 공동저작이 확실하고, 초기 작품 중 『헨리 6세』, 『아테네의 타이몬』도 공동저작의 가능성이 있다고 한다. 이야기의 골격은 초서의 『캔터베리 이야기』 중 「기사 이야기」에서 가져왔다고 한다. 아사이트와 팔라몬은 사촌 간으로 테베의 왕족인데, 아테네 공작 테세우스의 포로다. 감옥에 갇힌 신세지만 서로 의지하며 우정을 과시한다. 둘이 우정에 관해 얘기한다.

"운명이 우리에게 무슨 짓을 가하더라도,
이런 비참한 밑바닥이나마
두 가지 위안이 있다는 거야. 그건 순수한 축복인데,
신들이 가상히 여긴다면,
이곳에서 꿋꿋하게 인내하는 것이 첫 번째,
그 다음은 슬픔을 너와 함께 즐기는 것이다.
팔라몬이 같이 있는데 이곳을 감옥이라고 여긴다면
내가 죽어도 마땅하지."
"그렇고말고.
우리의 운명이 같이 얽힌 것은 천만다행이야.
사실 말이야, 두 혼이 두 고귀한 육체에 있으며,
아무리 매서운 고통을 당하더라도,
둘이 같이 당하니 결코 가라앉을 리가 없어.

그럴 수 있다고 하지만, 결코 가라앉지 않는단 말이지.

마음만 있다면, 잠자다 죽어서 끝장이 나는 거지."

이랬던 친구들의 우정이 뒷전으로 물러나는 것은 그들이 감옥에서 테세우스의 처제 에밀리아를 본 순간부터다. 감옥의 정원에서 산책하는 에밀리아를 그들이 본 것이다. 팔라몬이 먼저 발견하고 말한다. "저기 봐. 놀랄 일이야. 여신이 틀림없어. 무릎을 꿇어. 여신이잖아, 아사이트." 순간 서로 그녀를 사랑한다고 난리다. 팔라몬은 어린애처럼 자기가 먼저 발견했다고 주장한다. 아사이트는 이렇게 반박한다.

"그럼, 누군가가 최초로 적을 봤다고 해서,

나는 곁다리로 내 명예를 버리고, 싸우지도 말란 말인가?"

"물론, 적이 혼자라면."

"그런데 그 한 사람이 나와 싸우자고 하면?"

"그렇다면 멋대로 해봐. 그렇지 않고 그녀를 바란다면,

자기 나라를 증오하는 저주받은 자가 되는 거니,

너는 낙인찍힌 악당이 되는 거지.…"

"딱하다. 꼭 어린애 놀이 같군. 난 그녀를 사랑하고,

사랑해야 하고, 그래, 사랑할 거다.

그리고 이건 정당한 거야."

사랑 앞에 깨지기 쉬운 게 우정이라는 건 이미 논한 바 있다. 초서의 「기사 이야기」를 포함해서 이런 남성 사이의 성적 경쟁은 수많은 문학 작품의 소재가 되었는데, 매력 있고 강한 남성이 아름다운 여성을 차지하는 것은 다윈의 진화론적 설명이기도 하다. 즉 종족보존 본능에 의한 동물의 파트너 선택과 다를 바 없다는 것이다. 여성의 남성 선택 기준인 용모, 성격, 능력의 세 가지 요소 또한 동물에게도 똑같이 적용될 수 있다. 이런 일은 오늘날에도 실제 있을 수 있는 상황으로 보이는데, 배신으로 보아야 할까?

그런데 아사이트가 석방되어 먼저 추방당한다. 그는 에밀리아가 있는 이 땅을 떠나지 않기로 한다. 그는 사람들이 모이는 곳으로 갔다가 레슬링과 달리기 시합을 하는 곳에 가게 된다. 그 두 가지는 아사이트의 주 종목이다. 대회에서 우승한 그는 테세우스의 치하를 받으며 에밀리아의 수행원이 된다. 한편 교도관의 딸은 혼자 감옥에 남은 팔라몬을 사랑하게 된다. 교도관의 딸이 팔라몬을 탈출시킨다. 팔라몬은 족쇄를 찬 채로 숲속에서 아사이트를 만난다. 아사이트에게 족쇄를 떼어내고 칼을 달라고 한다. 결투로 정하자는 것이다. 아사이트는 음식을 갖다 주고 족쇄를 풀어줄 테니까 몸을 회복한 다음에 결투를 하자고 한다.

"뿔피리 소리가 들린다.

숨을 곳에 어서 들어가. 우리의 결투가 다음에 만날 때까지

방해받지 말아야지. 자 악수하자. 어서 가라고.

필요한 건 다 갖다 줄 테니까. 편한 마음으로 기운차려."

아사이트는 드디어 칼과 갑옷을 가져온다. 둘이서 결투 준비를 한다. 팔라몬이 이렇게 말한다.

"아사이트, 너는 정말 훌륭한 적이다.

사촌도 아닌 자가 너를 죽인다면 말도 안 된다.

나는 이제 온전하고 원기도 되찾았다. 먼저 칼을 골라라."

그들은 서로에게 갑옷을 입혀 준다. 그러고는 서로를 격려하며 마주 선다. 둘이서 싸우기 시작하는데 어디선가 뿔피리 소리가 들린다. 아사이트가 공작이 사냥 중이라며 싸움을 연기하자고 한다. 팔라몬은 탈옥을 했으니 잡히면 사형이고 자기도 추방령을 거역한 상태이니 곤란하다는 것이다. 하지만 팔라몬은 계속하기를 고집한다. 그때 테세우스 일행이 나타나서 이들을 나무라며 맹세코 둘 다 사형이라고 말한다. 이에 팔라몬은 전후 사정을 설명하며 사랑을 쟁취하기 위한 결투를 승인해 달라고 간청한다. 에밀리아도 옆에서 두 사람을 사형시키느니 결투를 승인해 달라고 요청한다. 그들은 결국 테세

우스의 주관으로 결투를 시작한다. 패자는 사형이다. 그들의 결투까지의 과정은 마치 호머의 『일리아드』에 묘사된 아킬레우스와 헥터 간의 결투를 보는 듯 거창하다.

결투의 결과 아사이트가 승리하여 그가 에밀리아를 차지하게 되었다. 이제 팔라몬과 그의 기사들은 처형되어야 한다. 팔라몬은 자기를 사랑한 교도관의 딸을 걱정하며 가지고 있는 돈을 전부 준다. 처형하려는 순간 사자와 피리사우스가 급하게 달려와 멈추라고 한다. 그러고는 아사이트에 관한 소식을 전한다. 그가 에밀리아가 준 사나운 준마를 타다가 떨어져서 크게 다친 것이다. 중태에 빠진 아사이트를 팔라몬이 만나서 대화한다.

"우리의 인연이 슬프게 끝나는구나.
신들은 강력하다. 아사이트, 너의 마음이
너의 훌륭한 사나이다운 마음이, 아직 부서지지 않았다면,
최후의 말을 들려 다오. 내가 팔라몬이다.
죽어가는 너를 아직 사랑하는 자다."
"에밀리아를 맞이하라.
그리고 그녀와 온갖 세상의 기쁨을 차지하라. 손을 다오.
잘 있어라, 마지막 순간이 왔다. 나는 잘못하였다 해도,
결코 너를 배반한 일은 없다. 용서해라, 사촌."

이리하여 아사이트는 죽고 에밀리아는 팔라몬과 결혼한다는 결말이다. 『두 귀족 친척』은 약간의 부수적인 플롯이 있기는 하지만 스토리는 간단하고 심리적 갈등이나 대치도 단순해서 역시 셰익스피어의 온전한 작품이 아닌 걸 느낄 수 있다. 이 작품은 『폭풍우』 이후에 나온 것으로 보이는데, 셰익스피어의 후기 작품들과는 성향이 너무 달라 그의 작품으로 오랫동안 인정받지 못했던 것으로 보인다. 우정과 사랑의 관점에서 본 두 친척은 어떠한가? 사랑이 우정보다 강한 것인가? 팔라몬은 처음에는 아사이트를 배신자로 취급했다. 하지만 시간이 가면서 아사이트가 우정을 배신한 것은 아니며 오로지 사랑을 쟁취하기 위해 명예로운 죽음도 불사하겠다는 뜻을 가졌다는 것을 이해하게 된다. 아사이트가 죽으면서 친구에게 '배신한 적은 없다'고 한 말이 그의 진심이었을 것이다. 중요한 것은 아사이트가 자기가 잘못했다는 것을 인정하고 사과했다는 사실이다. 진실한 사과는 우정을 회복시킨다. 하지만 이익이나 사랑 앞에 깨지기 쉬운 것도 우정이다. 사랑은 위대하지만 우정도 소중하다.

때로는 사랑보다 더 소중한 것이 우정이기도 하다. 연인이나 가족보다 어떨 때는 친구가 더 의지되기도 한다. 『베니스의 상인』에서는 안토니오가 자기의 심장 가까운 곳의 살을 베어내는 조건까지 걸면서 친구 바싸니오를 위해 사채를 얻어주지 않았는가. 그럼에도 불구하고 셰익스피어가 작품에서 다룬 우정은 역시 배신에 취약한 측면이 있다. 실제 세상사에서도 우정의 속성은 셰익스피어의 견해에 가깝지 않을까.

친구는 아니더라도 깊은 교류를 나눠야 할 많은 사람들과 함께 살아가는 세상에서 배신의 문제를 어떻게 봐야 할까? 상대가 배신 행위를 하는 경우, 그대로 묵과하면 상대는 같은 방법으로 자기 자신의 이익을 극대화하기 위한 행동을 반복하게된다. 사회 전체로 보면 배신자들에게 적절한 응징을 하지 않으면 그런 행동양식을 가진 자가 가장 많은 이득을 보게 되므로 문제가 될 수 있다. 물론 법의 테두리 안에서는 법치의 도움을 받을 수 있겠지만 늘 법에 호소할 수는 없기 때문에 개인의 행동지침도 때로는 필요하다. 한 가지 방법은 그런 사람들과는 협력관계를 단절하는 것이다. 거짓말을 하는 사람, 허언을 일삼는 사람, 약속을 안 지키는 사람, 이간질 하는 사람, 뒤에서 험담하는 사람들은 상대를 하지 말 일이다. 이런 일을 반복하는 사람은 배신할 가능성이 높다. 사회 정의를 위해서라도 우리는 사람의 본성을 제대로 보는 법을 배워야 한다.

10장

허풍 혹은 허세

인간의 본성을 거론함에 있어 놓쳐선 안 될 것이 허세 혹은 허풍이다. 허풍이 없다면 인간세상이 너무 진지해져서 재미가 없겠고, 지나치면 자칫 사기나 기만이 될 수도 있는 만큼 위험한 인간의 속성이기도 하다. 셰익스피어의 작품에도 많은 허풍쟁이들이 등장하는데, 그들은 대개 희극적인 상황에서 이야기에 양념 역할을 한다. 작가들은 장난을 좋아하는 인간의 본성을 재미의 요소로 활용한다. 셰익스피어의 희극에 등장하는 허풍쟁이들은 인기가 높아 일부 역할은 배역 싸움이 치열하다고 한다. 허풍은 힘자랑하는 수컷 본능의 일종으로 주로 남성에게 나타난다. 그것은 남자는 강해야 한다는 불안 심리의 외피이고 지배 본능이기도 하다.

셰익스피어는 이러한 인간의 허세 본능을 주로 희극적인 요소로 활용했기 때문에 심각하게 부정적으로 다루지는 않았던 것 같다. 오늘날 우리 사회에서는 심각한 문제지만 셰익스피어의 시대에는 심각성이 덜했을 수도 있다. 사회가 발달할수록 인간관계가 복잡해지면서 남에게 보이는 과시의 필요성도 증가한다. 특히 현대사회에서는 인터넷 기반의 정보공유를 통해 허세가 확대 재생산되는 경향이 있다. 셰익스피어 시대의 재미로 보는 허세와 달리 현대사회의 허세는 정보의 왜곡과 더불어 악용될 소지가 많아서 우려된다. 여기에서는 셰익스피어의 작품에 나타나는 인간의 과시 본능을 살펴보자.

허풍의 마왕

셰익스피어의 인물들 중 허풍쟁이로 가장 유명한 사람은 아마도 폴스타프일 것이다. 폴스타프는 『헨리 4세』 1부와 2부, 그리고 『윈저의 즐거운 부인들』에 등장한다. 『헨리 4세』에 등장하는 폴스타프는 셰익스피어의 작품들에서 아마도 가장 파격적인 인물일 것이다. 동시에 셰익스피어가 독창적으로 창조한 인물이기도 하다. 우선 외모 면에서는 그다지 매력적이지 않다. 왕자 핼과 술집에서 어울리기에는 나이가 많은 노인이고 심지어 뚱뚱하기까지 하다. 게다가 그는 허풍쟁이, 거짓말쟁이에 술꾼에다가 약한 자를 등치는 악당인데 왜 가장 매력적인 조연으로 인정받는 것일까. 폴스타프는 자기 자신을 이렇게 평가한다. "나는 본질적으로 재치가 있을 뿐 아니라 다른 사람까지도 재치 있게 만든다니까."

그는 다른 사람과의 관계에서 스스로 자신감을 보여 준다. 누구를 대하든 거리낌이 없고 자기가 알고 있는 지식을 최대한 활용하여 익살을 섞어 대화를 리드한다. 그의 거침없는 화술은 상대방으로 하여금 '이 사람 대단한데'라는 느낌을 준다. 대단치 않은 외모가 탁월한 언변을 가질 때 그 탁월함이 더욱 빛나듯이, 외양과 실제의 또 다른 아이러니다. 그는 일상 대화에서도 가끔 날카로운 통찰력을 보여 주는데, 핼 왕자와도 대등하게 농담 섞인 대화를 한다. 그는 왕자의 술친구이고 이웃 형님인 동시에 어떨 때는 아버지 노릇도 한다. 하지만 직업이 자칭 도둑이라는 폴스타프가 사랑 받는 인물이 된 것은 매우 특이하다. 그가 왕자에게 하는 말이다. "자네가 왕이 되어서도 교수대를 남겨둘 건가? 낡아빠진 법률 따위로 도둑들의 용기를 꺾을 건가? 왕이 되거든 도둑은 교수형을 시키지 말게."

폴스타프는 장사꾼들이 지나가는 길에 매복해서 돈과 물건을 빼앗기로 한다. 핼 왕자는 포인스와 함께 폴스타프를 골려 주기로 하고 강도질하는 장면을 보고 있다가 기습을 해서 폴스타프와 그의 졸개 바돌프가 장물을 포기하고 도망가게 한

다. 그들은 술집에 다시 모이게 되는데, 폴스타프는 자기 강도
질을 무용담처럼 이렇게 얘기한다.

"나는 열 명이 넘는 놈들과 결투를 했어. 두 시간 동안이나. 목숨
이 붙어 있는 게 기적이야.… 내가 사내가 된 이후로 가장 잘 싸
웠어. 모두들 겁쟁이들이더라고. 그놈들 보고 말해 보라고 해.
진실을 말하지 않는다면 그놈들은 악당 아니면 암흑의 자식들
이지."

친한 친구 사이라면 우리 사회에서도 이런 허풍은 대체로
받아들여진다. 누가 더 재미있게 얘기하느냐의 차이뿐이다. 헬
도 그의 허풍을 다 받아주며 한참 놀리다가 이렇게 말한다.

"우리 둘이서 다 봤다. 너희들 넷이 네 사람을 습격해서 묶어 놓
고는 물건을 약탈하는 광경 말이야. 너희들은 다음 말을 들으면
찍소리 못할 거야. 다음에는 우리 둘이 너희 넷을 기습했는데 한
마디로 꼼짝 못하고 물건을 내놓더군. 우리가 차지했지. 여기 가
져왔으니까 보여 줄까. 폴스타프가 그 튀어나온 배를 이끌고 잽
싸게도 도망가더군. 사람 살리라고 고함치는 소리는 황소 같더
라. 그렇게 비겁하게 도망치고는 무슨 칼이 어쩌고 전투가 어쩌
고 말이 돼? 이건 치욕이 분명한데, 어떻게 피할지 그 수단이나
피신처가 있을까?"

폴스타프의 재주는 어떤 상황에서도 자기를 정당화하는 능력이 탁월하다는 것이다. 그의 변죽과 임기응변은 배울 만하다. 우리 주변에도 자랑할 만한 얘기가 아닌 것조차 재미있게 하는 친구가 있다. 폴스타프는 악당임에도 불구하고 미움을 받지 않는 인물이라는 게 특이한데, 셰익스피어는 어떻게 이런 캐릭터를 창조했을까. 그의 대사는 따로 설명할 필요가 없다. 들어 보면 그가 어떤 인간인지 금방 알 수 있다.

"물론 자넨 줄 알았어. 자, 들어 봐. 내 손으로 왕세자를 죽이겠나? 자네도 내가 헤라클레스만큼 용감하다는 걸 알 거야. 하지만 본능을 생각해 봐. 사자도 왕세자는 건들지 않아. 본능이란 위대한 거야. 그때 나는 본능에 따라 비겁했던 거지. 나나 자네나 인생에 있어서 좋은 쪽으로 생각하기로 했네. 나는 용맹한 사자고, 자네는 진정한 왕자 아닌가. 그건 그렇고 그 돈을 여기 가져왔다니 반갑군.…"

폴스타프는 특이한 어법을 사용하는데, 지식은 해박하며, 표현은 저속하지만 자유롭다. 셰익스피어가 그의 대사를 거의 산문으로 처리한 것은 자유와 파격을 확보하기 위함이다. 왕이나 귀족들이 사용하는 언어는 주로 운문이어서 일종의 형식미가 있는 데 반해, 폴스타프의 대사는 어디로 튈지 모르는 자유로운 재기를 발산한다. 산문은 하층민이 주로 사용하는 언어였던 시절, 폴스타프의 산문 언어는 새로운 발견이다. 이러한 언어적 재치가 폴스타프를 인기 캐릭터로 만든 요인이 되었다. 폴스타프의 농담은 나름 본질을 꿰뚫는다. 그는 '믿지 않은 악당'이다. 그는 거짓말을 밥 먹듯 하고 허풍쟁이에다 사람들을 함부로 대하며 비윤리적이다. 그런데도 그의 악행은 순수하고 악의가 없어 보이며 재미있게 느껴지기까지 하니 불가사의한 일이다. 헬 왕자가 폴스타프와 가깝게 지낸 이유도 그의 이런 특이한 매력 때문이리라. 헨리 4세가 헬 왕자를 소환하자, 폴스타프는 헬과 예행연습으로 역할극을 해보자고 한다.

"만약에 나이 먹고 즐거운 성격이 죄라면, 제가 아는 나이 먹은 여관주인들은 모두 저주받을 겁니다. 만약에 살찐 것이 미움을 받을 일이라면 말라빠진 암소가 사랑받을 일인가요. 오, 폐하, 차라리 피터, 바돌프, 포인스를 내치십시오. 하지만 다정한 잭 폴스타프, 친절한 잭 폴스타프, 진실한 잭 폴스타프, 용감한 잭 폴스타프, 늙어서 더 용감한 잭 폴스타프만은 안 됩니다. 아버지의 아들 해리의 동반자는 버리시면 안 됩니다. 부디 그러지 마십시오. 배가 불룩한 잭을 버리는 것은 온 세상을 내치는 거나 마찬가지입니다."

폴스타프가 왕자 역할을 하면서 위와 같이 자화자찬하자, 왕 역할인 헬은 간단히 대답한다. "아니, 그렇게 할 것이다." 헨리 5세가 되었을 때의 미래를 미리 얘기하는 듯하다.

문학작품에 있어서 특히 도덕성을 강조하는 비평가 사무엘 존슨조차 폴스타프에 대해서는 찬사를 보낸다.

"모방된 적도 없고 모방될 수도 없는 폴스타프. 그대를 어떻게 묘사할 수 있겠는가? 그대는 감각과 결함의 혼합체, 존경의 대상이 될 수는 없지만 놀라운 감각과, 경멸의 대상이 될 수는 있지만 결코 혐오의 대상은 되지 않을 결함의 혼합체다."

폴스타프는 일면 비겁하지만 명예에 대해서는 매우 실용적이다. 그는 매우 현대적인 인물이다. 죽은 후의 명예는 필요 없다는 것이 그의 일관된 주장이다. 그는 슈르스베리 전투에 출전했지만 싸움에는 애초에 관심이 없다. 퍼시와 싸울 생각도 없으면서 그는 이렇게 떠벌린다.

"좋아, 아직 퍼시가 살아 있다면 놈을 찔러 버리겠어. 그놈이 제 발로 나타나면 좋아. 그러나 그놈이 나타나지 않는데 내가 내 발로 그놈 앞에 가는 일이 있다면 나를 난도질해도 좋아. 나는 월터 블런트* 같은 기분 나쁜 명예는 싫어. 목숨을 건질 수 있다면

---

* Walter Blunt, 헨리 4세 대역으로 죽은 기사.

좋아. 아니라면, 구하지도 않은 명예가 먼저 오게 되고, 끝장이란 얘기지."

폴스타프는 전투에 나가서도 더글라스와 싸우다가 쓰러져죽은 척해서 목숨을 건진다. 제대로 싸우기도 전에 죽은 척한것이다. 핼 왕자는 전투 중 핫스퍼를 찔러 죽인다. 그리고 폴스타프가 쓰러져 있는 것을 보고 죽은 줄 알고 이렇게 말한다.

"많이 본 친구군. 이 거대한 육체가 숨이 끊어진 건가? 불쌍한잭, 안녕. 좀 더 가치 있는 병사였으면 좋았을 텐데. 내가 허영과사랑에 빠진 거라면, 당신을 정말 그리워할 거야."

핼 왕자는 폴스타프가 죽은 줄 알고도 별 아쉬움이 없다. 핼의 냉혹한 인간성에 대해서 비판의 의견들이 있는 이유다. 그렇게 어울려 다니던 친구가 쓰러진 것을 보고도 그렇게 냉정한 걸 보면, 나중에 훌륭한 왕이 되기는 했지만 따뜻한 인간은아니었던 모양이다. 셰익스피어는 이러한 사소한 장면을 통해서 인물의 진면목을 보여 준다. 이런 장면에서 우리도 배울 수있다. 우리 주변 인물들의 사소한 언행들을 잘 관찰해 보면 그사람의 진짜 모습을 알 수 있다는 것이다. 알 수 없는 것이 인간의 속마음이지만 나의 인생에 영향을 줄 수 있는 사람에 대해서는 진짜 모습을 알고 있어야 한다. 폴스타프의 행동은 비겁해 보이지만 그의 우선순위는 명예보다는 생명이므로 나름 일관성 있는 행동이긴 하다. 그에게 있어 용기 있는 행동 뒤에는 분별심이 있다.

"죽은 척하는 것은 살기 위한 거니까 속임수가 아니야. 오히려 삶의 진정한 모습이지. 용기란 대개 분별심과 관련된 거지. 조심성이 있었기 때문에 내가 살아난 것 아닌가.…"

그는 헬 왕자의 칼에 찔려 쓰러져 있는 핫스퍼를 보고는 시체가 다시 일어나 자기를 찌를까 봐 두려워 그를 다시 찌른 다음 어깨에 둘러메고 와서 자기가 핫스퍼를 죽였다고 떠벌린다. 게다가 헬 왕자 앞에서 핫스퍼를 죽였으니 포상으로 공작이나 백작의 작위를 달라고 한다.

폴스타프의 매력은 무엇일까? 우리는 폴스타프와 같은 방식으로 이 세상을 살 수는 없다. 우선 그렇게 악당 짓을 할 수는 없다. 악행이 아니더라도 체면과 관습, 규칙에 구애받지 않고 그렇게 자유롭게 살 수는 없을 것이다. 그는 정말 아무 걱정이 없는 것으로 보인다. 그렇게 낙관적일 수 있을까? 가진 것 별로 없이 그렇게 배짱 있게 살 수 있을까? 상대의 지위 고하를 막론하고 그렇게 나오는 대로 거리낌 없이 입을 놀릴 수 있을까? 불리한 상황에도 굴하지 않고 그렇게 순발력을 발휘해서 궁지를 벗어날 수 있을까? 무엇보다도 그처럼 웃음을 자아낼 수 있을까? 그러면서도 그처럼 허풍 속에 통찰력을 가질 수 있을까? 그의 매력은 우리가 할 수 없는 것을 아무렇지도 않게 한다는 것이다. 또 그의 인간적인 면이나 허세의 일부는 우리 모두에게도 있는 것이어서 친근한 느낌도 준다. 오히려 부럽기도 하다. 가장 중요한 것은 그가 가식적이지 않다는 것이다.

그는 법률의 수장인 대법원장을 만나서도 주눅이 들지 않는다. 오히려 그의 추궁에 말장난으로 희롱한다. 법원장이 지나가는 폴스타프를 보고 수하에게 불러오라고 시킨다. 폴스타프가 법원장의 수하와 거리에서 입씨름을 하는데 법원장이 나타난다. 그는 법원에서 소환장을 보냈는데 왜 출두하지 않는가를 추궁한다. 폴스타프는 계속 딴소리를 하며 핵심을 피한다.

"법원출두를 명한 것은 너의 사형을 청원하는 고발이 있었기 때문이다."
"제가 출두하지 않았던 건 군복무 관련 법률에 능통한 변호사의 조언이 있었기 때문이죠."
"하지만 존 경, 그대는 악명이 높다."
"이렇게 큰 허리띠를 하고 있는 자는 더 작은 걸로는 안 되지요."
"수입은 형편없는데 씀씀이가 큰 것이 의심스럽다."
"그 반대면 좋겠군요. 수입은 좋고 허리는 좀 날씬하게 말이죠."

"젊은 왕자를 나쁜 길로 오도하는 자가 너지?"

"젊은 왕자가 저를 오도했습니다. 저는 배가 나왔을 뿐, 왕자님이 안내견입니다."

법원장은 그가 슈르스베리에 참전한 것이 인정되어 야간의 범죄활동이 말소되었다고 얘기하며 잠자는 늑대를 깨우지 말라고 경고한다. 그러면서 너는 다 타버린 촛불이니 점잖게 처신하라고 한다. 젊은 왕자를 나쁜 천사처럼 쫓아다닌다는 말에 폴스타프의 대답을 보자.

"나쁜 천사 화폐*는 무게가 가볍지요. 하지만 저는 무게를 달지 않아도 누구나 듬직하다는 걸 알지요. 때로는 걸음걸이가 쉽지 않다는 걸 인정합니다. 뭐라 해야 할까, 이런 상업주의 시대에는 미덕이란 가치가 없어요. 진정한 용기는 곰 훈련에나 필요하니까요. 똑똑한 사람이 술집 급사가 되어 돈 계산하느라 두뇌를 낭비하고, 아무리 재능이 뛰어난 사람도 이런 형편없는 시대에는 구스베리 열매 하나의 가치도 없어요. 나이 드신 당신 같은 분들이 젊은이들의 역량을 못 알아보는 거죠: 자기들 담즙의 쓴맛을 가지고 우리들 간장의 열기를 재려고 하거든요. 그러나 솔직히 말하면 앞서가는 우리 젊은이들은 열정과 활기가 있지요."

* 10실링의 금화.

폴스타프는 자기를 훈계하러 나온 법원장에게 오히려 훈계를 하고 있다. 당시 사회 상황을 지도층 앞에서 비판하는 그의 말은 나름 근거가 있고 예리하다. 법원장은 그의 비판을 이렇게 피해 가려 한다.

"자네는 여전히 젊은이 명부에 이름을 올려놓고 있을 건가? 자네 얼굴에는 온갖 늙은이의 증거가 적혀 있는데? 눈은 건조하고 손은 까칠하고, 두 뺨은 노랗게 시들고, 흰 수염에… 어림없다."
"아닙니다, 법원장님, 제가 태어난 때가 오후 세 시였습니다. 날 때부터 백발에 배불뚝이었습니다. 목소리가 쉰 것은 사냥터에서 소리 지르고 국가를 열심히 부른 탓이고, 젊음을 더 증명할 수도 있습니다만 그만두지요: 사실은 제가 나이를 먹고 있는 것은 판단력과 이해력뿐입니다. 누가 천 마르크를 걸고 저와 댄스 시합을 하자고 하면, 그 돈은 이미 제 것입니다. 지난번에 왕자님이 올린 싸대기는 왕자로서는 무분별하고 부끄러운 일이었습니다. 그 일을 태연하게 받아들인 것은 법원장님의 훌륭한 태도였습니다. 저는 왕자를 꾸짖고 야단쳤습니다. 그 젊은 사자는 지금 후회하고 있습니다."

폴스타프의 입은 막히는 법이 없다. 얘기가 어느 방향으로 갈지 예측하기도 힘들다. 전에 헬 왕자가 법원장의 따귀를 때린 적이 있는데, 그 일을 거론하며 자기가 왕자를 혼내주었다고 한다. 전후 관계를 살펴보면 그는 머리가 엄청나게 좋은 것이 확실하다. 그는 선술집 주인 퀴클리 부인으로부터 빚 때문에 고발을 당하지만 너스레를 떨다가 오히려 더 빌리기까지 한다. 관리가 현장에 와서도 처리가 안 되자 법원장이 나서서 양쪽 얘기를 듣는다. 폴스타프 특유의 언변에 법원장이 이렇게 말한다.

"존 경, 나는 당신이 진실을 얼마나 쉽게 대단한 거짓말로 바꾸는지 잘 알고 있다.…
빚진 돈을 갚고 그동안의 잘못에 대해 사과하라."
"법원장님, 아무 말 없이 이 무시를 참으라고요. 당신은 나의 용감하고 명예로운 행위를 무례한 것으로 취급하고 있어요. 사나이가 말없이 그냥 서서 고개를 숙이면 도덕적인 사람이 되나요. 그렇게는 못합니다. 내가 미천하지만 법원장님께 고개 숙일 수 없습니다. 이 관리들에게 나를 풀어 달라고 얘기했습니다. 왕을 위해서 급하게 해야 할 일이 있거든요."
"당신은 마치 법을 어길 권리가 있다는 듯 얘기하는군. 지위에 맞게 처신하고 이 여자와 관련된 일을 해결하시오."

폴스타프가 즐겨 쓰는 수법 중 하나는 왕이나 왕자의 핑계를 대는 것이다. 왕이나 국가를 위해서 급한 일이 있다고 하는데 어쩌겠는가? 다음은 폴스타프가 핼 왕자와 선술집에 있을 때 퀴클리 부인이 와서 폴스타프와 다투는 장면이다. 퀴클리 부인이 폴스타프에게 빌린 돈을 갚으라고 하자 두 사람 간에 공방이 벌어지다가 핼에게로 공이 넘어간다.

"왕자님, 제 말 좀 들어주세요."

"그 여자는 내버려두고 내 말을 들어봐요."

"뭔가, 잭, 할 말이?"

"며칠 전 벽걸이 뒤에서 자고 있을 때, 소매치기를 당했다니까. 이 집은 매춘부집이 되었어. 소매치기들이야."

"뭘 잃어 버렸는데?"

"핼, 믿어 주겠지. 40파운드짜리 증권 서너 장과 할아버지 인감 반지야."

"보잘것없는 8펜스짜리지."

"저도 그렇게 말했어요. 왕자님한테 그 얘기 들었다고요. 그랬더니 왕자님한테 입에도 담지 못할 욕설을 했어요. 그리고 왕자님을 패주겠다고 했어요."

"뭣이? 설마."

"왕자님에 대해서도 그래요. 전에 왕자님께 천 파운드를 빌려 주었다나요."

"내가 천 파운드를 빌렸다구? 잭."

"핼, 천 파운드가 아니라 백만 파운드지. 자네가 받는 사랑은 백만 파운드의 가치가 있어. 자네는 내 사랑을 빚지고 있지."

폴스타프의 임기응변과 너스레는 정말 놀랍지 않은가? 말도 안 되는 상황에서도 그의 입은 멈추지 않는다. 왕자가 자기에게 사랑을 빚고 있다니 더 이상 할 말이 없다.

폴스타프는 반란 진압군으로 파견된다. 사실은 헨리4세가 그를 왕자에게서 떼어놓으려고 취한 조치다. 병사를 소집하는 과정에서 뇌물을 받고 징병을 빼주기도 하며, 그 사실을 자랑처럼 떠벌린다. 돈 있는 사람의 자제는 돈을 받고 빼주다 보니 징집된 부대는 오합지졸의 모습이다. 헬 왕자도 그들의 모양새를 보고는 "저런 한심한 종자들은 처음 보았네."라며 그들의 전투력에는 기대를 안 하는 모습이다. 빨리 출전하자는 어느 귀족의 말에 대한 폴스타프의 대답은 이렇다. "글쎄요. 전쟁터에는 끝판에, 파티에는 초장에 참석하는 게 좋지요."

폴스타프가 전투에서 귀환해서 여전히 허접한 인간들과 노닥거리고 있는데, 그의 수하 피스톨이 소식을 가지고 온다.

"피스톨, 무슨 바람이 불었지?"
"좋은 소식을 가져오니 나쁜 바람은 아니죠.
멋진 기사님은 이제 이 나라에서 가장 큰 인물이 되었습니다.…
존 경, 우리의 어린 양이 왕이 되었습니다. 이제 헨리 5세예요."
"이봐, 피스톨, 더 얘기해 줘. 그리고 출세할 계획도 짜 둬라.

젊은 왕은 나를 학수고대하고 있을 거야. 영국의 법률은 내 명령에 따를 것이니까.

아무것이라도 좋으니 말을 가져와라.

폴스타프의 친구들에게는 축복이, 대법원장에게는 불행이."

폴스타프 일행의 대화를 보면 이제 세상은 그들의 것이 될 것 같다. 폴스타프는 지위를 마음대로 부여하고 법률을 시녀로 할 정도의 권력을 잡은 것으로 생각한다. 하지만 이 시점에서 이미 그의 독단적인 생각은 더 이상 유효하지 않다. 헬 왕자가 헨리 5세가 되는 순간 폴스타프는 통치에 도움이 되는 인물이 아니므로 그의 존재는 왕의 기억에서 지워지기 때문이다. 그의 허풍과 재치도 생명을 다했다. 재치만으로 품위나 권위를 이기지는 못한다.

셰익스피어는 왜 그를 매력적인 인물로 만들었을까? 그는 잘 봐주어도 속물에 불과하고, 자기의 쾌락을 우선으로 하고 타인에게 피해를 주는 것에 대해 양심의 가책이 없으며, 심지어는 기사로서 국가를 대상으로 부정을 행하는 악인임에도 불구하고 독자나 관객의 사랑을 가장 많이 받는 특이한 존재다. 마음 내키는 대로 행하고 하고 싶은 말을 다하고 싶지만, 그렇게 못하는 사람들의 대리만족을 위한 것 아닐까.

악의 없는 허풍

'십이야'는 크리스마스에서 12일이 지난 날, 즉 1월 6일을 말하는데 일종의 축제일이다. 특히 엘리자베스 여왕 시절에는 이 날 연극 등 성대한 축제를 벌이는 관습이 있었다고 한다. 이 작품은 축제일에 상연할 목적으로 쓴 것으로 보인다. 무대는 지중해 연안의 일리리아인데, 꿈과 희망의 나라라는 뜻이 담겨 있다. 이 작품은 셰익스피어의 희극 중에 뛰어난 걸작으로 평가받는데 남녀의 사랑을 소재로 인간의 어리석음과 허풍, 품격, 자만심 등 다양한 본성을 풍자하면서 마지막에는 결혼으로 끝나는 즐거운 축제극의 전형을 보여 준다. 대부분의 등장인물이 사랑과 관련이 있고 재미있다. 이 작품에는 신분이나 형식, 관습을 뛰어넘는 자유가 있다. 위선을 조롱하는 장면이 많은데, 상상력이 재치와 결합되어 카타르시스를 제공한다.

오시노는 일리리아의 공작인데 올리비아를 사랑한다. 바이올라와 세바스찬은 남매로 일리리아 해변에 조난된 후 헤어진다. 바이올라는 난파선의 선장으로부터 공작이 올리비아에게 청혼했다가 거절당했다는 이야기를 듣는다. 바이올라는 선장에게 이렇게 부탁한다. "제가 여자라는 것을 숨기고 제 계획에 맞도록 변장하려고 하니 도와주세요. 공작님을 모시고 싶어요. 저를 시동으로 공작님께 추천해 주세요.…" 토비는 백작의 딸 올리비아에 더부살이 하는 삼촌인데, 술꾼이고 앤드류 에이그치크와 단짝이다. 마리아는 올리비아의 시녀인데, 토비가 칭찬하는 앤드류에 대해서 이렇게 평가한다. 앤드류는 토비를 통해 올리비아에게 구애중이다.

"아무렴요. 타고난 재능이 대단하겠죠. 바보에다가 대단한 싸움꾼이잖아요. 다행히 타고난 비겁한 재능이 있어서 싸움 기질을 누그러뜨렸으니 망정이지 그렇지 않았으면 벌써 무덤행이었을 거라고 아는 사람들은 얘기하죠."

이 대사만 보더라도 마리아가 얼마나 재치 있는 여자인지 알 수 있다. 그녀는 극중에서 인간의 장난 본능을 유감없이 발휘하는 데 중요한 몫을 한다. 허풍쟁이와 위선자를 실컷 비웃고 골탕 먹이기가 이 극의 주제인데, 대사만 그대로 따라가며 읽어도 즐겁다.

오시노 공작은 시동이 된 바이올라에게 자기의 사랑을 올리비아에게 가서 설득해 달라고 부탁한다. 그런데 세자리오라는 이름으로 시동 행세를 하는 바이올라는 공작을 사랑한다. 바이올라는 공작과 올리비아 사이에서 사랑의 메신저 역할을 하고, 마리아는 말볼리오를 골탕 먹이는 프로젝트의 지휘자로 주 플롯과 부 플롯의 중심 역할을 해나간다. 이 두 여성이 가장 멋진 희극에서 가장 매력적인 캐릭터인 셈이다. 그들은 남성들의 허세와 위선에 대비되는 재치와 진정성을 보여 주는 주인공이 된다. 이들이 남자 인물보다 뛰어난 현실 감각과 주체성을 가지고 상황을 헤쳐 나가는 모습은 주목할 만하다.

페스테는 올리비아의 광대이고 말볼리오는 집사다. 말볼리오는 백작 집안의 집사로, 권위와 거만한 태도를 대표하고 있다. 즉 전통적 가치체계를 상징하는 인물로서 조롱의 대상이다. 올리비아가 그의 성격을 독선적이라고 보고 이렇게 말한다. 자기애self-love에 갇혀 있는 모습은 사실 올리비아 자신에게도 해당되는 성격이다.

"말볼리오, 자기애가 심해 병이 되었네요. 그러니 뭘 먹어도 입맛이 없을 수밖에요. 관대하고 사심 없고 자유로운 성품 같으면 새 총알밖에 안 되는 걸 포탄으로 생각하고 있으니. 어떤 말도 허용된 광대가 험담을 하는 것은 비난할 일이 아니어요. 사려 깊은 명사가 사람을 꾸짖는다 해서 비난 받을 일이 아닌 것처럼."

올리비아와 광대 사이의 대화를 보면 이 극의 성격을 알 수 있다.

"내가 비록 광대 옷을 입고 있지만 머릿속까지 바보는 아니라구요. 아가씨가 바보라는 걸 증명해 볼까요?"

"할 수 있어?"

"멋지게요."

"증명해 봐."

"교리문답으로 하지요. 착한 아가씨,

내가 물으면 대답을 하세요."

"심심하니까 네 증명이나 들어 보자."

"착한 아가씨, 왜 슬픈가요?"

"이런 바보, 오빠가 죽었으니까."

"그럼 오빠의 영혼이 지옥에 떨어졌나 보군요."

"오빠의 영혼은 천국에 있다, 멍청아."

"그러니까 바보란 거지. 오빠의 영혼이 천당에 있는데 왜 슬퍼

하냐 말이죠."

"말볼리오, 저 바보를 어떻게 생각해요? 조금 나아진 건가?"

"예, 아마 죽음의 고통을 당할 때까지 조금씩 나아질 겁니다. 나

이 들면 똑똑한 사람도 노망이 들기 마련인데 바보는 더욱 바보

가 될 테니까요."

"신이시여, 저 말볼리오가 하루빨리 노망이 들게 해주소서. 저

바보가 더 바보가 되게."

이제 삼촌 토비가 가세해서 하는 대화를 보자.

"이런 또 취하셨네. 삼촌, 문 밖에 온 사람이 누구여요?"

"신사다."

"어떤 신사요?"

"신사라니까, 제기랄, 절인 청어 때문에 트림이… 바보야 안녕."

"삼촌 어떻게 된 거여요. 아침부터 비틀거리잖아요."

"이봐, 광대야. 술에 취하면 어떻게 되지?"

"얼큰한데 한 잔 더하면 바보얼간이가 되고, 두 잔 더 하면 미치광이, 세 잔 더 하면 물귀신이 된다고요."

이때 바이올라가 공작의 심부름을 와서 올리비아를 만나 공작이 사랑하고 있다는 걸 장황하게 전달한다. 올리비아는 그분을 사랑할 수 없으니 그렇게 전하라고 한다. 하지만 공작의 반응을 알려 주기 위해 당신이 오는 것은 상관없다고 한다. 올리비아는 첫눈에 신사로 보이는 바이올라에게 반한 것이다. 바이올라가 떠난 후, 그녀는 말볼리오를 시켜 공작의 시동이 반지를 두고 갔다며 얼른 쫓아가서 되돌려 주라고 한다. 자기가 두고 간 반지가 아닌 걸 알고 바이올라는 올리비아가 자신을 좋아하게 된 것을 눈치챈다. 남장한 여자인 자신은 공작을 연모하고 공작은 올리비아를 사랑하고 올리비아는 자신에게 반했으니 장차 이 일이 어떻게 될 것인가.

공작은 자신의 사랑 문제를 시동에게 의존하니 잘 될 것 같지 않다. 셰익스피어가 지지하는 사랑은 자기 주도적 사랑 아닌가? 그렇게 보면 앤드류의 올리비아에 대한 구애도 마찬가지다. 남자들은 대체로 진실보다는 겉치레에 신경을 쓴다는 것이 문제다. 그는 토비와의 친분을 이용해 보려고 하지만, 스스로 사랑을 주도할 능력이나 의지도 없고 낭만적 상상력도 부족하다. 셰익스피어의 사랑에 대한 해답을 요약하면 자신의 의지와 낭만적 상상력이다.

한편 토비와 앤드류는 술을 마시며 한쪽 방에서 놀고 있다. 그 옆에서 광대 페스테는 돈을 받고 노래를 불러주며 흥을 돋우고 있다. 이때 말볼리오가 나타나 아가씨 집이 선술집이냐며 또 이러면 아가씨 집에서 쫓겨날 거라고 한다. 말볼리오는 이들에게 공적이다. 시녀 마리아는 평소 거만한 속물 말볼리오의 콧대를 꺾는 꿈을 꿔온 듯 그를 골탕 먹일 궁리를 한다. 마리아가 올리비아의 필체로 말볼리오에게 보내는 가짜 연애편지를 쓰기로 한다. 토비와 앤드류, 말볼리오 사이에 벌어지는 허풍과 장난기의 대결을 마리아가 총지휘한다. 인간의 장난기란 어쩔 수 없다.

다음날 그들은 마리아가 쓴 가짜 편지를 말볼리오가 오는 길목에 떨어뜨리고 숨어서 보고 있다. 그는 올리비아와 결혼해서 백작이 되는 백일몽을 꾸며 길목을 걸어오고 있다. 백작이 되어 거들먹거리며 토비의 술버릇에 대해 훈계하고 엉터리 기사 앤드류를 멀리하라고 야단치는 상상을 하던 중 그는 땅바닥에 떨어져 있는 편지를 보고 집어 든다. 편지는 이렇게 시작된다.

"신만이 알리라, 나의 사랑이여.
그 사람이 누구인가?
입술이여 움직이지 말라.
누구도 알아서는 아니 된다.
사모하는 자는 내가 부리는 자니…
MOAI야말로 나의 목숨…."

M은 자신의 이름인 말볼리오를 뜻하는 것이 분명한데 나머지는 뭔지 알 수가 없다. 어쨌든 올리비아 아가씨가 자신에게 보낸 것이 틀림없다. 편지는 이렇게 계속된다. 그가 앞으로 할 행동이 독자의 눈에도 훤히 보인다.

"저의 친척에게는 매정하게 대하고, 하인들에게는 오만하게, 말할 때는 국가 대사를 논하며 특이한 몸차림을 하세요.… 당신의 노랑 양말을 칭찬하고 열십자로 맨 대님을 보고 싶어 하는 사람을 잊지 마세요.…"

마리아가 이 꼴을 보고 있는 토비와 앤드류에게 다가와 이렇게 말한다.

"이 놀음의 결과를 보시려면 우선 그 사람이 아가씨 앞에 나타날 때를 봐야 해요. 분명히 노랑 양말을 신고 나타날 거여요. 노랑은 아가씨가 가장 싫어하는 색깔이죠. 그리고 십자로 대님을 하고 나올 거여요. 그것도 아가씨가 아주 싫어하는 거여요. 그리고 아가씨를 보고 히죽히죽 웃을 거 아니어요. 요즘같이 상심하고 계신 아가씨의 마음을 할퀴는 격이거든요. 그러니 그 사람은 눈에 띄게 모멸 받을 얼간이가 되는 거죠. 구경하고 싶으면 저를 따라오세요."

남을 골탕 먹이는 게 희극의 중요한 요소다. 게다가 얄미운 허풍쟁이를 골탕 먹이는 것은 더욱 재미있다. 토비와 앤드류도 기대가 크다. 지옥의 문까지라도 따라가겠다고 한다. 희극에서 또 주목해야 할 점은 말장난이다. 일종의 재담이기도 하고 가벼운 농담이기도 한데, 그 속에 가끔은 무시할 수 없는 날카로운 인생의 진리가 숨어 있다. 바이올라와 페스테 사이의 말에 관한 대화를 보자.

"말 한번 잘한다. 그러니 광대도 먹고살기 힘든 세월이란 말이죠. 머리 좋은 친구에게 걸리면 같은 말도 장갑처럼 바꿔 끼거든. 순식간에 뒤집어 놓는다니까."

"정말 그래. 말이야 장난을 치자면 멋대로 놀아나기 마련이지."

"그래서 내 누이동생도 이름을 안 지었어요."

"그건 왜?"

"그야 이름도 말이니까요. 그러니 이름을 가지고 장난을 쳐대면 내 누이도 멋대로 놀아날 테니까요. 계약도 어기는 판에 말이란 건 못돼 먹은 놈이죠."

"이유가 뭔가?"

"솔직히, 말을 쓰지 않고서 이유를 댈 수는 없지요. 그 말이란 게 도대체 믿을 수 없으니 말로 이유를 설명하고 싶지 않네요."

"걱정거리 하나 없이 천하태평이군."

"아니죠, 걱정이 왜 없겠어요? 솔직히 말해서 당신에게는 신경 쓰지 않아요. 그게 아무 걱정 없는 거라면 당신이 사라져 주면 되겠군요."

"당신은 올리비아 아가씨의 광대 아닌가?"

"아니죠, 올리비아 아가씨는 바보가 아닌데 왜 집에다 바보 광대를 두겠어요?"

인간의 언어에 대한 근본적인 문제를 지적하는 대화를 이렇게 말장난처럼 끌고 간다. 이런 대화 끝에 바이올라가 페스테에 대하여 말하는 대사가 셰익스피어가 생각하는 광대의 역할이다. 사실 어리석음과 현명함은 종이 한 장 차이 아니겠는가.

"저 사람은 현명하니까 바보 흉내를 낼 수 있는 거야. 바보 역을 능숙하게 하려면 지혜가 필요해. 농담을 하려면 상대방 기분과 사람됨, 때와 장소를 분간해야 하니까. 그리고 야생 매처럼 눈앞에 날아가는 새를 낚아채는 솜씨가 있어야 해. 이것은 현명한 사람이 지혜를 부리는 것만큼 힘든 일이야. 그는 바보짓을 매우 현명하게 하지만 현명한 사람이 바보짓을 하면 우습게 되지."

농담이나 헛소리도 잘하려면 지혜가 필요하다는 것, 참으로 진리가 아닐 수 없다. 사람이 이따금 허점도 보여야 인간적이다. 꾸밈이 없어야 현명한 바보짓이 통할 것이다.

올리비아는 공작의 사랑의 메시지를 전달하러 온 바이올라 아니 세자리오에게 이번에는 직접 사랑을 고백한다. 하지만 당연히 바이올라는 그럴 수 없다며 물러간다. 이 장면을 본 앤드류는 토비에게 여기를 당장 떠나야겠다고 투덜거린다. 그러자 토비는 이판사판인데 용기를 밑천으로 결투를 신청해서 그 녀석의 몸에 열한 군데 상처를 입히라고 부추긴다. 하지만 그렇게 말하는 토비는 결투가 제대로 이루어지지 않으리라는 것을 안다. "앤드류 녀석을 해부해 보면 그의 간에는 벼룩의 발을 적실 만큼의 피도 없을 거야. 만약 있다면 해부한 나머지는 내가 먹어 줄 테다."

전에 마리아도 얘기했지만, 앤드류는 겁 많은 허풍쟁이니까 싸움이 될 리가 없다고 판단된다. 한편 말볼리오는 올리비아 앞에 나타나 가짜 편지에서 말한 대로 노랑 양말과 십자 대님을 하고 우스꽝스럽게 편지의 지시사항을 나름 확인하고 있다. 올리비아는 어리둥절해서 그가 정신이 돌았다고 생각한다. 이때 공작의 시종이 왔다고 해서 올리비아가 퇴장하고, 토비와 마리아가 등장해서 말볼리오에게 악마가 붙었다며 놀린다. 그 사이에 앤드류가 와서 결투 도전장이라며 가져와 읽는다. 하지만 토비는 생각이 따로 있다. 도전장을 전하지 않고 입으로 공작을 꾸밀 예정이다. 양쪽 둘 다에 상대가 무시무시한 싸움꾼이라고 말해서 서로에게 겁을 먹게 만든다.

올리비아는 또 바이올라를 만나 보석을 주며 사랑을 고백하는데, 바이올라는 자기 주인인 공작님을 사랑해 주십사 부탁한다. 올리비아는 여자가 먼저 사랑을 고백하는 것에 대해 자부심을 가진다. 이는 셰익스피어가 여성의 주체성을 부각시키기 위한 것이다. 올리비아의 대답이다. 맹세를 어기는 것은 명예를 포기하는 것이다. "이미 당신에게 바친 사랑을 내가 어떻게 명예를 잃지 않고 그 분에게 또 줘요?"

한편 토비는 바이올라를 보자 앤드류가 칼솜씨가 대단히 좋은 싸움꾼인데 당신이 무슨 모욕을 주었는지는 모르지만 정원

모퉁이에서 당신을 노리고 있으니 대비하라고 한다. 바이올라는 자기는 싸울 줄 모르는 사람이라며 아가씨의 도움을 청해야겠다고 한다. 그러면서 그 사람한테 왜 자기에게 원한을 가지게 되었는지 알아봐 달라고 부탁한다. 토비는 다시 앤드류한테 가서 똑같은 방식으로 그자가 귀신같은 칼솜씨를 가졌다고 하자, 앤드류는 즉각 그런 비범한 솜씨라면 도전장을 보내지 않았을 거라며 후회한다. 그자가 없었던 일로 해주면 자기 잿빛 말을 주겠다고 한다. 토비는 싸움을 말리는 대가로 말이 한 마리 생겼다며 좋아한다.

토비의 조작으로 두 사람은 서로에게 칼을 뽑는데, 바이올라의 오빠 세바스찬의 일행인 안토니오가 지나가다가 이 장면을 보고 칼을 뽑으며 대신 상대해 주겠다고 한다. 안토니오는 선장인데 세바스찬을 구해준 바 있다. 지금은 세바스찬과 나중에 코끼리여관에서 만나기로 하고 각자 행동 중이다. 세바스찬은 바이올라의 쌍둥이 오빠인데 얼굴이 비슷하다. 포리가 와서 싸움이 시작되기도 전에 종료되고, 그들은 안토니오를 체포한다. 오시노 공작과 그 전에 적으로 전투를 한 적이 있어서, 안토니오는 말하자면 지명 수배된 상태이다. 안토니오는 바이올라를 세바스찬인 줄 아는데 바이올라는 그를 모르니 딴청을 피울 수밖에 없고, 안토니오는 배신감에 분노한다. 그제야 바이올라는 오빠 세바스찬이 살아 있다는 것을 눈치챘다.

한편 올리비아 저택 앞을 지나던 세바스찬은 광대 페스테를 만난다. 광대는 그가 바이올라인 것으로 착각하고 말을 건다. 세바스찬이 알아들을 리 없다.

"제발 부탁한다. 바보 같은 소리는 딴 데 가서 뱉어. 나를 알 리가 없지 않은가?"

"바보 같은 소리를 뱉는다고? 어떤 훌륭한 양반한테 들은 말을 이 바보한테 써먹는군. 바보 같은 소리를 뱉는다. 이러다가 세상 촌놈 모두 멋쟁이 말투가 되겠군. 제발 시치미 떼지 말고 아가씨에게 무슨 말을 뱉을지 알려줘요. 곧 오신다고 뱉을까요?"

"제발 바보 나리, 저리 가 줘."

이런 와중에 토비와 앤드류가 나타나서 세바스찬과 티격태격하는데 올리비아가 나와서 보고 말린다. 그녀는 당연히 세바스찬이 세자리오인 줄 알고 있다. 그러고는 저 사람들의 무례와 불손한 행동을 용서해 달라며 안으로 들어가자고 한다. 세바스찬은 또 다시 이건 무슨 일인가 의아해하며 올리비아를 따라 안으로 들어간다. 토비는 말볼리오에 마귀가 들었다며 깜깜한 방에 가두고 광대를 목사로 변장시켜 계속 골려 준다.

"목사님, 저는 미치지 않았어요. 이 방은 정말 깜깜해요."

"미친 자여, 그대는 잘못 알고 있다. 무지가 곧 암흑이다. 안개 속에 길을 잃은 이집트인처럼 그대는 무식의 어둠에 싸여 있다."

"무지는 지옥 못지않게 어두울지 모르나, 이 방은 무지 못지않
게 깜깜합니다. 그리고 나같이 모멸당한 사람은 세상에 없습니
다. 나는 목사님과 마찬가지로 미치지 않았습니다. 이치에 닿는
질문으로 시험해 보세요."

"그렇다면 야생 조류에 관한 피타고라스 학설은 무엇인가?"

토비는 마리아에게 이제 장난을 끝낼 때가 되었다고 한다.
말볼리오는 오랫동안 조롱을 당하며 골탕을 먹었다. 그는 사
실 사랑이 아니라 올리비아와의 결혼으로 신분 상승을 노리는
속물이라 조롱과 경멸의 대상이 된 것은 당연하다. 이 극에서
그는 기존의 관습과 권력에 편승해 보려는 역할이다. 그럼에
도 불구하고 말볼리오라는 인물이 순진한 집사, 귀여운 악동
으로서 나름 매력적인 캐릭터로 인기를 끄는 것은 순전히 작
가의 역량이라고 해야겠다.

그 사이 올리비아는 세바스찬에게 신부님한테 가서 약혼을
하자고 한다. 하지만 잠시 올리비아와 공작은 세자리오와 세
바스찬 사이에서 혼돈을 일으키고 이런저런 소동이 일어난다.
다른 쪽에서 앤드류가 세바스찬을 세자리오로 착각하고 싸움
을 걸다가 머리가 터지고 토비도 다리를 맞아 다치는 소란이
벌어진다. 그러면서 세바스찬과 세자리오가 한자리에 모이게

되니 모든 수수께끼가 한 번에 풀린다. 그동안 발생했던 착오가 풀리는 과정이 희극의 결말이다. 그리하여 올리비아와 세바스찬, 공작과 바이올라가 같은 날 결혼식을 하기로 한다. 토비와 마리아도 장난기가 서로 통하는지 결혼을 한다.

공작은 극중 내내 올리비아를 짝사랑해서 시동 세자리오를 통해 진부한 사랑고백을, 그것도 대리로 행하지만 독자나 관객 아무도 그가 성공하리라고는 생각지 않을 것이다. 전통적으로 보면 잘생긴 젊은 공작의 사랑을 어느 처녀가 거부하랴마는 공작의 사랑을 하인에게 빼앗긴다는 설정은 셰익스피어의 사랑에 관한 관점이 매우 진보적이었음을 말해 준다. 공작의 결혼은 사실 자신의 힘으로 이룬 것도 아니다. 순전히 여자인 바이올라의 사랑에 도움을 받아 구원받은 것에 불과하다. 이 극에서는 재산이나 신분 등의 외적 조건에 의존한 사랑은 전부 실패하는데, 당시 결혼관으로는 매우 혁신적인 설정이다.

바이올라는 여러 가지 면에서 공작과 매우 대조적이다. 주인과 하인의 관계로 신분 차이가 크지만, 공작이 수동적이고 의존적인 데 반해 그녀는 매우 주도적이고 당당하다. 사랑은 현실을 뛰어넘을 수 있다는 것을 작가는 바이올라를 통해 보여 준 셈인데, 그녀의 성격을 보면 당연한 선택이라 하겠다. 토비가 하녀인 마리아와 결혼하게 되는 것도 파격적이다. 말볼

리오를 골탕 먹일 계획을 짜고 실행하는 과정에서 마리아가
재치 있고 센스가 대단한 여성임은 익히 알고 있었지만 두 사
람을 결혼까지 시키는 것은 작가의 낭만적 상상력의 극치이
다. 기존의 질서나 권위를 깨부수고 새로운 가치를 만들어야
한다는 메시지를 전달하기 위한 멋진 설정이다.

말볼리오 사건에 대해서도 장난질을 주도한 파비안, 토비
등이 그가 지나치게 완고하고 무례해서 골탕 먹였다는 사실을
털어놓는다. 말볼리오의 마지막 대사를 보면 이들의 앞날을
미루어 짐작할 수 있다. "너희 패거리들 한 놈도 빼놓지 않고
앙갚음을 해줄 테다."

『십이야』가 우수한 작품으로 평가받는 또 다른 이유는 인물
들 간의 조화다. 귀족계급이든 하인계급이든 이 극의 모든 인
물들은 신분 차이에 의한 갈등 없이 개인적인 성품이나 자질
에 의해 자기 역할을 수행한다. 현실을 직시하지 못하는 자기
중심적인 인물들도 바이올라를 중심으로 정체성을 찾아간다.
이렇듯, 남녀 차별이나 신분의 한계 없이 기존의 질서를 파괴
하지 않고 각자의 품위 있는 성격을 발휘하게 한다는 것은 셰
익스피어의 또 다른 능력이다. 『십이야』는 등장인물들 중에 악
인이 없기 때문에 진정한 희극이다. 셰익스피어는 희극에도
어두운 갈등을 포함시키는 경우가 많은데, 여기서는 심한 장

난기마저 악행의 차원이 아니라 재미로 다루었기 때문에 시종 즐겁게 볼 수 있다는 것이 특징이다. 우리 모두 악의가 없다면 장난도 재미로 받아넘길 수 있는 여유를 가질 필요가 있다. 셰익스피어는 웃음의 효과를 강조한다. 웬만한 갈등은 화해로 이끄는 수단이 웃음이다.

허세 싸움

『말괄량이 길들이기』는 거칠고 성질 고약한 여주인공 카테리나를 그녀보다 더 난폭한 남자 주인공 페트루키오가 사랑의 길들이기 과정을 통해 결혼에 성공한다는 내용이다. 셰익스피어의 초기 작품 중 하나인데 일종의 소극farce이다. 난폭한 성격과 과격한 웃음이 변화해 가는 과정이 재미있다.

카테리나와 페트루키오는 서로 강한 성격을 보여 주는데, 겉으로 나타나는 모습은 사실 모두 허세다. 다시 말하면 강한 척하는 거다. 이 극에는 양념으로 슬라이라는 엑스트라가 등장하는데 술주정뱅이고 허풍쟁이 거지다. 이 작품은 특이하게 1막이 시작되기 전에 도입부induction가 두 개 장으로 따로 있다. 도입부의 주인공은 슬라이다. 그는 주모에게 악당 소리를 들으며 등장한다. 술값도 없이 술을 마신 것이다. 그는 이렇게 허풍을 떤다.

"이런 헤픈 여자야, 난 불한당이 아니라고. 역사책을
보면, 나는 정복왕 리차드 가문이라니까.
양처럼 순하게. 세상은 돈다. 돌라고."

정복왕 윌리암과 리차드도 구별 못하는 수준이니 관객들에
게는 얼마나 웃기겠는가. 그러고는 술에 취해 가다가 숲속에
서 잠에 떨어진 그를 사냥 나왔던 영주가 발견한다. 영주의 장
난기가 발동한다.

"여보게들, 이 술꾼한테 장난을 좀 쳐야겠군.
이 친구를 침대에 데려다가
그럴 듯한 옷을 입히고 손에는 반지로 치장하고,
침대 옆에는 멋진 요리를 차려 놓는 거야.
그리고 늠름한 시종을 옆에 있게 하면,
이 친구는 깨어나서 자기가 거지임을 잊어버리지 않을까?"

영주의 각본대로 그는 꿈속에서나 볼 수 있었던 상황을 현
실에서 맛보게 된다. 진짜 영주가 슬라이에게 극중극으로 보
여 주는 것이 『말괄량이 길들이기』이다. 슬라이의 플롯이 현실
과 꿈 사이의 인식 차이를 얘기하는 것이라면, 카테리나와 페
트루키오의 관계와 루센시오와 비앙카의 관계도 현실적 사랑
과 이상적인 사랑의 대비 과정으로 진행된다. 이 작품도 부정

적 가치와 긍정적 가치가 부딪혀서 갈등이 생기고, 결국에는 긍정적인 가치가 승리하는 동시에 갈등요소까지도 전부 포용해서 조화를 이루는 공식을 보여 준다. 셰익스피어 희극의 전형적인 모습이다.

카테리나와 비앙카는 자매로, 언니인 카테리나는 말괄량이에 거친 성질인 데 반해 동생인 비앙카는 얌전하고 조신하다. 페트루키오가 카테리나를 길들이는 과정은 기본적으로 난폭함으로 난폭함을 다스리기이다. 카테리나는 독선적인 면이 있는데 페트루키오가 나쁜 시범을 보여줌으로써 카테리나의 마음을 열고 난폭한 성질을 고치게 한다. 카테리나가 그렇게 독선적으로 행동하는 데는 이유가 있다. 동생 비앙카에게는 그럴듯한 구혼자가 셋이나 있는 데 반해 드센 카테리나에게는 한 명도 없다. 가족들도 그녀를 경원시한다. 비앙카의 구혼자들마저 그녀를 피한다. 이런 상황에서 카테리나는 소외감과 좌절감을 느끼지 않을 수 없다. 카테리나의 아버지 밥티스타는 큰딸을 시집보내기 전에 비앙카부터 보낼 수 없다고 하며 비앙카의 구혼자들에게 누구든 카테리나를 좋아한다면 먼저 구혼하라고 한다. 이에 카테리나가 이렇게 말하는 걸 보면 그녀의 심리 상태를 엿볼 수 있다.

"아버지, 제발 그만두세요. 절 이 작자들 앞에서 웃음거리로 만들지 마세요."

"작자들이라니. 아가씨, 무슨 말버릇이 그렇소? 좀 더 상냥하게 굴지 않으면 평생 배필이 없을 거요."

"누가 댁더러 그런 걱정 해달라고 했어요? 난 결혼할 생각은 조금도 없어요. 만일 결혼을 한다면 당신을 확실히 손봐주겠지만요. 세 발 달린 의자로 당신 머리를 갈겨 주거나, 당신의 얼굴을 피로 물들여 바보 취급을 해드리지요."

이들은 비앙카를 차지하기 위해서 카테리나의 짝을 찾아 주기로 한다. 비앙카의 구혼자 호텐시오의 친구 페트루키오가 여행 중 이곳 파두아로 오게 된다. 호텐시오가 페트루키오에게 대단한 말괄량이가 하나 있는데 집에 돈이 많으니 결혼할 생각이 있냐고 물어본다. 페트루키오는 돈만 많다면 소크라테스의 악처 크산티페처럼 바가지를 긁어도 상관없다고 하며 빨리 만나게 해 달라고 한다.

카테리나는 동생이 얌전을 떨며 아버지의 사랑을 독차지하는 것이 못마땅하다. 아마 어릴 적부터 그랬을 것이다. 카테리나는 자존심이 강하긴 하지만, 사실 강한 여자가 아니고 강한 척할 뿐이다. 그녀는 비앙카가 조용히 얌전을 떨면서 사방에서 사랑을 받는 것도 꼴 보기 싫다. 여기에는 일종의 시기심도 작동할 것이다. 카테리나가 비앙카의 두 손을 묶은 채 때리면서 괴롭히고 있을 때, 아버지가 나타나 그만하라며 둘을 떼어 놓는다.

"아버지는 저애만 감싸고 돌지요. 좋아요, 저애는 아버지의 보배니까 어서 좋은 신랑을 얻어 주세요. 저애 결혼식 날에는 난 노처녀답게 맨발로 춤이나 출게요. 이제 아무 말도 마세요. 그저 혼자 울 수밖에요."

이때 페트루키오가 나타나 밥티스타에게 다짜고짜 카테리나를 달라고 구혼한다.

"만일 제가 따님의 사랑을 얻게 된다면 지참금을 얼마나 주시겠습니까?"
"내가 죽으면 내가 가진 땅의 반과 2만 크라운을 주겠소."
"그럼 전 따님이 과부가 될 경우엔 토지며 임대권을 전부 양도하겠습니다. 약속 이행을 위해 세부적인 계약서를 작성하시죠."
"좋소, 우선 내 딸의 사랑을 얻어야 하오."
"그야 일도 아니지요. 따님이 아무리 자존심이 세도 저를 당할수는 없을 겁니다. 맞불작전을 하면 됩니다. 작은 불이라면 약한 바람에 타오르지만, 강한 돌풍에는 꺼져 버리지요. 제가 그 돌풍이랍니다."

맞불작전, 페트루키오의 지금부터의 과한 액션은 작전이라
는 말이다. 청춘남녀의 허풍과 허세 대결이 재미있다. 이 작품
의 가부장적 남성우월주의에 대해 페미니스트들이 악평을 하
는 것이 사실이지만 작전이라니까 이해하도록 하자. 물론 작
가의 풍자적 아이러니를 위한 수법이다. 그러면 그가 카테리
나를 처음 만나서 어떻게 길을 들이는지 봐야겠다. 우선 이름
부터 바꿔 부른다.

"케이트 양, 이름을 그렇게 들은 것 같은데."
"듣긴 들은 것 같은데 사람들은 날 카테리나라고 부르죠."
"그럴 리가, 사람들은 모두 케이트라고 부르던데… 당신은 상냥
하고 예쁘고 얌전하다고 칭찬이 자자하더군. 그러나 소문보다
실물이 더 낫다는 말을 듣고 당신을 아내로 맞이하기 위해 이렇
게 발걸음을 옮겼다오."
"옮겼다고요, 흥. 그럼 그렇게 옮겨온 발을 다시 옮기시죠. 당신
이 옮기기 쉬운 사람이란 걸 난 단번에 알았네요."

카테리나와 페트루키오는 이렇게 한참 설전을 벌이다가 페
트루키오가 껴안자 카테리나가 뺨을 때린다. 설전이 계속되는
데 페트루키오가 이렇게 선언한다.

"카테리나, 허튼소리는 이제 그만둡시다. 당신 아버지도 우리 결

혼을 허락했소. 지참금도 합의를 봤소. 당신이 싫든 좋든 난 당신과 결혼할 거요. 자, 케이트, 나는 당신에게 남편이 되는 거요. 당신 미모를 드러내는 이 햇빛에 걸고 맹세하는데, 당신은 나 이외에 누구와도 결혼할 수 없소. 나는 야생 케이트를 길들이기 위해 태어난 사람이오.…"

밥티스타가 와서 딸과는 얘기가 잘되었느냐고 하자 그는 이렇게 답한다.

"사실대로 말씀드리겠습니다. 많은 사람들이 케이트에 대해 잘못 알고 있습니다. 설사 따님이 고집쟁이라고 해도 그건 하나의 정책일 뿐이죠. 따님은 못되지 않아요. 오히려 여름 새벽같이 상쾌하답니다.… 그래서 우리 두 사람은 일요일에 결혼식을 올리기로 했습니다."

카테리나는 가벼운 반박을 하지만 자기를 예쁘고 착하다고 인정하는 남자를 내칠 수는 없다. 그동안 자기에게 그런 말을 해준 남자는 없었던 것이다. 밥티스타는 결국 결혼을 승낙한다. 페트루키오는 이렇게 말하고 퇴장한다.

"장인어른, 내 사랑, 그리고 여러분 안녕히 계십시오. 베니스에 가서 반지니 예복 등 필요한 물건을 준비해야겠습니다. 일요일이 바로 코앞이니까요. 케이트, 키스해 줘요. 우린 일요일에 결혼하는 거요."

미국 브로드웨이 뮤지컬 「키스미, 케이트」Kiss me, Kate는 이 『말괄량이 길들이기』를 콜 포터Cole Porter가 뮤지컬로 만든 것인데, 바로 이 부분에서 제목을 따온 것이다. 일요일이 되고 결혼식 시간이 되어 신부와 가족, 하객들이 다 모였는데 신랑인 페트루키오가 나타나지 않는다. 너무나 우스꽝스러운 모습으로 그것도 늦게 등장했는데, 밥티스타는 신랑이 안 올까 봐 두려웠는지 와 준 것만도 고맙다고 한다. 여러 사람이 옷을 갈아입기를 권하지만 페트루키오는 신부는 나하고 결혼하는 것이지 옷하고 하는 것은 아니지 않느냐고 하면서 입은 그대로 식을 진행하기를 고집한다. 결혼식 중에도 그는 목사에게 고함을 질러 대답하고 목사를 때리는 등 미치광이 짓을 해서 신부를 벌벌 떨게 한다. 결혼식이 끝나고 피로연에도 참가하지 않고 떠나겠다고 한다. 싫다는 카테리나를 강제로 안아들고 이렇게 소리치며 떠난다.

"이 여자는 내 소유물이오, 내 물건이고 재산이고, 집이요, 땅이고, 창고요, 말이요, 소요, 당나귀고, 아무튼 내 것이란 말이오. 누구든 이 여자에게 손만 대보시오, 내가 가만두지 않을 테니. 그루미오, 칼을 뽑아 나와 아가씨를 호위하라."

그러고는 카테리나를 기진맥진 상태로 만들어 자기의 시골 별장으로 데리고 간다. 그는 하인들에게 저녁식사를 가져오라, 신발을 벗겨라, 물을 가져와라, 심부름을 시키며 트집을 잡아 하인을 때리는 등 학대를 한다. 가져온 음식도 탔다는 둥 트집을 잡아 돌려보낸다. 카테리나는 제발 하인들을 때리지 말라고 부탁한다. 고기도 상태가 괜찮은데 왜 그러냐고 화내지 말라고 한다. 자기를 굶기고 괴롭히기 위한 수작이라는 걸 모르는 것 같다. 카테리나는 식사도 못하고 침실로 끌려간다. 페트루키오가 무슨 생각을 하고 있는지 알아보자.

"이렇게 해서 일단 기선을 제압한 거군. 내 매는 지금 배가 무척 고플 거야. 암, 배가 불러서는 길을 들일 수가 없지. 또 한 가지, 주인의 생각대로 매를 움직이려면 잠을 재우지 않아야 한다는데, 아무리 사나운 놈도 그렇게 하면 주인의 명령에 고분고분해진다지.…"

이런 부분 때문에 페미니스트들로부터 말도 안 되는 학대라고 비난을 받는 것이다. 거의 새디스트 수준이긴 하다. 하지만 사사건건 트집을 잡아 카테리나가 완전히 질리게 만드는 것이 그의 작전이다. 페트루키오는 이제 진이 빠진 카테리나를 데리고 다시 신부집으로 출발한다. 가는 길에 그는 달이 참 밝다고 한다. 카테리나가 이 시간에 달은 무슨 달이냐고, 저건 해라고 한다.

"내 이름을 걸고 단언하는데 저건 달이오, 적어도 당신 아버님 댁에 도착할 때까지는. (하인에게) 여봐라, 이제 돌아가자. 아무래도 아씨가 내 말에 일일이 반대하는구나."

"제발 가시죠. 기왕에 온 길인데 달이건 해건 상관없으니까요."

"글쎄 달이라니까."

"맞아요, 달이어요."

"아니야, 당신은 거짓말쟁이오. 저건 해요."

"그렇다면 저건 해여요. 모든 건 당신의 뜻대로 되는 거여요. 전 거기에 따를 생각이에요."

카테리나는 이 시점부터는 페트루키오의 말을 무조건 따르기 시작한다. 그의 작전을 알아차린 것 같다. 파두아의 광장에 와서 카테리나의 동생 비앙카의 결혼을 둘러싸고 소동이 있자 카테리나가 말한다.

"여보, 우리도 들어가서 이 소동을 구경해요."

"그러기 전에 우리 키스부터 하고."

"아니, 거리 한복판에서요?"

"왜 나와 키스하는 게 창피하다는 거요?"

"아뇨, 그게 아니라 부끄러워서요."

"좋소, 그럼 그냥 갑시다. (하인들에게) 얘들아, 돌아가자."

"아니, 키스해 드리죠."

"좋지 않소? 이리 와, 사랑스런 케이트.

늦더라도 안 하는 것보다는 낫지.

변화하는 데 결코 늦은 때란 없어."

맞는 얘기다. 실행에 늦은 때란 없다. 나중에 페트루키오가 다른 부인을 교육 좀 시키라고 하자 카테리나가 여자들에게 이렇게 얘기한다.

"나도 한때 여러분처럼 교만하고 고집이 세서 지는 걸 못 참았죠. 하지만 깨닫고 보니 그건 지푸라기처럼 하찮은 것이더라고요. 아무리 강한 것처럼 보여도 그래요. 그러니 쓸데없는 자존심은 버려요.…"

"암 그래야지, 키스해 줘 케이트."

카테리나의 독선적 자존심을 꺾기 위해 페트루키오가 무리하고 과장된 허세를 부리기는 했지만, 희극의 극적효과를 극대화하기 위한 설정이었을 것이다. 카테리나는 어느 시점부터 남편을 거울삼아 자기 모습을 깨닫는다. 어쩌면 카테리나는 페트루키오에 굴복한 것이 아니라 남편을 다루는 법을 깨달았을지도 모른다. 깨닫고 보면 하찮은 일이 얼마나 많은가. 하지만 깨닫지 못하면 독선은 고치기 힘든 병이다. 그런데 깨닫는 것이 어렵다. 카테리나도 처음에는 자기 자신을 보지 못하고 사람 간의 관계를 이해하지 못했던 것이다.

셰익스피어는 비극이든 희극이든 우리에게 깨달음을 준다는 점에서 비범하다. 크리스토퍼 말로우는 비극에서는 엄청난 재능을 보였지만 희극에서는 셰익스피어에 미치지 못했다고 하는데, 비평가들은 희극적 재능과 여성의 역할이나 심리묘사에 있어서 셰익스피어가 역시 우월했다고 평가한다.

11장

질투와 의심의 화학작용

인간의 일상에서 가장 빈번하게 마음의 요동을 치게 하는 본성은 질투와 의심이 아닐까? 경쟁 사회에서 늘 비교하고 비교당하며 사는 것이 인간의 숙명이라 하더라도, 우리나라의 경우는 여러 면에서 그 정도가 더 심하게 느껴진다. 데이비드 흄은 『인성론』에서 질투심이란 서로 차이가 적은 동류집단 사이에서 주로 발생한다고 했다. 일반 병사가 장군과 비교하여 질투심을 느끼지는 않는다는 것이다. 자신과 비슷한 사람 혹은 약간 못하다고 생각되는 사람이 자신보다 나은 성취를 이룰 때 질투심을 느끼는 것이다. 자신과 비교할 사람이 많을수록 질투할 대상은 늘어난다.

질투 중 가장 강력한 질투는 남성의 성적 질투이다. 이 장에서 소개하는 셰익스피어의 작품들은 주로 남자 주인공들의 성적 질투심과 경쟁을 소재로 한 것이다. 남자의 이성이 질투심으로 인해 완전히 무너지는 과정을 보여 준다. 성적 질투심은 동물 세계 공통의 본능이기에 원초적 본능이라고 할 만하다. 본능으로 보면 남성은 일부다처제를 선호하는 경향을 가지고 있다고 한다. 일부 동물 세계에서는 가장 힘이 센 수컷이 다수의 암컷을 거느리며 하렘harem이라는 무리를 형성한다. 강한 종족 보존을 위한 전략이다. 결혼여부에 상관없이 남자든 여자든 보다 강하고 매력적이고 능력 있는 이성에게 끌리는 것 또한 진화생물학적인 배경이 있다는 것이다. 자기의 여자를 뺏긴다는 것은 남자로서의 능력을 손상당하는 것이며 일종의 사회적인 모욕이 되기 때문에 남자들은 성적 경쟁에 민감할 수밖에 없다. 성적 경쟁에 대한 불안감이 잠재의식에 내재해 있는 것이다.

간통한 아내를 가진 남편을 오쟁이 졌다고 표현하는데, 그 말은 뻐꾸기가 다른 새의 둥지에 알을 낳고 다른 새에게 자기 새끼들을 키우게 하는 데서 왔다고 한다. 오쟁이 진 남편을 뜻하는 영단어 'cuckold'의 어원은 'cuckoo'뻐꾸기이다. 셰익스피어의 작품에도 오쟁이 진다는 표현이 자주 나오는데, 남자들은 이 말이 자기에게 해당되는 경우 엄청난 치욕감을 느낀다.

질투의 심리학

셰익스피어의 작품들 중 질투와 의심을 모티프로 쓴 위대한 작품이 『오셀로』이다. 질투와 의심에 괴로워하는 사람은 오셀로이고, 질투와 의심의 화학적 작용을 교묘하게 이용하는 기만의 대가는 이아고이다. 그는 언어의 마법으로 악마적 연출을 행한다. 그의 말을 자세히 들여다보면 그의 머릿속 생각이 어떻게 흘러가는지를 시각적으로 볼 수 있다. 이아고는 셰익스피어의 인물들 중 가장 특이하면서 이해하기 어려운 인물이다. 양심의 가책이나 후회가 없는 아주 드문 유형의 인간이다. 『오셀로』는 악에 의해 사랑과 조화와 질서가 무너지는 과정을 보여 주는 고도의 심리극이다.

오셀로는 무어인으로 유색인이지만 공적이 뛰어나서 베니스의 장군으로 임명되었다. 이아고는 극의 시작에서 장군의 부관이 되기를 기대했는데, 자기 대신 카시오가 임명되었다는 걸 알고 로드리고에게 불만을 토한다. 카시오는 그가 보기에 실전 경험도 없고 그저 참모 스타일이라, 그 자리는 경험 많은 자신이 적임자라고 생각하고 있었던 것이다. 자신보다 못해 보이는 카시오가 자신을 제치고 발탁이 되었다는 것을 이아고는 참을 수 없다. 그는 카시오에게 엄청난 질투를 느낌과 동시에 인사권자인 오셀로에게는 앙심을 품게 된다.

결국 오셀로는 인사관리의 실패로 이아고의 지독한 복수를 당하게 되는데, 그 과정은 전적으로 이아고의 입에 의해 만들어진다. 관리자에게 직원의 승진 문제는 쉽게 볼 일이 아니라는 걸 셰익스피어는 말하고 있다. 아무쪼록 관리자는 승진시키는 직원보다 시키지 못하는 직원들에게 더욱 마음을 써야 한다. 승진 누락에 앙심을 품은 이아고가 어떻게 보복을 하는지 그 과정을 살펴보자. 이아고는 자신의 질투심을 복수심과 엮어 오셀로를 파멸로 이끄는데, 그 엄청난 복수극이 한 사람의 입으로 만들어진다는 사실이 놀랍다. 자신이라면 아래 부하를 그렇게 대우하는 상관은 따르지 않겠다는 로드리고의 말에 대답하는 이아고의 대사를 보면, 그의 인간성을 대략 알아볼 수 있다.

"그건 별거 아니야.
그를 따르는 것은 뒤통수를 치기 위해서니까.
우리가 전부 장군이 될 수는 없지.
장군이라고 해서 모두가 추종하는 것도 아니고.
……
주인에게는 그냥 시키는 대로 하는 시늉만 하며
그걸로 잘 먹고 잘사는 사람들, 그리고 양복을 다려 입고는
자신에게 경의를 표하는 사람들 말이야.
이런 친구들은 그래도 영혼이 있지.

나는 스스로 그런 부류임을 천명하네.

......

그를 따르면서 나는 단지 나를 따를 뿐이야.

하늘이 알지, 사랑이나 의무감이 아니라,

그렇게 보임으로써 내 개인의 목적을 따른다는 것을…"

로드리고는 극중 이아고의 유일한 말벗인데 친구라 하기는 애매하다. 로드리고는 데스데모나를 짝사랑하고 있다. 그것을 알고 있는 이아고가 돈을 뜯어내기 위해 이용하는 대상이 바로 그다. 로드리고는 데스데모나에 접근하기 위해 이아고를 쫓아다닌다. 이아고는 로드리고와 함께 즉시 행동을 개시한다. 한밤중에 브라반시오의 집에 가서 "도둑이야, 도둑"을 외치며 소란을 피운다. 브라반시오는 베니스의 상원의원으로 데스데모나의 아버지다. 무슨 소란이냐며 잠옷 차림으로 창가에 나타난 브라반시오에게 이아고가 묻는다.

"문은 제대로 잠그셨습니까?"

"이런, 왜 그런 걸 묻는단 말이냐?"

"아이고 의원님, 도둑맞으셨습니다. 저런, 어서 옷을 입으세요. 의원님, 가슴이 찢어졌습니다. 잃으셨습니다. 영혼의 반쪽을요. 바로 지금, 늙고 시커먼 숫양이 배를 맞추고 있어요. 의원님의 하얀 양과. 어서 일어나요. 잠을 깨요.

종을 쳐서 깨우세요. 코 고는 시민들을.

아니면 악마가 의원님을 할아버지라 불러요.

일어나요, 어서요."

데스데모나가 오셀로와 비밀결혼 한 사실을 떠들썩하게 고하는 것이다. 이아고는 악의 상징이고 데스데모나는 선의 상징으로 서로 대칭을 이루고 있다. 데스데모나를 설명하는 역할을 맡은 인물은 오셀로의 부관 카시오다. 그의 역할은 클레오파트라의 찬양자 이노바버스의 역할과 비슷하다. 몬타노가 오셀로의 결혼 여부를 묻자 카시오가 그들의 결혼을 이렇게 묘사한다.

"정말 행운이지요. 필설의 표현 범위와

과장된 풍문을 능가하는 여자를 얻었지요.

아무리 펜을 화려하게 놀려도

그녀가 지닌 본질적 아름다움과

모든 자질을 표현할 수는 없습니다."

오셀로는 이방인이지만 군사적 능력을 인정받은 베니스의 장군이다. 브라반시오를 비롯한 베니스의 귀족들이 그와 데스데모나의 결혼이 정당한 것인지에 대해 일종의 청문회를 여는데, 오셀로는 당당하다. 왜냐하면 그는 데스데모나의 사랑과 베니스의 장군이라는 사회적 위치에 대해 확신을 가지고 있기 때문이다. 사랑에 대해서는 데스데모나의 진심에서 나온 증언으로 증명되고, 터키의 키프러스 침공을 막기 위해 베니스 공작이 오셀로 장군을 키프러스에 급파해야 하는 상황이 되면서 베니스의 장군이라는 오셀로의 자신감이 증명된다. 공작 앞에서 브라반시오가 자기 딸이 마법에 의해 꼬임을 당했다고 주장하지만, 오셀로는 데스데모나를 사랑해서 결혼했을 뿐 주술이나 마법의 힘이 아니라고 해명하며 데스데모나를 불러 들여 보고 자기 말이 사실이 아니면 사형을 시켜도 좋다고 한다. 데스데모나의 다음 증언을 보면 그녀 또한 얼마나 당당하고 확신에 찬 여자인지 알 수 있다.

"고결하신 아버지,
저는 지금 의무가 둘로 나뉜 것을 압니다.
아버지께는 제 생명과 교육을 빚졌지요.
생명과 교양 둘 다 아버지를 존경하는 법을 가르칩니다.
아버지는 제 의무의 주인이십니다.
저는 지금 아버지의 딸이지요, 하지만 여기 남편이 있습니다.
그리고 어머니가 아버지한테 보였던 의무, 자기 아버지보다
아버지를 더 앞세웠던 그만큼의 의무를 저는 감히 천명합니다."

브라반시오는 배신감에 딸을 포기하고 만다. 다음의 대사를

보면 아버지의 마음을 알 수 있다.

"아이를 낳느니 차라리 입양하는 게 낫겠소.
이리 오라, 무어인.
이제 그대에게 주노라, 내 온 마음으로.
그대가 이미 가지지 않았다면 절대로
그대에게 주지 않았을 것을. (데스데모나에게)
다른 자식이 없는 것이 정말 다행이다.
너의 도망이 나를 이렇게 포악하게 만드니
그들에게 족쇄를 채웠을 것 아닌가.…"

데스데모나와 오셀로의 결혼이 공인되자 로드리고는 물에
빠져 죽고 싶다고 한다. 여자에 목매는 로드리고를 비웃는 이
아고의 대사다.

"나는 이 세상을 4 곱하기 7년 동안 보아 왔지.
그런데 내가 이해관계를 구별할 줄 알고부터는
자기 자신을 사랑하는 법을 아는 친구를 본 적이 없어.
나 같으면 그런 암탉 한 마리 때문에
물에 빠져 죽을 바에야
내 인간성을 개코원숭이와 바꾸겠네."

오셀로의 키프러스 파견으로 무대는 키프러스로 바뀐다. 카시오는 말뿐 아니라 데스데모나의 최고 찬양자 혹은 숭배자의 태도를 보이는데, 이런 모습은 이아고에게는 거슬리는 행동이다. 이아고의 질투심에 더욱 불을 붙이고 있는 것이다. 이아고가 오셀로, 데스데모나, 카시오에 대해서 로드리고에게 말하는 대사가 있는데, 그것은 앞으로의 일이 어떻게 전개될지를 암시한다.

"이 무어 놈한테는 필수적인 요건들이 결여되어 있으니, 섬세하고 까다로운 여자가 볼 때 성에 찰 리가 없지. 그러니 싫증이 나면 그놈한테 입맛이 떨어지고 지겨워지겠지. 그녀는 이러한 사실을 본능적으로 알게 될 거고 그러면 두 번째 남자를 선택하게 될 거야. 자 그러면 그 자리에 올라갈 놈이 카시오 말고 누가 있겠나? 입만 까진 놈이지만…"

카시오도 명백하게 그의 복수의 대상이다. 그러면서 카시오는 젊은 데다가 잘 생겼고, 데스데모나는 이미 그놈한테 눈독을 들이고 있다고 한다. 이아고는 교묘한 언어적 능력뿐 아니라 상상력도 놀라운 수준이다. 이아고는 악마적인 인간이다. 그는 이런 식으로 악마의 행동을 하기 위한 동기를 찾아낸다. 심지어 오셀로도 카시오도 자기 아내인 에밀리아와 부정한 짓을 했다고 믿는다.

"나도 그 여자가 맘에 들어.

욕정 때문만은 아니야. (그 점도 없다고는 말 못하지만)

한편으로 복수를 하기 위해서지.

그 음탕한 무어 놈이

내 침대에 뛰어들어 간 의심이 드니까, 그걸 생각하면

독극물이라도 마셔서 뱃속을 쥐어뜯기는 것 같아.

나도 그놈과 똑같이 여자에는 여자로 갚아야만

내 영혼이 만족할 거 같아.

그렇게는 아니더라도 그 무어 놈이

사리분별을 못할 만큼 지독한 질투에 빠지게 해야겠어.

아무래도 카시오도 의심스럽단 말이야."

이아고는 '질투'라는 단어를 언급하며 오셀로가 사리분별을
못할 정도로 만들겠다고 공언한다. 그는 무엇보다도 강력한
수컷 본능인 성적 질투를 이용하려고 마음먹은 것 같다. 그는
이 시점에서 이미 오셀로를 파괴할 생각이 머릿속에 있었다는
얘기인데, 이런 인간이 또 있을 수 있을까? 이아고와 카시오가
데스데모나에 관한 대화를 하는 장면이 있다. 같은 상관의 부
인을 보는 관점이 이렇게 다르다.

"장군은 아직 부인과 하룻밤도 즐기지 못했소.

그녀는 주피터 신도 즐길 장난감이오."

"정말 훌륭한 부인이지요."

"그녀는 좋은 노리개라는 걸 보장할 수 있소."

"정말 신선하고 섬세한 창조물이지요."

"눈동자는 또 어떻고. 욕정에 담판을 내자는 소리 같다니까."

"사람을 끌어들이는 눈이지만 정숙한 눈이지요."

"그녀가 말할 때는 사랑을 경고하는 것 같지."

"그녀는 완벽해요."

이아고는 눈엣가시인 카시오에 대한 음모부터 벌인다. 술이 약한 그에게 사나이 운운하며 술을 먹여 시비가 생기게 해서 카시오의 주정과 행패로 사고가 생긴 걸로 오셀로에게 보고한다. 이아고는 특유의 기만적인 언변으로 카시오에게 모든 책임을 씌운다. 오셀로는 즉시 카시오를 면직해 버린다. 카시오는 자기의 명성이 무너졌다며 자기의 술주정과 경솔함을 자책하는데, 이아고의 대사는 또 교묘하다.

"정직하게 말하면, 무슨 육체적 상처를 입으셨나 했네요. 명성보다야 그게 말이 되지요. 명성이란 종종 자격도 없이 주어지고 억울하게 박탈되기도 하는 게으로고 아주 인위적인 개념이죠. 스스로 잃었다고 평가하지 않는 한 명성을 잃은 게 아닙니다. 진정해요. 장군을 다시 모실 방법이 얼마든지 있어요. 일시적 기분으로 내치셨을 거여요."

그러면서 착한 데스데모나에게 사실을 털어놓고 도움을 청하라고 조언한다. 이것조차도 그를 함정에 빠뜨리려는 음모와 연결되어 있으니, 그는 정말 악마다. 카시오가 데스데모나를 찾아가서 부탁을 하게 하고, 그 장면을 오셀로가 보게 하는 것이다. 이 장면을 보고 오셀로는 의심을 품기 시작하는데, 이아고의 수법이 교묘하기 때문이기도 하지만 오셀로가 질투에 취약한 성격이기 때문이다. 유색인의 중년 이방인으로서 젊고 아름다운 백인 여자를 아내로 맞이한 것에 대한 불안감과 열등감이 있는 것이다. 게다가 오셀로같이 단순한 남자에게는 성적인 질투가 더욱 강렬하다는 것을 이아고는 알고 있다. 한편, 로드리고가 되는 일도 없고 돈도 떨어지니 베니스로 돌아가야겠다고 하자 이아고는 이렇게 말한다.

"인내심이 없는 자야말로 불쌍하지.
상처도 차차 시간이 흘러야 낫는 것 아닌가?
우리가 머리를 쓰는 거지, 마법을 부리는 게 아니잖은가.
그리고 재치란 시간이 걸리는 법이야.
잘 안 된다고? 카시오가 자네를 두드려 패긴 했지.
그 작은 상처로 자넨 카시오를 해고한 셈이야.
다른 것들이 태양빛을 받아 잘 자라는 것 같지만
꽃을 먼저 피운 자네가 가장 먼저 열매를 맺을 거야.…"

그의 언어적 재능은 대단하다. 다음은 오셀로의 의심에 불을 붙여서 그의 위기감을 고조시키는데, 아래의 대화를 보면 심리를 흔드는 이아고의 능력이 예사롭지 않다. 이아고는 이러한 방식으로 상황을 살짝 부정하면서 조금씩조금씩 오셀로의 의심을 확신으로 바꿔 나간다. 이 과정을 보면 데스데모나의 죽음도 오셀로의 죽음도 그 실질적인 범인은 이아고이다.

"하, 저건 아니야."
"자네 뭐라고 했나?"
"아무것도 아닙니다, 장군님. 혹시… 아닙니다."
"저건 카시오 아닌가? 방금 우리 집사람과 헤어진 놈 말이야."
"카시오라구요, 장군님. 그럴 리가요. 아니겠지요.
저렇게 죄지은 사람처럼 몰래 빠져나가다니요.
장군님이 오시는 걸 보고 말입니다."
"확실히 그놈 맞아."

정직한 카시오가 몰래 빠져나가지는 않을 거라는 말을 역으로 해석하면, 몰래 빠져나가는 모습이기 때문에 그가 카시오라면 죄를 지은 것이 확실하다는 얘기가 된다. 이아고는 마치 오셀로의 머릿속에 들어가 그의 상상력이 그려내는 장면을 연출하고 있는 것만 같다. 그가 어떻게 인간의 감정과 욕망을 꿰뚫어 볼 수 있는 능력을 가지고 있는지는 알 수 없다. 그의 말투 중 특이한 것은 관련자를 배려하는 듯 조심스럽게 주저하며 얘기를 하는 것인데, 이 덕택에 이아고는 정직하다는 인상을 준다. 오셀로가 직접 이아고의 정직에 대해 말하는 대사를 보자.

"자네의 우정은 내가 잘 알지.
 자네는 나에 대한 애정과 충정으로 가득찬 사람이란 걸 아네.
 또한 입 밖에 내기 전에 할 말을 미리 생각한다는 것도.
 그러니 자네가 말을 하다 말면, 나는 더 불안하네:
 불충한 악당이 그렇게 하면 그건 상투적인 속임수지만,
 마음이 바른 사람에게는 비밀을 지켜 주려는 행동이지.
 마음속에서 움직이는 감정이 제어가 안 되니까."

독자들은 이미 이아고가 불충한 친구라는 것을 알고 있기에 지금 그가 하는 말이 전부 기만이라는 것을 느끼지만, 오셀로는 알 턱이 없다. 이렇게 둔한 오셀로를 보면 독자들이 오히려 좌절감을 느끼게 된다. 이아고가 '질투'를 초록 눈의 괴물로 비유하는 것은 절묘하다.

"오, 장군님, 질투심을 경계하세요.
 초록 눈의 그 괴물은 자기가 잡아먹는 고기를 조롱합니다.
 스스로 자기 운명을 알고, 부정한 여자를 사랑하지 않는다면 오쟁이 진 것이 오히려 축복이지요…."

"오, 비참하다."

"가난하지만 만족한다면 부자지요, 충분히 부자지요.

하지만 엄청난 부자라도, 가난해질 것을 두려워하는 사람은

겨울처럼 가난한 것입니다: 선량한 신이시여, 질투로부터

우리 모두의 영혼을 보호해 주소서!"

"왜, 왜 그런 말을 하는 건가?

자네는 내가 질투에 사로잡혀서

달이 기우는 걸 쫓으면서

의심을 키우고 있다고 생각하는 건가? 아니야."

"반가운 말씀입니다: 이제 말이지만

저는 장군님에 대한 애정과 충심으로

더욱 솔직하게 말씀드립니다. 그러니 아직 증거는 없지만

제 말씀을 잘 들어 보십시오."

이 얼마나 교묘한 화법인가? 정직하다는 것은 절대적인 개념이기 때문에 비교급이 없다. 셰익스피어는 영어의 문법을 깨면서까지 정직하다는 뜻의 단어 'frank'를 비교급 'franker'라고까지 표현하면서 이아고의 교묘한 말투를 창조하고 있다. 『오셀로』에는 honest, honesty, frank 등 정직과 관련된 단어가 50회 이상 나오는데 이것은 대개 가면처럼 사용되고 있다. 정직이 가면을 벗으면 증오나 불신으로 전환된다.

우리의 주변에도 말을 교묘하게 구사하는 사람들이 있다. 칭찬처럼 들리지만 사실은 비난인 말을 하는 사람은 위험인물이다. 제삼자의 말을 자주 하는 사람은 경계해야 할 사람이다. 게다가 이간질을 목적으로 하고 있다면 이아고와 같은 유형의 사람이라고 해도 무방하다. 그런 사람들은 진짜 의도를 감추기 위해 정직이나 우정의 가면을 쓰는 경우가 많다. 정직을 강조하는 사람, 개인적인 욕심이 없는 것처럼 가장하는 사람도 경계할 필요가 있다.

엿보기나 엿듣기는 대개 의심이나 질투에서 비롯되는 행동인데, 이아고가 오셀로에게 덫을 놓는 장면을 보자. 이아고는 늘 오셀로의 성급한 심리를 이용하여 의심을 고조시키기 위한 덫을 설치하는데, 오셀로는 항상 걸려든다. 그는 오셀로의 마음속을 들여다보고 있는 것처럼 보인다.

"제 말씀은 그의 행동을 눈여겨보시라는 거죠.
제발 인내심을 가지세요.
그렇지 않으면 장군님께선 온통 감정적이 되어
남자답지 못하게 되는 겁니다."

이아고의 의심 부추기기는 끝이 없이 집요하다.

"장군님, 간청드리니, 이 문제를 더 이상 조사하지 마십시오.

시간에 맡기세요. 카시오가 직책을 맡는 게 옳기는 하지만…

그는 분명히 뛰어난 능력으로 업무를 수행하니까요.

그러나 그를 잠시 멀리하시면,

그가 무슨 수단을 부리는지 알 수 있습니다.

마님께서 그를 받아들이라고

아주 강하게 열정적으로 졸라 대지는 않는지 잘 보세요.

많은 게 보일 겁니다."

머리가 아프다는 오셀로에게 데스데모나가 손수건으로 이마를 싸주겠다고 하는데, 너무 작다며 오셀로가 일어서자 손수건이 떨어진다. 두 사람은 그것을 그냥 두고 자리를 뜬다. 이아고가 훔쳐 오라고 하던 것이 떨어진 걸 보고 에밀리아가 손수건을 집어 든다. 이아고가 이것을 보고 빼앗는다. 그는 이것을 물증으로 만들 생각이다.

"카시오 숙소에다 이걸 흘려야지.

그리고 그놈이 이걸 보게 하는 거야.

공기같이 가벼운 것도

질투에 사로잡힌 놈에게는 확증이지."

오셀로는 아는 게 모르느니만 못한 사람이다. 조작된 정보에 아내가 부정을 저질렀다고 믿고는 사실도 아닌 것을 아는 게 괴로워서 이런 말을 한다.

"도둑질을 당한 자는 잃어버린 걸 알고 싶지 않을 테니
뭘 잃어버렸는지 알려줄 필요가 없어,
그러면 도둑질당한 것도 아니니."

오셀로의 자부심이 무너지는 순간, 그는 모든 것을 포기할 수밖에 없다. 이방인으로서 가진 것은 오직 데스데모나의 사랑과 장군으로서의 지위 두 가지뿐인데, 이것마저 의미가 없어졌다.

"아, 이제 영원히
내 마음의 평화도 깨졌다, 가슴속의 뿌듯함도.
깃털장식한 군대도, 명예의 야심을 채워줄 전쟁도 안녕.
……
오셀로의 직위도 전부 끝이다."

마음이 괴로운 오셀로는 이아고의 목을 조르며 내 사랑이 창녀라는 확실한 증거를 가져오라고 한다. 이아고의 반응은 가증스럽다.

"오, 하느님, 제 직책을 사임합니다. 오, 내가 가련한 바보로다.

사랑하다가 정직을 악덕으로 만들다니.

오, 괴물 같은 세상, 주목하라, 주목하라 세상이여.

곧이곧대로 정직한 것은 안전하지 않구나.

유익한 가르침 주서서 감사합니다. 그리고 지금부터는

어떤 친구도 사랑하지 않겠습니다.

사랑이 이런 화를 자초하네요."

오셀로에게 확실한 증거란 데스데모나와 카시오의 실제 밀회 장면인데 아무리 이아고라도 그것만은 만들 수 없으니, 그는 증거를 원하는 오셀로에게 이렇게 말한다.

"어떻게 하면 만족하시겠습니까?

구경꾼이 되어 천박하게 입을 헤벌리고 보시겠습니까?

그녀가 깔려 있는 모습을 말입니다."

실제 장면을 보는 것보다 상상의 장면은 오셀로의 마음을 더욱 요동치게 만든다. 오셀로는 이아고를 칭할 때 '정직한 이아고'라고 부르는 경우가 많은데, 이는 이아고의 세뇌작용이다. 이아고는 최근 카시오와 같은 방에서 잤다며 카시오의 잠꼬대를 다음과 같이 지어내 옮긴다: "달콤한 데스데모나, 조심해요. 우리의 사랑을 들키지 말아야지.""오, 저주받은 운명이다. 당신을 무어 놈에게 주다니." 오셀로는 감정이 폭발해서 데스데모나를 찢어 죽이겠다고 소리치는데, 이아고의 말은 여전히 교묘하다.

"아직은 신중하셔야 합니다.
현장을 본 것은 아니니까요.
부인께서는 결백하실 수도 있습니다."

그는 오셀로의 의심을 증폭시키면서 자신의 정직성은 강화한다. 오셀로에게는 그러한 수법이 먹히는 걸 잘 알고 있다. 이아고는 오셀로의 상상력이 어떻게 흘러가는지를 불가사의할 정도로 정확히 파악한다. 이제 결정적인 증거를 조작할 시간이다. 그는 손수건 이야기를 꺼낸다.

"이거만 얘기해 주세요. 장군님은 마님이 딸기 수가 있는 손수건을 들고 있는 걸 가끔 보셨지요?"
"내가 준거야. 내가 준 첫 선물이었지."
"그건 제가 몰랐어요. 그 손수건.
오늘 보니까 카시오가 그 손수건으로 턱수염을 닦더라고요."

오셀로는 이제 조작된 물증을 잡았다. 그의 의심은 확신으로 바뀌고 있다. 이아고가 오셀로 앞에서 연출을 한다. 카시오에게 말을 이리저리 붙여 얘기해 볼 테니 엿보기만 하고 나오지 말라는 부탁이다. 왜냐하면 오셀로가 끼어들면 자기의 계획이 틀어질 것이기 때문이다. 실제 그가 카시오를 만나 나누는 내용은 창녀 비앙카에 대해서인데 오셀로는 그게 데스데모나에 대한 얘기로 알고 카시오가 자기 부인과 놀아나는 장면만 상상하는 것이다. 이아고의 행동이 얼마나 교묘한지 이제 그는 약속대로 엿보고 있는 오셀로에게 손짓 신호를 보내고, 그는 조금 더 가까이 다가가서 엿듣기를 시작한다. 이아고는 비앙카라는 이름을 입에 내지 않고 '그녀'she라고만 칭한다. 의심과 질투에 싸인 오셀로는 이미 보는 것에 듣기까지 더해서 의심이 확신으로 바뀌었다. 오셀로는 이아고에게 독약을 구해 달라고 하는데, 그는 이렇게 말한다.

"독약은 쓰지 마세요. 침대에서 목을 졸라 죽이는 겁니다. 그녀가 더럽힌 그 침대에서."
"좋아, 그 정의가 마음에 드는군. 아주 좋아."
"그리고 카시오는 제가 처형하게 해주십시오. 한밤중에는 자세한 결과를 말씀드리겠습니다."

이아고는 그동안 데스데모나에게 전해 주겠다며 로드리고에게서 돈과 보석을 받아 가로채고 있었다. 그는 이상한 낌새를 알아차린 로드리고를 충동질해서 카시오를 습격하도록 한다. 싸우다가 누가 죽든 이아고의 수고를 더는 일이다. 이아고의 교활함은 무궁무진하다. 카시오의 역습을 받은 로드리고가 쓰러지고, 이아고는 뒤에서 카시오를 찌른다.

오셀로가 데스데모나를 죽이려는 것은 자기의 명예를 지키기 위함이다. 장군이 조롱의 대상이 되었기 때문이다. 에밀리아가 이아고의 전모를 밝힐 때까지, 그는 데스데모나의 살해에 대한 회한보다는 자신의 명예를 지켰다는 생각이 지배적이었던 것 같다. 사건의 전모를 밝힌 에밀리아는 이아고의 칼에 찔려 죽는다.

오셀로가 데스데모나를 목졸라 죽이는 것을 상상하며 잠든 그녀를 내려다보며 하는 대사는 사랑과 죽음의 미학으로 유명하다.

"내가 장미를 꺾었으니
다시 생기를 불어넣어 줄 수는 없구나.
꽃은 시들겠지. 가지에 붙어 있을 때 향기를 맡자. (키스한다)
부드러운 숨결, 정의의 여신도
자기 칼을 부러뜨리리라, 한 번 더.
이렇게 그대가 죽으면,
내가 그대를 죽인 후,

사랑해 주지. 한 번 더, 이제 마지막이다.

너무나 달콤해서 치명적이구나. 나는 울어야 해.

그러나 잔인한 눈물, 사랑하기 때문에

벌하시는 하느님의 눈물이다."

데스데모나가 죽은 후 내뱉는 대사도 같은 맥락이다.

"이제, 당신은 어떤 모습인가? 아, 사나운 운명을 타고난 여자여.

그대의 속옷처럼 창백하구나. 우리가 심판일에 만날 때

당신의 이 얼굴 표정은 내 영혼을 천국에서 내동댕이쳐서

악마들이 움켜잡도록 하겠지. 차갑다, 차가워, 내 여인.

당신의 정숙함처럼. 오, 저주받을 종놈.

악마들아 나를 채찍으로 쳐다오.

이 천사 같은 모습에서 나를 바람으로 날려

유황불에 태워 다오.

불의 액체 깊은 골짜기에서 나를 씻어 다오.

아, 데스데모나, 데스데모나. 죽었구나.

아, 아, 아."

그는 에밀리아를 통해 진상을 알고 나서야 이아고가 악마로 보이기 시작한다. 오셀로는 이아고를 찌르지만 귀족들의 저지를 당해 상처만 입힌다. 이아고가 피만 흘렸을 뿐 죽지는 않자,

그에게 이렇게 말한다.

　"나도 유감은 없다. 네가 살기를 바란다.
　내 감정 상태로 보아 죽는 것이 행복이거든."

　그리고 카시오에게 말한다.

　"자네에게 용서를 비네.
　제발, 자네가 저 악마 같은 놈에게 물어봐 주게.
　내 영혼과 육체를 왜 그렇게 함정에 빠뜨렸는지 말이야."

　진상을 파악한 후, 오셀로는 데스데모나를 살해한 것과 똑같은 이유로 자신을 죽일 수밖에 없다. 명예를 위해서. 오셀로의 최후진술이다.

　"여러분이 이 불행한 사건을 진술하실 때
　나에 대해 있는 그대로 써 주십시오.
　정상참작을 하실 필요도 없고
　악의도 보탤 필요 없이 말입니다.
　그러면 이렇게 쓰셔야 할 겁니다 :
　현명하게 사랑하지는 못했으나 너무도 사랑한 자라고
　쉽게 질투심을 가지지는 않았으나 남에게 조종되니

극단적으로 당혹했던 자라고, 비천한 인도인처럼

전체 종족보다도 귀중한 진주를 내버린 자라고,

슬픔에 잠긴 두 눈이 감상에는 익숙하지 않았지만

눈물을 뚝뚝 흘리더라고, 이렇게 써 주시오.

그리고 덧붙여 주시오.

언젠가 알레포에서

두건을 쓴 못된 터키 놈이 베니스인을 때리고

이 나라를 비방했을 때

나는 거세한 개 같은 그놈의

멱살을 잡고 이렇게 찔렀다고…"(스스로 찌른다)

모든 것을 포기한 오셀로는 죽음에 직면해서 터키인과 동일한 이방인으로 돌아간다. 그는 자신의 잘못에 대해 스스로 단죄함으로써 명예를 보존하고 자신의 정의를 실행한다. 그에게는 자신이 말했듯이 죽는 것이 행복이다. 오셀로의 마지막 발언을 보면 질투심 때문이 아니라 이아고에 의해 자신의 정신이 조종되어서 일이 벌어졌다는 취지로 얘기하고 있는데, 질투심 그 자체였다는 것을 아는 독자의 입장에서는 그의 어리석음에 대한 후회를 동정하지 않을 수 없다. 그의 어리석음은 나의 어리석음일 수도 있으므로 비웃을 수 없다.

이아고는 양심의 가책이 없다. 진짜 악은 살아남는다는 뜻인가? 셰익스피어는 그를 죽이지 않는다. 키프러스 총독 자리는 카시오가 물려받는데, 그가 이아고에 대한 법적 처분권을 가질 것이다. 『오셀로』는 질투가 유발한 처참한 살인극인데, 그 통속적인 결론만으로는 도저히 이해하지 못할 인간 심리의 취약함을 말해 준다.

우정과 사랑에 대한 의심

『겨울 이야기』는 셰익스피어의 후기 작품으로, 결과만 보면 희극이지만 전개 과정에서 비극적 갈등의 정도가 일반 희극에서보다 강하게 나타난다. 그의 후기 작품 네 개, 즉 『겨울 이야기』, 『심벌린』, 『페리클레스』, 『폭풍우』는 소위 로맨스극이라고 불리는데, 4대 비극과 같은 성격비극에서 벗어나 작가로서 새로운 시도를 한 것으로 보인다. 이 작품들의 공통점을 보면 개인의 문제가 가족의 문제로 확대되어 고난을 겪은 후에 결국 화해와 자비로 끝난다는 것이다. 아무리 무자비한 악이라도 결국에는 전부 용서를 받는다.

　『겨울 이야기』에서의 갈등은 시실리의 국왕인 레온테스의 질투와 의심에서 시작된다. 레온테스는 오랜 친구인 보헤미아의 왕 폴릭세네스를 초청하여 즐거운 시간을 보낸다. 극의 시작 부분에서 폴릭세네스는 9개월째 머물고 있다. 내일 떠나야겠다는 그에게 레온테스는 일주일만 더 있다 가라고 한다. 레온테스는 폴릭세네스가 시실리의 왕비인 헤르미오네와 다정하게 대화하는 모습을 보고 두 사람의 간통을 의심하기 시작한다. 더 머물러 달라는 자기 청은 거절하고 왕비인 헤르미오네의 청은 승낙하는 모습을 상기하자 의심이 확신으로 바뀐다. 왕비에게 그를 설득해 보라고 권했던 것은 진심이 아니라 부인과 친구 사이의 관계를 의심해서 꾸민 연극이라는 얘기가 된다. 그래서인지 그는 신하인 카밀로에게 이렇게 말한다.

"귓속말을 해도 아무것도 아니란 말인가?
뺨을 비벼도? 코를 마주 대도?
입 맞추며 기대는데도? 웃다가 한숨을 쉬는데
이거야말로 정조를 깬 표시가 아닌가. 발 위에 발을 얹어도?
구석으로 숨어 다니는데도. 시간이 보다 빨리 가기를 바라고
한 시간이 일 분 같고
벌건 대낮이 오밤중이 되기를 바라는데도…."
"전하, 그런 병든 억측은 고치셔야 합니다.
대단히 위험합니다."
"아니, 그건 사실이오."
"아닙니다, 전하."
"그렇다니까. 거짓말이오, 그대는 거짓을 말하고 있소:
카밀로, 그대가 싫어졌소.

그대는 얼간이고 아무 생각 없는 노예요.

아니면 표리부동한 기회주의자든가."

이 대화로 볼 때 레온테스는 국왕으로서 경박하고 품위가
없는 인물이다. 폴릭세네스가 나라를 오래 비워 국사가 걱정
된다며 돌아간다고 했을 때 극구 말리던 그 친구가 맞나 싶다.
그렇다면 그것은 진정한 우정이 아니라 우정을 과시하려는 허
세였다는 얘기다. 그는 카밀로에게 폴릭세네스의 술잔에 독
을 타서 살해하라고 명한다. 질투심이란 이렇게 무섭다. 어릴
적부터 둘도 없는 친구라고 그렇게 환대하던 사람을 살해하
라고 하다니, 질투심의 메커니즘은 어떤 것일까? 아내 헤르미
오네가 폴릭세네스를 좋아한다고 생각한 순간부터 레온테스
의 질투심에 불이 붙었는데, 일단 붙은 불은 점점 커질 뿐이다.
폴릭세네스는 레온테스의 태도를 보고 뭔가 이상하다고 느낀
다. 자기를 대하는 태도가 바뀌었으니 당연하다. 카밀로를 보
고 무슨 일이 있느냐고 묻는다. 그가 이유를 감히 말씀드릴 수
가 없다고 하자, 폴릭세네스는 명예를 거론하며 자기가 알아
야 할 것이 있다면 진실을 은폐하지 말라고 한다.

"제가 고귀하신 분으로 여기는 분께서 명예를 앞세워 요구하시
니 말씀드리지요. 제 말씀을 잘 들으시고 서둘러서 따르셔야 합
니다. 그렇지 않을 경우 전하와 제 목숨은 끝입니다. 이승과 영

영 이별이지요."

"계속하시오, 카밀로 경."

"저는 전하를 시해하라는 명령을 받았습니다."

카밀로는 사실을 얘기한다. 폴릭세네스가 어떻게 이런 지경이 되었냐고 묻는데, 카밀로는 원인을 묻기보다는 결과를 피하는 게 순서라며 자기를 데리고 오늘 밤에 떠나 달라고 한다. 폴릭세네스가 카밀로의 도움으로 탈주했다고 생각한 레온테스는 더욱 의심을 키우며 왕비까지 반역자로 몰아 감옥에 가둔다.

"쳇, 그놈 생각은 말아야지.

그놈에게 복수할 생각을 하니

치가 떨리는군. 그놈은 막강해.

친구들과 동맹도 있고. 기회가 올 때까지

내버려 두자. 당장의 복수는

그년한테 하는 거야.

폴릭세네스와 카밀로는 나를 비웃겠지

나의 고통을 웃음거리로 삼고 있겠지.

그자들도 내 손아귀에 들어오면 웃지 못한다.

내 손에 있는 왕비는 말할 것도 없고."

레온테스는 아마도 폴릭세네스에 대해 심한 열등감을 가지고 있는 것 같다. 둘도 없는 친구라며 우정을 과시하더니 복수하기 전에 그의 막강함과 동맹을 걱정하고 있다. 레온테스의 질투는 오셀로의 질투에 비해 그 동기가 의아하지만, 셰익스피어의 의도는 무엇인가? 질투의 본성이 그러하다는 것을 말하는 것이 아닐까? 원초적 본능은 사소한 동기로 깨어난다. 약간의 의심이 마음속에서 피어나고 그것이 불씨가 되어 순식간에 친구를 죽여야겠다는 생각까지 들었다는 설정이다. 레온테스는 아내를 자기보다 잘난 친구에게 빼앗겼다는 확신까지 섰으니 참을 수 없다. 충신 안티고너스와 그의 부인 파울리나가 목숨을 걸고 충정에서 진실을 깨우치려고 하지만, 그는 막무가내다. 그러는 사이 왕비는 감옥에서 딸을 낳고 레온테스는 폴릭세네스와의 사이에 난 사생아라며 안티고너스에게 머나먼 이국의 땅에 갖다 버리라고 명령한다. 레온테스는 한편 신하들에게 아폴론의 신탁을 받아 오게 하고 왕비 헤르미오네의 재판을 거행한다. 신탁의 내용은 다음과 같다.

"헤르미오네는 정숙하며 폴릭세네스에게는 잘못이 없다.
카밀로는 충신이고, 레온테스는 질투심 많은 폭군이다.
태어난 아기도 결백하며 진정한 왕의 딸이지만
왕에게는 후계자가 없을 것이다. 잃어버린 딸을 찾지 못한다면."

이때 왕자 마밀리우스가 왕비의 일로 상심하다 죽었다는 소식이 들어온다. 이 소식을 듣고 헤르미오네가 기절하자 레온테스도 정신이 돌아온다. 질투에 눈이 멀어 이성을 잃은 자신의 잘못을 뉘우친다. 곧이어 파울리나가 들어와서 왕비 헤르미오네가 죽었다고 알린다. 한편 안티고너스는 헤르미오네의 딸을 '잃어버린 아이'라는 뜻의 퍼디타로 이름 짓고, 보헤미아의 외딴곳에 아이의 내력을 적은 두루마리와 황금을 넣은 상자와 함께 내려놓는다. 양치기가 그 상자를 발견한다.

그리고 시간이 한참 흘러 카밀로는 폴릭세네스 곁에 와 있다. 카밀로는 이제 자기 죄를 뉘우친 레온테스에게 돌아가고 싶어한다. 폴릭세네스는 왕자 플로리젤이 양치기 노인의 집에서 살다시피 한다는 것을 알고 걱정하며 카밀로와 함께 양치기 노인 집에 가 보기로 한다. 플로리젤이 퍼디타와 사랑에 빠질 것을 우려하는 듯하다.

비극이 희극으로 바뀌는 순간이다. 폴릭세네스와 카밀로는 퍼디타가 변장한 왕자 플로리젤과 양털깎기 축제에서 같이 춤을 추고, 사랑의 맹세를 하는 장면을 목격한다. 그들이 양치기 노인과 함께 혼인식을 하는 장면에 폴릭세네스가 변장을 벗으며 나타난다. 왕자가 양치기 딸과 결혼할 수는 없다. 폴릭세네스는 품위 있는 왕이지만 아들과 관련된 일에는 어쩔 수 없는

지 다음과 같이 저속하고 상스러운 악담을 퍼붓는다. 가족 간에 오히려 심한 말을 하게 되는 우리들 모습이나 다를 바 없다.

"내 너의 고운 얼굴을 찔레덩굴로 찌르게 해서 지금보다 훨씬 비참하게 살게 하겠다. 그리고 어리석은 녀석아, 넌 지금부터 이 계집을 더 이상 볼 수 없을 것인즉, 만나지 못하는 것을 한탄하여 한숨을 한 번만 쉬어도 너에게 왕위를 물려주지 않는 것은 물론 왕가의 혈통도 인정하지 않겠다.
......
그리고 너 양치기에나 어울릴 마녀 같은 계집, 왕가의 명예가 걸린 문제가 아니었다면 너는 멍청한 내 아들에게는 과분할 것이다. 하지만 네가 다시 이 오두막 빗장을 풀어 왕자를 맞이하거나, 포옹으로 왕자의 육신에 빗장을 채우는 날에는, 네 연약한 몸으로는 도저히 감당 못할 잔인한 죽음이 널 기다릴 것이다."

퍼디타와 플로리젤의 대화다. 퍼디타가 우려했던 일이 벌어졌지만 플로리젤의 의지는 단단하다.

"이렇게 될 거라고 누누이 말했잖아요. 사실이 밝혀지면 내 신분도 그날로 끝이라고."
"달라진 것은 아무것도 없어요. 내가 사랑의 맹세를 깨뜨리지 않는 한 아무것도 바뀌지 않아요. 대자연이 지구와 생명의 근원을 없애지 않는 한 내가 맹세를 깨는 일은 없어요. 고개를 들어 봐요. 아버지가 나를 상속자로 하는 것을 포기해야지요. 난 사랑의 상속자가 될 겁니다."

셰익스피어의 작품에 나타나는 사랑은 여성이 대체로 주도권을 가지는데, 모처럼 플로리젤이 남자의 체면을 세워 주는 것 같다. 왕위의 상속보다 사랑의 상속을 원하는 남자는 드물지 않을까. 카밀로가 계책을 생각해 낸다. 그들을 시실리로 보내고 폴릭세네스의 불편한 심기를 돌려 볼 생각이다. 레온테스의 복수를 피해 보헤미아로 피신했던 카밀로와 폴릭세네스처럼, 플로리젤과 퍼디타도 분노한 폴릭세네스를 피해 시실리로 피신하는 구조인데, 이것은 비극과 희극의 순환구조를 보여 주는 것과 같다. 결국 플로리젤과 퍼디타는 왕자와 공주로 결혼하게 되고, 레온테스는 파울리나의 집에서 헤르미오네의 조각상이 살아나는 기적을 보게 된다. 이러한 해피엔딩의 과정에서 파울리나의 역할이 결정적인데, 그녀는 셰익스피어가 내세우는 또 하나의 현명하고 강단 있는 여성 캐릭터다. 남자의 어리석은 의심을 극복하게 하는 사람은 이번에도 똑똑한 여자다.

헤르미오네를 다시 만나기까지는 16년이 걸리는데, 이는 레온테스가 회개하고 반성하는 데 필요한 시간이다. 해피엔딩으로 끝나는 극이지만 거기까지의 과정은 사실 고난의 연속이었다. 질투와 의심은 인생을 이렇게 어려운 길로 이끈다. 질투는 그 배경에 늘 열등감 혹은 자존감의 부족이 있다. 레온테스는 폴릭세네스와 어릴 적부터 친구지만 스스로 친구보다 못하다고 생각했던 게 틀림없다. 오랜 고난 끝에 레온테스는 충신의 도움과 자신의 참회로 구원을 받고 행복한 결말을 맞이하지만, 우리 인생도 이와 같이 고통과 갈등으로 점철된 길을 가게된다는 것을 얘기하는 것 같아서 약간은 씁쓸한 기분이 든다.

의심과 신뢰 사이

『심벌린』의 인물 심벌린 왕은 로마의 시저 아우구스투스 시대에 브리튼을 35년간 다스렸다고 한다. 심벌린은 첫 번째 왕비가 죽고 두 왕자 기데리우스와 아비레이거스가 납치되면서 혼란을 겪게 된다. 반역자로 몰려 추방당한 신하 벨라리우스가 시녀를 시켜 두 왕자를 납치했다. 심벌린은 두 번째 왕비를 맞이하는데, 왕비가 자기의 아들 클로튼을 데리고 왔기에 클로튼은 심벌린의 딸 이모젠과 배다른 남매가 된다. 여러 가지 정황으로 봐서 두 번째 왕비와 아들 클로튼은 귀족 출신이 아닌 것 같다. 두 번째 왕비는 음모를 꾸며 클로튼을 왕위 계승자로 세우려고 한다. 왕비의 영향을 받아 심벌린은 이모젠이 좋아하는 포스튜머스를 떼어놓기 위해 궁정에서 내쫓고 클로튼과 결혼하도록 강요한다. 심벌린은 이모젠이 천한 신분의 포스튜머스를 좋아한다는 이유로 모욕적으로 대한다. "너는 거지를 남편으로 선택하고, 나의 왕좌를 천한 자리로 만들고 있다." "에이, 이모젠은 매일 피 한 방울씩 흘려서 시들어 버리라지. 그리고 나이 먹어서 이런 어리석은 짓의 대가로 죽어 버리라지." 심벌린이 이모젠에게 하는 말인데, 왕이 딸에게 하는 말치고는 상식을 벗어난다. 무슨 이유에선지 그는 지금 왕다운 품위나 통찰력을 상실했다.

사건의 발단은 포스튜머스가 야키모 앞에서 아내의 훌륭한 혈통을 자랑하면서 시작된다. 야키모는 이아고라는 이름과 통한다. 질투와 의심을 유발하는 수법도 통한다. 포스튜머스가 로마로 추방당한 후 그곳에서의 얘기다. 프랑스인, 이탈리아인 등이 모여 각자 자기 여인의 미모와 정조 등을 자랑하다가 이탈리아인 야키모가 포스튜머스에게 도전한다. 포스튜머스의 아내 이모젠의 정조를 뺏어 보겠다고 야키모가 내기를 건다. 이게 내깃거리가 되는지 모르겠지만 야키모는 교묘한 언변으로 포스튜머스의 자존심과 허세를 도발시켜 내기에 응하게 한다. 남자들은 허세로 엉뚱한 내기를 하는 경우가 있기는 하다.

야키모는 포스튜머스의 소개장을 들고 이모젠을 방문한다. 그는 이모젠을 만나자마자 포스튜머스가 다른 여자와 즐기고 있다는 식의 얘기를 하며 험담을 한다. 이모젠이 비열한 짓을 그만하고 가라고 하자, 그는 거짓 소문을 어떻게 생각하나 시험해 보았다고 한다. 착한 이모젠은 금방 그를 용서하며 궁정에 머무는 동안 편의를 봐주겠다고 한다. 야키모는 보물 상자 하나를 다음날까지 맡아 달라고 한다. 이모젠은 귀중한 것이라면 자기 침실에 보관하겠다고 한다. 야키모는 그 궤짝에 들어가 있다가 이모젠이 잠든 후 나와서 침실을 자세하게 관찰하고 노트에 적고 있다.

"이런저런 그림에다, 창문은 저기 있고
침대 장식은 이렇고, 벽걸이와 그 그림은
음, 이렇고 저렇고….
아, 일만 가지 사소한 물건보다
여자 몸의 자연스런 특징들이 훨씬 더
풍부한 증거물이 되겠다.…
(그녀 팔에서 팔찌를 벗긴다)
이제는 내 것, 물적 증거가 될 것이니.
마음의 내적 요동만큼 강력하여
남편을 미치게 만들겠지. 왼쪽 젖가슴,
사마귀 점이 다섯 개. 앵초 꽃잎의
붉은 점 같다. 이거야말로 법이 제시할
어떤 증거보다 강력하다.…"

야키모는 팔찌와 가슴의 점을 증거로 제시하여 내기의 승부를 정할 예정이다. 승부가 어떻게 될까? 야키모가 이탈리아로 돌아와서 포스튜머스를 만난다. 그는 내기에서 승리했다고 선언하고 이모젠의 침실을 묘사한다. 포스튜머스는 그건 다른 사람의 얘기를 들을 수도 있는 것이니 증거가 되지 못한다고 한다. 그는 이제 팔찌를 증거로 제시한다. 포스튜머스가 흔들리기 시작한다. 그는 다시 다이아몬드 반지도 보여 준다. 입회인 역할을 하는 프랑스인이 말하기를 누가 훔쳐서 줄 수도 있으므로 아직 증거가 불충분하다고 한다. 그러나 포스튜머스는 의심의 마음이 커지기 시작하니 걷잡을 수 없다. 이때 가슴의 점 이야기를 하니 포스튜머스는 이성의 통제를 벗어난다. 질투와 의심은 정말 괴물인 모양이다. 의심은 나 자신을 갉아먹는다. 그의 성적 질투심은 수컷 본능이 지나치게 강했다라고밖에 달리 설명할 방법이 없다. 남자가 성적 질투심에 사로잡히면 목숨을 걸고 암컷을 차지하려는 발정기의 수컷 동물과 다를 바가 없다.

사람이 어떻게 저렇게 비이성적이 될 수 있으며 판단력이 망가질 수가 있을까? 셰익스피어의 작품들에서 의심하고 시기하고 질투하는 자는 대개 남자다. 여자들은 이런 멍청한 남자들을 사랑으로 감싸주고 용서하는 역할인데, 이거 참 묘하지 않은가. 남자들의 판단력은 다 어디로 갔는지. 포스튜머스는 브리튼에 있는 하인 피사니오에게 편지를 보낸다. 이모젠을 죽이라는 명령이다. 피사니오는 간사한 이탈리아 놈의 농간인 걸 편지를 보자마자 아는데, 포스튜머스는 왜 저렇게 멍청할까 안타깝다. 피사니오가 이렇게 말한다.

"나더러 그녀를 죽이라고? 명령에
복종하겠다는 맹세와 충성에 따라?
내가 그녀를? 피를 흘려? 그게 충성이라면
내 충성은 기대하지 마시오. 내가 어찌 보이기에
이 짓을 할 만큼 인간성이 모자라는
놈팡이로 생각되나?"

한편 이모젠이 피사니오를 만나 남편으로부터 온 편지를 받아보니 웨일스의 밀포드 항에 그가 와 있다고 한다. 피사니오는 이모젠과 밀포드로 가는 길에 자기가 받은 편지를 건네준다. 이모젠은 사건의 전말을 다 알아 버렸다. 야키모의 농간에서 시작된 일임을. 하지만 남편도 실망스럽다. 피사니오에게는 편지에 있는 대로 자신을 죽이라고 한다. 피사니오는 충신이다. 공주님을 악한 일에서 벗어나게 하기 위한 시간을 벌려고 밀포드에 왔다고 하면서 자기는 공주님이 돌아가셨다고 할 테니 남장을 하고 외국으로 가라고 한다. 이모젠은 강한 여자다. 홀로 남장을 하고 길을 떠나 헤매며 이렇게 말한다.

"부자의 죄는 가난 때문에 짓는 죄보다
훨씬 더 악하고, 거지보다 왕의 거짓이
훨씬 나쁘지. 사랑하는 사람아, 당신은
거짓된 자 중의 하나야. 당신을 생각하니
배고픔도 사라진다.…"

정처없이 떠돌던 이모젠은 동굴이 앞에 있어 그리 들어간다. 거기서 그녀는 심벌린의 잃어버린 두 아들 기데리우스와 아비레이거스를 만난다. 그러니까 이모젠과 남매지간이다. 그래서인지 그들은 남장한 이모젠을 동생처럼 환대한다. 클로튼은 포스튜머스를 죽인다고 밀포드에 왔다가 기데리우스를 만나서 싸우다가 죽는다. 기데리우스는 그의 머리를 들고 벨라리우스 앞에 나타난다. 이모젠은 동굴에 약을 먹고 쓰러져 있다가 죽은 것으로 오인되어 클로튼과 함께 장례 치러진다. 그녀는 가사상태에서 깨어나 목이 잘린 클로튼을 보고 포스튜머스가 죽은 걸로 오인한다. 그가 포스튜머스의 옷을 입고 있었기 때문이다. 그녀는 피사니오가 배신을 하고 클로튼과 함께 일을 저지른 것으로 오해한다. 클로튼의 시체를 끌어안고 있는데 로마군이 나타난다. 로마가 브리튼을 침략한 것이다. 브리튼이 조공을 거절했기 때문이다. 로마군의 장군 루키우스가 남장을 한 이모젠을 보고 시종으로 삼는다. 한편 브리튼에서는 로마의 침입 소식을 듣고 전투 태세에 임한다. 피사니오는 포스튜머스도, 이모젠 공주도, 클로튼조차도 소식이 없어서 어찌할 바를 모르며 이렇게 말한다.

"하늘은 여전히 일을 하시겠지.
나는 속이면서 정직하고, 진실을 위해
속인다네. 이 전쟁에 애국심을 발휘하여
왕에게 인정이나 받아야지. 아니면
싸우다가 죽어야지. 모든 의심은
시간이 가면 풀리리라. 키가 없는 배라도
운 좋게 포구에 닿을 때가 없지 않다."

『심벌린』의 등장인물 중에서는 피사니오가 가장 현명하다. 현명함은 신분을 가리지 않는다. 멍청한 주인과 현명한 하인을 대조시킴으로써 셰익스피어는 의도적으로 멍청한 귀족을 비웃고 있다.

이제 전투가 벌어진다. 상황을 간단히 정리하면, 벨라리우스와 두 형제, 포스튜머스 모두 브리튼의 편으로 전투에 참여해서 큰 공을 세운다. 그 결과 브리튼이 크게 이기고 등장인물이 승리자와 포로의 입장으로 모두 왕 앞에 나온다. 심벌린 앞에 나간 벨라리우스가 두 왕자의 신분을 밝힌다. 이모젠은 포로가 된 야키모를 발견하고 손에 낀 다이아몬드 반지를 그가 어떻게 갖게 되었는가를 심벌린에게 밝혀 달라고 한다. 야키모가 사실을 밝히고 그 자리에 있던 포스튜머스도 자신의 어리석음을 뼈저리게 느낀다. 그는 아직 이모젠이 죽은 걸로 알고 있다. 작가가 그에게 주는 슬픔은 겨우 이 정도다. 아름답고 성실한, 사랑하는 아내를 터무니없이 의심하고 살해까지 시도한 바보 멍청이 남편에게 내리는 벌로는 너무 약하다.

결국은 그동안 얽혔던 모든 문제가 해결되고 잘못한 사람은 뉘우치고 해를 입었던 사람들과 왕은 자비를 베풀어 모두가 모두를 용서하고 화해하는 것으로 막이 내린다. 포스튜머스가 이 작품에서 유일하게 남자다운 관용을 보여 주는 모습은 야키모를 용서하는 장면이다.

"무릎 꿇을 것 없다.
당신을 벌할 힘으로 당신을 구해 주고
원한 대신 당신을 용서하기로 한다.
앞으로는 착하게 살도록 하시오."

『심벌린』의 동기가 되는 의심과 질투는 『오셀로』의 경우와 비교하면 치열함이나 감정을 격동시키는 정도에 있어서 차이가 많이 난다. 셰익스피어는 4대 비극과 로마 비극 이후에는 갈등구조가 심각한 이야기를 그만 쓰기로 마음먹었던 것 같다. 그의 후기 작품은 조금 더 자비와 용서에 초점을 맞추고 있다. 인생 자체가 역경과 갈등의 연속일지라도, 너그러운 마음으로 더 행복하기를 바라는 것이 말년의 셰익스피어의 희망이었던 걸까.

의심은 무조건 나쁜 것일까? 의심을 극복하는 방법은 없을까. 사실 건전하고 합리적인 의심은 인류를 발전시켜 온 위대한 힘이다. 과학이나 철학의 발전은 아마도 인간의 의심하는 본성 덕분일 것이다. 왜, 과연 그럴까, 현재의 방식이 최선일까 하는 의심과 질문이 인간의 사고를 발전시켜 온 것이다. 개인적인 경우에도 의심이 질투로의 화학작용을 일으키기 전에 그것을 나 자신에게로 향하게 하면 어떨까? 아내에 대해, 친구에 대해, 동료에 대해 의심하기 전에 나 자신을 먼저 의심해야 한다. 내 생각이 틀렸을 가능성도 있다. 의심 본능은 긍정적으로 활용된다면 발전의 원동력이 될 수 있다. 의심은 합리적으로 다뤄져야 한다. 감정적인 의심은 부작용이 너무 크다. 그리고 문제는 그 누구도 아닌 나 자신이다.

시기심의 극단

『뜻대로 하세요』는 셰익스피어가 본격적으로 비극을 구상하던 시기에 집필한 희극 작품이다. 의지의 여주인공 로잘린드,

사랑의 어리석음을 비웃는 광대 터치스톤, 냉소적 방관자 제이퀴즈가 개성적이고 매력적인 인물들이다.

롤랜드 드보이스 경이 죽고, 장남 올리버가 재산을 상속받는다. 그에게는 동생 올란도가 있다. 올리버는 아버지의 유언에도 불구하고 동생을 돌보기는커녕 오히려 구박한다. 프레데릭 공작은 형을 축출하고 권력을 잡았다. 전임 공작은 추방된후 아덴 숲으로 피신한다. 프레데릭 공작의 딸 실리아는 사촌언니 로잘린드와 단짝이다. 로잘린드는 축출당한 공작의 딸인데, 실리아가 사정하여 궁에 머문다.

자기보다 인기가 있거나 나은 사람을 시기하는 것은 명백히인간적인 약점이다. 프레데릭 공작과 올리버의 공통점은 질투심 때문에 가까운 사람을 내치는 것이다. 프레데릭 공작이 마음이 바뀌어 조카 로잘린드를 추방하기로 하고 딸 실리아에게하는 말이다.

"이 바보야, 저 애가 네 명성을 가로채고 있어.
저 애가 없어져야 너의 재능과 미덕이 더욱 빛을 내게 될 거야.
그러니 아무 말 마라. 나의 결정은 확고하다.
그 애한테도 얘기했다. 추방이다."

공작은 자기 딸이 조카의 뛰어남에 가려 빛이 바랠까봐 우려하고 있다. 정작 본인은 전혀 마음에 두지 않는 것을 아버지 입장에서 질투심을 느끼는 것이다. 올리버는 동생 올란도를 내쫓는데 그 이유를 들어 보자.

"왠지 모르지만 그 자식이 세상에서 제일 밉단 말이야. 그 녀석은 점잖고, 학교 문턱에도 안 갔지만 똑똑하고, 품위가 있어 보이고, 세상 사람들의 사랑을 받는단 말이지. 게다가 그놈을 누구보다 잘 아는 하인들조차 그러니. 주인인 나를 업신여기고 말이야…."

올리버는 동생에게 열등감이 있는 것이 명백하다. 뛰어난 동생보다 못난 형이 갖기 쉬운 문제다. 그는 동생이 잘났기 때문에 밉다고 하니 세상에서 가장 불행한 형이다. 단순한 시기심이 엄청난 갈등을 일으킬 수 있는 건 실제 세상에서도 마찬가지다. 왠지 모르지만 싫은 사람이 있는 경우라면 잘 생각해볼 필요가 있지 않을까? 현대 사회에서 가장 병폐가 많은 인간 본성이 시기심이다. 오늘날 사람의 행복지수를 가장 떨어뜨리는 이유 중 하나가 타인과 나를 비교하는 데서 시작된다. SNS가 자신의 행복을 과시하거나 타인을 비방하는 수단으로 사용되는 것도 인간의 시기심과 관련된 경우가 많다. 자존감이 약한 사람이 시기심도 많고 오해도 많이 하는 경향이 있다.

올란도는 공작 궁정 소속 레슬러와 시합을 하게 되는데 이때 로잘린드와 눈이 맞아 서로 사랑에 빠진다. 공작은 자기 레슬러를 이긴 올란도를 미워한다. 올란도가 시합에서 이긴 후 집에 왔는데, 하인으로부터 형이 죽이려고 한다는 얘기를 듣고, 그도 아덴 숲으로 피신한다. 아덴 숲은 모두에게 피신처 역할을 하는 구원의 장소다. 추방당한 로잘린드는 남장을 하고 아덴 숲으로 간다. 이때 실리아와 터치스톤도 동행한다. 프레데릭 공작은 딸과 조카가 사라진 것이 올란도가 사라진 것과 관계가 있는 줄 알고 올리버에게 올란도를 잡아오도록 명령한다. 실패하는 경우 재산을 몰수하겠다고 위협한다. 한편 프레데릭 공작은 형인 전임 공작을 처치하기로 마음을 먹는다. 전임 공작은 자발적으로 유배에 참여한 귀족들과 숲속에서 단순한 생활을 찬양한다.

"이 숲이 시기심이 가득한 궁궐보다 오히려 안전하지 않은가.…
이건 간신의 아첨이 아니라 진심으로 나의 진정한 존재를
알려 주는 충신의 직언이라고 할 수 있소.
역경이야말로 우리를 현명하게 하는 교훈이오.…"

올란도는 사자에게 먹힐 위기에 처한 올리버를 구해 준다. 올리버는 실리아를 보고 첫눈에 사랑에 빠지고 결혼을 약속한다. 올란도가 사랑의 시를 써서 매일 나무에 붙이는 것을 보고

로잘린드는 남장을 한 덕분에 자기를 단번에 드러내지 못하고 올란도의 사랑의 광증을 치료하는 역할을 한참 하다가 로잘린드가 결국 사실을 밝혀 그의 사랑을 받아들인다.

아덴 숲속에 모인 피신자들은 아덴 숲의 치유력 덕분인지 모든 갈등을 풀고 원하는 상대와 모두 짝을 지어 결혼에 성공하게 된다. 로잘린드와 올란도, 실리아와 올리버, 터치스톤과 오드리, 피비와 실비우스의 네 쌍이다. 형 공작을 공격하려던 프레데릭 공작은 중간에 수도사를 만나 감화를 받은 후 권력을 형에게 반환한다. 권력을 찬탈했던 사람도, 시기했던 사람도, 추방당했던 사람도, 오해했던 사람도 모두 갈등을 해소하고 화해하며 용서하고 해피엔딩으로 끝나는 전형적인 희극이다. 시기심이나 의심, 권력을 둘러싼 음모와 배신, 갈등과 싸움이 이렇게 희극처럼 해소될 수 있으면 얼마나 좋을까? 외부와의 갈등은 나 혼자 풀 수 있는 것이 아니지만 내부의 갈등만이라도 풀 수 있는 나만의 아덴 숲이 있었으면 좋겠다.

12장

어리석음과 현명함 사이

어리석음과 현명함은 정반대의 뜻이지만 그 차이는 종이 한 장에 불과할 수 있다. 그리스의 격언 '너 자신을 알라'는 말이 떠오른다. 나 자신을 돌아보고 성찰할 수 있어야 나 자신을 알 수 있다. 나 자신을 보는 것은 생각보다 어렵다. 다른 사람들이 나에 대해서 아는 것을 나는 정작 모르는 경우가 있지 않은가? 나 자신을 알아야 내가 모르는 것은 모른다고 할 수 있다. 그러니 어리석음은 내가 무엇을 모르는지를 모르는 것이다.

셰익스피어의 작품에서 큰 울림과 깨달음을 주는 촌철살인의 위트와 진실은 주인공들보다 조연의 입을 통해 나오는 경우가 많다. 보통 사람, 혹은 바보나 광대가 제멋대로 지껄이는 것 같지만 그 속에 오히려 진리가 들어 있는 것을 볼 수 있다. 그들은 지성에 호소하는 것이 아니라 마음에 호소하기 때문에 더 와닿는다. 광대, 술집 작부, 무덤 파는 인부 등 하층 계급에 속하는 인물들이 만들어내는 위트와 철학이 혼합된 진실의 장면들은 모든 인간의 개체성을 인정하고 존중하는 작가의 태도에서 나온다. 그런 장면에서 우리는 자신과 주변인의 모습을 보며 카타르시스를 느낀다. 엘리자베스 시대에 광대 역할은 꽤 비중 있는 등장인물의 하나로 광대를 전문으로 하는 배우가 따로 있었다고 한다.

먼저 『리어왕』의 광대는 셰익스피어가 창조한 광대들 중 가장 비중이 높다고 볼 수 있는데, 위계질서가 무너진 리어의 세계에 들어가 철학자로서 방향타 역할을 하는 중요한 배역이다. 광대는 리어의 어리석음을 매우 철학적으로 지적하는데, 광대의 눈에 보이는 리어의 세계는 어리석음이 진실을 가려 버린 부조리의 세계다. 광대는 추방령을 받은 켄트가 변장을 하고 다시 리어에게 오자 자기 고깔모자를 그에게 주며 리어를 쫓아다니려면 그걸 써야 한다고 한다. 광대와 리어의 대화를 보자. 중간에 켄트의 대사도 한 줄 있다.

"너 나를 바보라고 하는 거냐?"
"당신은 다른 이름들은 몽땅 줘 버렸으니까, 태어날 때 가지고 있던 것밖에 안 남았지."

"이자는 전혀 바보가 아닙니다, 폐하."

"정말이지 높으신 분들이나 위대한 분들은 저에게 허락하질 않네요. 제가 바보 독점권을 가지려고 해도 그분들이 끼어드네요. 높으신 마님들도요. 그분들은 저 혼자 바보가 되도록 놔두지 않고, 바보 자리를 빼앗아 가려고 해요. 아저씨 저에게 달걀 하나만 주세요. 그러면 아저씨한테 왕관 두 개를 드릴게요."

"어떤 왕관 말이냐?"

"제가 달걀 가운데를 깨뜨려서 노른자를 먹어 버리면 두 개의 왕관이 남지요. 당신이 가지고 있던 왕관을 쪼개서 두 조각을 주어 버렸을 때, 당신은 나귀를 등에 짊어지고 진창을 걸어가는 꼴이 되었지요. 당신이 황금색 왕관을 포기했을 때 당신 대머리 속에는 지혜가 거의 들어 있지 않았어요. 이 말을 하는 제가 어리석다고 생각되면 그렇게 생각하는 맨 처음 녀석부터 회초리를 맞아야겠지요.…"

달걀껍질과 왕관의 비유는 절묘하다. 대화는 이렇게 계속된다. 고너릴의 마음속을 리어는 아직 제대로 읽지 못하고 있는데, 광대는 정확히 알고 있다.

"그래도 난 아저씨처럼 되고 싶지는 않아요.
왕국을 조각내어 포기했을 때,

그건 마치 당신의 뇌를 두 쪽으로 갈라서

가운데는 텅 빈 채로 있는 것과 같아요.

저기 그 한 쪽의 소유자가 들어오시네요."

"딸아 무슨 일이냐? 왜 그렇게

인상을 찌푸리고 있어?

요즘 너무 인상을 쓰는 것 아니냐?"

"당신은 딸이 인상을 쓰든 안 쓰든 신경을 쓰지 않을 때가

더 좋았어요. 지금 당신은 아무 숫자 없는 영이나 마찬가지예요.

지금은 내가 당신보다 낫지요.

나는 바보고, 당신은 아무것도 아니니까. I am a fool, thou art nothing."

위의 마지막 한 줄이 모든 것을 설명해 준다. 진정한 촌철살
인 아닌가. 소름이 끼칠 정도다. 리어는 맏딸 고너릴의 집에 머
물다가 구박을 못 이겨 둘째 딸 리건의 집으로 가려고 한다. 고
너릴의 구박을 받는 리어를 보고 광대가 이렇게 노래한다.

"참새가 뻐꾸기를 오랫동안 키워 주었더니

그 새끼가 키워 준 참새 머리를 쪼는 것과 같군요.

그런데 촛불이 꺼져서 우리는 어둠 속에 버려졌네요."

고너릴이 리어의 시종의 숫자를 반으로 줄이고 자기 집을
난장판으로 만들지 말라는 등 훈계를 하자 큰딸에게 악담을

퍼부으며 하는 다음 대사도 뼈저리다.

"은혜를 모르는 아이를 갖는 것은 뱀의 독니에 물리는 것보다
아프다."

고너릴의 푸대접에 화가 난 리어가 격분해서 "나는 리어가
아니다."라고 외친 후 묻는다. "누구든 내가 누구인지 말해 줄
수 있을까?" 광대가 답한다. "리어의 그림자지." 왕권을 전부
쥐 버린 리어는 실체를 잃은 것이고, 이제 그는 그림자에 불과
하다. 광대의 한 마디가 리어의 폐부를 찌른다. 광대의 대사는
리어 것의 1/5에 불과하며, 이 작품에서 그보다 대사가 많은
등장인물이 8명이나 되지만, 내용의 풍부함이나 철학적인 깊
이는 광대의 대사가 단연 최고다. 대사 하나하나가 매우 인상
적이다. 고너릴의 집을 나온 리어는 켄트를 편지와 함께 둘째
딸 리건의 집으로 먼저 보내고 자신은 광대와 동행한다.

"아저씨의 다른 딸이 어떻게 하는지를 보게 되겠죠.
비록 그 딸과 이 딸은 능금과 사과처럼 비슷하지만요.
그런데 난 내가 알 수 있는 건 말해 드릴 수 있어요."
"무엇을 말해 준다는 거냐?"
"능금과 사과 맛처럼 그 딸과 이 딸이 비슷한 맛이라고요.
아저씨는 왜 사람 코가 두 눈 사이에 서 있는 줄 아세요?"

"몰라."

"눈을 양쪽에 두어 코가 냄새 못 맡는 걸 볼 수 있게 하는 거죠."

"달팽이가 왜 집을 가지고 다니는지 알아요.

그건 자기 머리를 집어넣기 위해서죠, 자기 딸한테 몽땅 줘 버리고 뿔을 덮을 덮개도 없이 놔두지 않으려고요."

광대는 무슨 일이 있었는지, 사건의 배경이 무엇인지, 완벽하게 이해하고 있다. 그의 지혜가 놀랍지 않은가. 그는 리어의 충신 켄트에게도 다음과 같은 충고를 한다.

"커다란 수레바퀴가 언덕을 내려갈 때는 손을 놓아야 해요. 그대로 잡고 쫓아가다가는 목이 부러질 수도 있으니까. 언덕을 올라갈 때는 앞서 가야 하고요."

광대는 현명한 바보의 전형이다. 그가 말하는 것은 곧 진실이다.

"이익만을 위해서 일하는 사람은

겉으로만 쫓아다닐 뿐이라,

비오기 시작하면 보따리 싸고

폭풍우 오면 당신을 두고 달아납니다.

나는 있을 거여요, 바보는 머물 거여요.

현명한 사람은 달아나라 해요:

달아나는 나쁜 놈은 바보지만

사실, 바보가 나쁜 놈은 아니지요."

  광대가 예측한 대로 둘째 딸 리건도 능금과 사과가 비슷한 맛이듯이, 첫째 딸과 다를 바가 없다. 미리 심부름으로 보낸 켄트에 족쇄를 채우고 시종의 숫자를 다시 반으로 줄이라고 하는 등 언니와 같은 방법으로 푸대접한다. 이제 리어는 빈손으로 황야로 나갈 수밖에 없다. 광대는 왕위를 포기하고 황야를 헤매는 리어의 어리석음을 정말로 신랄하게 비웃는다. 그의 대사는 켄트의 진심과 어우러져, 슬픈 내용이지만 슬프지가 않고 비난의 얘기지만 비난 같지가 않다. 그는 폭풍 속에서 리어를 깨달음으로 이끄는 존재이다. 깨닫는 것은 리어뿐이 아니다. 독자나 관객에게도 강한 깨달음이 전해 온다. 바보들이 가진 바보 독점권을 왜 다들 빼앗으려 하는지. 한밤중에 포효하는 리어에게 광대는 이렇게 현실을 말한다.

  "비 안 맞는 집안에서 아첨을 하는 것이 문 밖에서 비를 맞는 것보다 나아요."

  리어가 폭풍 속에서 타인에 대한 동정을 배우기 시작했을 때 광대는 다음과 같은 노래를 부른다.

"아주 적은 지혜밖에 없는 사람은

바람이 불어도 비가 와도 헤헤거리며

운명에 맞춰서 만족해야 해요.

날마다 비가 와도 할 수 없어요."

광대는 멀린의 예언을 미리 말하겠다고 한다.

"성직자의 말이 행동보다 앞서면,

양조장의 누룩에 물을 섞으면,

귀족이 재단사의 선생이 되면,

이교도는 태우지 않고 기둥서방 태우면,

재판하는 사건마다 옳다고 하면,

귀족은 빚이 없고 가난한 기사 없다고 하면,

중상모략을 하는 사람 없고,

군중 속에 소매치기 없다면,

그때는 영국 땅에 커다란 혼란이 온다네.

그때까지 살면 알게 되겠지.

발로 걸어 봐야 아는 것이니.

이 예언은 멀린이 해야 하는 것,

나는 그보다 앞 시대 사람이니까."

멀린은 아서왕 시대의 예언자이니 리어왕의 시대보다 훨씬 뒤의 사람이다. 이는 연극에서 광대를 통해 관객으로 하여금 현실로 돌아오게 하는 장치다. 셰익스피어 당시의 사회적 부조리에 대한 고발이다. 이번에는 리어의 촌철살인이다. 리어는 미쳐 버린 후에야 진실을 깨닫게 되는데, 다음의 대사에서 관객은 처절한 리어의 깨달음을 느낄 수 있다. 그는 권력의 속성을 권력을 포기한 후에야 파악한 것 같다. 우리가 환경이 파괴된 후에 환경의 중요성을 깨닫는 것과 같다. 깨달음은 항상 늦게 오는 것이 문제다.

"그 인간은 개를 보고 도망갔지? 거기서 권위의 거대한 표지를 볼 수 있어.
개라도 관직에 있으면 사람이 복종한다니까. 죄악에다 금으로 껍데기를 씌워 봐.
날카로운 정의의 창도 상처를 못 내고 부러질 테니.
죄악을 누더기로 무장을 하면 난쟁이의 빨대로도 그걸 꿰뚫을 수 있지."

리어의 광대는 인간의 어리석음과 현명함에 대한 새로운 관점을 가지라고 요구한다. 지혜에는 획일적인 정답이 존재하지 않는다. 적어도 이 사실만이라도 알고 있으면 지혜를 찾을 가능성이 있다. 하나의 정답만을 고집한다면 지혜는 구할 수 없을 것이다. 셰익스피어 작품들에서는 광대뿐 아니라 가끔은 하층민들도 예리하게 진실을 얘기한다. 다음은 『폭풍우』의 한 장면인데 우리 일상사에서도 가끔 볼 수 있는 모습이다.

"어서 선실로 내려가 계십시오."

"선장은 어디 있지, 갑판장?"

"선장님 말하는 거 안 들립니까? 일에 방해가 됩니다.

선실로 가세요. 이러면 우리가 아니라 폭풍을 도와주는 겁니다."

"원, 아무 말 말게."

"예, 바다만 조용해진다면. 자, 어서들 가세요. 파도가 왕이라고 무서워하겠습니까? 자 선실로. 방해 마시고요."

"알았네. 그래도 이 배에 누가 타고 있는지 잊지 말게."

"제 몸보다 소중한 것이 있겠습니까, 나리.

어디 이 풍랑이 자도록 명령 한번 해보시지요.

그래서 이 풍랑이 조용해진다면 저희는 밧줄에 손을 대지 않겠습니다.

권위를 한번 보여 주세요."

높은 분들이 이렇게 나올 때, 우리도 갑판장처럼 대응할 수 있으면 속이 시원하지 않겠는가. 그래도 마음속으로만 그렇게 하자. 광대나 바보는 불만이나 비판, 조롱을 함에 있어 자유롭다. 기득권자와는 달리 잃을 것이 없기 때문에 신랄한 풍자를 할 수 있다. 그들의 역할은 기존 질서를 깨뜨리면서 기득권층의 권력을 비판하고 그들의 어리석음을 조롱하는 것이다. 서민들의 불만을 대신 발산해 주는 역할인데, 사회적으로 중요한 기능이다. 바보는 인간의 순진무구한 상태를 상징한다.

『뜻대로 하세요』에 나오는 광대 터치스톤은 상식을 초월하며 허를 찌르는 위트로 유명하다. 이 극은 낭만적 사랑을 주제로 한 희극으로, 로잘린드라는 여자가 주인공이다. 터치스톤의 역할도 매우 중요한데 등장인물의 가치관을 시험하는 역할이다. 상류층인 로잘린드와 올란도의 사랑과 이를 흉내 내는 양치기 실비우스와 피비의 사랑을 대조시키며 낭만적 사랑의 허구를 조롱한다. 이와 더불어 귀족들의 행태와 어리석음, 허세를 풍자의 대상으로 삼는다. 바보광대는 스스로 현명하다고 생각하는 사람들의 어리석음을 밝혀주는 역할을 한다. 비유와 패러디가 그들의 특기다. 실리아는 광대를 조롱하는 역할을 가끔 하는데 그녀가 '너는 남의 흠이나 잡으려고 하기 때문에 매를 맞을 거다'라고 하니 터치스톤의 대답과 실리아의 반박이 이어진다.

"현명한 사람들이 바보짓을 하는 판에 바보가 현명한 말을 해서는 안 된다는 게 더 유감이네요."
"바보가 가진 하찮은 지혜가 막힌 뒤에 현명한 사람의 사소한 바보짓이 엄청 나게 눈에 띄게 되었으니 말이다."

현명함과 어리석음의 경계는 어디일까? 잘난 척하는 사람이 실제로 잘난 경우는 별로 없다. 제이퀴즈는 전 공작과 함께 아덴 숲에 거주하는 우울한 귀족이다. 그는 약간은 염세적인 성격인데 철학적이기도 하다. 그가 터치스톤을 만났던 얘기를 전 공작에게 하는 장면이 있다.

　"안녕하신가 바보양반, 이렇게 말을 걸어봤더니 그 친구가 이렇게 말하는 거 아니겠어요, '하느님이 내게 행운을 주기 전에는 바보라 부르지 마시오.' 그리고 시계를 꺼내더니 힘없이 바라보며 말하더군요, '지금 열시요. 이것으로도 알 수 있듯이 세계는 움직이고 있소. 한 시간 전에는 아홉시였고 한 시간 후에는 열한 시가 되는데, 이래서 시시각각 익어 가며 또한 시시각각 썩어 가는 거지. 바로 이것이 문제야.' 광대 얼룩 옷을 입은 바보가 시간에 대해 강의를 하는 걸 보고 저는 수탉처럼 킥킥거리기 시작했어요. 바보가 그렇게 심오한 얘기를 하니 한 시간 내내 웃었다니까요.…"

　제이퀴즈는 터치스톤의 비관적인 인생관에 매료된 듯하다. 그와 전 공작과의 대화를 보자.

　"남의 죄를 헐뜯는 것이 가장 흉악한 죄일 것이야. 원래 자네는 짐승의 본능 못지않은 방탕아 아닌가.…"

"제가 이 세상의 오만을 비방한다고 해서 그것이 어떤 특정한 개인을 공격하는 건 아닙니다. 오만이란 바닷물과 같아서 거대하게 흐르다가도 그걸 만족시키는 수단은 점점 줄어들어 썰물처럼 되는 것이죠.⋯ 제 비난은 어느 누구도 상처내지 않고 기러기처럼 허공을 날아갈 뿐이지요.⋯"

배가 고파 숲속을 헤매던 올란도가 나타나서 칼을 뽑으며 먹을 것을 내놓으라고 하자 전 공작은 그를 불러 친절하게 먹을 것을 챙겨 준다. 올란도가 감사를 표하자 전 공작이 이렇게 말한다.

"보다시피 불행한 건 우리만이 아니오. 이 넓은 세상이라는 극장에서는 지금 우리가 연기하는 장면보다 더 비참한 연극이 행해지고 있는 거요."

제이퀴즈는 곧이어 인생을 7막의 연극으로 비유한다. 오늘날을 사는 우리도 흔히 인생을 연극에 비유하지만, 그 원래의 버전은 이렇다. 인생이란 대체로 우여곡절과 부정적인 면이 많으며 그 끝은 허무하다는 걸 보여 준다.

"세상은 온통 무대죠.
온갖 남녀는 배우일 뿐이고요.

모두 등장과 퇴장이 있고

한 사람이 평생 동안 여러 역할을 하는데

시기별로 모두 7막입니다. 제1막은 젖먹이

유모 품에서 앵앵 울고 토하죠.

2막은 낑낑대는 학생, 책가방을 메고

아침 세수한 얼굴 반짝이며, 달팽이처럼 느릿느릿 갑니다.

3막은 화로처럼 한숨을 쉬며 연인의 눈썹 아래

사랑을 고백하는 시기, 4막은 군인이 되어

이상한 구호를 계속 외치고

표범 갈기처럼 턱수염을 기르지요.

명예욕에 불타, 급한 성격에 싸움을 걸고

대포 포신 안에서도 명성을 찾지요. 그리고 5막은

법관이 되어 거세된 수탉을 뇌물로 받고 뱃가죽은 기름지고

눈초리는 매섭고 수염은 깨끗하게 깎고

현명한 격언과 진부한 문구를 능란하게 구사하며

자기 역을 훌륭하게 해내지요.

막이 바뀌면 6막인데, 실내화를 신은 수척한 어릿광대 노인으로 변하지요.

콧잔등에 코안경을 걸치고, 허리엔 돈주머니를 차고,

젊었을 때 해질까 봐 아껴 두었던 긴 양말은 장다리가 말라빠져 헐렁하고

사나이의 굵은 목소리는 아이들의 높은 음성으로 돌아가서

피리 같은 소리를 삑삑 낼 뿐.

맨 마지막 장면이 7막인데,

이 이상한 파란만장한 역사를 마감하는바

아기 시절이 되돌아온 듯 기억을 상실하고

이빨도, 시력도, 입맛도, 아니 모든 것을 잃어버리는 거지요."

올란도가 사랑의 시를 나무껍질에 쓰다가 제이퀴즈를 만나서 얘기를 나눈다.

"이 세상에 나 말고는 책망하고 싶은 사람은 하나도 없어요. 나 자신이 허물투성이지요."

"당신 최대의 허물은 연애를 한다는 거요."

"그 결점을 당신의 최고 미덕과 바꿀 마음은 전혀 없소이다. 당신은 피곤하네요."

"실은 어떤 바보를 찾고 있을 때 당신을 만난 거요."

"그 바보는 개울에 빠졌더군요. 들여다보면 보일 거여요."

"그야 내 자신의 모습이 보이겠지."

"그게 바보가 아니면 허깨비일 겁니다."

제이퀴즈의 대사도 거의 이런 식이다. 제이퀴즈는 스스로 자기의 우울증을 이렇게 설명하는데, 그는 파티나 축제형 인간이 아니다.

"내 우울증은 학자의 경우와는 다르지. 그건 시기심이야. 음악가의 경우는 예술에 대한 열정에서 온 거고, 궁인의 오만에서 오는 우울증이나, 군인의 야심에서 오는 우울증, 법률가의 정치적인 우울증은 난 없어. 귀부인의 까다로움에서 오는 우울증이나 연인들의 것과도 달라. 이 모든 것을 섞어 놓았다고 할까. 내 우울증은 나만의 것, 많은 요소들이 합쳐진 복합체야. 내가 여태까지 살아온 여정을 되돌아보면 깊은 생각에 잠길 수밖에 없어."

제이퀴즈의 우울증은 병적인 것은 아닌 것 같다. 우리 자신의 모습과 비슷하지 않은가? 고독한 현대인의 모습이랄까. 이번에는 터치스톤이 오드리를 만나 나누는 대화다. 오드리가 먼저 묻는다.

"시적 poetic이란 게 뭔데? 언행이 정직하다는 말인가? 진실하다는 건가?"
"천만에, 가장 진실한 시란 가장 허황된 거야. 연인들은 그런 시에 매혹되지. 그러니까 연인들이 시를 써서 사랑을 고백하는 것은 거짓이라고 할 수 있지."
"그래서 너는 내가 시적인 소질을 가지고 있기를 바라는 거야?"
"그럼, 당연하지. 넌 정숙하다고 나에게 맹세하지만, 만일 네가 시인이라면 네 말이 거짓이라는 희망을 가질 수 있지."
"정숙하다면 안 되나?"

"물론 안 되지. 네가 못생겼다면 모르지만 미모에다 정숙까지 더하면 설탕에다 꿀까지 더한 격이야."

터치스톤의 프러포즈는 좀 이상하기는 하지만 오드리와는 잘 통하는 것 같다. 그의 말 중 다음 대사는 촌철살인 아닌가.

"어리석은 자는 자기가 현명하다고 생각하나, 현명한 자는 자신이 어리석다고 생각한다네."

『십이야』의 광대 페스테는 축제적 성격이 강한 광대다. 노래도 잘할뿐더러 재담이나 노래를 하고 돈을 받는 것을 보면 셰익스피어는 그를 직업적 광대의 전형으로 묘사한 것으로 보인다. 그는 삶의 이면에서 진실을 꿰뚫어보는 능력이 뛰어나다. 그는 자기 주인인 올리비아가 자기를 무미건조하고 성실하지 않다고 비난하자 이렇게 반박한다.

"두 가지 흠이라면 아가씨, 술과 충고로 고칠 수 있어요. 재미없는 바보에게 술을 주세요, 그러면 무미건조하지 않지요. 성실하지 않은 건 고치라고 하세요. 만일 못 고치면 재단사에게 시키면 되죠. 고친 옷이란 건 알록달록 제가 입는 옷이고요. 미덕도 탈선하면 죄로 알록달록 누더기가 되지요. 죄도 고치면 알록달록한 미덕이 되고요.…"

그는 지혜와 바보짓을 이렇게 얘기한다.

"지혜여, 네가 정이 있다면 내가 멋지게 바보짓을 하게 해 다오. 지혜가 있다고 생각하는 자들이 바보짓을 하는 경우가 많더라. 난 지혜가 없는 바보니까 똑똑한 사람으로 통할지도 모르지. 하기야 퀴나팔루스가 말하지 않았던가? '현명한 바보가 바보 같은 현자보다 낫다'고."

페스테의 다음 한 줄 요약은 우리들에게도 그대로 적용된다. "지혜가 있다고 스스로 생각하는 사람이 알고 보면 바보인 경우가 허다하다." 참고로 퀴나팔루스는 셰익스피어가 만들어 낸 가상의 철학자다. 다음은 페스테가 공작과 만나서 나눈 친구에 관한 대화다. 농담 속에 진실이 담겨 있다.

"널 잘 알고 있다. 잘 지내는가, 친구?"
"전 덕분에 잘 지내고, 친구 덕분에 못 지내고 있지요."
"그 반대겠지. 친구 때문에 잘 지낸다는 거 아닌가?"
"아니요, 못 지낸다니까요."
"어째서 그런가?"
"왜냐하면 친구들은 나를 칭찬하면서 바보로 만들지만, 적은 솔직히 나를 바보라고 하기 때문이죠. 다시 말해 적에 의해 나 자신을 알고, 친구 덕에 자신을 속이는 거죠.

그러니까 결론이 어떻게 되는가 하면, 그게 키스와 같아요.

네 번 거절당하고 두 번 승낙 받는 것과 같아서,

친구 때문에 손해 보고 적 때문에 이득이 생긴다는 말이죠."

페스테가 말하기를 바보짓이란 '궤도를 돌며 온 세상을 비춰 주는 태양'과 같다. 스스로를 현명하다고 생각하는 사람들을 비웃는 것이다. 자기를 제대로 알지 못하는 인물이 비웃음이나 조롱을 받을 경우 보복할 정도의 힘이 없으면 우스꽝스러운 희극적 인물이 된다. 반대로 강력한 힘을 가진 인물이 자신을 바르게 인식하지 못하면 두려움과 혐오의 대상이 될 수 있다. 이것은 아리스토텔레스나 플라톤의 희극 이론인데, 유쾌한 악의 뒤에도 공격성이 숨겨져 있다고 본다.

라바치는 『끝이 좋으면 다 좋아』에 등장하는 광대. 라바치의 농담은 터치스톤이나 페스테의 재치 있는 풍자와는 약간 종류가 다르다. 그의 언어는 부조화와 이율배반이 특징이다. 자신의 표현에 의하면 '높이 먹고 낮게 배웠다'. 라바치가 백작부인에게 이스벨과 결혼을 해야겠다고 한다.

"네 놈이 결혼하겠다는 이유가 뭐냐?"

"마님, 제 불쌍한 육체가 필요로 하니까요. 저는 육욕이 원동력이거든요. 이놈은 악마가 이끄는 대로 갑니다."

"결혼한다는 이유가 그것뿐이냐?"

"아니요, 마님, 그 외에도 성스러운 이유가 이러저러한 게 있습니다요."

라바치는 대개 육체적 욕망과 연관지어 말을 한다. 이어서 아내를 위해 친구를 가져야겠다고 한다. 그런 친구는 적이나 마찬가지라고 백작부인이 말하자 이렇게 대답한다.

"마님, 훌륭한 친구를 잘 모르시는 말씀이네요.
제가 피곤하면 와서 일을 대신 해 주지요.
땅을 대신 갈아 주기도 하구요. 그래도 수확은 제 몫이죠.
여편네가 서방질을 하면 그놈은 정말 제 일꾼이 되는 거죠.
여편네를 즐겁게 해주니 저의 살과 피를 사랑해 주는 거죠.…"

그가 말하는 결혼의 이유는 오로지 육욕을 채우기 위한 것이고 남녀 간의 관계란 모두가 한 가지, 성적인 관계로 요약할 수 있다는 것이다. 성적으로 문란한 당시 사회에 대한 풍자를 겸하고 있다. 오늘날 우리들의 세상도 이런 면이 있을지 모르겠다. 백작부인이 심부름을 보내려고 라바치를 부른다. 백작부인도 광대를 만나면 앞뒤 없는 농담을 즐긴다.

"이리 와봐라, 네가 배운 수준이 어떻게 되는지 어디 한 번 시험해 봐야겠다."

"소인은 높게 먹고 낮게 배웠음을 보여드리지요. 기껏 궁정에 다녀오는 심부름쯤이야 알고 있습죠."

"기껏 궁정이라고. 아니 궁정을 그렇게 가소롭다는 태도로 무시하다니, 대체 어디라야 특별하다고 생각하는 거냐? 기껏 궁정이라니."

"사실은 마님, 하느님께서 인간에게 다소나마 예의범절을 대여해 주셨다면 인간이 궁정에서 처신하는 것쯤은 쉬운 일이죠. 무릎을 굽힌다, 모자를 벗는다, 손에 입 맞춘다, 그리고 입을 다문다, 이런 걸 못한다면 다리도 손도 입술도 모자도 없는 거나 마찬가지죠. 그런 친구는 궁정에는 맞지 않지요. 소인으로 말씀드리자면, 모두에게 통용되는 답변을 준비했습니다."

"그거 참 풍성한 답변인가 보구나. 모든 질문에 다 통용된다니."

"어떤 엉덩이에든 다 통용되는 이발소 의자 같은 거지요, 마님. 뾰족한 엉덩이든 풍성한 엉덩이든 모양이 어떤 엉덩이든 말입니다."

"네 답변이 모든 질문에 딱 들어맞게 통한다는 말이냐?"

"그렇고 말구요, 변호사 수임료 하면 금화 열 개, 화려하게 치장한 매춘부 손에 프랑스 금화 한 개, 남자 손가락에 창녀가 끼워 주는 골풀 반지, 참회화요일에 팬케이크, 오월제에 추는 모리스 춤, 못구멍의 못, 오쟁이 진 남편의 머리에 난 뿔, 시비꾼 남편에 잔소리꾼 여편네, 수도사 입에 수녀의 입술, 아니면 소시지 속에

돼지창자, 말하자면 이런 식으로 받아넘기는 거죠."

라바치의 발언은 재기나 논리가 부족한 궤변에 가깝다. 하지만 변호사에 대한 불신, 매춘의 성행, 성적 방종 등 당시의 사회문제를 나름대로 광범위하게 고발하고 있다. 그도 가짜 귀족 파롤레스를 조롱할 때는 반짝이는 재치를 보여 준다.

"오, 자넨가? 마님은 안녕하시지?"
"당신은 마님의 주름살을 얻어 가고 나는 돈을 얻어 올 수 있다면, 당신 말대로 안녕하시겠지."
"왜 그래, 난 아무 말도 안 했는데."
"이런, 당신은 좀 더 현명한 사람인 줄 알았는데. 대개 하인 놈들은 주인이 빨리 죽어 버렸으면 좋겠다고 입을 놀리지. 아무 말도 안 하고, 아무 일도 안 하고, 아무것도 갖지 않은 것이 당신의 가장 큰 재산이지. 그러니까 아무것도 없는 거나 마찬가지다 이 말이야."
"꺼져라, 이 악당아."
"선생님, 악당 앞에 있는 악당이라고 해야지요. 그러면 내 앞에 있는 사람이 악당이죠. 그래야 말이 되지요."
"그만, 가라. 제법 재치 있는 바보구나. 알겠다."
"스스로 알았나요, 아니면 내가 가르쳐줘서 알았나요?"
"그래, 내가 깨달았다."

"어쨌든 알게 되어서 다행이군요. 스스로 바보라는 걸 알았으니. 온 세상이 기뻐하고 웃음이 터져 나오겠네."

광대의 특징은 상대방의 어리석음을 비춰 주는 거울 역할을 한다는 점이다. 파롤레스에게 자신의 바보짓을 알고 있느냐고 묻는 장면은 의미심장하다. 다음은 라퓨가 백작부인을 만나러 왔다가 광대와 대화하는 장면이다. 그들은 광대가 엉뚱한 말을 해도 매우 관대하다. 그것은 웃음의 중요성을 인식하고 있었다는 말이다.

"소인이야 숲속에서 자란 몸이라 활활 타오르는 불이 항상 좋은데. 제가 말씀드린 주인님은 항상 불을 환하게 피우지요. 정말 그분은 이 세상의 왕이랍니다. 그의 궁정에는 귀족들이 머무르고 있지요. 소인이야 좁은 문이 있는 집이 적합하죠. 거기야 위풍당당한 분에게는 협소하니 들어가지 못할 것 아니어요. 그야 허리를 굽히면 들어갈 수 있긴 하죠. 하기야 많은 사람들이 춥고 견디기 어려우니 꽃길을 따라서 넓은 문과 커다란 불이 타고 있는 곳으로 가는 거죠."
"이제 가봐라. 네 얘기는 이제 지루하다. 미리 말해 두지만 너하고는 더 이상 입씨름하기 싫다. 가서 내 말이나 잘 돌봐 다오. 이상한 짓 하지 말고."
"소인이 말에게 장난치면, 그 말은 고약한 버릇을 가지게 될 텐데 그야 천성이니까 도리 없죠."

라퓨 경은 그래도 그놈이 마음에 든다며 광대의 익살을 가볍게 받아들인다. 우리는 이런 장면에서 귀족들의 여유를 느낄 수 있다. 광대는 즐거움만 준다면 약간의 무례는 용서된다. 라바치는 귀족계급과 하층민 사이의 괴리를 농담으로 풍자하고 있다. 농담이 현명하지 않으면 보통 사람은 무례해 보이기 십상이다. 우리에게도 농담을 현명하게 할 수 있는 능력이 있다면 세상을 사는 데 큰 힘이 될 것이다.

대체로 비극에서는 인간의 어리석음이 결정적 파멸의 원인이 되지만, 희극에서는 풍자나 조롱의 대상이 되어 웃음을 자아내는 재료가 된다. 우리는 등장인물의 어리석음과 위선을 마음껏 비웃으며, 관객의 입장에서 스스로를 돌아보고 반성의 기회로 삼는다. 인생은 너무 심각하게 볼 대상은 아니니, 웃음으로 극복하고 소소한 인간적 결점은 솔직하게 인정하여 용서받자는 의미도 있다. 인간의 결함을 바라보는 시각도 따뜻할 필요가 있다. 우리 또한 결점이 많은 사람이기 때문이다. 다른 사람의 실수를 관대하게 용서하고 내가 잘못한 경우에 용서를 구하면 화해의 세상이 된다. 여기서 중요한 메시지는 자기가 어리석다는 것을 인정하는 사람이 현명한 사람이라는 것이다. 쉬우면서도 어려운 일이다. 자기가 어리석다는 것을 아는 것이 어렵기 때문이다. 우리의 일상생활에서도 바보와 현명함의 차이는 생각처럼 크지 않다. 똑똑한 것을 과시하려는 사람일수록 실제로는 바보일 가능성이 높다. 현명한 사람들은 결코 현명함을 과시하지 않는다. 무엇이든 과시하는 사람들은 실제로는 속물일 가능성이 높다.

셰익스피어가 말하는 '외양과 실제'는 사람과 세상의 의미를 이해하는 열쇠라고 할 수 있다. 그의 작품은 인간의 지혜를 담은 촌철살인의 많은 명언을 담고 있다. 명언이 아니더라도 셰익스피어의 언어표현은 깊이가 있어서 음미할 가치가 있다. 평범함 속에 이중적 의미가 있기도 하고 보통 사람의 말에 재치가 들어 있는 경우가 많다. 영국의 시골에 사는 노인이 런던에 와서 셰익스피어의 연극을 보았다고 한다. 다 보고 나와서 하는 말이 걸작이다.

"셰익스피어는 역시 위대한 작가야. 어떻게 속담만으로 연극을 만들었을까?"

감사의 말

우선 이 책을 읽어 주신 독자들에게 감사드린다. 셰익스피어의 작품을 가급적 많이 소개드린다는 의도를 가지고 쓰다 보니 분량이 꽤 많은 책이 되어 버렸는데 읽기에 부담스러운 책이 되지 않았기를 바란다. 셰익스피어의 작품들은 너무나 유명해서 오히려 잘 안 읽게 되는데 대사를 음미하면서 읽다 보면, 그리고 읽으면 읽을수록 더 재미있다는 사실을 알려주고 싶었다. 무엇보다도 셰익스피어가 관찰한 인간 군상의 모습과 그가 파악한 인간 본성, 그리고 작가로서 보여 주고 싶은 세상이 어떤 것이었는지를 같이 살펴보고 싶었다.

우연의 행운에 감사한다. 인생의 대부분 일이 그렇지만 우연히 책을 쓰게 되었다. 책을 쓰는 과정에서 의논할 친구가 여럿 있었고 그들로부터 많은 도움을 받을 수 있었던 것은 행운이다. 가장 성공한 사람들조차도 자신의 능력이나 재능과 노력만으로 성공하는 것은 아니다. 모든 성공에는 행운이 작용해야 한다. 그 행운은 대개 우연이다. 성공한 사람이라도 행운에 감사하지 않고 자신의 능력만으로 해낸 것이라고 그 성공을 자만한다면 행운은 오래가지 않는다.

셰익스피어가 우리에게 주는 가장 중요한 메시지는 무엇일까? 인간에 대한 존중심과 겸허한 마음을 가지라는 것이다. 완벽한 인간은 없다. 우리의 약점을 인정하고 상대방의 개성과 처지를 공감할 때 원만한 관계가 이루어진다. 비극은 내 안에서 발생하고 행운은 주로 밖에서 온다. 셰익스피어를 읽으면 사람과 세계가 보인다. 무엇보다도 자기 자신을 둘러보는 기회를 가지게 된다. 자연계의 카오스 이론과 같은 복잡계 이론은 인간관계에 더 잘 적용될지도 모른다. 셰익스피어를 읽는다는 것은 복잡한 인간과 관계를 그가 어떻게 파악했을까를 탐구하는 과정이다. 나는 학교에서보다 셰익스피어에게서 인간에 대해 더 많은 것을 배웠다. 셰익스피어를 통해서 스스로를 바라보는 법을 새로 배웠다.

책의 한 페이지를 전부 이름으로 채우는 감사의 말을 쓰고 싶지는 않지만 몇몇 사람들에게는 감사하다는 말을 하지 않을 수 없다. 책을 쓰게 된 동기부여를 해준 친구 임윤철, 박남주에게 감사한다. 이들이 아니었다면 책 쓰는 일을 시작조차 안했을 가능성이 높다. 또한 나의 미숙한 초고를 처음 읽어주고 구체적인 조언과 감상을 얘기해 주어 균형감각을 갖게 해준 친구 최훈근, 책에 들어갈 저자 얼굴을 그려 주었으며 언제고 책에 관한 대화에 응해 준 친구 최득근에게 정말 고맙다고 얘기하고 싶다. 책을 쓴다는 걸 알고 격려를 아끼지 않은 선후배들도 큰 힘이 되었다. 그리고 나의 정신적 힘의 원천인 가족, 아내와 아들, 아우에게 감사한다.

끝으로 일부 원고만 보고 며칠 만에 흔쾌히 출판을 결정해 주었을 뿐 아니라 아름다운 책으로 완성해 준 출판사의 유재건 대표와 임유진 실장에게도 감사의 말 전하고 싶다.

셰익스피어 희곡 작품 총목록

셰익스피어의 희곡 작품은 보통 37편이라고 하는데, 최근에 공동 저작으로 인정받는 작품 『두 귀족 친척』과 『에드워드 3세』를 포함하면 총 39편이 된다. 아직 발굴이 되지 않은 작품이 있을 수도 있으므로 이 숫자는 늘어날 가능성도 있다. 그의 작품은 보통 희극과 비극, 그리고 사극으로 구분하는데, 사극은 다시 영국 사극과 로마 사극으로 나눌 수 있다. 로마 사극은 모두 비극으로 분류할 수 있으며, 영국 사극 대부분도 비극적 성향이 강하다.

희극	
	『겨울 이야기』 *Winter's Tale*
	『끝이 좋으면 다 좋아』 *All's Well That Ends Well*
	『두 귀족 친척』 *The Two Noble Kinsmen*
	『뜻대로 하세요』 *As You Like It*
	『말괄량이 길들이기』 *Taming of the Shrew*
	『베니스의 상인』 *The Merchant of Venice*
	『베로나의 두 신사』 *Two Gentlemen of Verona*
	『사랑의 헛수고』 *Love's Labours Lost*
	『심벌린』 *Cymberline*
	『십이야』 *Twelfth Night*
	『윈저의 즐거운 부인들』 *The Merry Wives of Windsor*
	『자에는 자로』 *Measure for Measure*
	『착오희극』 *The Comedy of Errors*
	『트로일러스와 크레시다』 *Troilus and Cressida*
	『페리클레스』 *Pericles*
	『폭풍우』 *The Tempest*
	『한여름 밤의 꿈』 *A Midsummer Night's Dream*
	『헛소동』 *Much Ado about Nothing*

영국사극	『리차드 2세』 *Richard II*
	『리차드 3세』 *Richard III*
	『에드워드 3세』 *Edward III*
	『존 왕』 *King John*
	『헨리 4세』 1부 *Henry IV, Part 1*
	『헨리 4세』 2부 *Henry IV, Part2*
	『헨리 5세』 *Henry V*
	『헨리 6세』 1부 *Henry VI, Part1*
	『헨리 6세』 2부 *Henry VI, Part 2*
	『헨리 6세』 3부 *Henry VI, Part 3*
	『헨리 8세』 *Henry VIII*

로마사극	『안토니와 클레오파트라』 *Antony and Cleopatra*
	『줄리어스 시저』 *Julius Caesar*
	『코리올라누스』 *Coriolanus*
	『타이투스 안드로니쿠스』 *Titus Andronicus*

비극	『로미오와 줄리엣』 *Romeo and Juliet*
	『리어왕』 *King Lear*
	『맥베스』 *Macbeth*
	『아테네의 타이몬』 *Timon of Athens*
	『오셀로』 *Othello*
	『햄릿』 *Hamlet*

인용 작품 등장인물

등장인물의 이름을 각 장별로 정리했다. 기본적으로 영어의 한글 표기법에 따라 적었고, 이탈리아 등 기타 유럽의 경우에는 알파벳 그대로 혹은 우리에게 잘 알려진 발음으로 적었다.

1장

『베니스의 상인』

안토니오(Antonio)	상인
바싸니오(Bassanio)	안토니오의 절친
샤일록(Shylock)	유대인 대부업자
포샤(Portia)	부자 상속녀, 바싸니오의 상대
발사자(Balthahzar)	포샤의 하인, 포샤가 법학 박사로 나올 때의 차명
제시카(Jessica)	샤일록의 딸
로렌조(Lorenzo)	제시카의 연인, 바싸니오의 친구
솔라니오(Solanio)	바싸니오의 친구
튜발(Tubal)	샤일록의 친구

2장

『햄릿』

클로디어스(Claudius)	왕을 시해하고 왕위에 오른 햄릿의 삼촌
폴로니어스(Polonius)	클로디어스의 심복
오필리아(Ophelia)	폴로니어스의 딸
레어티스(Laertes)	폴로니어스의 아들

『리차드 3세』

버킹검(Buckingham)	왕의 심복
클래런스(Clarence)	리차드 3세의 형
리치몬드(Richmond)	리차드 3세의 정적, 이후 헨리 7세로 튜더 왕조 시작
에드워드(Edward)	에드워드 4세의 왕자, 리차드 3세의 조카
헤이스팅스(Hastings)	버킹검에 의해 반역죄로 처형
그레이(Grey)	버킹검에 의해 반역죄로 처형
리버스(Rivers)	버킹검에 의해 반역죄로 처형
마가렛(Margaret)	전 왕비, 헨리 6세의 미망인

『헨리 8세』

울지(Wolsey)	추기경, 헨리 8세의 권한 대행
캐더린(Catherine)	헨리 8세의 왕비
앤 볼린(Anne Boleyn)	헨리 8세의 재혼 상대

『리어왕』

켄트(Kent)	충신
고너릴(Gonoril)	리어왕의 맏딸
리건(Regan)	리어왕의 둘째 딸
코델리아(Cordelia)	리어왕의 막내딸
올버니(Albany)	고너릴의 남편
콘월(Cornwall)	리건의 남편
오스왈드(Oswald)	고너릴의 하인
글로스터(Gloucester)	리어왕의 신하
에드먼드(Edmund)	글로스터의 서자
에드가(Edgar)	글로스터의 아들

『자에는 자로』

빈센시오(Vincentio)	베니스의 공작
에스칼루스(Escalus)	빈센시오의 관리
안젤로(Angelo)	공작 대행

클라우디오(Claudio)	혼전 간통으로 고발된 청년
줄리에타(Julietta)	클라우디오의 상대 여자
폼피(Pompey)	잡범
오버던(Overdone)	잡범
루치오(Lucio)	잡범
이사벨라(Isabella)	클라우디오의 여동생, 예비 수녀
마리아나(Mariana)	돈이 없어 안젤로와 파혼한 여자

3장

『맥베스』

맥베스(Macbeth)	덩칸의 장군, 나중에 왕, 코더(Cawdor)의 영주, 글래미스(Glamis)의 영주
맥베스 부인(Lady Macbeth)	맥베스 부인
뱅코우(Banquo)	맥베스의 동료 장군
덩칸(Duncan)	스코틀랜드 왕
도널베인(Donalbain)	왕자
말콤(Malcolm)	왕자
플리언스(Fleance)	뱅코우의 아들
맥더프(Macduff)	파이프(Fife)의 영주
앵거스(Angus)	귀족

『페리클레스』

페리클레스(Pericles)	타이어(Tyre)의 영주
안티오쿠스(Antiochus)	안티오크의 왕
헬리카누스(Helicanus)	페리클레스의 신하
타이사(Thaisa)	페리클레스의 아내
마리나(Marina)	페리클레스의 딸
클레온(Cleon)	페리클레스의 딸을 위탁받은 타르수스 영주
디오나이자(Dionyza)	클레온의 아내

4장

『헨리 5세』

헬(Hal)	헨리 5세 왕자 시절 애칭
폴스타프(Falstaff)	헬의 술친구
퍼시 핫스퍼(Percy Hotspur)	헬의 라이벌
볼링브로크(Bolingbroke)	헨리 4세, 헬의 아버지
캔터베리(Canterbury) 대주교	왕의 자문
엘리(Ely) 주교	왕의 자문
워윅(Warwick)	귀족, 왕의 친척
카트린느(Catherine)	프랑스의 공주
코러스(Chorus)	『헨리 5세』에서 변사역

『헨리 6세』 2부

잭 케이드(Jack Cade)	반란자

『리차드 3세』

리차드 3세(Richard III)	주인공, 요크 가의 마지막 왕
요크(York)	장미 전쟁의 백장미 가문
랭카스터(Lancaster)	장미 전쟁의 붉은 장미 가문
앤(Anne)	리차드 3세의 청혼 상대

『존 왕』

존 왕(King John)	주인공, 잉글랜드의 왕
서자 필립(Bastard Philip)	존 왕의 권한 대행
판덜프(Pandulph)	추기경, 교황의 대리인
폴컨브리지(Faulconbridge)	필립의 어머니
아서(Arthur)	존 왕의 조카, 원래 왕위 계승자
엘리노어(Eleanor)	존 왕의 어머니
콘스탄스(Constance)	아서의 어머니
휴버트(Hubert)	아서 살해 임무를 받은 존 왕의 신하

5장

『로미오와 줄리엣』

줄리엣(Juliet)	주인공, 캐퓰렛 가
로미오(Romeo)	줄리엣의 상대, 몬태규 가의 총각
로잘린(Rosaline)	로미오의 첫사랑
머큐시오(Mercutio)	로미오의 친구
티볼트(Tybalt)	줄리엣의 사촌 오빠
로렌스(Lawrence)	성직자, 신부
패리스(Paris)	백작, 줄리엣의 구혼자

『안토니와 클레오파트라』

클레오파트라(Cleopatra)	주인공
안토니우스(Antony)	로마의 장군
아그리파(Agrippa)	옥타비우스의 장군
파일로(Philo)	안토니우스의 부하
풀비아(Fulvia)	안토니우스의 정실 부인
차미안(Charmian)	클레오파트라의 시녀
이라스(Iras)	클레오파트라의 시녀
옥타비우스(Octavius) 시저	시저의 후계자, 나중에 황제
옥타비아(Octavia)	옥타비우스의 여동생
에로스(Eros)	안토니우스의 부관
디오메데스(Diomedes)	클레오파트라의 시종
돌라벨라(Dolabella)	옥타비우스의 장군

『한여름 밤의 꿈』

테세우스(Theseus)	아테네의 공작
히폴리타(Hippolita)	테세우스의 연인
오베론(Oberone)	숲속 요정의 왕
티타니아(Titania)	요정의 여왕
이지어스(Egeus)	허미아의 아버지
허미아(Hermia)	라이샌더를 사랑하는 여자

라이샌더(Lysander)	허미아의 애인
헬레나(Helena)	드미트리우스를 사랑하는 여자
드미트리우스(Demitrius)	허미아를 사랑하는 남자
퍽(Puck)	오베론의 시종
보텀(Bottom)	직공

『헛소동』

돈 페드로(Don Pedro)	아라곤의 영주
클라우디오(Claudio)	플로렌스의 젊은 영주
헤로(Hero)	클라우디오의 애인, 레오나토의 딸
베네딕(Benedick)	파두아의 젊은 영주
베아트리체(Beatrice)	베네딕의 연인, 레오나토의 조카
돈 존(Don John)	돈 페드로의 배다른 동생
레오나토(Leonato)	메시나(Messina)의 지사
마가렛(Margaret)	헤로의 하녀
어슐라(Ursula)	헤로의 하녀

6장

『타이투스 안드로니쿠스』

사터나이누스(Saturninus)	로마의 황제
바시아누스(Bassianus)	황제의 동생
고트족(Goths)	로마와 적대적인 종족
타이투스(Titus Andronicus)	로마의 장군
퀸투스(Quintus)	타이투스의 아들
마시우스(Martius)	타이투스의 아들
루키우스(Lucius)	타이투스의 아들
라비니아(Lavinia)	타이투스의 딸
마커스(Marcus)	타이투스의 동생
타모라(Tamora)	고트족의 여왕
아론(Aaron)	무어인, 타모라의 정부

알라버스(Alarbus)	타모라의 아들
카이론(Chiron)	타모라의 아들
드미트리우스(Demitrius)	타모라의 아들

『햄릿』

거트루드(Gertrude)	햄릿의 어머니
로젠크란츠(Rosencrantz)	햄릿의 동창
길던스턴(Guildenstern)	햄릿의 동창

『폭풍우』

프로스페로(Prospero)	주인공, 밀라노의 전 공작
미란다(Miranda)	프로스페로의 딸
안토니오(Antonio)	프로스페로를 축출한 동생
곤잘로(Gonzalo)	프로스페로의 옛 신하
칼리반(Caliban)	난파된 프로스페로가 표류 끝에 당도한 섬의 괴물
에리얼(Aerial)	섬의 요정
알론소(Alonso)	나폴리의 왕
페르디난드(Ferdinand)	알론소의 아들
세바스찬(Sebastian)	알론소의 동생

7장

『줄리어스 시저』

시저(Caesar)	주인공
브루터스(Brutus)	시저 암살파의 정신적 지주
카시우스(Cassius)	시저 암살파의 주모자
레피두스(Lepidus)	삼두정치인 중 하나
캘퍼니아(Calphurnia)	시저의 부인
아테미도러스(Artemdorus)	시저에게 암살 위험을 알리는 사람
카스카(Casca)	암살파 가담자

씨나(Cinna)	암살파 가담자
트레보니어스(Trebonius)	암살파 가담자
메텔러스 씸바(Metellus Cimber)	암살파 가담자
데시우스 브루터스(Decius Brutus)	암살파 가담자
카이우스 리가리우스(Caius Ligarius)	암살파 가담자

8장

『햄릿』

| 호레이쇼(Horatio) | 햄릿의 친구 |

『줄리어스 시저』

루씨우스(Lucius)	브루터스의 시종
바루스(Varrus)	브루터스의 부하
클라우디우스(Claudius)	브루터스의 부하
핀다루스(Pindarus)	카시우스의 시종
볼룸니우스(Volumnius)	브루터스의 부하
스트라토(Strato)	브루터스의 부하

『트로일러스와 크레시다』

파리스(Paris)	트로이의 왕자
헬렌(Helen)	파리스가 그리스에서 납치해온 미녀
헥터(Hector)	트로이의 왕자, 파리스의 형
아킬레스(Achilles)	그리스의 전사

『끝이 좋으면 다 좋아』

헬레나(Helena)	백작 집안의 주치의 딸
로실리온(Roussilon)	백작
버트람(Bertram)	로실리온 백작의 아들
파롤레스(Paroles)	버트람의 수행원
마리아나(Mariana)	과부의 친구

다이아나(Diana)　　　　　　　　과부의 딸

9장

『아테네의 타이몬』
타이몬(Timon)　　　　　　　　　주인공
아피만터스(Apemantus)　　　　　냉소적 비판자, 타이몬의 친구
플라비우스(Flavius)　　　　　　　타이몬의 집사
알시비아데스(Alcibiades)　　　　아테네의 장군

『두 귀족 친척』
아사이트(Arcite)　　　　　　　　주인공
팔라몬(Palamon)　　　　　　　　주인공
테세우스(Theseus)　　　　　　　아테네의 공작
에밀리아(Emilia)　　　　　　　　테세우스의 처제

10장

『헨리 4세』
폴스타프(Falstaff)　　　　　　　핼의 친구
포인스(Poins)　　　　　　　　　폴스타프의 졸개
바돌프(Bardolf)　　　　　　　　폴스타프의 졸개
피스톨(Pistol)　　　　　　　　　폴스타프의 졸개
더글라스(Douglas)　　　　　　　핫스퍼 측 장군
퀴클리(Quickly)　　　　　　　　술집 여주인

『십이야』
오시노(Orsino)　　　　　　　　　공작
올리비아(Olivia)　　　　　　　　백작가의 상속녀
바이올라(Viola)　　　　　　　　　공작의 비서

세바스찬(Sebastian)	바이올라의 쌍둥이 남매
토비 벨치(Toby Belch)	올리비아의 삼촌
앤드류 에이그치크(Andrew Aguecheek)	토비의 친구, 올리비아를 사모
마리아(Maria)	올리비아의 하녀
말볼리오(Malvolio)	올리비아의 집사
페스테(Feste)	광대
안토니오(Antonio)	선장

『말괄량이 길들이기』

카테리나(Katherina)	주인공
페트루키오(Petruchio)	카테리나를 길들이는 구혼자
슬라이(Sly)	술주정뱅이
루센시오(Lucentio)	비앙카의 애인
비앙카(Bianca)	카테리나의 여동생
밥티스타(Baptista)	카테리나의 아버지
호텐시오(Hortensio)	비앙카의 구혼자

11장

『오셀로』

오셀로(Othello)	주인공, 베니스의 장군
이아고(Iago)	오셀로의 기수
카시오(Cassio)	오셀로의 부관
로드리고(Roderigo)	이아고의 말 친구, 데스데모나를 짝사랑
데스데모나(Desdemona)	오셀로의 부인
브라반시오(Brabantio)	데스데모나의 아버지, 베니스의 상원의원
에밀리아(Emilia)	이아고의 아내
비앙카(Bianca)	카시오의 정부

『겨울 이야기』

| 레온테스(Leontes) | 시칠리아의 왕 |

폴릭세네스(Polixenes)	보헤미아의 왕
헤르미오네(Hermione)	레온테스의 왕비
카밀로(Camillo)	레온테스의 신하
안티고너스(Antigonus)	레온테스의 신하
파울리나(Paulina)	안티고너스의 아내
마밀리우스(Mamillius)	레온테스 왕의 왕자
퍼디타(Perdita)	레온테스의 딸
플로리젤(Florizel)	폴릭세네스의 아들

『심벌린』

심벌린(Cymberline)	고대 브리튼의 왕
이모젠(Imogen)	심벌린의 공주
기데리우스(Guiderius)	심벌린이 잃어버린 왕자
아비레이거스(Aviragus)	기데리우스의 동생
벨라리우스(Belarius)	두 왕자를 납치해서 키운 심벌린의 신하
클로튼(Cloten)	이모젠의 배다른 남매
포스튜머스(Posthumus)	이모젠의 남편
야키모(Iachimo)	사기꾼 이탈리아인
피사니오(Pisanio)	포스튜머스의 하인

『뜻대로 하세요』

프레데릭(Frederick)	공작, 전 공작의 동생
프레데릭(Frederick senior)	전 공작, 동생에 의해 추방당함
로잘린드(Rosalind)	전 공작의 딸
실리아(Celia)	현 공작의 딸
터치스톤(Touchstone)	광대
제이퀴즈(Jaques)	전 공작 추종자, 함께 아덴 숲속 생활
롤랜드 드보이스(Rowland de Boys)	귀족
올리버(Oliver)	죽은 귀족 롤랜드의 장남, 유산 독차지
올란도(Orlando)	올리버의 동생
오드리(Audrey)	터치스톤의 애인
피비(Phoebe)	목동

실비우스(Silvius)   피비의 애인

12장

『리어왕』, 『십이야』
멀린(Merlin)   『리어왕』에서 예언자
퀴나팔루스(Quinapalus)   『십이야』에서 가상의 현인

『끝이 좋으면 다 좋아』
라바치(Lavatch)   광대
이스벨(Isbel)   라바치의 애인
라퓨(Lafeu)   귀족

참고문헌

강석주,『셰익스피어 문학의 현대적 의미』, 동인, 2007

로, 리처드 폴.『셰익스피어의 이탈리아 기행』, 유향란 옮김, 오브제, 2013

로일, 니콜러스.『How to Read 셰익스피어』, 이다희 옮김, 웅진지식하우스, 2007

맥과이어, 로리·스미스, 에마.『셰익스피어를 둘러싼 오해와 진실』, 박종성 외 옮김, 한울아카데미, 2016

바래시, 데이비드.『보바리의 남자 오셀로의 여자』, 박중서 옮김, 사이언스북스, 2008

바야르, 피에르.『햄릿을 수사한다』, 백선희 옮김, 여름언덕, 2011

베이츠, 로라.『감옥에서 만난 자유, 셰익스피어』, 박진재 옮김, 덴스토리, 2014

보통, 알랭 드.『불안』, 정영목 옮김, 은행나무, 2011

부데, 하인츠.『불안의 사회학』, 이미옥 옮김, 동녘, 2015

브라이슨, 빌.『빌 브라이슨의 셰익스피어 순례』, 황의방 옮김, 까치, 2009

브래들리, A.C.『셰익스피어 비극론』, 유지훈·이은종 옮김, 주영사, 2017

샤피로, 제임스.『셰익스피어를 둘러싼 모험』, 신예경 옮김, 글항아리, 2016

셰익스피어, 윌리엄.『셰익스피어 전집』, 신정옥 옮김, 전예원.

_____,『아침이슬 셰익스피어 전집』, 김정환 옮김, 아침이슬.

안정효,『걸어가는 그림자』, 다할미디어, 2007

여석기,『나의 햄릿 강의』, 생각의나무, 2007

요시노, 겐지.『셰익스피어, 정의를 말하다』, 김수림 옮김, 지식의 날개, 2012

이용관,『셰익스피어 희극 읽기 그리고 거스르기』, 동인, 2000

이태주,『이웃사람 셰익스피어』, 종합출판범우, 2007

카우프먼, 사라.『우아함의 기술』, 노상미 옮김, 뮤진트리, 2017

펠로스, 버지니아.『셰익스피어는 없다』, 정탄 옮김, 눈과마음, 2007

호넌, 파크.『셰익스피어 평전』, 김정환 옮김, 삼인, 2018

황태연,『실증주역』, 청계, 2012

『Shakespeare Review』(한국셰익스피어학회)

강석주,「『리차드 3세』: 튜더 역사관에 대한 패러디」,『Shakespeare Review』, 39권 4호, 699~719쪽.

강희정,「『코리올레이너스』: 셰익스피어의 비극에 나타난 정치성」,『Shakespeare Review』, 44권 4호, 657~689쪽.

고석기,「『안토니와 클레오파트라』: 사랑의 비극에 나타난 사랑의 담론과 여성의 주체성」,『Shakespeare Review』, 39권 4호, 721~746쪽.

김미예,「『오셀로와 이아고』: 추리소설 작가 아가서 크리스티의 눈을 통하여」,『Shakespeare Review』, 39권 4호, 2003, 771~801쪽.

김재오,「브루터스와 영국사회의 위기」,『Shakespeare Review』, 40권 4호, 763~784쪽.

김종환,「감시와 처벌:『자에는 자로』에 나타난 권력의 속성」,『Shakespeare Review』, 51권 3호, 431~451쪽.

＿＿＿,「사뮤엘 존슨의 셰익스피어 비평」,『Shakespeare Review』, 36권 4호, 753~774쪽.

이노경,「셰익스피어 극에서 '일대일 결투'의 의미」,『Shakespeare Review』, 43권 2호, 305~327쪽.

임혜리,「『헨리 5세』 - 마키아벨리스트 헨리의 성공과 실패」,『Shakespeare Review』, 36권 2호, 329-349쪽.

최영,「셰익스피어의 광대 연구: 민중극 전통의 변형과 그 사회적 기능」,『Shakespeare Review』, 34권, 309~334쪽.

한용재,「『맥베스』에 나타난 불안에 대해서」,『Shakespeare Review』, 49권 3호, 521~543쪽.

＿＿＿,「『아테네의 타이먼』에 나타난 셰익스피어의 우정론」,『Shakespeare Review』, 47권 3호, 651~674쪽.